Philip Roth

我作为
男人的一生

My Life

as a Man

[美] 菲利普·罗斯——著　陈安——译

上海译文出版社

给读者的话

第一部分"有用的虚构"中的两个故事及第二部分自传体叙述"我的真实故事",均取自彼得·塔诺波尔的作品。

我可以成为他的缪斯,如果他肯让我这么做的话。

——莫琳·约翰逊·塔诺波尔日记

第一部分

有用的虚构

少不更事的岁月

首先，最重要的是，在他父亲开在卡姆登①的鞋店的楼上，他所受到的近乎傲慢自大又被监督保护的教育。他的父亲十七年来一直是一位受人爱戴的竞争者，一位兢兢业业、脾气暴躁的鞋狗（他爱说，他只是个出身低微的鞋狗而已，可你等着瞧吧）。为了弛缓儿子的骄气，他让他读戴尔·卡内基的书，可他自己做的榜样却是激发和增强傲气。"你老是这么目中无人，内悌②，到头来只会沦落成一个遁世者，一个遭人恨的人，一个与世为敌的人……"与此同时，在楼下他的鞋店里，波洛尼厄斯③所显示的不是别的，就是他鄙视所有不如他自己那样野心勃勃的雇员。"祖先生"——在店里大家这样称呼他，在楼上家里，他的小儿子像吃饱了燕麦的马一样活蹦乱跳时，也这样叫他。祖先生期盼，更是要求，等到一天工作结束，他的推销员和货品管理员都应该像他一样头痛欲裂。推销员们辞工时总是众口一词，说他们恨透了他，而他听了总是大吃一惊：他巴望的是年轻人对逼迫他们增加收入的老板心存感激之心。他不理解为什么大家在可以多拿些钱的时候宁愿少拿些，其实只要，正如祖先生所说，"稍稍推一把而已"。如果他们不推这一把，他便替他们推。"别

---

① Camden，新泽西州特拉华河边的小城。
② Natie，内森（Nathan）的昵称。
③ Polonius，《哈姆莱特》中一个饶舌自负的老臣。

担心，"他傲慢地自认，"我算是很客气的。"显然以此表明，假如再让他碰到什么不如人意的地方，他是很容易勃然大怒的。

至于对他自己的亲骨肉，那就如对他的雇工一样。比如，曾有一次（他儿子将终生难忘——某种程度上甚至可以说明是什么迫使他当了"作家"），做父亲的瞥见小内森在一个小本子上的签名，小本子是小孩子准备上学用的，签名横跨整个封面，这竟使他怒气冲天，几可把他家房子冲塌。这个九岁男孩一直自以为是重要人物，这签名便是一种显摆。做父亲的心知肚明。"他们是教你用这个方法签名的吗，内梯？这样的签名拿给别人看，人家会尊重你吗？究竟谁看得懂这一塌糊涂的东西？见鬼啊，孩子，这是你的名字。你得好好签！"后来，这个妄自尊大的鞋狗的妄自尊大的儿子在自己房间里大叫大喊了几个钟头，他赤手空拳地撕扯他的枕头，直到它像死了一样。不过，到就寝时间，当他穿着睡衣出现时，他两手捧着一张白纸的上面两角，纸中间有用黑墨水书写的姓名，字母个个写得圆润而清晰。他拿着它去朝见他的暴君："这个行吗？"一下子他就给高高地抱了起来，感受到了父亲长了一天的硬胡茬。"啊哈，这才是签名！这才是可以让你昂首挺胸的东西！我要把它钉在店里柜台上方！"他真这样做了，还领着顾客们（大多数是黑人）一直走到现金出纳机后面，好让他们靠近细看这小男孩的签名。"你们觉得怎么样啊？"他这样问，似乎这个名字真是签在《解放黑奴宣言》上的。

这个保护人，就是有一股这种叫人迷惑不解的劲头。有一次他们去海边钓鱼，内森的叔叔菲利见侄子使用钓竿时漫不经心，便好意拍了他一下，那鞋狗便威胁说要把菲利从船边扔进海里，因为他对那个孩子动了手。"只有一个人可以碰他，菲利，那就是我！""得了吧，哪有那样的事……"菲利咕咕哝哝地说。"你要是再碰他一下，菲利，"做父亲的凶狠地说，"我保证你会跟蓝鱼说话，跟鳗鱼说话！"可后来回到祖克曼家为度假两周租住的房子，内森，生来第

4

一次也是最后一次,被用皮带抽了一顿,因为他在玩那可恶的钓竿时差一点把他叔叔的眼睛戳出来。令他十分惊讶的是,那三皮带抽完后,父亲的脸和他自己的脸一样,都被泪水弄湿,接着让他更惊讶的是,他发现自己被父亲紧紧地抱在怀里。"一只眼睛,内森,人的一只眼睛,你知道不知道,对一个成年人来说,不得不过没有眼睛的一生意味着什么?"

不,他不知道。他顶多知道,或者想知道,一个没有父亲的小男孩会怎么样,尽管他的屁股正像火烧火燎一样难受。

在两次世界大战之间,他父亲两次破产:二十年代后期祖先生的男鞋部,三十年代初期祖先生的童鞋部;但祖先生的孩子从未缺少富于营养的一日三餐,或缺少及时的看医治病,或像样的衣着,或干净的床铺,或他口袋里的几分"零花钱"。生意溃败了,但家庭从未溃散,因为这家的主人从未溃退。在这些穷匮、艰苦的年月里,小内森没有一点他家在悬崖边缘摇摇欲坠的怯懦心理,却完全知足,他的信心也就是那个像火山一样暴烈的父亲的信心。

这也是他母亲的信心。她的表现显然不像是嫁给了一个破产两次、身无分文的商人。为什么能这样呢?做丈夫的在浴室刮胡子,刚唱了几句《驴子小夜曲》,做妻子的就在早餐桌旁向孩子们认真地说:"我想这是无线电里的歌声。那一瞬间我真以为是艾伦·琼斯[①]呢。"他若在洗车时吹起口哨,她就称赞说,他吹得比那些有才华的女歌手还好听——卡姆登 WEAF 电台每周日早晨播送女歌手用口哨吹奏的流行歌曲(祖先生说,或许只是在其他女歌手中间流行吧);当他陪她在厨房亚麻地毡上跳舞(晚餐后他常有跳华尔兹的兴致),她会说他是"第二个弗雷德·阿斯泰尔[②]";晚饭桌上他给孩子们讲

---

① Allan Jones(1907—1992),美国电影演员。
② Fred Astaire(1899—1987),美国舞蹈家、演员、歌手。

笑话时，至少在她想来，他比电台节目《看谁最滑稽》中的任何人都风趣，当然比福特参议员风趣多了。每逢他停靠那辆斯蒂庞克时，她总要探出头来看车轮与路缘石之间的距离，然后宣布——从无例外——"完美！"仿佛他是把一架引擎噼啪作响的飞机降落在了玉米地里。更不用说，在可以称赞时绝不批评，这是她的原则；既然嫁了祖先生这样的丈夫，她即使想不这样也办不到。

然后是应得的报偿。在他们的大儿子谢尔曼离开海军、小儿子内森进中学时，这家卡姆登鞋店的生意突然兴隆起来。一九四九年，即祖克曼进大学的时候，耗资两百万、崭新的"祖先生鞋店"在乡村俱乐部希尔斯购物中心开张了。那时还终于有了座房子：牧场风格，有石板砌的壁炉，坐落在一英亩的土地上，就在这个家摇摇欲坠之际，他们的家庭梦竟变成了现实。

祖克曼的母亲快乐得像个过生日的孩子，房产签约那天，她给上大学的内森打电话，问他的房间要什么样的"配色"。

"粉色，"祖克曼答道，"还有白色。床上要装华盖，梳妆台要铺那种下垂的台布。母亲，干吗要说'你的房间'？"

"可……可是爸爸为什么要买房子，不就是为了让你有一个真正的男孩子的房间，你一个人住，里面放你所有的东西？这是你一直巴望的。"

"噢，那我可以有装饰墙壁的镶板吗，母亲？"

"亲爱的，那正是我在跟你说的，你要什么都行。"

"我床上能挂三角旗①吗？在我梳妆台上能放我妈妈和女友的照片吗？"

"内森，你干吗跟我这样逗乐？我早就期盼这一天，等我打电话

---

① college pennant，一种拉长的三角形小旗，大学生们在棒球比赛中挥舞它为自己的球队加油。

给你报告这么好的消息时,你回应我的尽是挖苦,大学里的挖苦。"

"母亲,我只是想礼貌地提醒你——你大可不必那么得意,认为在你的新家里有什么名为'内森房间'的东西。我十岁时想过有地方放'我所有的东西',现在已经不再想了。"

"那么,"她怯弱地说,"如果你现在已经独立,或许爸爸就不必为你交学费,不必每周给你寄二十五美元支票了?或许这样做对双方都有好处,要是你抱这种态度的话……"

不论这是威胁,还是威胁所用的口气,都没有使他有所触动。"如果你打算,"他用一种郑重的口吻一本正经地说道,听来似乎是一个言行与年龄不相符合的孩子说出来的话,"不再为我的教育付费,这取决于你;那是应在你和爸爸之间决定的事情。"

"哎呀,宝贝,是什么让你变得这么无情无义,你一向乖巧又体贴人的啊?"

"母亲,"这个十九岁、主修英语和文学的孩子答道,"你讲话要用词准确。我不是无情无义,只是直截了当而已。"

啊,他跟着她亦步亦趋,始自一九四二年的某一天,内森·祖克曼爱上了贝蒂·祖克曼,就像电影里男人爱上女人一样。是的,因她而神魂颠倒,似乎她不是他的母亲,而是一个大名鼎鼎的女演员,由于某种不可思议的原因,她还给他烧菜做饭,使他的房间保持整洁。她能力出众,在他的学校担任战争债券募捐运动主席,有一天上午应邀在大礼堂给全校学生讲解保存战争邮票的重要意义。她来时所穿的衣服,通常只在她与"闺蜜们"去费城观看日场舞台剧表演时才穿:定做的灰色套装,一件丝绸罩衫。比她的着装更为出色的是,她站在挂满了红、白、蓝彩旗的讲台后面发表演说(不用讲稿)。在后来的日子里,内森发现自己之所以特别容易受到身穿灰色套装和白色罩衫的女人的影响,正是因为身材苗条、举止端庄、受人尊敬的母亲那天在讲坛上大放异彩。事实上,卢米斯校长先生（他或许有点自恋）把她作为债券运动主席和家长教师协会会长的风度与蒋介石夫人媲美。祖克曼女士羞怯地接受了他的赞许，接着在讲话中承认蒋夫人是她的偶像之一。她对与会的学生们说，柏尔·巴克①、艾米莉·波斯特②也是她的偶像。那确是真的。祖克曼的母亲深刻信奉她所谓的"优雅"并且非常看重问候卡片、答谢便条，就像印度人看重母牛一般。在他们相爱之时，他也一样。

祖克曼在生活中起初遇到几件叫他吃惊的事情，有一件是一九四五年他哥哥谢尔曼去海军服役两年，母亲竟大哭一场。她就像一个年轻姑娘因未婚夫出发上前线送死而悲痛欲绝，其实美国已在八月赢了第二次世界大战，谢尔曼只是去一百英里以外马里兰的一个新兵训练基地。为使她高兴起来，内森做了能做的一切：帮助洗碗，答应每周六去食品杂货店，不停地贫嘴，甚至说些通常会觉尴尬的事情，聊聊他的年轻女友。礼拜天晚上，在起居室桥牌桌上，"两个男子汉"一起打金拉米牌，他把母亲请来，让她在背后看他手中的牌，这使他父亲很惊慌。"好好打牌，"父亲警告他说，"注意我垫的牌，内悌，别管你母亲。你母亲能照顾好自己，而你这个人又会丢分的。"这人怎么如此无情？他母亲是不能照顾好她自己的，该为她做点事。可就算做了，又能怎样呢？

尤使内森心烦意乱的是，当电台播放《法国小姐》时，母亲为反对听这首歌，简直听不得任何说它的好话。在谢尔曼整个半古典和流行保留曲目中，《法国小姐》和另一首《老灯夫》是她最喜爱的歌曲，晚饭后坐在起居室，聆听谢尔曼弹琴歌唱（由她点歌），品味他的"演绎"，没有别的事更能叫她高兴的了。不知怎地，现在她可以听她一直同样喜爱的《老灯夫》，可电台一播《法国小姐》，她就

---

① Pearl Buck（1892—1973），美国作家，中文名赛珍珠，1938 年获诺贝尔文学奖。
② Emily Post（1873—1960），美国作家，社交名流，以撰写礼仪方面书籍而闻名。

会倏忽站起，离开起居室。内森自己的心情未必受到《法国小姐》的影响，但他随她而去，透过她的房门听见呜呜咽咽的哭泣声。这真使他难过死了。

他轻轻敲门问道："妈……你好吗？你想要什么吗？"

"不要什么，亲爱的。"

"您要我给你念我的读书报告吗？"

"不要，亲爱的。"

"你要我关掉收音机吗？我听完了，真的。"

"开着吧，亲爱的内森，一会儿就播完了。"

她的痛苦多可怕，又多奇异。不过，他想念谢尔曼是另一回事，谢尔曼是他唯一的哥哥。内森小时候对谢尔曼的依恋那么显眼，一望而知，以至于别的孩子常拿来开玩笑——他们会说，如果谢尔曼·祖克曼走路突然停下，他弟弟的鼻子会径直撞上谢尔曼的屁股。你确实可以看见小内森跟在他哥哥后面，早上去上学，下午去希伯来语学校，晚上去童子军开会；谢尔曼的五人中学乐队出去为犹太男孩成人仪式和结婚派对演奏音乐时，内森像一个"吉祥物"一样伴随，坐在舞台角落的椅子上，在乐队演奏伦巴舞曲时，他会把两根棍子打来打去。现在，他得体尝哥哥不在家的失落感，夜晚在他们的卧房里，眼见双人床上他的右侧空了一人，不禁眼泪汪汪，这是可以想见的。可他母亲为什么要哭成那样呢？既然他仍在身边，而且确实比以往任何时候都乖巧，那她怎么会这样想念谢尔曼呢？内森此时已经十三岁了，是中学里的优等生，可凭他所有的聪颖和成熟，也无法理解母亲的心情。

在第一次获得新兵训练基地上岸许可后，谢尔曼回家来了，随身带回的水手杂物袋里装满了色情照片，他们一块儿在老街坊蹓跶时，他把照片拿给内森看。他还送给弟弟粗呢上装和水手帽，还讲妓女的故事。在班布里奇岛酒吧间，妓女们坐在他腿上，让他把手紧贴她们的衣裳。不用付钱的。妓女都是五六十岁的老妪。谢尔曼那时才十八岁,想当一个像列尼·特里斯塔诺那样的爵士音乐家,因有音乐天赋,他已被选入海军特别服务部(也即文娱部),正要去海军基地当司仪主持演出,同时要协助海军上士编排娱乐节目。他可也是演艺界的珍宝,一个了不起的喜剧式踢踏舞蹈家,模仿波简格尔斯·罗宾逊[①]的滑稽模样常常让他弟弟笑得前仰后合。哥哥能做这一切,十三岁的祖克曼对他也就有高盼厚望。谢尔曼告诉他有关预防性病的装备和宣传电影的事,让他读水兵们值夜站岗时传阅的油印本故事。真是大开眼界。在一个青春期男孩看来,他的哥哥好像已经找到了通向大胆有为的男子汉生活的通道。

退伍以后,谢尔曼立刻直奔纽约,并找到在格林威治村弹钢琴的工作。小祖克曼为此欣喜若狂,不只是他,全家都兴高采烈。谢尔曼告诉他们说,他的雄心是与斯坦·肯顿爵士乐团一起演奏,而他父亲,如果他有把枪的话,他或许会气得拔出枪来一枪把他打死。就是在这个时候,祖克曼对他的中学朋友们吐露了他哥哥生活"在村里"的秘密。他们(这些乡下佬)居然还问:"什么村呀?"他蔑视地作了解答。他还向他们说起麦克道格尔街上的桑利莫酒吧,尽管他自己从未见过,但也可以想象。一天晚上,谢尔曼下班后(凌晨四点)去参加一个派对,遇见了琼·克里斯蒂,斯坦·肯顿乐团那位金发碧眼的歌手。光是琼·克里斯蒂这个名字就使弟弟异想天开。是的,听起来,对像谢尔曼·祖克曼(或者桑尼·扎卡里,他在酒吧里就是这样自我介绍的)这样敢作敢为的人来说,机会似乎是无穷无尽的。

后来谢尔曼进了天普大学,上牙医学预科。后来他结了婚,不是跟琼·克里斯蒂,而是跟某个来自宾夕法尼亚巴拉-辛维德的瘦削

[①] Bojangles Robinson(1878—1949),美国非裔踢踏舞蹈家。

的犹太姑娘。她是某地的一名牙科技师,说起话来稚气十足。内森对此难以相信,硬要谢尔曼告诉他这不是事实。他想起谢尔曼当海军时带回家的那些色情照片上袒胸露乳卖弄风情的女人,再想到胸部平平的希拉,也就是谢尔曼从今往后每晚都要跟她同床共枕过一辈子的牙科技师。他怎么也理解不了。他的魅力十足的哥哥究竟怎么了?"他明白过来了,"祖先生对亲戚和朋友们解释说,"他看见墙上的字了[①],总算彻底醒悟了。"

十七年的家庭生活和关爱,在他的想象中,每个成员或多或少都乐在其中。然后是他在巴斯学院的四年,据祖克曼说,这所坐落在西佛蒙特山谷的高等学府,主要以田园式绮丽环境驰名。他父亲曾希望用戴尔·卡内基的书来缓和他的脾气以赢得朋友,影响他人,可是在佛蒙特乡间,他的优越感却如丛林里的野蘑菇一般突然迅速生长。无论是脸色红如苹果、穿白色麂皮鞋的学生,《堡垒》辩论周刊的社论《提倡学校精神》,礼拜三上午必须听取的由来自州内各地访问教士作的教堂布道,还是礼拜一晚上集体宿舍里有学监那种要人参加的"自由讨论"——学监对一年级新生说,在夜光如水的夜晚,有时能听到图书馆墙上的常春藤轻声说出"传统"二字——所有这一切都难以让祖克曼相信他应该与这里的人成为伙伴。然而,在某种程度上,吸引祖克曼上巴斯学院的首要因素正是该校便览上的照片:新英格兰四方大校园里阳光照耀下的脸色红润、脚穿麂皮鞋的男孩,以及跟他们在一起的脸色红润、穿麂皮鞋的女孩。在他和他父母看来,"大学生"这个字眼在中学生听来意味深长之处,似乎全由美丽的巴斯学院体现出来了。此外,春天他们一家人驾车初访学院时,他母亲见到了他的学监。三年之后这位学监对祖克曼说,应该用一把干草叉把他赶出校园,因为他在大学杂志上发表了一篇

[①] 典出《圣经·旧约·但以理书》第5章,喻不祥之兆。

关于返校日皇后（一位来自拉特兰市的孤女）的讽喻文章。也正是这个学监，当初叼着欧石南烟斗，有一副橄榄球衣垫肩般的肩膀，穿着粗花呢衣服，在祖克曼夫人看来，是"一个绝对优雅的人"。单凭这一点就几乎可以定下来了，再加上据学监所称该校有"最优秀的犹太兄弟会"，还有专为学院三十名"杰出的"犹太女孩（学监称她们为"姑娘们"）所设的姐妹会。

祖克曼家谁会料到，就在内森入学的那一个月，他去读了一本叫《时间与河流》的书，并因此改变了对巴斯学院的看法，也改变了对生活的看法。

离开巴斯学院后，他应征当兵去了。如果他接着进入高等预备役军官训练团，他就会作为运输部队的少尉而步入军界，但他在巴斯的大学生里几乎是独树一帜，表示不赞成在私营教育机构传授和演练战争技能。所以他在每周肩扛来复枪绕着方坪练习一次行军的两年义务训练后，便谢绝了上校教官提出的让他继续参加军训的邀请。他的这一决定激怒了他父亲，特别是美国正在进行另一场战争。为了民主，美国年轻人又一次死去和湮没，这一次是以每六十分钟牺牲一条命的速度，同时又以加倍的速度在朝鲜战场的风雪泥泞中受伤致残。"你疯了，你是笨蛋吗，丢了运输部队的差事？这可意味着生和死。不去运输部队，你愿在步兵团里让你的屁股中枪吗？唉，我的儿子啊，你这是在自找苦吃，而且你一定会吃苦！大难临头了，日后你一定追悔莫及，你要是死了，那就更没的说了！"可是老祖克曼一点也意识不到，他如此叫骂并不能改变他的倔头儿子有关原则问题的思考。早在当新生时，他就宣布要退出犹太兄弟会，那时他宣誓入会才一个月。对此，老祖克曼的反应相对缓和（但也同样不得要领）："告诉我，内森，你怎么能退出一个你甚至不是正式成员的组织？你还不知道作为成员意味着什么，怎么就可以如此自命不凡？难道我的儿子突然变成了这样的人——一个半途而废的人？"

"在有些事情上，是的。"这个大学生答道，其冷漠而傲慢的语气就如一根铁钉戳进了他父亲的神经系统。有时候父亲激动起来，祖克曼会把电话伸出一臂之距，只是面无表情地瞧着它；这是他看到别人使用的手段，当然，只是为喜剧效果而用在电影里的。一数到五十，他就又对这位企业家发话了："对，这有损于我的尊严，是的。"或者说："我对事情不是为反对而反对，我是因为原则问题才反对。""换句话说，"即将动怒的祖克曼先生说，"如果我没理解错的话，只有你是对的，世界上其他人全是错的。也就是说，内森，你是这儿的新上帝，世界上其他人都只能下地狱！"内森的语气极为冷淡，即使在他们的长途电话线路上安装最敏感的测震仪，也测不出他声音中最轻微的颤抖："爸，你这话可离题太远了——"等等，说得有节制，有逻辑，特别"合乎情理"，足以让新泽西的"这座火山"爆发。

"亲爱的，"他母亲在电话上轻声恳求他，"你跟谢尔曼通过话吗？至少你想到过首先要跟他谈这件事吧？"

"我为什么得想到跟'他'说这个？"

"因为他是你的哥哥！"他父亲提醒他。

"而且他爱你，"他母亲说，"他把你当一件珍贵的瓷器那样爱护，亲爱的。你一定记得他捎给你的那件上装，你喜爱得一直把它穿烂为止。啊，内森，你父亲是对的，如果你听不进我们的话，那就听哥哥的话，因为谢尔曼离开海军之后也过了一段独立生活，跟你现在经历的相同，简直一模一样。"

"是吗，可那段生活对他也没什么好处，难道不是吗，母亲？"

"什么？！"祖克曼先生又一次大吃一惊，"该死的，你怎么这么说你哥？还有谁是你比不上的——就告诉我一个名字，至少是可以写进名人录里的，或许是圣雄甘地？耶胡迪[①]？唉，你是不是该给你

[①] Yehudi Menuhin（1916—1999），美国犹太裔小提琴家，指挥家。

自己灌输一些谦恭精神！你是不是该认真读读戴尔·卡内基的书？你哥碰巧是个有自己诊所的整牙医生，他也是你的兄长。"

"爸，兄弟之间彼此会有复杂的感情，我相信你对你自己的兄弟也一样。"

"可问题不在于我的兄弟，而在于你的兄弟，别混淆概念，这是你最大的问题：你傲慢地自以为对生活无所不知，其实你是一无所知！"

然后是迪克斯堡：午夜靶场训练，雨中仰卧起坐，一堆堆土豆泥和德尔蒙牌水果杯权充"晚餐"，还有天亮时弄成粉状的鸡蛋，八周步兵基本训练进行不到四周，薛顿贺尔大学一名学生在训练中死于脑膜炎。内森的父亲是正确的吗？虑及军队生活的现实和朝鲜战争的实情，难道他对预备役军官训练团的看法完全是荒唐的吗？他，一个以最优异学业成绩毕业的高材生，会犯这种可怕而不能挽回的错误吗？啊，上帝，设想一下，他因为每天早晨得跟五十个人一块儿大便而染上脊膜炎！在预备役军官训练团这个问题上坚持原则得付出多大代价啊！假设他在帮厨兵队里洗刷一百来个臭烘烘的垃圾桶时染上这病——在他当帮厨兵每天要干大量的定额工作之际，洗刷垃圾桶的活儿却似乎老是落到他头上（正如他父亲曾经预言的那样）。没有他，垃圾桶也照样擦得干净，预备役军官训练团也照样兴旺，可坚持原则的人又怎么样呢，他会不会跪倒在垃圾桶旁，还未上前线就一命呜呼了？

然而，像迪尔西[①]（他所在的波多黎各步兵排里只有他知道她）一样，他承受住这一切。不过，基础训练可不是小考验，尤其是他在巴斯学院最后一个凯旋年这么快就碰上了，这一年他上的唯一课程是英语高级讨论课，可得九个学分，由卡罗琳·本森指导。与巴

[①] Dilsey，福克纳小说《喧哗与骚动》中的黑人女佣，以忍耐、毅力和仁爱受人尊敬。

斯学院另两个最不合群的犹太人一样，祖克曼曾是"讨论会"的灵感源泉。他们每周三上课，从下午三点开始直至六点后——春秋季节还是暮色苍茫，到冬季就已是夜幕笼罩了。本森小姐的房子很舒适，有书和壁炉，客厅里学生们拉开安妮女王时代风格的餐椅，围着那张用了多年的东方地毯坐下来。当三位黑发犹太人（都退出了那个上流犹太兄弟会，也是巴斯学院第一份文学杂志的合作创办者——啊哈，他多喜欢说，这是自十九世纪末期以来的第一份杂志）就《高文爵士与绿骑士》开始高谈阔论手舞足蹈时，那七位基督徒批评家简直不敢发言。卡罗琳·本森是个年长的单身女人（不像内森的母亲，她看来不到自己年纪的一半），像她所有的美国祖先一样出生在曼彻斯特，在韦尔斯利和"英格兰"受的教育。祖克曼在大学读到一半时才知道，"卡罗琳·本森跟她的纽约犹太学生"正是本地的一大传统，是巴斯学院的特色之一，就像男学监的"问候精神"，或者佛蒙特大学的橄榄球赛——每年比赛都会使平时庄重的校园氛围达到某种类似宗教狂热的状态，而这种状态在本世纪即使在澳大利亚丛林也少有所见。一些来自东北部的比较风趣的教员在系内闲谈，说什么"卡罗琳有犹太人追随者这事儿上学期不就发生了吗"，等等。是的，后来证明内森也成了其中一员，而且他也不在乎别人怎么看。新泽西卡姆登的内森·祖克曼有什么资格拒绝接受在"英格兰"受过教育的卡罗琳·本森的才学呢？要知道，她在他一年级的文学课上，不出一小时就教他发出"length"里的 g 音；年底以前，他已经把"家伙"这个词永远从自己的词典里删除了。不过，倒不如说是她给删除的，而且手法干净利落。

"祖克曼先生，《傲慢与偏见》里可没有'家伙'一词。"

不过事实上，他也乐意被指出这一点。她以她那言简意赅的佛蒙特州方式说得他面红耳赤，而他尽管自负，却连气也不吭一声——每一个批评和纠正，不管如何细微，他都怀着那种殉道圣徒的感奋心情接受下来。

"我寻思我得学会跟人相处得更好。"有一天他这样对本森说。她在文学楼走廊上遇见他，问他为何别着一枚兄弟会的徽章（别在新的V形领套衫的前胸，他母亲说，他穿上这件套衫更显大学生气派了）。对他这一番旨在自我改进的打算，本森小姐的回应既简洁又深刻，以至于此后一连数天祖克曼无论走到哪里总在暗自重复她那句话。"为什么，"卡罗琳·本森问这个十七岁的男孩，"你一定要去学那样的东西？"这就跟《时间与河流》那本书一样，证实了某种他一直以来都感觉到的，但又要一个有着无可争议的威望的纯粹的人跟他挑明后，他才能给予信仰的信念。

在他读大四那年五月的一个下午，不是奥斯特沃尔德，也不是菲斯巴赫，而是天选之子中的天选祖克曼，受邀在卡罗琳·本森家"英国式"后花园里同她共进茶点。毫无疑问，那是他一生中表现得最有教养的四小时。按本森小姐的吩咐，他带上了他刚完成的四年级专业学位论文。他穿着夹克衫，系着领带，置身于他叫不出名字的百花（除了玫瑰以外）丛中，一边嚼着水田芥三明治（在这以前他从未听说过这东西，而且从今往后也不期望再听到它的名字），一边尽可能地少啜一点茶，只求礼节上过得去（直到现在，他仍然无法将热柠檬茶跟儿时卧病在床的情景断然分开）。他给本森小姐大声朗读他的论文，题目为《弗吉尼亚·伍尔夫部分小说中潜在的痛苦情感的研究》。论文里充满了那些如今在他看来富有魅力的词语，以前在卡姆登自家起居室里几乎从未用过的词语："反讽""价值""命运""意愿""憧憬""真实性"，当然，还有他特别爱用的"人的"；这个词他用得过于频繁，以至于本森小姐不得不在边注里加以提醒。"不必要，累赘，牵强。"本森小姐会这样写。好吧，对她来说也许不必要，但对他这个新手而言，则是非用不可：人的性格，人的可能性，人的错误，人的痛苦，人的悲剧。那众多令他"动容"的小说中的主题,就是"人的境况",在他还是四年级优等生时,他就能把这个主题讲解得惊人的透彻,甚至庄严肃穆。而这之所以惊人,原因在于他个人经历的苦楚到那时为止还仅限于在牙科诊所的躺椅上所感受到的那一点。

他们先谈论他的论文,接着又谈到他的未来。本森小姐希望他服完兵役后到牛津或剑桥继续攻读文学。她觉得,对内森来说,暑假里骑车周游英格兰、瞻仰那些宏伟的大教堂是个不错的主意。内森听了也觉得不错。那个美好的下午结束时,他们没有拥抱,但那只是因为本森小姐的年纪、身份和性格不合适的缘故。祖克曼当时准备这样做,也情愿这样做,他心中那股想要拥抱和被拥抱的强烈欲望几乎难以抗拒。

接着步兵基本训练八个不愉快的礼拜,来了同样不愉快的八个礼拜的宪兵队训练,在佐治亚州本宁堡炎热的阳光下,和一帮城里的无业游民和南方乡下佬一起接受训练。在佐治亚州,他学习指挥交通,使之"分股而流"(正如指导手册里所写的那样),还学习在不得已的情况下用警棍击打喉头。祖克曼在军校里就像在巴斯学院争取最佳成绩一样专心而机敏。但他并不喜欢军校的环境、他的战友和那一套"制度",然而他不想战死在亚洲,因此,他注重训练中的每一个细节,似乎他的性命有赖于此。他没有像连队里其他大学毕业生那样,故意作出被刺刀操练激怒或觉得它好笑的样子。在巴斯当学生时蔑视军训是一回事,而在战时当了兵则是另一回事。"杀啊!"他喊着,"杀啊!"就如命令的那样"拼命"喊着,把刺刀深深扎进沙袋内。要是有人对他说,标准动作包括朝被刺倒的人形沙袋上吐口水,他也会照办不误的。他知道何时可以自满,何时不该——或者说他至少已经开始弄清这一点。"你们是什么?"文尼·波诺中士在指挥台上朝他们咆哮道(赴朝参战前波诺中士是个司机,以只凭一把筑壕工具痛击朝鲜一个排而著称),"你们这些扛着刺刀的人是什么，是猫儿还是狮子？""狮子！"祖克曼大声应道，因为他不想今后死在亚洲，也不想在任何地方战死沙场。

然而，他怕他迟早会的。在佐治亚，清晨列队时，往往由连长，一个难以取悦的家伙，在漫长的一天开始时给士兵们训话："我他妈的向你们这些花花公子保证，没有哪个混账东西会离开这个鬼地方，到别处去咬哪个婊子的奶头——"早晨起床后通常心情愉悦、生机勃勃的祖克曼脑海里这时会突然浮现这样一幅景象：自己倒在首尔妓院后面的小巷里，被几个烂醉的乡巴佬压在身下。他会熟练地猛攻来犯者的喉头，腹部，膝盖——训练中他所击打的人形沙袋的所有部位。可现在，脸朝下躺在泥浆里的是祖克曼，被醉汉无赖粗暴地压在底下，然后被不知从哪里刺出的尖刀或匕首送上了西天。学校训练与人形沙袋是一码事，现实世界与真人格斗是另一码事。祖克曼在学校打架时都不会朝对方脸上挥拳头，叫他怎么学会用棍棒猛击他人的膝盖骨呢？然而，他继承了他父亲那极易冲动的性情，不是吗？还有他自己那慷慨激昂的自以为是的精神。况且他也不是完全没有匹夫之勇。少年时代，尽管体形瘦弱，但一到秋季，每星期他都参加橄榄球赛，当对方球员蜂拥着向他防守的一角扑来时，他既不退缩，也不叫喊；他动作敏捷，头脑灵活——那时他喜欢用"细高个儿"来形容自己。"细高个儿内森·祖克曼"，他为人机灵，能通过虚晃、迂回，拼力冲过一群块头如河马一般的十三岁男孩，尽管相比之下他像个长颈鹿，但实际上，只要大家都遵守规则，按照运动精神进行比赛，他在球场上还是相当无畏的。但当（出乎他的意外）崇尚友谊至上的时代结束时，"细高个儿内森·祖克曼"也就退出了球场。他认为作为一名左端锋，带球冲击球门时被撞倒在地天经地义，他也喜欢这种惊险场面，先是腾空跃起，然后摔个嘴啃泥，最后一堆人相继压在他身上。然而，一九四七年秋季的一个星期六上午，在芒特霍利飓风队的一名爱尔兰球员飞一般扑到人堆里（躺在最底下的是带着球的祖克曼），尖叫着"压扁犹太佬"时，他明白，他的橄榄球生涯到此结束。打那时起，橄榄球就不再是按照规则进行的比赛了，而是一场恶斗，每个竞争对手都在寻找各种"借口"尽可能地犯规而不受罚。祖克曼却做不到这一点，甚至遭攻击时也无法回击。他会竭尽全力阻止对方朝他扑来，保护自己不受伤害，但假如让他拼上自己的关节或膝盖跟对方暴力对抗，他可就办不到了。既然在邻近的运动场上就从来做不到，在亚洲大陆就只有坐以待毙的份了。作为一个专心致志、目的性强的学生，他在基本训练中给沙袋"开膛破肚"时动作熟练，因而获得了"训练有素的杀手"这一赞誉。"就是这样，细高个儿！"波诺中士总是在台上对他最喜欢的这位大学毕业生喊话。然而，尽管他受了良好的军事训练，这对他自己和自由世界都有好处，但一旦面对真正的活生生的敌人时，他恐怕不啻举着阳伞，穿着裙子了。

所以说，看来他的坎特伯雷大教堂之行要成为泡影了，也瞻仰不了西敏寺的诗人之角了，见不到约翰·邓恩布道的那座教堂，见不到湖区或奥斯汀《劝导》（本森小姐最喜爱的小说）的背景地，或者艾比剧院和利菲河，也活不到有朝一日凭牛津或剑桥的文学博士学位当上文学教授，拥有一栋舒适的房子，里面有壁炉一座，图书满墙；他再也见不到本森小姐和她的花园了，还有体检不合格的那两个幸运儿菲斯巴赫和奥斯特沃尔德，更糟的是，没有一个人从此以后会再见到他了。

这足以使他哭泣。电话上跟在新泽西为他担心的父母放开畅谈之后，如往常一样，他哭了。是的，在电话亭外，听得见基地小卖部自动点唱机传来的歌声："啊，红色，我们要的是红色，取自古老红白蓝三色中的红色……"他就觉得自己虽然二十一岁了，却还像四岁时终于必须学着熄灯睡觉那样哭得声泪俱下，惊慌失措。同那时一样，他渴望投入妈妈的怀抱，触摸爸爸那未刮胡子的脸颊。

同莎伦通电话时他还故作坚强，可事后他却止不住哭泣。两人交谈时，莎伦哭个不停，他倒可以自持，但等到要把电话机交给下一个排队站等的士兵，等到他离开他刚才很能劝得莎伦高兴起来的电话亭，开始在夜色中穿过陌生的岗哨时——"啊，红色，我们要的是红色，取自古老红白蓝三色中的红色……"——他尽力克制住自己，才总算没有大叫出来，以反抗即将降临的极不公平的厄运。再也见不到莎伦了。再也见不到莎伦了！再也见不到莎伦了！在年轻的祖克曼心里，失去莎伦·莎茨基是何等沉重的打击！她是谁呢？莎伦·莎茨基是个什么样的人呢？怎么会一想到永远离开她，他就痛苦得要捂紧嘴巴，才不至于对着月亮嚎叫？

莎伦年方十七，是艾尔·"拉链大王"·莎茨基的女儿。最近她随家人搬到库克县的国会山庄去住了，那里是房地产开发区，牧场式的房子很贵，祖克曼的父母现在也住在那里，地处卡姆登郊区，景色有如达科他州荒地，平坦，无树。从巴斯学院毕业至七月份入伍的四个星期里，他跟她见过面。见面前他母亲称赞她是个"完美小姐"，他父亲说她是个"很可爱很可爱的孩子"，所以祖克曼压根儿没想到那天晚上来到他家的是一个红头发绿眼睛的女子，又高又瘦，活像一位亚马孙女战士，穿一条超短裤，闷闷不乐地跟在父亲艾尔、母亲米娜后面。四个家长显得煞费苦心，对她就像对婴儿一样，似乎这样就能使他这个大学生的眼睛离开女孩又短又露的夏装下面饱满的臀部弧线。莎茨基女士这天刚带女儿去费城买"大学生服装"。米娜刚开始说莎伦穿上每一件新衣服有多"漂亮"，莎伦就说："母亲，请别……"艾尔说（颇为自豪地），莎伦·莎茨基现在拥有的鞋子比他的裤衩还多。"爸爸。"莎伦埋怨道，生气地闭上她那双浑浊的眼睛。祖克曼的父亲说，假如莎伦对于大学生活有什么问题的话，她可以问他儿子，还说他儿子在巴斯学院是"校报"的编辑。其实祖克曼编辑的是文学杂志，而非"校报"，不过他对自己的父母在公开场合赞美他的成就时的不准确说法已经习以为常了。确实，后来他对父母的缺点的容忍度越来越高。仅仅在去年，他还可能因为母亲随口说的一句话而感到生气，因为他知道那句话直接引自《麦克科尔》妇女杂志（或者因为她不懂什么是"客观对应物"，不知道德莱顿生活在哪个世纪），可现在他几乎是不动声色了。他也不再试图教他父亲弄懂三段论的奥妙。的确，只有在老头子根本弄不明白三段论的中项与其他两项至少有什么关系时，这个三段论才能成立——可这对祖克曼来说，又有什么关系呢？父母以自己的方式爱他（尽管缺乏逻辑和知识），他完全可以宽容地对待他们。此外，应该实事求是地说，在过去四年内，他变得更像本森小姐的学生，而不像他们的后代了……所以，纵然他对那天晚上的所见所闻感到"好笑"，他还是和颜悦色、满怀好意地对待大家。他回答了莎茨基夫妇提出的关于"大学生活"的问题，言谈中不带丝毫讥讽或势利的口气（在他听来是无论如何没有的），期间一直忍着不去看（没有成功）他们女儿那件紧身马球衫里面抖动着的乳房，她那灵活的细腰和诱人的身段，以及她那如豹子般的步态——主要靠大脚趾从铺有地毯的房间一边走到另一边……一个学文学的学生，几个星期前还在卡罗琳·本森的花园里喝茶，吃水田芥三明治，同艾尔·"拉链大王"·莎茨基娇生惯养的中产阶级女儿有什么好扯在一起的呢？

到祖克曼即将从宪兵学校毕业时（像在巴斯学院一样，名列全班第三），莎伦已是朱莉安娜初级学院的新生，该校位于普罗维登斯附近。她每晚都要在扇形边花押字粉红信纸上给他写一封令人肉麻的信，信纸是祖克曼的母亲给这位完美女郎的临别礼物，信中写道："最最亲爱的我在体育课上打网球时只有一个念头就是从房间一边朝另一边你的鸡巴爬去然后把它贴在我脸上我喜欢它放在我脸上贴着面颊嘴唇舌头鼻子眼睛耳朵上把你绝妙的鸡巴戳进我的头发里……"等等。那个下流字眼（还有别的一些词儿）是他教给她的，怂恿她用于性行为，叫她在电话里和通信中为了刺激想象而不断地使用——对于这个幽居在罗得岛宿舍房间里的年轻姑娘来说，那个词儿有着强烈的吸引力。"每次球从网上飞过来，"莎伦写道，"我就看见你那出色的鸡巴在上面。"他当然不相信最后这句话。假如莎伦作为情欲的学徒有什么不足之处的话，那就是她倾向于操之过急。结果是她那些无聊的文字（他受本森小姐"新批评主义"课程的陶冶，尤其擅长散文写作）常常由于过分夸张而使他生气。她的那一套不但没有激起他的性欲，反而因为庸俗露骨而不时引起他的反感，令他联想到的不是劳伦斯，而是他哥哥从海军偷偷带回来给他看的那些油印本故事。尤其是她用"大的""热的""出色的"来形容那个字眼，显得矫揉造作，像在念咒语一般，一句话，"感情用事"，就如他自己在大学里使用或错用"人的"一样。使他不悦的还有，她拒绝遵守简单的语法规则，不用标点符号和大写字母，却也并非蔑视传统的独创姿态（这种摒弃传统的做法不管是莎茨基本人的还是沿用诗人卡明斯的，在祖克曼看来，都索然无味），作为《达洛卫夫人》和《到灯塔去》的崇拜者，况且又是《包法利夫人》和《专使》的崇拜者，这种表达情欲的方式顶多算是想象力的初级水准。

不过，就情欲本身而言，他觉得无可指摘。

事实上，那天晚上（更正：一夜间），他把她抱放在他父亲新的凯迪拉克轿车后座的毯子上，处女血玷污了他的下体，她也自此成了他阅历之中最放荡的存在。在巴斯学院，他曾与六七个放浪不羁的同学相交过，但她们中没有一个人像莎伦那样，至少在他为其宽衣解带的人当中是没有的。就连芭芭拉·卡德尼，这个巴斯剧社的头牌女角，祖克曼在学院功成名就的最后一年里的伴侣，一个献身于《美狄亚》舞台、现就读于耶鲁大学戏剧学院的姑娘，也不如莎茨基那般如狼似虎、矫揉造作。尽管莎伦生性豪放、无拘无束，但祖克曼并不曾企求她做那些出格的情色之举，倒是她反过来苦苦哀求要赐予他。他这个做老师的让学生以为他很淫乱，实际上在这方面他与学生相比并没有遥遥领先。对她甘愿满足他的所有冲动念头和怪诞欲望，他当然感到意外，但不露声色。只是凭插入就唤醒了她的情欲这一点，起初让他难以理解，后来他回想起另一些他所目睹的令人吃惊而惶惑的事实——在谢尔曼离家参加海军时，他母亲变得像个被剥夺了未婚夫的少女，谢尔曼本人则从风流男子沦落成正牙医生。对莎伦，他只要拐弯抹角地提到某种交欢的动作，极其含混地暗示某种交欢的意愿——他祖克曼也并非毫无顾忌——她就会恰到好处地摆好姿势或找出必要的器具。"告诉我你要我说什么，内森，告诉我你要我做什么……"仿佛祖克曼是个想象力高超的男孩，莎伦又是那么急于讨好他，那年六月几乎每天晚上都有够刺激的新花样。

他们俩做爱（假如这个字眼恰当的话）时，往往正值双方父母在屋里某处，或在外面后阳台上饮冰茶闲聊的时候，这就为他们平添了惊险之感，也助了兴。

这一切过于刺激，放纵得使他感到不安（艾尔·莎茨基能成为拉链行业的巨头，可不光靠他的宽厚温和），但又难以抗拒。根据家长们的建议，他们会在夜深时到厨房里去，像乖孩子似的用汤碗吃了好多浇了糖浆的冰淇淋。大人们在外面阳台上取笑这两个孩子"食欲强"——是的，他父亲是这样说的——岂不知在他们的桌子正下方，祖克曼正在用他的大脚趾使莎伦达到高潮。

最妙的要算那些"演出"了。为了使祖克曼开心，也是在他的怂恿之下，莎伦站在洗澡间，门开着，头顶的灯亮着，好似在舞台上那样为他表演，而他则坐在走廊另一头昏暗的起居室里，假装在朝电视机的方向看。一场"演出"的内容包括她脱去衣服（动作轻缓、娴熟，酷似卖弄风情的妓女），尝试各种姿势，直看得祖克曼目瞠口呆，是他在现实中（不可否认地）见识过的最神秘、最动人的情景了。几乎同样令人销魂的是，那天夜里她从起居室的另一头朝他爬过来，"我要做你的妓女"，她（同样未经提示）在他耳边窃窃私语道。此时在屋后阳台上，她的母亲正在向他的母亲诉说着沙伦穿上他们下午为她买的冬大衣有多漂亮。

他后来得知，莎伦所干的并不是某种复杂的反抗行为。不过话说回来，她也并不是一个思想复杂的女孩。假如她的举止仍然叫人难以理解，那只是因为她的一举一动似乎直白得近乎可悲。莎伦恨她父亲。恨他的一个原因，据她说，是因为他家难听的姓氏，而他拒不更改。好多年以前，在她还是摇篮里的婴儿时，莎茨基家的五兄弟聚集在一起，决定更改他们的姓氏"以便更好做生意"。他们决定改为"沙德利"。五兄弟中只有她父亲拒绝更换。"我不觉得丢脸。"他对四兄弟说，并且打那时起，他后来对女儿说，他在五人之中获得了最大的成功。莎伦反对说，好像那样就证明了什么？说什么这个姓氏难听到家了，说什么人们怎么能接受这样一个姓，尤其是对一个女孩而言，怎么能有这样一个姓！她的堂姐辛蒂现在叫辛蒂·沙德利，堂妹露西叫露西·沙德利，家族里的女孩中只有她一个仍姓莎茨基。"够了，你能不能消停点——我的名字是一块商标，"她父亲对她说，"我已经闻名全国了，要是我突然变成了艾尔·'拉链大王'·沙德利，那算什么呢？他是谁啊，亲爱的？"哦，事实上，在她十五岁时，她就已经忍受不了他自诩为"拉链大王"。"拉链大王"同莎茨基一样令人讨厌，某种程度上更糟糕。她希望父亲的姓氏既非玩笑，又非彻头彻尾的谎言；她希望有一个真正的姓氏；她曾警告他说，等到她年龄够大了，总有一天她会去县法院雇一名律师来帮她更换姓氏。"行，你会找到的，你知道怎么改吗？就按照所有规规矩矩的大姑娘的办法去改。你会结婚，而我会在婚礼上哭泣，因为我高兴，从此以后再也不用听这没完没了的改姓的事儿了……"

如此这般的争吵贯穿了她的整个青春期，如今还在继续。"什么莎茨基呀，"她伤心地哭着对祖克曼说，"不就是'狗屎'①的过去式吗？他为什么不肯改啊？一个人居然会如此顽固！"

在反对家族姓氏上，莎伦表现出从未有过的机智——这并不是故意卖弄的。事实上，当她不像马戏团表演那样供他取乐时，对祖克曼来说她简直是无聊至极。她什么事也不懂。她在单词"length"里不发 g 的音，在"when"或"why"里不发 h 的送气音，即使在谈起麦尔维尔小说中那条"whale"（鲸鱼）时，也同样不发送气音 h 音。她发 o 音最土，是费城人口音，他从出租汽车司机那里听得最多。如果他跟她开个玩笑，即使她听懂了他的笑话，她也往往是叹一口气，眼睛朝上一翻，似乎他的连珠妙语与她父亲说的那些话相差无几——要知道他祖克曼曾号称巴斯学院的门肯②！他的评论文章（有关行政部门和学生团体的缺陷），本森小姐视其犀利机智可与乔纳森·斯威夫特相媲美。他怎么能带莎伦去巴斯学院拜访本森小姐呢？要是她一开口就给本森小姐讲她自己或中学朋友那些无聊逸事，那可怎么办？唉，她一开始说话，就会使你厌烦透顶！跟人交谈时，莎伦难得讲出一句完整的话，而且让祖克曼尤为反感的是，她说话时总是插进一些拖泥带水的口头语，诸如"你知道的""我意思是"，还有一些表达热情的措辞，像"真真了不得""真真绝了""真真妙极了"……这最后一种说法通常用来形容同她一起在大西洋旅游的那帮孩子，当时她十五岁，确切地说，也就是前年夏天的事。她粗野，幼稚，无知；他所崇拜的弗吉尼亚·伍尔夫小说中所描写的那种微妙的感情和高尚的精神，她简直一点也没有。在巴斯学院的最后一个学期，他还把这位作家的照片贴在自己的书桌上方。在

---

① Shitzky，"狗屎"(shit) 的一种婉称。
② H. L. Mencken (1880—1956)，美国作家，评论家。

与莎伦共同度过那放肆狂热的一个月之后，他入伍了，从而有幸摆脱了（就像有幸遇见那样）艾尔和米娜夫妇那个身高五英尺九英寸的宝贝女儿。她既撩人又驯顺，床上表现非同凡响，但对于祖克曼这种感怀于伟大作家和伟大作品的人来说，她并不是精神上的伴侣。或者至少看起来是这样的，直到祖克曼领到了那支 M1 步枪，他感到他需要他认识的每一个人。

"我爱你的鸡巴，"女孩对着电话啜泣道，"我很想它。啊，内森……"他满脸泪水，又胆战心惊，跌跌撞撞地离开了电话亭：想一想，他就要和他的鸡巴同归于尽了！哦，假如它没有了，而他活下来了，那会怎么样呢——设想一颗地雷在他的长筒靴下爆炸，炸得他两腿之间空空如也，却被遣返到莎伦·莎茨基那样的姑娘身边。"不！"他对自己说，"别胡思乱想！别庸人自扰！认真想想吧！那只是对莎伦的不理智感到内疚，那只是因为在其父母家里奸污其女儿而害怕受到惩罚！这是一连串关于因果报应的胡思乱想！没有这样的事会发生！"只是，对他来说，"这样的事"在战争中当然会发生，而且是天天发生。

在宪兵学校受训八周后，又去步兵团受训八周，接着，作为打字员，他被派往肯塔基州西南角的坎贝尔堡，在帕迪尤卡之东六十英里，离地雷区以东八千英里。祖克曼好运气！行政部门的一个错误使注定遭厄运的人受益，得以赦免，而那些原本撞大运的人一夜之间被送上死路。这些事情也是天天发生。

祖克曼只会用食指打字，对归档、制表等一无所知，不过幸运的是，他被派去的那个供应室的主管队长，倒是喜欢有个犹太人供他消遣——这种情形司空见惯——所以他情愿将就着用一个无能的助手。他没有报告人员分配中的错误——虽然无能的助手常担心他会上报——将这个本该被派到首尔一家妓院后面去送死的祖克曼误送到了坎贝尔堡，他也没有要求另派人来替代他。现在的情况是，每天下午在出发去空军基地高尔夫球场之前，作为运动前的准备，克拉克上尉总要把高尔夫球一只只打出他的办公室，朝那个干事兼打字员办公的格子间打过去。球明明从祖克曼衬衫上擦过，他却尽量显得泰然自若，面带笑容地说道："击中了目标，先生。""还不够准……"上司聚精会神地回答道，"还不够准……"上尉从他办公室开着的门继续远距离击球，直到终于击中目标。"啊哈，这才像话，祖克曼，正中目标。"

虐待狂恶棍！南方顽固派！祖克曼每天结束时，就离开供应室去副官办公室，打算控告克拉克队长（据他所知，他是三K党秘密成员）。但是，既然他不应该被分配到肯塔基州，而是原先要被派到朝鲜当炮灰（如果他找克拉克任何麻烦，他就可能到那里送命的），结果每次他认为还是克制自己的愤怒为好，便改向去食堂吃晚饭，然后去驻地图书馆，继续攻读布卢姆斯伯里一派的作品，每隔一小时左右就抽点时间看一看那位放荡少女当日寄到的淫秽书信——他一时还做不到彻底放手。可是，哦，天哪，他疯了么？他的尊严！他的人权！他的信仰！哦，每次高尔夫球从他身上轻轻弹回去时，激起他心头多大的愤慨啊……不过，这种愤慨（二等兵祖克曼知道得很清楚）还不同于血气方刚，也不是文学中描写的甚至生活中经历的苦难或痛苦。

然而痛苦迟早会找上祖克曼——以孤立、屈辱、凶猛和持续的敌对的形式，还有那些敌对者——不是可敬的学监、慈爱的仁父或愚蠢的军官；哦，是的，痛苦很快就会进入他的生活，而且并非完全是不请自来。正如他慈爱的父亲曾经告诫他的那样，他要自找麻烦，那麻烦总会有的——到时候他准会措手不及。因为就其严酷性和持久性而言，就其纯粹的痛苦的实质而言，它一点儿也不像他在家、学校和部队里所遭受的痛苦，也不像他在撰写那篇得了最高分的论述伍尔夫小说中潜在痛苦情感的论文时所体会到的痛苦。他幸运地被误派到美国南部乡村而不是充满杀戮的朝鲜战场，但不久他便意识到这是他这个初出茅庐者最后一次交好运。用不了多久，厄运便追了上来，他开始遭到报应……为了他的虚荣和无知，的确，但最重要的还是为了他身上自相矛盾的东西：刻薄的唇舌与薄弱的脸皮，精神的渴求与下流的欲念，小孩子的柔软需求与大丈夫的雄雄野心。是的，在今后十多年的生活中，他将学会他父亲希望戴尔·卡内基能教给他关于谦卑的全部，然后还会学到一些别的。再往后，还会学到更多。可那是另一个故事。跟那个故事比起来，那个欺负犹太人的南方小人对着他的鼻子打高尔夫球，甚至十七岁的莎伦·莎茨基像巴黎皮加勒红灯区妓女一样为他表演等事，似乎和那天下午他在卡罗琳·本森的花园里品茶、吃水田芥三明治一样，都成了他田园牧歌般青年时代的一部分。讲述祖克曼的苦难，跟描写他安逸的少年时代颇不相同，需要一种更为严肃的手法。要准确地讲述祖克曼二三十岁时的灾难，需要深入挖掘，需要一种更阴暗的讽刺意识，一种庄重而深沉的声音来替代那种自我陶醉式的观点……或许故事需要的既不是庄重严肃，也不是曲折复杂，而只是需要换一位作者来写，换一位把故事看作简单五千字喜剧来写的作者。不幸的是，那篇故事的作者尽管在相仿年龄经历过类似的灾难，但即使到了三十岁中段，依然没有本事简明扼要地讲述那个故事，或者感受到它的趣味。而之所以"不幸"，在于作者弄不清"不幸"到底是对人物的估量，还是对灾难的评价。

求婚之灾（或五十年代危机）

不，我不是为了随俗才结婚，没有人可以这样指责我。我之所以娶妻，不是因为害怕孤独，或为了年纪大了有个"帮手"，厨师，或者老伴儿。当然也肯定不是因为性欲。不管现在他们怎么说我，性欲与此毫无关系。恰恰相反：尽管她颇有姿色——长着一张有力的北欧人的方脸庞，一双目光坚定的蓝眼睛——被我满怀爱慕地视为"冷若冰霜"，剪成刘海式的淡黄头发，笑起来很迷人，笑声富有感染力而又爽朗，但粗腿矮身材给我的印象几乎是比例失调的矮人，自始至终不合我的口味。她的走路姿势尤其叫我难受：男人一样，不雅观，快走时便有几分在地上滚动的模样，让我联想到牧民和商船海员的形象。我们成了恋人之后，每次在芝加哥街上约会，望着她朝我跑过来时，即使还有一段距离，我也忍不住要后退几步，无法想象把这样的身体抱在怀里，甚至居然自愿让她成为我的人。

莉迪亚·克特雷尔离过婚，比我大五岁，有个十岁的女儿，女儿现在跟前夫及其第二任妻子住在芝加哥南郊一个新开发的住宅区。离婚前，每次她胆敢批评或质问她丈夫的想法时，他就会把她从地板上拎起来——他是个体重超她一倍、高她一英尺的彪形大汉——把她往离得最近的墙壁上撞。离婚后的几个月里，他又通过那个判给她的六岁孩子来虐待她。她精神崩溃时，克特雷尔带走女儿和他同住，后来，莉迪亚出院回到自己的公寓时，他拒绝把孩子交还给她。

克特雷尔是第二个几乎摧毁她的男人,第一个则是莉迪亚的父亲,在她十二岁时竟诱奸了她。她母亲生下她后一直卧床不起,被腰部风湿痛害得很惨,虚弱不堪,奄奄一息。在她父亲出走后,莉迪亚被送到芝加哥南边的斯科基村,由两个未婚的姨妈抚养,直至她十八岁时跟克特雷尔私奔,在芝加哥这个避风港与母亲同住一个房间。芝加哥出了不少英雄人物:飞行员林德伯格,参议员比尔伯,库格林神父,爱国者杰拉尔德·莱·肯·史密斯。但她们在这里的生活谈不上别的,只有惩罚、耻辱、背弃和挫折。而使我不顾一切疑虑而深受吸引的却正是这种生活。

诚然,这与我自己家的相亲相爱、和睦团结形成了巨大的反差。莉迪亚记得,她曾在无数个夜晚给母亲的腰背擦施乐安药膏,而我却想不起来小时候哪怕有一个钟头我母亲没有尽到她母亲的职责。即使她真的身体不适,那似乎也丝毫不影响她吹奏动听的口哨,她每天做家务活时总会接连不断地吹着"表演曲调"。家里真正的"病鬼"是我:白喉使我呼吸困难,接着连年复发的呼吸道感染,传染性单核细胞增多症使我虚弱无力,以及原因不明的"过敏反应"。发育之前,我有很多时间躺在床上,或盖着毯子躺在起居室沙发上,这样的时间跟坐在课堂里听课的时间一样多,这就使得我母亲——一个吹奏口哨者,邮递员因而称她为"祖克鸟夫人"——那乐天的个性越发显得不凡。我的父亲,性格坚强不屈,比起母亲这个生龙活虎的庄稼人,他生来就是一个严肃的人,尽管不像母亲那般开朗乐观,但在家庭苦难面前表现得毫不逊色,尤其是面对经济大萧条,我的疾病,我姐姐索尼娅两次难以言喻的婚姻,两次嫁给西西里岛人的儿子:第一个挪用公款,最后自杀;第二个做生意,虽然老实,但用意第绪语来讲"俗不可耐",光是这一点就似乎足以让我们痛心疾首,不堪其辱了。

我们自己虽不高雅，但也不粗鄙。我明白，一个人的尊严与其社会地位无关，性格、行为才是最重要的。我母亲常开玩笑嘲讽周围一些女士，她们悄悄做着拥有貂皮大衣、去迈阿密海滩度假的美梦。"对她们来说，"她轻蔑地说起一些愚蠢的邻居，"一切的一切就是穿上银色狐皮大衣，去跟社会名流（hoi polloi）一起寻欢作乐。"直到我上了大学，自己错用 hoi polloi 时，我才知道母亲用这个有社会名流之意的词实际上指的是乌合之众，很可能是因为它听起来跟另一个她用来形容轻浮之辈的词 hoity-toity 相似的缘故。

在我们家里，阶级冲突是一个热门话题，或者说，我们把社会不满情绪或雄心壮志当作行动的动机。对我父母来说，坚强的性格，而不是大笔的钱财，才显示出一个人的价值。他们都是善良又通情达理的人。但难以理解的是，他们的两个孩子为何如此作践自己，两个孩子的婚姻为何成了灾难？我姐姐的第一个丈夫和我唯一的妻子都选择了自我了结，这似乎说明我们俩所受的共同教养出了问题。然而是什么问题呢？我却讲不出所以然。如果没有母亲和父亲为他们子女的愚蠢负责，那便是我自己的责任。

我父亲是个簿记员。由于他记忆力极强，算数算得快，在我们勤勉的第一代犹太人社区，他被视为本地专家，遇到麻烦的人都找他商量。他瘦瘦的，神色严峻，没有幽默感，总是一丝不苟地穿着白衬衫，打着领带，以一种古板乏味的方式表达对我的爱，弄得我反而对他柔肠满怀，尤其是现在，他已卧床不起，而我自我放逐在外，与他相隔数千英里。

以往我生病发烧时，让我颇感神奇的一点是，父亲就像一个会说话的电动玩具，每晚六点准时来跟我玩儿。他逗我开心的方法就是教我解决算术难题，在这方面他自己就是一个高手。"减价出售，"他常说，就像背诗的学生报诗名一样，"有个服装商，试图脱手一件按上一年式样裁制的大衣，从原价三十美元降到二十四美元。可还是卖不掉,他就又把价钱降到十九元二十分。他还是找不到买家,于是再次减价,这次卖掉了。"讲到这儿,他停了下来。只要我愿意,我是可以叫他重复某些或全部细节。否则,他就继续讲下去。"如果最后一次减价跟前两次一样,那么最后的售价是多少,内森?"或者他会说:"做一根链条。一个伐木工的链条分成六段,每段有四个环节。假设制造每个环节的成本是……"等等。第二天,在我母亲边吹着格什温①边熨烫我父亲的衬衫时,我在床上做着有关服装商和伐木工的白日梦。那个男士服装商最后把那件大衣卖给了谁呢?买大衣的那个人是否认出大衣是按上一年的式样裁制的呢?如果他穿着这件大衣上餐馆,人们会不会耻笑他呢?"上一年的式样"究竟是什么样的呢?"他还是找不到买家。"我会说出声来,觉得这其中颇有点伤感的意味。我仍记得"买家"这个词当时是如何迷住了我。买家会不会是那个有六根链条的伐木工人,他是否因为乡下人的无知才买了按上一年式样裁制的大衣呢?为什么他忽然需要一件大衣呢?是不是应邀出席化装舞会?是谁邀请他的呢?我母亲认为我提出的这些问题"很聪明",她很高兴我能思考一些问题,这样她就可以忙家务,不必花时间陪我打扑克或下跳棋。我父亲则是另一种态度,他感到失望,因为他发觉我不去留意算数答案的纯朴之美,却在地理、人物和动机等怪异而毫不相干的细节上纠缠不清。他认为我这样做并不聪明,他是对的。

  对孱弱多病的孩童时代,我不怀念,一点儿也不。在身体发育早期,我每天在校园里受到羞辱(对当时的我来说,没有比这更坏的事情了),因为体力不济,我对所有运动项目都难以胜任。另外,父母对我健康的过分关心也常使我恼火,甚至在我到了十六岁,已经长成一个肩膀宽阔的结实小伙的时候,他们还是这样。为了弥补

---

① George Gershwin(1898—1937),美国作曲家、钢琴家。

自己在棒球右翼外场或边线笨拙滑稽的表现,我转而沉溺于街口糖果店厕所里的掷骰子,礼拜六晚上乘着一辆装满"自作聪明的烟鬼"(我父亲语)的汽车,去徒劳地寻找一家据说位于新泽西州某地的妓院。其实,对于健康,我感受的恐惧当然甚于父母。因为我确实常常会在一早醒来感到心脏有杂音,或呼吸困难,或高烧一百零四华氏度……这样的恐惧反而使我尤为无情地对他们恶言恶语,即使就一个十几岁的孩子而言,那些话也算过分了。即使我的死对头对我说"我希望你死掉,祖克曼",那也不会像我父亲好意问我是否记住带维生素胶囊,我母亲在餐桌旁假借亲吻我的额头来试探我是否发烧那样让我怒不可遏。所有这些温柔体贴都使我怒气冲天!我记得,我姐姐索尼娅的第一个丈夫把手伸进他叔叔的燃料油公司的钱箱而被抓住时,她成了父母最关注的焦点,这对我倒是一种解脱。而且,她也成了我的关怀中心。前姐夫比利服刑一年零一天,姐姐有时探监后回家来,会伏在我这个十七岁的弟弟的肩膀上呜咽哭泣。这次可不像索尼娅和我小时候那样,她常常一小时又一小时地陪着我这个小病号,替我解闷,而且毫无怨言。这一次我可不再是他人担忧的对象了,这是多么令人振奋,又是多么美好的感受啊。

几年后,我离家去新泽西的罗格斯大学上学,比利为博得我父母的同情,用一根绳子把自己吊在他们卧室的窗帘杆上。我了解比利,猜想他以为他的体重会把杆子坠断,等我父母购物回来,就会在一堆窗帘里发现他呼吸尚存。见女婿踝骨摔伤,颈上缠绳,我父亲也许会受到触动,主动替比利还清他欠赛马赌场的五千美元债务。可那窗帘杆比比利想象的要结实,结果他被活活勒死了。有人会想,这对姐姐是一种有益的解脱。但也不见得,第二年桑妮[①]嫁给了"又一个蠢货"(我父亲语),一样的黑色鬈发,一样的"美男沟"下巴,

---

[①] Sunny,索尼娅的昵称。

一样的令人厌恶的背景。这个约翰尼的缺点不是赌马,而是嫖妓。尽管如此,他们的婚姻却也持续到现在。每次我姐夫被抓住,他总是跪下来,恳求桑妮原谅,这一招在我姐那儿屡试不爽——可在我们的父亲那儿行不通。"吻她的鞋子,"他会厌恶地闭上眼说,"实实在在地吻她的鞋子,好像那是爱情的表示,尊重的表示,一切一切的表示!"他们有四个漂亮的鬈发孩子,我最后一次见到他们是在一九六二年:多娜、路易斯、小约翰、玛丽(这个名字是"最无情的一刺"①)。老约翰四处造游泳池,每周的收入足够他在一个纽约应召女郎身上花上一百块钱也不觉得有什么,这是指从经济上来说。我最后一次看到他们在意大利卡茨基尔的别墅时,起居室内的"闺房"粉色枕头比在他们在苏格兰平原那幢别墅里的还要多,甚至还有一个更奢华的胡椒手磨。在两处的"家"里,那些银器、亚麻制品和毛巾上都绣有我姐姐姓名的首字母"SZR"。

怎么会这样呢?我常被这个问题困扰。我姐姐怎么是这样的?她曾在我们家的起居室一连几个小时不停地排练,一遍又一遍地给我唱《挪威之歌》《学生王子》等歌曲,唱得连我都希望自己是个挪威人或贵族;她曾在北费城布雷斯伦斯坦博士的工作室练就一副"金嗓子",十五岁就为挣钱在人家婚礼上唱《因为》;她有歌剧首席女主角妖娆而傲慢的神气,而那时候的其他小女孩还在为男孩子、为脸上的粉刺而烦恼。她怎么会最终住在一座有闺房特色的房子里,把孩子交给修女去教育,并且在自己沉默寡言的父母礼拜天来访时,用立体声唱机播放《杰里·瓦尔演唱意大利金曲》来招待他们?怎么会这样呢?为什么呢?

我很想弄清楚,索尼娅的再婚是否与某种神秘宗教仪式有关;也就是说,她有意让自己受难,为的是考验自己的信仰是否深固。

---

① 语出莎士比亚剧作《恺撒大帝》。

我会想象夜晚她躺在床上（是的，在床上），她那模样端正但头脑简单的丈夫睡在她身旁，她在黑暗中欣喜若狂，因为旁人——她那糊里糊涂的父母和不肯轻信的大学生弟弟——不知道而她自己心里清楚，她仍是原来的她，那个曾经在希伯来男女青年会的舞台上，以她那"极其美妙的花腔女高音"——布雷斯伦斯坦（来自巴勒斯坦的穷苦难民，但据他自己说，他过去是慕尼黑著名的指挥家）对我母亲这样形容姐姐，还说她即将成为第二位莉莉·庞斯①。我可以想象某天傍晚时分，她敲响我们公寓的后门，仍然披着一头黑发，穿着演《学生王子》时穿的那件长长的绣花衣裳——我的高雅活泼的姐姐，她在舞台上的表现使我自豪得热泪盈眶，我们的莉莉·庞斯，我们的加利-库尔奇②又回来了，和以往一样迷人，而且没有堕落。"我得好好干，"我们三人一齐冲上去拥抱她时她说，"否则这一切都毫无意义。"

简而言之，我实在无法平心静气地接受这样一个事实，即我有位姐姐住在郊区，她的娱乐和穿戴——在我这个讲究品位的大二学生看来，在我这个已经在早餐时阅读艾伦·泰特③和利维斯博士④关于马修·阿诺德的评论的精英人士看来——是相当庸俗的，同成千上万的美国家庭毫无二致。相反，我想象着，索尼娅·祖克曼在炼狱中涤罪。

至于莉迪亚·乔根森·克特雷尔，我认为她是在地狱里生活。听了她以往那可怕的经历后，谁会不这样想呢？和她相比，我自己的童年，孱弱，发烧，所有的一切，似乎成了某种天堂；我作为孩

---

① Lily Pons（1888—1976），法国女高音歌唱家。
② Galli-Curci（1882—1963），意大利女高音歌唱家。
③ Allen Tate（1899—1979），美国诗人，文学评论家。
④ F. R. Leavis（1895—1978），英国文学批评家。

子被人侍候，她却是个侍候人的孩子，一个小奴隶，昼夜不停地伺候患抑郁症的母亲，又是那愚昧父亲待捕的猎物。

正如莉迪亚所说，乱伦的故事很简单，简单得使我吃惊。对当时的我来说，这简直难以想象，一种我以为同古典戏剧杰作中描写的完全相同的行为，居然可以在没有信使、合唱队和圣殿的情况下发生，在一个身穿芝加哥布鲁姆菲尔德农场工装裤的送牛奶人与他的还在睡觉的蓝眼睛女儿之间发生，而且就在她上学之前发生。然而事情确实发生了。"很久以前"，莉迪亚喜欢这样开讲。一个冬天的清晨，她父亲正要出门去找那辆送奶车，却走进了她的房间，躺在她身边，身上还穿着工作服。他身体发抖，眼里含泪。"你是我的所有，莉迪亚，你是爸爸的所有。我娶了一具尸体。"接着他把工装褪到脚脖子，就因为他跟一具尸体结了婚。"就那么简单。"莉迪亚说。孩子莉迪亚，就像大人莉迪亚一样，没有大叫大喊，任他压在她身上，有那么一瞬她想过咬他的喉结，但担心他的叫喊会吵醒很需要睡眠的母亲。她担心他的叫喊会吵醒很需要睡眠的母亲。何况，她也不想伤害他——他是她的父亲。乔根森先生那天上午去干活了，可稍晚时候，人们发现他的送奶车被扔弃在森林保护区。"他去了哪里，"莉迪亚以温和的说书方式说道，"谁也不知道。"生病的妻子不知道——他没有给她留下一分钱，他们受惊的孩子也不知道。起初莉迪亚不知怎地以为他逃到北极去了，不过同时她也相信他还潜藏在这个社区，如果她把他消失之前对她做的事告诉她的小伙伴，他会用石头砸烂她的脑袋。多年过去了，即使作为一个成年女子，甚至在她因婚姻失败几乎崩溃后，圣诞节里不论何时到卢普市中心，看见很多圣诞老人站在百货公司前面，为顾客们摇着小铃铛，她都会担心他是不是其中的一个。事实上，她十八岁那年的十二月里，在决定跟克特雷尔一起从斯科基村私奔之后，她还对着戈尔布拉特百货大楼外的一个圣诞老人说："我要结婚了，我要嫁的那个人身高六英尺两英寸,体重两百二十五磅,要是你胆敢跟踪我,他会捏碎你身上的每一根骨头。"

"我直到现在还弄不清楚哪种行为更精神错乱,"莉迪亚说,"把那个可怜的困惑的圣诞老人当作我的父亲,还是把我当时要嫁的那个白痴当作男人。"

乱伦,狂暴的婚姻生活,接着是她所说的狂野的"挑逗"。莉迪亚以肉体虐待为由跟克特雷尔离了婚。一个月后,她母亲终于好不容易地中风,为此她已准备了一生。她戴着氧气罩在医院躺了一周,莉迪亚不愿探视她。"我对我的姨妈们说,我侍奉母亲的时间已经用完了。如果她要死,我能有什么办法不叫她死?如果她又在假装,我就决不奉陪。"等到母亲在久病后终于停止呼吸,莉迪亚的悲伤,或宽慰,或喜悦,或负疚,都以麻木不仁的态度表现了出来。好像什么事也不值得她劳神去干。她给六岁女儿莫妮卡喂饭穿衣,但也只是这样而已。她不换自己的衣裳,不铺床,不洗碗,有时打开一个罐头吃点东西,总会发现吃的是猫罐头。后来她开始用口红在墙上记事。礼拜天母亲葬礼后,克特雷尔来把莫妮卡带走一天,见那孩子坐在椅子上,早已打扮停当,准备上路,公寓墙上到处是用口红写的问题,大写的粗体字母:为什么不?你也是?为什么他们要这样?谁说的?我们会?莉迪亚还在吃早饭,餐桌上有满满一碗猫砂,有尿,还有一支切成片的蜡烛。

"啊,那正合他心意,"莉迪亚对我说,"你可以一眼看穿他的心思,或者说他脑子里打的鬼主意或别的什么。你瞧,他受不了我跟他离婚,他受不了法官在法庭上听说他是怎样一个暴徒。他受不了丢了他的出气包。'你以为自己很聪明,去了一趟艺术博物馆就以为自己有权利对你的丈夫发号施令……'接着他便拎起我往墙上扔。他总是对我说,是他把我从一屋子的老太婆中解救出来,为此我该如何跪地拜谢,为他收容了一个孤女,给她一个好家、一个孩子，还给她钱去参观艺术博物馆，我该如何膜拜他。你看，那七年里，有一次我和我的堂兄鲍勃一起去艺术学院，他是个独身的中学教师，他带我到艺术博物馆去，当我们进了一个空无一人的展厅时，他把他那个东西露出来给我看。他说，他只是想给我看看，没别的意思。他说，他不想让我碰它。我没有碰，我没做任何事。就如对我父亲一样，我为他感到可悲。一边是我，嫁了个不是人的东西，另一边是堂兄鲍勃，我父亲常称他为'小书呆'。我来自一个多么卓越的家庭啊。不管怎样，克特雷尔闯进门来，见墙上的字是我写的，喜不自胜。当他注意到我假装当作早餐在吃的那些东西时，他简直高兴疯了。你知道，那全都是我装的。我清楚地知道我在做什么。我没有打算喝自己的尿，或吃蜡烛和猫砂。我知道他来是会打电话的，所以我才那么做。你要是当时听到他有多么体贴就好了：'你需要一个大夫，莉迪亚，你太需要个大夫了。'然而他打电话找来的却是一辆救护车。两个穿着白外套的男人来到我的寓所，我不得不笑了一笑。是的，我不该笑，可我笑了。我说：'先生们，来点猫砂怎么样？'我知道，如果你是个疯子，你才可能说这种话，或至少大家都是这样想的。我精神失常时，真正会说的是像'今天是礼拜二'或'劳驾，我要一磅碎肉'之类的话。啊，那只是小聪明。是灵机一动。如果我疯了，我就不知道我在说什么了。而实际上，那只是温和的挑逗罢了。"

不过，不管怎样，这是她身为人母的终结。五个星期她出院后，克特雷尔宣布他将再婚。他原先没有打算这么早就"突然提出这个问题的"，但现在莉迪亚已在公众前证明自己正是他不得不默默忍受七年的疯女人，他觉得自己有责任给孩子提供一个真正的家，一个真正的母亲。如果她要在法庭同他的决定较量的话，好啊，那她就试试吧。他拍下了她在墙上涂鸦的照片，安排了一些邻居出庭作证，证明她在那次事件前的一周里是个什么模样和身上是什么气味。他不在乎要花多少诉讼费，即使用尽所有的钱，他也要把莫妮卡从一个吃自己排泄物的疯女人那里解救出来。"而且还有，"莉迪亚说，"他还不打算支付抚养费。"

"我一连几天发疯似的到处奔波，恳求邻居不要提供不利于我的证词。他们知道莫妮卡多爱我，也知道我爱她，他们知道只不过因为我母亲死了，因为我精疲力竭了，等等。我相信，我让他们'知道'他们还没开始知道的我生活中的一切，肯定是把他们吓坏了。我甚至雇了个律师。我在他的事务所哭诉，他要我相信，我有权利要回孩子，克特雷尔先生那儿要比他想的难一些，等等，说得非常鼓舞人心，非常富有同情心，非常乐观。于是我离开他的办公室，走到汽车站，坐车去了加拿大。我到温尼伯去找职业介绍所，我想当个伐木场的厨师。越北越好。我愿为一百来名强壮而又饥饿的男人当厨师。坐公交车去温尼伯的一路上，我想象自己身处野外冰天雪地乱七八糟的厨房里，在天色还没亮的时候，伐木场上只有一个人醒着，那就是我。我为他们做早餐，有熏肉、鸡蛋、饼干，煮好一壶又一壶咖啡。然后是漫长的阳光明媚的上午，打扫，清理，开始准备晚餐，同时等待他们在森林里干完活拖着又累又乏的身子回来。那是你难以想象的最简单、最女孩子气的想入非非。我却能想象得出。我会是百名壮汉的用人，作为回报，他们将保护我不受伤害。在整个伐木场，我是唯一的女人，正因为只有我一个，没有人敢占我的便宜。我在温尼伯呆了三天。看了电影。我害怕去伐木营地，害怕说我想去那儿工作，我相信他们会以为我是个妓女。唉，发疯是多么庸俗啊。或者说我正是个庸俗的人。有什么比被自己的父亲奸污，然后永远带着这种'伤疤'生活更庸俗呢？我心里不断地在想：'我没有必要这样做。没有必要佯装疯子——从来就没有这个必要。没有必要逃到北极去。我只不过是在假装。为停止这一切，我必须做的就是止住自己。'我记得，在我走投无路、抱怨一切时，姨妈们会对我说：'振作起来，莉迪亚，认真想想。'是啊，难道为了表示对她们的蔑视我要浪费自己的生命吗？因为把自己当作她们的牺牲品甚至比继续做自己父亲的牺牲品更愚蠢。我坐在加拿大的电影院里，发觉这些过去我极度痛恨的话语一直萦绕在脑际，变得越来越合情合理。振作起来，莉迪亚。认真想想，莉迪亚。后悔是无益的，莉迪亚。如果你不成功，莉迪亚，而又没去争取，那就再争取一下。假如我真的想把莫妮卡从她父亲那里解救出来，那么坐在温尼伯的电影院里，同我能做的其他任何事一样，是毫无意义的。因此我只能得出结论，我不想把她救出来。拉瑟福德大夫现在告诉我说，情况确是这样。这一点再清楚不过了。倒是不需要请一位训练有素的精神病医生才能看透我这样的人。我是怎样又回到芝加哥的呢？按照拉瑟福德大夫的说法，我得完成我打算要做的事。我呆在一家一夜两块钱的旅店里，后来才知道这是温尼伯的贫民区。拉瑟福德大夫说，这段经历莉迪亚似乎不记得了。第三天早晨，我下楼付房钱，前台问我需不需要挣些容易的钱。他说我可以给画家当模特，靠拍照赚很多钱，如果我真是金发碧眼又全身白皙的话。我破口大骂。他叫来了警察，警察又请来了医生，最后他们终于把我弄回家。这就是我失去自己女儿的经过。你或许会以为，要是当初把她溺死在浴缸里，那就省事多了。"

说我被她的故事吸引是因其故事耸人听闻，那只说对了一半，吸引我的还有她讲故事的方式。莉迪亚从容随和，甚至怡然自得，外加怪异地自认发疯，都很大程度上增加了故事的感染力。或者，换句话说，这在很大程度上减轻了涉世不深、普通家庭出身的年轻男子对横遭如此蹂躏的女性必定会产生的种种忧惧。可有谁会将一个以冷漠超然态度讲述自己发疯史的女人称为"疯子"呢？有谁能在如此不带丝毫愤怒或复仇情绪的表达中找到自杀和他杀的依据呢？没有，肯定没有，这是一个经受了自己的经历的人，一个因所有的悲苦而变得深沉的人。固然是一个相貌平平的人，一个娇小的美国金发女郎，有一张与千百万妇人差不多的面孔，她在没有书籍或老师的帮助之下，调动自己的每一个智慧细胞，从而创造了独属于自己的聪明才智。因为可以肯定的是，能够平心静气，用适当的甚至宽恕的讽刺口吻来诉说这遭受如此厄运和冤屈的骇人经历，是需要聪明才智的。我想，你必须得像克特雷尔那样愚蠢和残忍，才会不去赞赏那聪明才智所表达的道义上的胜利。要不然，你必是一个和我不同的人。

一九五六年秋，我在部队提前退伍回到芝加哥，仅仅数月后，我就遇见了那个要同她一起葬送我一生的女人。那时我还不到二十四岁，手握文学硕士学位，入伍前就已事先受到退伍后回校担任英文写作课讲师的聘任。不管怎么说，我父母一定会为他们所认为的那个显赫职位而激动万分。真是这样，他们把这份"荣誉"看作对他们女儿所遭受的厄运而给予的补偿。他们的来信总会写上"内森·祖克曼教授收"，不含一点嘲笑意味。我敢肯定有许多来信只写了一两句关于新泽西的天气如何，纯粹是为了写上这么个头衔才寄出的。

我自己也有点得意，但不感到有那么了不起。事实上，我那果敢坚定、不屈不挠的父母为我树立了榜样，早已将进取成功的习惯灌输给我，以至于我对失败几乎没什么概念。人们为何失败？在大学里，我很惊讶地看到有些同学，他们没有准备好考试就来课堂，或不能及时交家庭作业。我纳闷他们为什么要这样做。为什么有人宁要失败的耻辱，而不要成功的真正喜悦？尤其是在成功很容易取得的时候。所有必须做到的无非是集中精力，有条有理，有始有终，认真细心，以及坚持不懈；所有必须做到的无非是有条不紊，沉着耐心，有自制力，保持信心，以及奋发勤勉——当然，也少不了才智。这就行了。还能有什么比这更简单的呢？

那些日子里，我多有信心啊！有怎样的毅力和精力啊！一个对课程表和例行工作着迷的人！我每天六点三刻起床，穿上一件旧的针织游泳衣，做三十分钟俯卧撑、仰卧起坐、深蹲和其他六七种在一本健身指南里用图例作详解的运动，这本手册在我开始发育时就一直是属于我的，至今仍然在派用场。这是一本第二次世界大战时期的出版物，名叫《怎样成为一个强壮的海军陆战队战士》。八点左右，我会骑行一英里到我的办公室，那儿可以俯瞰芝加哥的中途机场。在那里，我会快速浏览写作课大纲上当天的课程，大纲分为若干章，每一章讲解一种修辞手法；其中节选的原著选段都很简短——供精读的杰作——全部选自艺术大师的作品：亚里士多德，霍布斯、密尔、吉本、佩特、肖、斯威夫特、托马斯·布朗爵士等等。我的三堂新生作文课每堂一小时，一周五天。我八点半开始工作，十一点半结束，连续三个小时听学生或多或少发表些相似的议论，我自己也或多或少作些类似的评述，但那种热情倒是从未有一点衰减。事实上，我的乐趣大多是在于努力使每一课时都像当天第一课那样有生气。另外，一个年轻老师还感受到了能让人有满足感的权威，尤其是所谓权威，并不需要我佩戴任何徽章，只要我有才智和勤勉，再打一根领带，穿一件上装就行了。我当然还欣赏教学交流中的亲切礼貌、严肃认真而又不失活泼——我以前当学生时体会过——就如我欣赏"教学"一词的发音一样。在大学里，至少在课外，老师和学生之间互相以名字来称呼并不罕见。不过，我本人认为这并不可行，正像我父亲受雇于企业家当簿记员时，认为不可能在办公室里跟老板们打得火热一样。像父亲一样，我宁愿被看作有几分呆板，也不愿去顾及那些与工作无关的事情，而且那很容易使双方在处理问题时推诿不前，不肯负起"应有的"责任。尤其是对于一个年龄与其学生相近的老师来说，存在一种要做"好人"或

"同学生们打成一片"的危险。当然,也存在另一种危险,即摆出高人一等的姿态,这一点凭我的资历是做不到的,而且这种做法本身就令人厌恶。

我应该时刻注意自己行为的每一个细节,这么一来倒仿佛表明我对工作并非应付裕如,而实际上这是我对喜爱的新工作还有热情的表现,也是一片热忱的表现,我当时就是怀着这种热忱,在每个细枝末节上都用最严格的标准要求自己。

中午时分,我会回到自己狭小而安静的寓所,吃完自己准备的三明治,准备开始写自己的小说。我在部队里利用晚上时间写的三个短篇小说已发表在受人尊崇的文学季刊上,不过,这些作品也只是我在大学里学会欣赏的那类佳作的熟练模仿——《园会》①一类的故事——它们的发表与其说唤起了我的自豪,不如说引起了我更大的兴趣。我想,我认为自己有责任发现,我是否有自己独特的才能。顺便一说,"自己有责任"是一个概念,它完全体现了像我父亲那样的男人的特征,父亲对我的思想影响之广泛,超越了任何人所能察觉的范围——包括我自己,包括在教室里听我讲课,一起讨论亚里士多德某个理论的发展,或托马斯·布朗爵士隐喻的那些人。

下午六点,在写了五个小时小说和温习了一个小时的法语(我打算暑假去欧洲旅行)之后,我骑车返回大学,在食堂吃晚饭,我过去做学生时就是在那里用餐的。有木质护墙板的深暗色调,长条餐桌上方挂着的学校已故名人肖像,非常符合我对教育之尊严的强烈认知。在这种环境里一个人进餐,我感到极其满足。真的,即使有人对我说,我将一辈子在这座大厅里进餐,吃那些盛在托盘里的炖菜和汉堡牛肉饼,我也不会认为自己运气不佳。在回公寓批改那

---

① *The Garden Party*,英国作家凯瑟琳·曼斯菲尔德(Katherine Mansfield,1888—1923)的短篇代表作。

一周六十多篇新生作文的七分之一（这是我一口气所能批阅的数量），并为第二天的教学备课之前，我常在附近的二手书店浏览半小时左右。拥有我自己的"图书室"，这是我唯一的物质野心。事实上，在从成千上万本书中决定本周先买哪两本的过程中，我常常过于激动，以至于买完书后我不得不去光顾书店里的卫生间。在我发现自己忽然间成了一本略有污损的英文原版——燕卜荪《朦胧的七种类型》——的主人时，我相信就是细菌或泻药也从来没有对我产生如此强烈的效果。

晚上十点钟，备完课以后，我会去当地的大学生聚集地，在那里我通常会碰到熟人，喝一杯啤酒。一杯啤酒，一场弹球赛，然后回家，因为在睡觉前，欧洲文学重要作品尚有五十页需要画线、作注解，其中有的我还没有读过，或第一遍读时理解有误。我称之为"填补空当"。每晚阅读——并且加注——五十页，平均每月我就可以看完三本书，每年三十六本。我大概也知道，如果我每周花三十小时写短篇小说，一年下来可望写多少；也知道每小时大概可以批改多少篇新生作文；以及假如我能按我当前的预算继续买书的话，十年后我的"图书室"将达到何等规模。我津津乐道于这些事，直到现在，还为自己当时知道这些而沾沾自喜。

我自己认为，作为一个年轻人，我在精神财富方面已足够富裕；至于世俗财富，我还缺什么可能需要的东西呢？我有一辆自行车，可以骑着在附近蹓跶，还能锻炼身体；一个雷明顿打字机（父母给我的中学毕业礼物），一只公文包（他们给的小学毕业礼物），一块宝路华手表（他们给的成人礼礼物）；一件自大学时代起已经穿了很久的我最喜爱的粗呢外套，肘部打有皮补丁，我仍在教课时穿；一套写作或喝啤酒时穿的卡其军服；一件威尔士亲王格套装，专在需要打扮时穿；一双网球鞋，一双科尔多瓦皮鞋；一双穿了十年的拖鞋，一件V形领毛衣，几件衬衫，几双袜子，两根条纹领带；还有我自打不用尿布以后就一直穿的那一类运动短裤和螺纹汗衫,牌子一直都是鲜果布衣。何必换别的牌子呢?我穿着觉得够高兴的了。能让我更高兴的是,有更多的书可以署上自己的名字。还有就是到欧洲旅行两个月,瞻仰那些著名的文化古迹和文学圣地。每月两次,我会惊讶地在信箱里发现学校寄来的一张一百二十五美元的支票。他们到底为什么要给我寄钱?说真的,应该我付钱给他们才是,为让我过着如此充实、独立而又体面的生活付钱给他们。

在我心满意足的生活中也有一个问题:头痛。我当兵时患上严重的周期性偏头痛,结果两年役期只服了十一个月,就拿着医生开的证明退役了。当然,我并不怀念和平时期军队生活的那种沉闷乏味。从入伍那天起,我就一直度日如年,退役后的生活虽说也是严格安排、规律有序,不亚于部队生活,但那是为了认真从事文学研究而由我自己监督实施的。不过,因身体孱弱被遣返、重回学校,对我倒是一个打击。要知道,我花了近十年时间,运动锻炼,节制饮食,使自己强健起来,好变成一个看起来能在这个严酷的世界里照管好自己的年轻人。我费了多大功夫去摆脱那孱弱的孩童状态,那种老是躺在床上思索父亲给我出的难题的生活,要知道,别的孩子是在街上学会机敏,学会无畏的!当我得知自己被分配到佐治亚宪兵学校时,我在某种程度上还很高兴:毋庸置疑,他们是不会接受一个病弱的娘娘腔进宪兵学校的。我会变成一个腰别手枪、一身卡其制服浆得很硬,折缝笔直的人,一个昂首挺胸的人文主义者,一个佩着警棍的英语教师。当时伊萨克·巴别尔[①]那部有名的短篇小说集平装本尚未问世,可五年后我读到它时,我认识到,巴别尔这个戴眼镜的犹太人同红骑兵打交道的经历,跟我在佐治亚州当宪

---

① Isaac Babel(1894—1940),俄国犹太小说家,剧作家。

兵作短途巡逻时的经历类似，只不过火药味更足。我当了宪兵，直到头痛病把我折磨得穿着雪亮的皮靴一头栽倒在地上为止……我像木乃伊一样一动不动地在床上一连躺了二十四个小时，从营房窗外传进来极为普通的轻微响声——士兵用草耙耙草的声音，行人口中吹出的曲调——就像有人在把长钉钉进我的脑袋那样叫人难以忍受；在那种情况下，甚至一丝阳光，针尖般大小，从床铺后面拉拢的绿色遮光帘的缝隙中透进来，也让人不堪忍受。

我的"弟兄们"大多是些没有受过中学教育的人，他们认为我这个大学才子（一个犹太小子）是在装病，尤其是我竟能在头一天就预知重击我的头痛即将来临。我的观念是，只要在头痛病发作前允许我上床睡觉，在昏暗中安静地躺上五个小时左右，我就可挡住本不可避免的侵袭。"嗯，我也觉得你可以，"那个自以为是、不准许我睡觉的士官说，"我常常认为自己也是这样。可你不能指望在被窝里躺一天，然后就感觉通体舒畅了。"来出诊的医生也不怎么同情我。我无法使任何人相信，甚至连自己也说服不了。说真的，那种"飘忽的""可怕的"感觉，作为预感不适的报警系统是那样虚幻，那样微弱，以至于连我自己也不得不怀疑我是不是在想象这种预感，继而"想象出"这种头痛来证实这种预感。

最后，当头痛病开始有规律地每十天或十二天发作一次，我获准住进了驻地医院接受"观察"，这意味着除了我真头痛时外，我就得穿上蓝色的部队睡衣，推着一个干拖把走来走去。诚然，当我预感到头痛时，我可以立即卧床休息。但我后来发现，这么做只能在十二个小时左右抑制头痛的发作；另一方面，倘若我一直躺在床上……可我不能这样做，用书记员巴特尔比[①]的话来说是"我宁可不这样做"（在医院里这话常回响耳边，尽管我已有多年没读过那个故

[①] *Bartleby the Scrivener*，麦尔维尔同名短篇小说中的主人公。

事了)。我倒宁可推着拖把从一个病房走到另一个病房,听任头痛的发作。

我很快意识到,我每天的日常工作被医院设计成一种惩罚结合治疗的方式。派我去拖地,就是为了让我同那些真正有病的人、那些无药可治的可怕的病人接触。比如,每天我去拖地,往返于"烧伤病房"的病床之间,那些年轻病人被火烧得面目全非。起初一见到他们我就赶快转过身去,要么就是根本无法把目光从他们身上移开。另有一些被截肢的病人,他们在训练事故中、在车祸中或为了抑制肿瘤扩散而动的手术中失去了手足。看来医院的意思是让我通过每天同这些横遭不测的病人——他们中间大多数人不比我年长——接触而感到羞愧,从而不再声称自己有病。直到我被唤到医务处并发给一张退伍证明时,我才知晓对于我的病例中没有安排那种阴险或施虐狂似的疗法。要我住院只是官方手续上的需要,而不是什么某种进行道德教育和惩罚治疗的诡计。所谓"惩罚治疗"完全是我自己的设想,派我做的清扫工作也并没有我所理解的那样范围广大。出院那天,负责我这个病区的护士,一个随和而又温柔的女人,听说我一直每天朝九晚五满医院跑,为所有开着门的病房打扫卫生时,她觉得很好笑,因为她收到的通知是我只要每天上午把自己病床四周打扫干净即可。然后我就可以随心所欲地到处走动,只要不离开医院就行。"难道就没有人制止过你吗?"她问道。"有的,"我说,"开始的时候有,但我说我是奉命这么做的。"对于这场"误会",我表面上装得和她同样觉得好玩,但心里却在怀疑,她是不是居心不良,在我头一天住院时吩咐我这么干,如今又抵赖了。

回到芝加哥,我又成了一个平民百姓。比林斯医院的一个神经科医生给我做了检查,但他没能解释头痛原因,只是说我的症状非常典型。他开给我跟部队里一样的药,但吃了一点也不见好转。他对我说,周期性偏头痛的疼痛程度和频率通常会随着年龄的增长而减弱，一般在五十岁左右会完全消失。我隐约觉得，只要我再次做回自己，再次回到大学，我的偏头痛很快就会消失。跟我的士官以及那帮好妒的同僚在一起，我只会继续相信我是在自作自受，为自己找借口，好让我从这个浪费了我宝贵时光的部队退伍回家。谁知头痛不仅持续折磨我，而且在我退伍后几个月蔓延开来，扩展到头颅两侧。不过，令人不快的是，这倒是打消了之前人们对我的诚实的质疑。

当然，除非我是在隐藏我的意图，为了我精神上的健康，"情愿让"头痛持续得久一些，尽管这可能对身体有害。我迫切渴望回归的、有裨益的学术生活，这时就像我那毫无意义的部队生活一样，被病痛搅得一团糟。这是一目了然的事实，所以谁能指责我，说我是把患病当作缩短服役期的手段呢？每次从又一次持续二十四小时的疼痛中恢复过来时，我就会自忖："我还要受几回这种罪才算是还清了这笔债？"我想知道，在我按照正常情况退役之前，偏头痛是否也有"计划"再次造访。难道我每逃避一个月的服役就活该发一次偏头痛吗？还是每周一次，每天一次，甚至每小时一次呢？对一个从小尝尽缠绵病榻滋味、抱有雄心壮志的二十四岁年轻人来说，哪怕他相信五十岁左右偏头痛可能消失，这对他来说也绝对称不上慰藉。一个因严格完成预定计划和例行任务而心情振奋，希望献身于世界，献身于自己工作的人，一想到今后三十六年里每十天只能工作二十四个小时，所有有关生命荒废的思绪就像预感到头痛来袭那样令人痛苦。每个月有三次，我得被活活封在棺材里（我以此自嘲，大概是出于对自己的怜悯吧），上帝知道这种日子还要持续多久。这是为什么？

我曾考虑过（但又放弃了）自己去找一个精神分析专家，甚至早于比林斯医院那位神经科医生向我透露有关消息。他对我说，长岛北岸一家诊所将在一位知名弗洛伊德学派分析师的指导下，开启研究以心理干预治疗生理疾病的方法。他认为，我只要出少许费用就可能作为他们的病人被接收，因为据说他们都是对"知识分子"和"富有创造力的人"所表现出的病症深感兴趣。那位神经科医生的言下之意，并不是说周期性偏头痛必定是神经敏感者的症状，只是说从我向他提出的问题以及我在向他陈述病历的方式来看，他提供了一个"弗洛伊德精神分析法的方向"而已。我不知道自己对这种精神分析的适应性是否等同于那位神经科医生所不熟悉的文学思维习惯，也就是说，我不得不用超医学的方式来看待我的偏头痛，就像我用同样的方式看待米莉·蒂尔，汉斯·卡斯托普或阿瑟·丁梅斯代尔牧师所患的疾病一样①，或者像思考格里高尔·萨姆沙变成甲虫的过程一样，像探寻果戈理小说中科瓦廖夫暂时失去鼻子的"含义"一样。寻常人可能会抱怨："我得了这该死的头痛病"（就这样说说了事），可我却像一个有高度文学修养的学生或一个把自己身体涂成蓝色的原始人，倾向于将偏头痛视为某种象征，某种揭示或"神灵的显现"。只有对于一种生活或一本书的结构一窍不通的人才会视之为孤立、偶然或无法解释的。可我的偏头痛又象征着什么呢？

　　我琢磨出来的可能性不能满足一个像我自己这样"老于世故"的学生，跟《魔山》，甚至跟《鼻子》相比，我自己的故事的质地单薄到了透明的程度。这是令人失望的。例如，在我刚开始腰别手枪时，我就发现自己是个无能之辈，这或是出于我青春期对生老病死的恐惧，或是出于传统的犹太人对暴力的憎恶——一个显得过于陈腐、简单、"容易"的解释。一个更吸引人的，或许最终也不难理解的想法，则与心理内战有关。这种"内战"爆发于这两者之间：一

---

① 本句所提三个文学人物分别出自亨利·詹姆斯的《鸽翼》，托马斯·曼的《魔山》和纳撒尼尔·霍桑的《红字》。

个是曾经满怀梦想的、贫穷的、无助的孩子的我,一个是渴望成为的独立的、健壮的、有男人气概的大人的我。我在回忆时,文书巴特尔比消极而又倔强的口头禅"我宁可不这么干"犹在耳畔,教唆那个孩子的我,致使他孤立无援。可这会不会只是一个体弱多病的小男孩的声音,对号召履行男人职责或警察职责的回应呢?不,不,这太老套了,我的生活肯定比这复杂微妙得多,类似《鸽翼》的情节。不,我无法想象自己写出一部在心理层面上如此工整流畅的小说,更不要说自己照这样生活了。

  我正在写的小说以及写作行为本身同样没有逃过我的审视。在那不用费脑子在城门口指挥交通、检查通行证的一天过后,为了能让自己清醒地创作,从事一项需要独自承担的很费脑子的活动,我每天晚上在营地图书馆角落的一张桌子上写三个小时。写的是关于伍尔夫的几部小说的评论文章(为《现代小说研究》专评她作品的一期撰稿),不过,只写了几个晚上,我就把为这篇文章做的笔记搁置一旁,转而开始撰写后来成为我发表的第一个短篇。此后不久,周期性偏头痛又开始发作,在寻找发病起因、理由以及含义时,我发现自己的写作过程出现了一种意外的注意力转移。这种注意力的转移跟我小时候的情形类似,它曾让父亲给那个病床上的小男孩做那些奥妙的算术题时感到不安,即一种智力或逻辑上的分析转向想象性质的不相干的遐想。在医院的六个星期内,我写了第二篇和第三篇,我不禁疑惑,对我而言,疾病究竟是不是激发我想象力的催化剂。我明白,这不是一种新奇的假设,但这是否多少适合我的情况,我也不能辨别;我也不知道该怎样解释这样一个事实:正是这种病经常折磨弗吉尼亚·伍尔夫,使她极度虚弱以至于自杀。我是读了她死后发表的《一个作家的日记》才了解到她患有周期性偏头痛。那本书是由她丈夫编辑,在我上大学四年级的时候出版的。为了写评论她作品的文章,我甚至还把这本书放在我的床脚柜里。对此我该怎么想呢？这只是一种巧合吗？或许我是在仿效这位令人钦佩的作家的病痛，就如我在写小说时仿效另外一些我所钦佩的作家的写作技巧及感伤情调一样？

经过那位神经科医生检查后，我决意不再为自己病情的"含义"担忧，而是像那位医生明显做的那样，把自己看成一个易受各种疾病之害的一百八十磅的有机体，而不是某部小说中的人物，读者对其所犯疾病是可以大胆地用道德、心理或玄妙的假设来诊断的。由于我无法就我的疾病提供足够强烈或独到的见解——不能像曼在《魔山》里对付肺结核、在《死于威尼斯》里对付霍乱一样对付我的偏头痛——明智的做法就是让头痛发作，然后忘掉它，直到它再次发作。试图找出其"含义"的做法，不仅是矫饰的，也是徒劳的，尽管我曾经怀疑，就根源而言，偏头痛本身是否可能被诊断为"矫饰"？

北岸诊所对于用心理干预治疗生理疾病的研究即将准备就绪，我却打消了去咨询的念头。这倒不是因为我通过自己看书已经了解这方面的理论和技术，反而不再相信它们；而是因为除了头痛发作之外，我能像自己渴望的那样精力充沛地履行自己的职责，为自己当下的境况感到振奋。显然，要教会六十五个一年级学生写出一句清晰、准确、合乎逻辑的英语句子并不总是让人着迷。但是，即使在教学变得极为乏味时，我仍能保持传道士精神，同时相信我在学生作业页边上所揭示的每一种陈词滥调或荒谬论点，都是在同一帮懒汉、邋遢鬼和野蛮人进行一场游击战。这帮人在我看来，正通过舆论媒体或政府机构控制着国民的思想。总统的记者招待会为我提供了不计其数的课堂教材。我常把艾森豪威尔的麦片粥一类的例子印发给学生，让他们去给他修改、打分。我常把总统的宗教顾问诺曼·文森特·皮尔的布道布置给他们，或者拿一份通用汽车公司的广告、一篇《时代》杂志的"封面故事"让他们分析。由于电视竞猜节目、广告公司以及冷战宣传无所不在，那个时期的写作课老师不一定要有传道士的资质或教条才能认为自己是在从事拯救灵魂的工作。

如果说课堂让我感到自己像个传道士，那么大学就是我的教区了——当然是像布卢姆斯伯里那样的教区，奉行识字、仁慈、品位和社会关注的圣礼。我所住的那条街上都是些砖砌的公寓，房屋低矮，污秽不堪。旁边稍远处有一座房子，一年前因失修而倒塌，已是遍地瓦砾，像因为城市改建工程而被巨型炸弹夷为平地一般。此外，在我离开的一年里，混乱的夜间暴力事件明显增多。不过，我回来后不到一小时，就感到像回到自己家一样舒服，好似我一家几代人都住在这个小城里。与此同时，我总也忘不了我并非是在这样一个虔诚信徒们的乐园里出生和长大的。即使我要在海德公园一带再生活五十年——我不大可能会到别的地方生活，这座城市本身，以及以大草原和沃巴什河命名的街道，标有"伊利诺伊中央铁路"的火车和一个名为"密歇根"的湖，这一切对于一个曾在无数个孤寂的下午躺在新泽西卡姆登一张病榻上幻想着冒险的人来说，也永远都有一种远方的意味。我怎么会在"芝加哥"呢？这个问题时不时冒出来，不管我是在大环商业中心购物，还是在海德影院看电影，或者在我的德莱克赛尔公寓打开作为午餐的沙丁鱼罐头，但又得不到解答。我想我的诧异和欢欣，同我父母亲在电话里听到对我的聘任时是一样的：这孩子因为支气管炎几乎不能呼吸，他又怎么会当上一名教授的？

所有这一切顺便解释了一个问题：为什么我没有去那家医院求助于心理干预疗法，没有献上自己的躯体和无意识状态供他们研究。我太高兴了。任何能让我变得成熟老练的事，在我看来都是一种乐事：自主和权威，当然还有自身道德品质的修养和加强——由自私挑剔变得宽容大度，由冲动易怒变得沉着冷静，由急躁变得耐心，由贫困变得慷慨而乐于助人……看来我这个二十四岁的老师得像我六十多岁的父母亲那样，对那些十七八岁的学生行事果断，严格管教。我班上的年轻女孩，有的很可爱，很有吸引力，好比彭布罗克学院的那个三年级学生。我与她刚结束恋爱关系，我表现得好像是她要和我分手。事情就是这样。显然，身为教师，我绝不能对她们产生情欲，也不能利用职权以满足私欲。似乎没有一个困难是我解决不了的。无论是终止一段恋情，或是教最笨的学生写作逻辑，或在教职工评议会口干舌燥地发表讲话，或把一个短篇改四遍直到它"对劲"……我怎么能把自己作为一个"病例"交给一个精神分析医生呢？我生活的所有迹象（偏头痛除外）对此作出强有力的抗辩，对一个再也不愿被划归"病人"的人而言，这是确凿无疑的。再者，在每次头痛发作过后的瞬间，我会从阵痛消失中感受到一种振奋，这几乎使我相信，不管我被折磨得多惨，那个强大的死敌（没错，这是一种更无力的解释或迷信吧）如何肆意虐待我，逼得我走投无路，到了最后还是奈何不了我。头痛得越厉害，在阵痛过后我就越坚信我又彻底战胜了病痛，而且变得更善于对付它了。（不，那些年我并没有把自己涂成蓝色，也不再相信什么天使、魔鬼与神灵了。）头痛发作时，我时常呕吐。过后也不大敢动（担心引起别的损伤），只是跪在浴室地板上，下巴搁在马桶上，用一小面镜子照着自己的脸。这大概是在模仿纳喀索斯。我想看看我受了这番苦后自己是个什么样子；在那种虚弱而又欣快的状态中，当我看到黑色的雾气、一种像硝烟的东西从我的耳鼻中冒出来时，我并不感到惊恐，反而觉得兴奋。我像对着别人的眼睛似的对着自己的眼睛说话，安慰它们："完了，结束了，再不会痛了。"可事实上，还会有很多很多痛，这场尚未结束的实验才刚刚开始而已。

在那个决定命运之年的——没有其他词语能确切表达此意，如果说这样说有点肥皂剧的味道,那也并非不是刻意为之——第二学期,他们问我是否愿意在正常的教学工作之余,到学校设在市中心的分部去教夜校"创意写作"。每周星期一晚上上一次课,一次三个小时,工资两百五十美元。这似乎又是一笔外快——刚好可以覆盖乘坐"鹿特丹号"往返的旅费。那些学生几乎连句法和拼写的规则都没掌握,所以我发现他们几乎理解不了我那篇条理分明的导论,它可是我(一如既往)非常仔细地花了整整一个星期整理出来的。讲题为"小说的策略与意图",里面大量地引用了(在我看来是)"卓绝的"语录:亚里士多德的《诗学》,福楼拜的书信,陀思妥耶夫斯基的日记,亨利·詹姆斯的批评性序言。我只引用名家大师,只提及名著杰作:《白鲸》《安娜·卡列尼娜》《罪与罚》《专使》《包法利夫人》《一个青年艺术家的画像》《喧哗与骚动》。福楼拜在致路易丝·柯莱特的信("写于一八五三年,"我用一种严谨治学的口吻对学生们解释道,"这一年作者在写《包法利夫人》")中写道:"'在我看来,艺术最高和最难的成就不在于使读者欢笑或痛哭,也不在于激起人们的欲望或愤怒,而是应该像大自然那样,引起我们的惊奇、慨叹。最美的作品才真正具有这种特征。它们看起来平淡,实则令人费解……冷酷无情。'"詹姆斯在《一位女士的画像》序言中写道:"'小说的殿堂,简而言之并非只有一扇窗,而是有千千万万扇窗……其广阔前景,根据个人视觉的需要和个人意志的压力,每扇窗都可供洞察,或者说都是可洞穿的。'"我最后朗读了康拉德为《"水仙号"上的黑水手》所作的鼓舞人心的序言:"'艺术家深入内心,如果他该当走运,他就在那充满压力和冲突的孤独的领域中,找到表达他的呼吁的特有的语言。他诉诸我们不那么明显的能力:诉诸我们那一部分天性,因为这好战的生存条件,它必须隐藏在抵抗力更强更坚韧的一些品质中——像穿着盔甲的易受伤害的身体一样。他的呼吁不那么响亮,但更深刻,不那么清楚,但更激动人心——而且被遗忘得更快。然而它的影响经久不衰。一代又一代不断变化的学识淘汰种种观念，质疑种种事实，推翻种种理论。但是，艺术家诉诸我们不依靠智慧的那一部分本能，诉诸天赋的而不是后天获得的能力，因此更经久不衰。他诉诸我们感到愉快和惊奇的能力，诉诸包围我们生活的神秘感；诉诸同情感，审美感和痛苦感；诉诸对天下万物的潜在的友情，诉诸把无数心灵和孤独连在一起的那微妙而又坚不可摧的团结的信念，诉诸梦中，欢乐中，悲痛中，热望中，幻想中，希望中，恐惧中的团结，它把人与人连在一起，把全人类连在一起——把生者与死者，生者与未生者连在一起……'"

我念完长达二十五页的开场白，问学生有没有问题，使我惊讶而失望的是，只有一人发问，举手的是班上唯一的黑人。我担心她会告诉我康拉德的小说题目使她感到气愤。我甚至想好了一个解释，以期把她的激愤引向关于小说——对秘密和禁忌的揭示——中坦率的探讨。她毕恭毕敬地站起来，一个瘦削的中年女子，身穿整洁的深色套装，头戴矮顶桶形女帽，问道："教授，我知道，如果给一个小男孩写一封友好的信时可以在信中称他为'先生'，可如果给一个小女孩写时又该怎么称呼她呢？是不是仍然称她为'小姐'？或者称呼她别的什么？"

全班的学生忍耐了近两个小时，听了一次除了在教堂之外可能从未听到过的演讲，现在有人提出这样一个似乎很可笑的问题，于是便趁机哄堂大笑——她就像那个在校长发表了关于纪律和礼节的演讲之后放了一声响屁的孩子。学生们的哄笑虽然是冲着他们的同学，而不是冲着老师来的，可我还是羞得脸红耳赤，而科尔贝特太太面对全教室的哄笑却表现得泰然自若，执着地追求着她为之而来的知识。

我后来发现，莉迪亚·克特雷尔原来是班上最有天分的学生，年纪虽比我大，却是我的学生中最年轻的一个。不过，在芝加哥的隆冬时节，她看上去又不怎么年轻，穿着长筒靴、长筒袜、格子花呢裙子、鹿灰色毛线衫，戴一顶饰有流苏的红色羊毛帽，麦黄色的头发从帽子下边脸庞两侧垂下来。总之是全副武装。但在那群面色疲惫的夜校学生中，她就像一个中学生——实际上她已经二十九岁了，有个十岁的女儿——身材瘦长，一对有如含苞待放的乳房比母亲的还要引人注目。她住在海德公园离我不远的地方，四年前精神崩溃后搬到大学附近来住，希望借此改变命运。我们作为师生邂逅时，可能是她一生中最幸运的几个月：她得到了一份她喜爱的工作——作为采访员参与一项由大学赞助的社会科学项目的研究，一小时两美元；有几个比她年长的大学生（研究项目认识的）做朋友；银行里有一小笔存款；住一套舒适的有壁炉的小公寓，从屋子里可以看到中途路对面大学的哥特式建筑正面。与此同时，她自愿当一个未经专门训练的心理医生的病人，并对她充满感激。女医生名叫拉瑟福德。每逢星期六上午，莉迪亚就穿戴整齐（穿的是我从上小学时就常看到的最少女的服装，蓬松的衣袖、硬衬布衬裙等等），到海德公园大道上那个女医生的诊所去看病。她写的故事大部分取材于星期六看病时她讲给拉瑟福德大夫听的童年回忆，涉及的几乎全是发生在她父亲强奸了她并出走以后的事，当时她和她母亲被两个姨妈收留——她母亲作为客人而莉迪亚则是灰姑娘——住在斯科基那两个老处女囚室般的小房子里。

　　细枝末节的堆砌是莉迪亚小说的特色。她勤奋、刻苦，详细地记述了她那两个姨妈的习惯和态度，仿佛每一个精确的细节都是通过她的过去而投向那两个面目狰狞的迫害者的石块。从她的作品中可以看出，那一家人最爱的话题就是"身体"。"那身体肯定不需要往燕麦片上倒更多的牛奶了，亲爱的。""那身体只能承受那么多的侮辱了，再多它就完蛋了。"如此等等。遗憾的是，那些琐碎细节精确却乏味，引不起班上其他人的兴趣，除非它们是"具有象征意义"或耸人听闻的。最不喜欢莉迪亚小说的人有阿尼亚希维利，一位年长的俄国移民，专攻别出心裁的"下流经典"，目标是《花花公子》（用格鲁吉亚语创作，由他的侄子、一个餐馆老板为其译成英文）；托德，一个写不到两百字就要有什么"付诸东流"（要么是血，要么是尿——"达林军官的晚餐"），一个热衷于（我并不热衷——我们意见不一）欧·亨利式小说结尾的人；黑人女士科尔贝特太太，白天负责咨询委员会的档案管理，晚上写那些最易懂而乏味的白日梦，写一只苏格兰牧羊犬如何在明尼苏达白雪皑皑的牧场上嬉戏玩闹；肖，一个喜欢堆砌形容词的前报人，总爱引述麦克斯·珀金斯讲给托马斯·沃尔夫的话，就好像他亲耳听见一样；还有一个叫沃茨的，穿着讲究的男护士，坐在最后一排角落的位子上，对我这个当老师的有一种"爱恨交织"的感觉。莉迪亚最热情的仰慕者，除了我自己之外，还有两位"女士"：一位在高地公园经营一家宗教书店，极力推崇莉迪亚小说中的道德训诫；另一位是斯拉特太太，一个来自福罗斯姆尔镇的家庭主妇，身材瘦削，穿一套杂色衣服来上课，惹人注目，爱写"悲喜交集"的小说，常以两个角色"无心的触碰"作为小说结尾。斯拉特女士的双腿甚是吸睛，通常就在我眼前，或交叉，或分开，尼龙丝袜之间相互摩擦发出的窸窣声，即使在我认真讲课时也能听到。她的眼睛是灰色的，流露出丰富的情绪："我四十岁，整天做的事就是买东西和接孩子。我为这个课堂而活，为我们之间的对话而活。触碰我吧，不管是有意还是无心。我是不会拒绝，也不会告诉我丈夫的。"

在所有这十八个人中，除了我的那位虔诚信徒之外，其他人一晚上至少一包烟。他们用铅笔或各种颜色的墨水，在订货单背面或办公室信笺上写作；忘记标明页码，或忘记按序排放（这种情况比我想象的更不经常发生）。更常见的情况是，小说的第一页有食物留下的污渍，或有几页粘在一起，斯拉特女士的往往是被小孩打翻的胶水粘住，而那个男护士沃茨先生的，我想是被他自己的精液给粘住的。

每当班上学生就某篇小说是否具有"普世"意义，或某个人物是否"具有象征意义"展开辩论时，往往除了偶尔的调侃之外，休想在下课前让他们丢开这个话题。他们在相互评判彼此小说中的人物时，不是把人物看作由作者随意冠以姓名的一组特征（如一抹小胡子，跛行，慢吞吞的南方人腔调），而是好似他们在讨论人的灵魂，有的要被放逐到地狱，有的会荣升为圣徒——究竟如何，全看本班的评定了。他们之中对低调或平凡的文稿不看好或没兴趣的人，在讨论时喧嚷得最厉害，而我对莉迪亚小说的赞赏几乎让他们气得发疯；每当我把她的作品作为大家可借鉴的范文大声朗读出来时，如她如何用简练的笔法描述她两个姨妈在卧室里的一块小布巾上摆放头刷、梳子、发夹、牙刷、救生牌香皂和牙粉罐，都会毫无例外地触怒某一个人。我常常朗读一段像这样的文字："赫尔达姨妈在听库格林神父对聚集在布里格斯体育场的两万名基督徒布道时，总是不停地清嗓子，好像接下来就轮到她上去讲话一样。"这样的句子毫无疑问并不那么精美、流畅，不值得我在下课前向班上学生一再夸赞。但同那学期我读过的绝大部分文章相比，克特雷尔夫人对赫尔达姨妈在四十年代收听电台广播的描述就像是从《曼斯菲尔德庄园》中抄来的。

我想过要在我的办公桌上方挂一标语：本班任何凭空想写作之人，一经发现即予枪决。给他们讲课时，从师者父母心的意义上说，我得把这种想法说得婉转些："你们不能把空想出来的东西当成'小说'交上来，小说应该以你们所熟悉的事物为基础。要坚持这一点，否则你们中有些人就会滑向白日梦和噩梦，滑向华而不实和罗曼蒂克，这可不妙。要尽量做到具体，准确，确切……""是吗？那汤姆·沃尔夫呢?"热情奔放的前报人肖问道,"你能称那为确切吗,祖克曼?"(对一个只有他一半年龄的小伙子,他是不会用"先生"或"教授"这种称呼的。)"那么散文诗呢,你也反对吗?"阿尼亚希维利操着浑厚的俄罗斯土腔举斯皮兰[①]的例子来驳斥我,"他的书怎么能印一千万册呢,教授?"间或斯拉特太太也会在讨论时无意地碰碰我的衣袖问道:"可你不也穿着一件粗呢夹克吗,祖克曼先生?我不明白为什么我的小说里克雷格穿了就算是'空想'了呢……"我听不下去,打断她说:"还有烟斗,斯拉特太太,你干吗老是让他不停地抽烟斗?""可男人们都抽烟斗呀。""空想,斯拉特女士,纯属空想。""可是——""好了,你可以写个在卡森百货公司买东西的故事,斯拉特太太!写写你在萨克斯度过的一个下午!""是吗?""是的!是的!是的!"

哦,是的,每次看到华而不实的作品,看到各种自我夸张的虚构时,我都毫无保留地给它们尝尝祖克曼式严厉斥责的滋味。那是我仅有的失控发脾气的时候,当然,所谓"失控"总是故意的、有预谋的、无懈可击的。

"心中郁愤",顺便提一下,便是部队神经科医生对我偏头痛的解释。他曾问我是否喜欢父亲比喜欢母亲更多,问我对高度和群体的感觉,问我回归平民生活后打算做什么。他从我的回答中得出结论说,我心中积满了郁愤。

我的朋友们(现在我唯一的死敌已经死了,虽然指斥我的人有一大堆)——我的朋友们,我在夜校教"创意写作"拿到手的两百五十美元,每一分都是挣来的。不论这是否"意味"着什么,在那个学期里,我的偏头痛没有一次是在星期一发作。遇到晚上要对帕特罗尔曼·托德的一篇硬汉小说或斯拉特女士的一篇悲喜小说进

[①] Mickey Spillane (1918—2006),美国侦探小说家。

行讲评时，我并非不希望我的头痛会发作。不过，说实话，我还是很庆幸头痛是在我周末休息的时间里发作。我大学里的和在市中心分部的上级非常同情我，向我保证我不会因"时常"病倒而失去工作，我多少也就相信了他们的话。但我还是觉得周六或周日变成废人，与请求同事或学生原谅缺席相比，我在精神上的负担要小得多。

不管怎样，莉迪亚漂亮而天真的北欧人特有的脑袋，或者说——有人会觉得不可思议——她所描写的那种有违人伦的中西部清教徒背景下的异域特质，激发了我的情欲。但无论何种情欲，都被我压制在我坚定的信念之下。倘若我跟学生上床，我就会背叛我的职业，损害我的自尊。我曾经说过，抑制与我们交往的目的无关的感情和欲望，我认为对我的事业——我当时想必是称之为教育事业——的成功至关重要。让我们各尽所能，分别行使师生之道，而不必花时间去挑逗、献媚、欺骗、发怒、嫉妒、算计等等。这一切只适用于街头搭讪。依我看，只有在课堂上才可能以真诚相交往。这种真诚一般与爱联系在一起，却又不掺杂情感上的极端主义和以利益和权力为基础的动机。诚然，我的夜课偶尔有如卡夫卡的法庭一般让人困惑，我的写作课有如工厂的流水线那样枯燥乏味，但毋庸置疑的是，我们的努力以朴实谦虚、互相信任为底色，大家是在尊严允许的范围内坦诚相处的。不论是科尔贝特女士那关于怎样给一个小女孩写一封友好的信的天真而热情的问题，还是我自己那同样天真而热情的回应，我们彼此的交流毫无低下的意味，甚至连世俗之气也未沾染。这在我这个二十四岁的男人看来，在我这个身穿干净的白衬衫，打着领带，外面套一件粗呢上装、后摆粘有粉笔灰的老师看来，似乎就是一个不言而喻的真理。啊，我是多么希望能有一个纯洁无瑕的灵魂啊！

就莉迪亚的情形而言，我作为老师所表现出的谨慎倒是得助于——或是本应得助于——她那种男人般的走路姿势。她第一次进教室时，我真怀疑她是个体操运动员或杂技演员，或者是女子田径运动协会的成员，她让我联想起大众杂志上那些为苏联赢得奥运奖牌的体魄健壮的蓝眼睛运动员。可她的肩膀却像小孩子的一般窄得可怜，皮肤白皙，柔嫩得几乎透亮，下半身在她走起来时看上去像男人而不大像女人。

没出一个月我便勾引上了她，这既违背了我的原则，也违背了她的意愿。其过程极为寻常，颇像斯拉特太太会想象的那样：在我办公室进行一次单独谈话，然后一同乘坐城际火车回海德公园，再邀请她到我住所附近的一家酒馆喝啤酒，一路调情陪她回寓所，并请求她允许我上去喝杯咖啡。她恳求我对自己要做的事三思而行，甚至在她在洗澡间放入了子宫帽后出来，我第二次褪下她的内裤、脱掉衣服、俯在她那瘦小得不成比例的身体上方准备进入时，她依然在恳求。她忧心忡忡，觉得受到了戏弄，她担惊受怕，惶惑不安。

"周围有那么多漂亮的年轻姑娘，为什么挑中我？为什么选上我，你有大批佼佼者可选啊。"

我不予回答。她似乎变成了一个腼腆的人，或者一个傻瓜。我莞尔一笑。

她说："你看，看着我。"

"我看着你呢。"

"是吗？我比你大五岁。我的乳房下垂，不复当初。瞧，我有妊娠纹，屁股太大，跟腱有伤——教授啊，听我说，我没有高潮。我想你事先知道，我从来没有过高潮。"

事后我们坐下喝咖啡，莉迪亚裹着浴衣，说了这些话："我永远不会明白你为什么要这样做，为什么不是斯拉特太太，她不是乞求着你做吗？为什么是像你这样的人要我？"

其实，那时候或任何时候，我都没有"要"她。我们一起生活了近六年，起初十八个月是情人，接着四年直至她自杀，我们是夫妇。在所有这些时间里，对我来说，她的肉体从未变得不合我意，可她却总是说反话。我劝诱她：初夜，翌日早晨，以及后来的数百次，可她全无欲望。而对斯拉特太太，我撩逗过大概不到十次，但只是在我的想象之中。

又过了一个月我才见到莉迪亚十岁的女儿莫妮卡，所以根本不能说我是纳博科夫笔下的无赖，容忍一个无吸引力的母亲是为了接近她的吸引人的、可勾引的年轻女儿。那是后来的事。当初，莫妮卡没有任何魅力，不论性格或外貌我都不喜欢：身体瘦长，细绳状头发，营养不良，傻里傻气，没有一点好奇心或诱惑力，未受教育，连时间也不会看。穿着粗蓝布工装和褪色的马球衫，看来就像一个乡下孩子，贫穷和匮乏的后代。更糟的是，有时她盛装打扮一番：白衣服，白帽子，穿一双小号玛丽珍鞋，拿一个白色手提包和一本《圣经》（也是白色的）。在我看来，她就像是那些穿得太过考究的基督教小孩的复制品。那些孩子每个礼拜天在上教堂的路上经过我家，对他们我常产生一种强烈的情绪，就好像他们是我祖父母厌讨的人。每当看到她穿着那身去教堂的白衣服时，我就会不由自主地开始暗暗鄙视这个愚蠢之极的孩子——莉迪亚也是这样，因为莫妮卡的装束让她回想起在斯科基的日子，那时她自己每个礼拜天也得这样穿戴整齐，由赫尔达和杰西姨妈带着去参加路德教的礼拜式（如其小说中所写："一周一次穿着浆过的漂亮衣服坐在教堂里，不会窘促不安，这对正在发育的身体是很好的"）。

我之所以被莉迪亚吸引，不是出于对莫妮卡的激情——当时还不是——而是因为她遭受了那么多的磨难，但她又是这样勇敢。在我看来，她熬过来以及她已经熬过的一切，使她成了精神上的巨人，或者说，使她具有了魅力：一方面是清教徒的质朴、谨慎、温良，以及她那种家族女性的恐外心理；另一方面是男人的犯罪行为。当然，我没有把她被其父奸污的情况与受《芝加哥论坛报》知识熏陶成长的情况相提并论，令我看来如此英勇的是，她历来遭受各种各样野蛮行为，一般的或邪恶的都有，一直被欺诈剥削，挨打受骂，她的一个个保护人最后都背叛了她，结果却证明她是摧毁不了的。现在的她住在一间整洁的小寓所里，从那里可以听见大学钟楼传来的阵阵钟声。大学里的无神论者、共产党人和犹太人，她的族人是不喜欢的。她每周在厨房桌子上按我的要求写上十页纸，以一种远非愤慨或癫狂的笔法勇敢地去回忆她那段非人生活的细枝末节。当我在课堂上说，克特雷尔女士的小说我最欣赏的是"节制"时，我所指的远远不是那些不了解她的人所能理解的。

虽说她性格上的所有这一切感动了我，但奇怪的是，我对她的肉体就像第一个夜晚那样，还是那么厌恶。我自己倒是能达到高潮，但完事后却感觉这种"达到"糟透了。早些时候爱抚她的身体，她生殖器的质感让我感到不安，两腿之间的褶皱摸上去异常肥厚。当我假装对她的裸体感兴趣而细看时，我发现那里的皮肤显得枯萎变色，叫人震惊。我甚至觉得我仿佛是在低头注视着莉迪亚某个未婚姨妈的私处，而不是一个未满三十岁的健康的年轻女人的私处。我不禁由此联想到她在少女时期被她父亲摧残的情景。当然这种想法显得文绉绉的而又富有诗意，难以使人接受——但不管它多让我忧惧，这里面并不包含耻辱。

至此，读者可以自行想象，二十四岁的我是如何应对自己的恐慌的：第二天早晨，我很干脆地吻了她的私处。

"别这样，"莉迪亚说，"拜托你别这样。"

"为什么不呢？"我期待她会回答：因为我那儿太丑了。

"我跟你说过。我不会有高潮。所以不管你做什么，都没有用。"

我像个走遍天涯海角，见过各种世面的圣人那样对她说："你对这一点太过于介怀了。"

她的大腿还不及我的前臂长（我想，跟斯拉特女士的鹦鹉长度相当），只有在我的双手用力将它们分开时才叉开。我用张开的嘴吻了她那干巴巴的、呈褐色的久经摧残的部位。这一举动既没让我感到高兴，也没让她觉得欢喜；但至少我做了我一直害怕做的事，把我的舌头放在她饱受摧残的地方，就好像——我忍不住想这么说——这么做是对我们两个的救赎。

就好像这么做是对我们两个的救赎。这种想法既夸张又浅薄，我确信，是从"认真的文学研究"中生长出来的。爱玛·包法利读了太多她那个时代的爱情故事，我则读了太多对我这个时代的爱情故事的批评。把我"吃"她看作是领取某种圣餐的想法的确非常诱人，虽说在须臾间的迷恋之后我便抛弃了它。不错，无论关于我的偏头痛还是我同莉迪亚之间的性爱关系，我一直竭力反对那些夸张和好听的解释；但我确实认为，我的生活同那个时代一些文学评论家一直津津乐道并显露才华的主题内容日趋相似。我自己也可以十分讨巧地写出一篇优等的大学毕业论文：《犹太人生活之基督诱惑：论"求婚之灾"的讽刺意义》。

就这样，在一个星期之内，我虽尽量地"领取圣餐"，却无法抑制我那可怕的厌恶，也无法消除被拒绝时感到的羞辱：既相信又不相信那郁郁不乐的回应。

跟莉迪亚恋爱的第一个月里，我继续收到莎伦·莎茨基的来信，间或接到她的电话，她在北卡罗来纳州大学彭布罗克学院上三年级。在我返回芝加哥之前，我与她结束了一段热恋。莎伦是个修长、漂亮的红褐色头发姑娘，好学，热情，活泼，文学院的优等生，一个成功的拉链制造商的女儿。那位富商常常出没于乡村俱乐部，还有一幢价值数十万的郊区别墅。他对我的各种资历青眼有加，热情地招待我，直到我的周期性偏头痛开始发作。莎茨基先生开始担心，假如他不加干预，他的女儿有朝一日会发现自己嫁给了这样一个男人——她整个余生都得照料他，赡养他。莎伦被她父亲的"缺乏同情心"所激怒。"他把我的一生也当作是做生意的一笔投资。"她气愤地说。在我为她父亲辩护时，她甚至气得更厉害。我说，这是他当父亲的责任，让年轻的女儿明白我的病可能造成的长期后果，这和好多年前他一定要她接种牛痘以防天花一样，是不想她毫无理由地遭罪。"可我爱你，这就是我的'理由'。你若病了，我愿和你在一起。到时候我不会弃你而去，我愿照顾你。""但他说，你不明白这种'照顾'会要你付出什么代价。""但我要告诉你——我爱你！"

若我真如莎伦父亲所设想的那样非常想同她结婚（或者同她家的钱财结婚）的话，恐怕我对他的反对就不会持如此宽容的态度了。可当时我刚进入二十岁，婚姻的前景，甚至是跟一个我强烈迷恋的可爱的年轻姑娘结婚，也与我的志向不沾边。我尤其得说，因为我怀疑强烈的色欲能否维持长久的结合。若莎伦与我之间没有确凿无疑、牢不可破的联结，那么我们之间究竟还存在什么重要的、有意义的东西？她只小我三岁，在我看来她年轻得多，太多方面居于我的阴影之下，自己的见解和爱好所剩无几。在我们相识的那个夏天里，她一口气看了十几本我推荐给她的书，把从我这儿借鉴过来的观点作为她自己的见解讲给她的朋友和老师听。她甚至在我影响下把专业从政治转到文学。起初，在我像父亲似的迷恋她时，她这样做使我感到满足，可后来却在我眼中成了一种征兆，连同其他一些迹象，表明了她过于顺服，过于屈从。

当时我并没有想到，应从她强烈的性欲中，或从她大胆活泼的野性和温顺服从的禀性的平衡中，找出可以作为她品性好、人聪明和富有想象力的证据。我也没有意识到她的魅力在于紧张的精神状态，而并不仅仅在于她的性欲。相反，我颇为悲观地认为，性欲就是我们所拥有的一切，就好像维持数年之久的本能狂热的性爱不过是一种普遍现象。

一天夜里，我和莉迪亚已在我的住所睡下，莎伦打电话来了。她在哭，也不作掩饰。对我的"愚蠢"决定她再也不能容忍。我当然不能要她为她父亲的冷血行为负责，但她父亲的做法可以解释我现在的所作所为。可我究竟干了什么？我又是怎么干的？我还好吗？我病了吗？我的写作、教学又怎么样？我得让她飞到芝加哥来……可我对她说她必须呆在原处。我一直保持镇静、坚定。不，我没有要她为任何人的行为负责，只要她为自己的行为负责，而她表现得堪称典范。我提醒她，断定她父亲"冷血"的可不是我。她一再恳求我"放明白些"，我说她应该面对现实，尤其是现实并不像她想象的那么糟：她年轻、美丽、聪明、热情，如果她能克制戏剧性的多愁善感，重新振作起来……

"可要是我什么都好，你为什么就这样抛弃我？我不懂啊，麻烦你给我讲清楚！要是我表现得堪称典范，你为什么不要我？唉，内森，"她说道，此刻已是放声痛哭，"你知道我在想什么？在所有这些所谓道德原则、公正合理和通达事理的遮掩下，你是个疯子！有时候我想，在所谓'成熟'的遮掩下，你不过是个疯狂的孩子！"

我放下厨房的电话回到起居室时，见莉迪亚坐在我的沙发床上。"又是那个姑娘，是吗？"不过她没有流露出任何妒意，虽然我知道她恨她，哪怕只是冷漠地恨。"你想回到她那儿去，是不是？"

"不。"

"可你知道，你一开始跟我在一起就感到懊悔。我知道这点。只是现在你不知如何摆脱。你害怕让我失望，害怕伤害我，所以你让那几个礼拜就这样过去——我不能忍受焦虑不安，内森，或是诚惶诚恐。如果你要离我而去，请即刻行动，今天晚上，就这一分钟。请你马上赶我走吧，我求你——因为我不想被容忍，被怜悯，被拯救，或忍受这儿正在发生的一切，不管那是什么！你跟我在这里耗什么啊——我又跟你这样一个人在这里耗什么?！你现在已经是功成名遂——你的一举一动都表现出了这一点！而你做的这一切又算什么呢？你知道你更喜欢跟那个女孩睡而不是跟我——那你就别再装模作样，回她那儿去，去吧！"

说完她哭了，哭得就像莎伦那样失望、迷惑。我吻了她，设法安慰她。我对她说，全不是她说的那个样子。诚然，所有情况都是真的：我讨厌跟她做爱，我希望摆脱她，那晚电话之后，我真的比任何时候都更想回到那个莉迪亚总是称之为"那个姑娘"的人身边去。但我拒绝承认有这样的情感或根据该情感产生的行为。

"她很性感，年轻，又是犹太人，有钱……"

"莉迪亚，你只是在自寻烦恼……"

"可我很丑恶。我一无所有。"

不，假如有人是"丑恶的"，那就是我。我渴念莎伦那甜美的淫荡，她那玩儿似的不知羞耻的色欲。我常视之为她的"绝对音感"，即对我们的任何欲念万无一失地精准迎合——甚至当我在莉迪亚身上苦干，想起她所受的肉体折磨时，我还是会渴念、回味和幻想着与此形成对比的莎伦的一切。所谓"丑恶的"，是指女性身体不完美引起的反感、苛求，指发现自己是一个最为好莱坞式的冷血观念的信徒，这些观念包括什么是能引起性欲，什么不能；所谓"丑恶的"——令人担忧、叫人羞愧、使人愕然，是指像我这样自负的青年竟会如此沉迷于自己的情欲。

我常觉得自己在性方面的反应能力尚未成熟，如果情色没有使我感到特别孤独，却仍给我其他正当理由来怀疑我自己。例如，莫妮卡的周日来访多令人难熬啊，对我所看到的那些我是多么反感啊！尤其是当我怀着被宠幸的甜蜜心情回想起我自己童年的礼拜日时——一整天的拜访，先到我父母的出生地贫民区去看我孀居的祖母和外祖母，然后再绕道卡姆登拜访六七个姑妈姨妈伯父叔父。战时汽油是配给的，我们只好步行去看望祖母和外祖母，穿街过巷，总共五英里——证明了我们对那两位可敬而高傲的干粗活的老人确有一片孝心。她们都住在相似的小公寓里，那里有一股子刚熨烫的亚麻布味道和凝滞的煤气味，周围沙发都套着沙发套，有犹太男孩成人仪式的照片，还有一些盆栽植物，其中大多比我还要高大、粗壮。墙纸剥落，亚麻油地毡有裂缝，老式窗帘褪了色。然而，这里就是我的阿拉伯，我就是她们的小苏丹……而且是个体弱多病的苏丹，他所需要的礼拜天糖果和果酱越来越多了。啊，我给喂得饱饱的，玩得又多开心，洗衣女工的乳房是我的枕头，祖母、外祖母深厚的双膝是我的帝王宝座！

当然，我生病时，或天气很坏时，我得呆在家里，由我姐姐照顾，父亲母亲则穿着高筒雨靴，打着雨伞，进行虔诚的长途跋涉。不过这也没有什么不愉快的，因为索尼娅会像一个女演员似的，从她拥有的一本《两百出歌剧梗概》中选些段落读给我听，时常读着读着就放声高歌起来。"故事发生在印度。"她念道，"在印度牧师尼拉堪萨的圣地上开场，这个牧师对英国人怀有宿恨。有一次他外出时，一群英国官员和女士出于好奇心来到这里，陶醉于美丽的花园。不久他们离去，只有一个名叫杰拉尔德的官员没听他朋友弗里德里克的劝告，留下来在花园里写生。不一会儿，牧师的女儿拉克梅沿河边走进园来……"这句"沿河边走进园来"，还有"印度"（Hindu）的拼法，在桑妮的书里它的尾部加了两个o，成了"Hindoo"（像一双吃惊的眼睛，就像"hoot"、"moon"和"poor"中间的元音；又像是我发觉的所有神秘事物的精华），都对我这个病弱孩子有着很强的吸引力，何况我姐姐为只有我一个人的观众表演得如此尽心尽力……拉克梅由她父亲带到集市，两人都装扮为乞丐。"他强迫拉克梅唱歌，试图以此来吸引她情人的注意，如果他在那一群在集市上购物的英国人中间的话。"我几乎还未从"集市"（bazaars）这个词及其两个"a"("odd"的发音,叹息的声音)中恢复过来,索尼娅就已在介绍《钟声之歌》,歌剧《流浪汉的女儿》中的咏叹调,她用费城布雷斯伦斯坦博士的法国口音说:"这是流浪汉的女儿唱的民谣,她在森林里用其魔钟的魔法从野兽群中拯救了一个陌生人的生命。"这首咏叹调音高难唱,姐姐认真唱来,唱得脸红耳赤,气喘吁吁,唱完后重又绘声绘色地念起剧情来:"这个诡计成功了,杰拉尔德立即就听出了那个美丽的印度少女动人的歌声——"被拉克梅的父亲从背后刺中一刀,却又被拉克梅在"一个美丽的森林里救护过来",这时小伙子"才内疚地想起他已与之订婚的漂亮的英国姑娘",于是决定离开,而她却喝了有毒的草药自杀了。"她喝的是致命的毒汁。"我没法确定更恨谁:歉疚于"漂亮的英国姑娘"的杰拉尔德,还是禁止女儿拉克梅爱上白种男人的疯狂父亲?要是我不是因为下雨而只好呆在家里,而是"在印度",要是我的体重超出六十磅,我想我会把拉克梅从他们两个人手里救出来。

晚些时候,父亲母亲走上后梯平台,像狗狗——我们的达尔马提亚犬、圣贝纳尔德救生犬——一样晃动着抖落身上的雨水。他们把雨伞撑开放在浴缸里晾干。他们在暴风雨中走了两英里半的路,给我带回来一罐我祖母祖克曼做的卷心菜包肉,我外祖母阿克曼做的一皮鞋盒子的果馅奶酪卷:给营养不足的内森,给他补身子,让他健康快乐。再晚些,我那爱表现的姐姐会站在起居室小地毯的正中央,站在有着"东方特色"的花团上练习音阶,我父亲在读《星期日问讯报》上的前线消息,我母亲则用嘴唇测探我的额温,一小时一次,完了便是一个亲吻。而我,始终如安格尔[1]笔下的宫女般懒洋洋地躺在沙发上。自从开始休息以来,可曾有过比这更安逸的吗?

---

[1] Jean-Auguste-Dominique Ingres(1780—1867),法国古典主义画派画家。

每回随着克特雷尔家恐怖的礼拜天在我眼前徐徐展开，我自己的长辈们那些爱的仪式及细节（我并不怀旧！）便会历历在目，令人心酸不已。就如我们家一直在履行家庭的爱之仪式，克特雷尔家则总是处在沉闷而可怜的无爱状态。看这一系列灾难不断重演，就如看电刑一样令人不寒而栗。没错，缓慢的电刑，摧残着莫妮卡·克特雷尔的生命，一个礼拜天又一个礼拜天地发生在我的眼前。她是一个愚笨、虚弱、无知的孩子，分不清左右手，看不懂时钟。如果没有人帮她辨认每个音节，她甚至看不懂广告牌和麦片盒上的广告语，似乎那是一座智力的高峰。莫妮卡。莉迪亚。克特雷尔。我寻思："我跟这些人在这里耗什么呢？"想到这里，我便觉得自己别无选择，只能这样耗下去。

每个礼拜天，莫妮卡由尤金·克特雷尔送到门口。他是个毫无吸引力的男人，渐渐远离我小说的读者此刻正期盼踏入的那道充满戏剧性的门槛。这是给内森的棺材钉上的又一颗钉子。要是莉迪亚一直在夸大其词就好了，要是我能对她说（对离异之人谈其前任也绝非不可能）"得了吧，他并没有坏到那种程度"就好了，要是我能逗她说"哎呀，我倒是喜欢他呢"就好了。可是我恨他。

唯一令人惊奇的是发现他的外貌比莉迪亚描述的还难看，好像他的性格还不够差劲一样。一口坏牙，一个破相的鼻子，为上教堂头发往后梳得很光鲜，穿着则完全是一副乡巴佬的模样……可一个脸蛋儿漂亮、举止自然文雅、脑子聪明的姑娘，又怎么会嫁给这样一个人呢？理由很简单：他是第一个向她求婚的人，是把莉迪亚从斯科基囚笼里拯救出来的骑士。

有读者不仅仅"渐渐远离"我的小说，而且开始规避我此处描述的不变的阴郁沉闷状态；有读者发现自己不能终止对小说主角的不信任，他甘愿与一个对他没有性欲的女人保持关系，且为灾祸所困扰。对这些读者我应该说，回顾往事，我发现他几乎不可能相信他自己。本是一个明智的、有远见卓识的、审慎的、洁身自好的年轻人，一个对待生活一丝不苟的人，一个天生就是治家楷模的人，竟会在这样一种显然是无法忍受的境遇中去追求全然违背自己志趣的东西？难道是为了挑战？这能使你信服吗？的确，一种防卫和求生的本能——就叫它普通的常识或起码的常识，一种基本的生物预警系统——理应让他警觉到无法规避的后果，就像把一杯冷水泼在梦游者的脸上能把走得太远的梦游者从深不见底的楼梯井边或杳无人迹的林荫道上拉回来那样。我试图找出一种类似真正的宗教使命感的动机来——就像派传教士去点化野蛮人或去照料麻风病患者，找出能解释这种荒唐行径的明显的心理变态，却徒劳无获。但为作出某种解释，作者便强调了莉迪亚的"道德魅力"，而且可能用一种重于生动趣味的透彻缜密来呈现祖克曼"认真的"思考，甚至还在副标题里把这种认真说成是一种社会现象的产物。可说实话，尽管有启示性的副标题及其他一切，似乎也没有解答读者认为故事不合情理的原因，正如青年祖克曼认为对自己周期性偏头痛的权威性解释并不符合病痛本身。如果用"谜似的""神秘的"等字眼来解释，那么这不仅不合我的性格，而且会使事情变得更难以理解。

诚然，如果我至少能提到每个快乐周六的闲情逸致，可能有所帮助：莉迪亚和内森一起去湖边，一起野餐，一起骑自行车，参观动物园、水族馆、艺术博物馆，英国的布里斯托尔老维克剧团和法国犹太戏剧家马歇·马叟前来芝加哥时便去看戏；我可以写我们与大学里其他夫妇建立的友谊，我们偶尔参加的周末毕业生聚会，在曼德尔厅聆听著名诗人和文学评论家的讲座，在莉迪亚寓所壁炉旁一起看书。可为使风流事儿更可信而作这些回忆，其实会误导读者对青年内森·祖克曼的了解；对他而言，普通的社会享乐是无关紧要的，因为它们似乎缺乏道德的内涵。他与莉迪亚结婚，并不是因为两人都喜欢在六十三街吃中国菜，或因为两人都赞赏契诃夫的短篇小说。如果是为了更多的享乐，他本可以跟莎伦·莎茨基结婚。或许有些人——我是其中之一——会觉得不可思议，但正是那种"一贯的暗淡境况"很大程度上促成了他同莉迪亚的关系，而不是所有的搭伙吃饭、散步、参观博物馆，也不是舒适的炉边谈话中他对她读书品位的纠正。

有读者"相信"我所描述的祖克曼的困境，但又不愿像我这样认真看待他，对此我得说，我很想由我自己来取笑他。把这篇故事当作一种喜剧来处理非常简单，只需在语调和态度上稍作改动即可。在研究生院读书时，我曾为一门名为"高级莎士比亚研究"的课程写过一篇关于《奥赛罗》的论文，里面就提过这种改动。我曾详细地设想过好几种不太可行的改写方法，其中一种让奥赛罗与伊阿古互称对方为"问话先生"[①]和"骨板先生"[②]的改法，另一种改法更极端，奥赛罗由白人扮演，其他人物都由黑人来演，从而更清楚地揭示出一种"毫无动机的邪恶行为"（我最后写道）。

在我手头的小说中，在我看来，特别是从这十年的情况来看，那种崇尚克制和压抑男子性欲都应该受到嘲笑。就我来说，并不要求太多妙计就可将现在的主人公变为一个令人厌恶的花花公子，一个滑稽可笑的人物，以此来供大家嘲笑。或改主人公为叙述者。对有些人来说，所有事情中最滑稽的，或可能是最奇怪的，大概不是我自己当时如何端正自己，而是我选来用作今天讲述故事的文学方式：正派稳重，条理清晰，潜在的冷静节制，还有我继续佯装的"负责任"态度。自从十年前所有事情发生以来，不仅我的文学风格起了急剧变化，而且我自己几乎不再是过去的我，或向往成为的我：

[①] Interlocutor，喻滑稽说唱表演中由白人扮演的黑人发问者。
[②] Mr. Bones，喻滑稽说唱表演中敲响骨质响板的角色。

我再也不是那个十分体面而又高尚的大学社会里信誉良好的成员之一，也不再是在信上骄傲地称我为"教授"的父母的儿子。根据我自己的标准，我的个人生活是一种失败，一种耻辱，既不正派，也不稳重，也确实不"负责任"。或者在我看来：我羞愧难当，相信自己是个桃色新闻的丑角。我无法想象自己还有勇气回芝加哥生活，或去美国其他任何地方。

不久我们便在意大利一个较大的城市住下，"我们"是指我和莫妮卡，我们关系亲密后我终于叫她"莫妮"。我们俩和莉迪亚，三人曾像一家人一样一起住在芝加哥伍德朗的底层公寓。一天，莉迪亚在洗澡间用开罐器的金属尖割开手腕，流血致死，之后就我和莫妮两人生活在一起。莉迪亚死时三十五岁，我三十岁，莫妮十六岁。在克特雷尔第二次离婚时，我曾代表莉迪亚上法庭，要求重新获得对她女儿的监护权，我赢了。我怎么会输呢？我是个受人尊敬的大学教师，著名作家，小说刊登在严肃的文学季刊上。克特雷尔却是个打老婆的人，离过两次婚。这就是为什么莫妮搬到海德公园来跟我们同住，而莉迪亚因此也开始遭受最后的折磨。她不必再担心会被斯科基的两个姨妈排斥到她们的生活之外，或被进一步贬损为一个不受待见的灰姑娘，可她却无法忍受在莫妮和我之间滋长的、构成我这些年来唯一性欲的东西。莉迪亚常在半夜里用拳头狠捶我的胸脯，把我弄醒。拉瑟福德大夫不论做什么或说什么对她都不管用。"如果你敢碰我女儿，"她哭着说，"我会把刀插进你的心脏！"可她在世时，我从未和莫妮睡在一起。我们在父女关系的掩护下触碰彼此的身体，几个月过去了，我们之间的接触——不知不觉地，无意中地——越来越频繁：在穿衣服的时候，或在不穿衣服的洗澡间里；在院子里一起扫落叶，或到湖岬点游泳，像一对情人那样打闹嬉戏……不过，到末了，我还是当她是我自己的女儿，或我的妹妹，我很忌讳乱伦。这并不容易。

后来我们在浴缸里发现了莉迪亚。直至我和莫妮逃往意大利,我的朋友和同事中可能没有一个人会以为莉迪亚是因我与其女儿睡觉才自杀的。在那夜我们终于做爱之后,我不知接下来该怎么办。她十六岁,她母亲自杀了,她父亲是个施虐成性的蠢货,她自己因阅读困难还是个中学生。鉴于这一切,我怎么能抛弃她呢?我们又怎能在海德公园作为情人同居呢?

于是我最后决定作欧洲之旅,莉迪亚与我初次见面时我就有旅欧的打算,只不过这回我却不是来参观文化古迹和文学丰碑的。

我不认为莫妮在意大利会不快乐,会像安娜·卡列尼娜跟沃伦斯基那样不愉快。这是我们在意大利的第一年,我不觉得自己会像阿申巴赫一样,因对塔齐奥的激情而慌乱无措。我预料到会有更多苦恼,随着我的自我戏剧化的文学思想的转变,我甚至想到莫妮或许会发疯。但事实上,对我们的意大利朋友来说,我们只是又一个美国作家和他的年轻漂亮的女友,一个高高的、文静的、忧郁的孩子,在他们看来,除了外貌姣好之外,她的唯一特点便是对我的一片真心。他们对我说,他们还不习惯看到一个美国长腿金发碧眼女郎对男人如此依从。因为这一点,他们挺喜欢她。我唯一一位如知己般的朋友说,每逢我走出房间,留她在那里,她看起来就像死了一样可怜。他不晓得为什么。其实原因很简单,她只是听不懂当地语言。幸好,她像我一样,很快就可以讲一口流利的意大利语。对这门外语她反倒没有阅读困难,不像那时在芝加哥,她的英语家庭作业害得我们三个人都很头痛。她不再不开窍,不再固执,虽然脾气常常很不好。

她到了二十一岁,从法律上来讲不再是我的"受监护人",于是我决定与她成婚。那时候最糟糕的事情已经过去了,我指的是贪婪的、狂热的情欲以及叫人两腿发软的恐惧。我想,结婚大概会帮助我们度过这个令人厌烦的第二阶段,即她显得日趋沉静和阴郁，而我则以缄默无言的态度，继续忧虑不安，仿佛在医院病床上等着被推进手术室。我应该与她结婚，或者离弃她，让她永远依赖我，或者彻底结束。于是，在她二十一岁生日那天，我做出了我的选择——我求婚了。但莫妮说"不"，她从没有想过当妻子。我失控了，开始气愤地讲英语——餐馆里的人都朝我们这边望来。"你是说，没想过当我的妻子？"她用意大利语回答说："我又能当谁的妻子呢？"

事情就是那样，那是我最后一次试图"拨乱反正"。结果，我们以未婚状态住在一起，以至于我一想到现在和过去谁是我忠实的伴侣，以及她是怎么和我在一起的，我就不免震惊。你可能以为我现在已经忘了过去种种，可看来我无法也不愿忘却。只要此处无人知晓我们的底细，我是能抑制自己的悔恨和羞耻的。

然而，我感觉我是在过另一个人的生活，我抑制不住这种感觉。我理应生活在别处，过另一种日子。这不是我为之奋斗和安排的生活！也不是我命中注定要过的生活！当然，从外表看，我的穿戴和举止仍像五十年代我在芝加哥作为一个满腔热情的年轻学者开始成人生活那样能让人尊敬，没有什么异常的、出格的表现。我用笔名撰写和发表了短篇小说，这时我已多少建立了自己的风格，不再是一味模仿凯瑟琳·曼斯菲尔德了，但仍然有强烈的反讽和欺骗的特征。日前的一个下午，我在美国信息服务图书馆翻阅杂志时，惊讶地发现在一本美国文学期刊中，有人把"我"跟一些颇享盛名的作家相提并论，说我们对文学和社会的关注已属过时。我没有意识到，如今我竟以"落后于潮流"著称。但在这里我又怎能确定这究竟是我用笔名写作的名声呢，还是我的真正的名声？我也在意大利一所大学教英语和美国文学，学生比我先前见过的更听话，更有礼貌。芝加哥大学从不是这样。我为一家意大利出版社审阅美国小说，并告诉他们我的看法，这样做倒能使我了解最新的小说发展趋势，由此也能挣得一点现钞，尽管少得可怜。我的偏头痛已不再发作。我比神经科大夫所说的提前近二十年摆脱了这种头痛的困扰——对此，你随便怎么解释都行……另一方面，我只要考虑去新泽西州探望我那年迈害病的父亲，我只要经过美国航空公司设在某地的一个办事处，我的心就会跳个不停，一股力量就会从四肢涌出来。我只要一认真想起要同那些爱过我、哪怕只是认识我的人相聚，我就会惊慌失措……一种像逃犯以为当局已发现他的踪迹时的那种恐慌——所不同的只是我既是当局又是逃犯。我真的想回家。要是我有办法引渡自己就好了！我越这样躲躲藏藏，就越在加重自己的罪恶行为。然而在此处我又怎能知晓，这种罪行是否仅存在于我的想象之中呢？或者真的存在过？我平时稍微看看电视，一月一次在美国信息服务图书馆浏览期刊，发现美国给我的印象是：它不是一个人们还操心谁跟谁睡觉的地方。谁会关心这个二十四岁的女子曾是我自己的继女？谁会关心我在她十六岁时取走她的童贞，在她十二岁时"无意中"爱抚了她？谁会回望过去甚或记得已故的莉迪亚·祖克曼，或她自杀的前前后后以及我在一九六二年出走？从我所读到的内容来看，在"后奥斯瓦尔德[①]"的美国，一个有我这种经历的男人可以我行我素而不会太引人瞩目。就算是克特雷尔也伤害不了我们，因为他的女儿已不再是未成年人。我们私奔后，他反正什么都可以不多想了，可能只会感到轻松：不必再按法庭规定每周交付给我们二十五美元作为莫妮的抚养费。

那时我知道我该做什么。我知道必须做什么。我真的知道！要么我必须下定决心离开莫妮（以此摆脱她在我身边所引起的一切困惑），我必须离开她，提前让她明白，世界某地会有另一个男子，她与他不仅能生存下去，而且与他在一起她可能成为一个更愉快、更

[①] Lee Harvey Oswald（1939—1963），1963 年刺杀肯尼迪总统的凶手。

无忧无虑的人——我必须让她相信，我走后，她不会就此落魄，而是在一年内就会有（后来她确实有）无数的求爱者，许多认真的男人会向一个像她这样甜美、典雅的年轻女郎求爱，正如这里的街上常有一些轻薄的意大利男子当她是放浪的北欧人，追在她后面发出嘘声，给她飞吻一样。要么我必须离开莫妮，而且就现在（即使只是暂时性地搬到河对岸去住，从那儿如父亲般照看住在同一城市的她，而不是像情人那样睡在她身旁，让她睡觉时搂抱着自己的身体），要么和她一起回美国，像一对恋人一样在那儿生活，就如其他人一样，就如每个人一样，如果我相信我故土的新闻杂志上那些有关"性革命"的描述的话。

这样做或那样做，我都太怕蒙受耻辱。国家或许改变了，我可没有。我不知道，即使对我，这是不是奇耻大辱。我是多位作家的读者：康拉德的《吉姆爷》，莫里亚克的《苔蕾丝》，卡夫卡的《致父亲》，还有霍桑、斯特林堡和索福克勒斯的作品，还有弗洛伊德的！可我竟不知耻辱感可以摧毁一个男人。看来，这或是因为文学对我的生活观念影响太大，或是因为我根本无法把文学的智慧学识与我的生活联系起来。尽管我并非完全相信我的境遇毫无希望，但《审判》结尾那句话我就像熟悉自己的脸那样烂熟于心："仿佛耻辱应该比他活得更久！"不过我不是书中人物，肯定不是《审判》里的人物。我是真人。我的耻辱也同样是真的。上帝啊，我怎么想起了青春期的苦恼！那时在学校操场打棒球，我总是接不住那些高飞球，球队里的那些天生的运动员绝望得连连拍打他们的脑门子。如今我可以不惜一切，只要我能重新回到青春期的窘境。我可以不惜一切，只要我能重新回到芝加哥的生活——整个上午教我活泼的新生们写作规则，晚上在食堂就着托盘吃便餐，睡前在单人床上读欧洲文学大师，并在那不朽的五十页上作注、画线。曼，托尔斯泰，果戈理，普鲁斯特，在床上与所有这些天才在一起。哦，这富有意义的场景重又出现,假若需要偏头痛,又何患之有!我那时是多么渴望能过上一种有尊严的生活!我那时又是多么充满信心!

让我用一种传统的叙述模式来结束在芝加哥的那个祖克曼的故事吧。我把故事留给那些生活在浮夸的美国现实中的作家,他们那些恣肆的小说我从远处品尝过,就让他们用一种并非直截了当、可辨认的方式去处理那不可置信、荒诞怪异之事吧。

在我面前,尤金·克特雷尔尽量装出一副随和、沉稳、规规矩矩的正人君子模样。我称他为"克特雷尔先生",他叫我"内森""内特"或"内悌"。他在把莫妮卡送交她母亲时脱口而出,叫我"内悌",在我听来是一种惹恼别人的行为;对莉迪亚而言,这是要激怒她,她也忍不住当场发飙,这是我先前没有见过的,在家里或课堂上或她的小说里都没有见过。我提醒她犯不着为他动怒,却也无济于事,事实上她多次责备我站在克特雷尔先生一边——事后又含泪请求原谅,而我所关心的只是防止她当着莫妮卡的面失控动怒。她对克特雷尔的嘲弄的反应有如被棍子戳中的笼中动物。就在我第二次于星期日目睹了他的残忍行为和莉迪亚对此的反应时,我就知道我得立刻让"尤金"清楚,我并不是一个事不关己的旁观者,是时候终止他那施虐狂的行为了。

在克特雷尔最后要跟我吵架之前,起初,莉迪亚若要他解释他下午两点才来的原因(他带着莫妮卡应在上午十点到达),他会看着我,温和地说:"女人啊。"莉迪亚若这样回答:"好一个白痴!满嘴胡话!像你这样的恶棍懂什么'女人',懂什么男人和孩子。尤金,你为什么带她来晚了?"他只会耸耸肩膀,咕哝道:"交通堵塞呗。""不可能——!""没办法啊,莉迪亚,堵得太厉害了呀。"如若懒得回答她的问题,他便会对着我说:"学着点吧,内悌。"类似的不悦场景通常出现在晚上,在他太早或太晚来接莫妮卡的时候。"瞧,我不是一个钟。也没说要当一个钟。""你从没说过自己是个什么东西,因为你根本就不是东西。""是啊,我晓得,我是畜牲,是邋遢鬼,是大恶棍,而你,你是戈黛娃夫人①。是啊,这我都晓得。""你什么都不是,你只是个恶魔!你折磨我也就罢了,可你怎能这样冷酷无情,居然折磨你自己的孩子!你怎么可以这样耍弄我们,周复一周,年复一年?你这个混蛋!你这个浅薄的蠢货!""我们走吧,哈莫妮卡"——他给女儿的昵称——"该跟大灰狼回家了。"

莫妮卡在莉迪亚家里过的星期天常常是戴着她的帽子,随时准备离开。

"莫妮卡,"莉迪亚会说,"你真的不能整天坐着看电视。"

木然地:"嗯哼。"

"莫妮卡,你听到我说的了吗?已经三点钟了。也许够了吧,一天看那么多电视——你想是不是?你没带你的家庭作业来吗?"

完全没听进去:"我的什么?"

"你带这个礼拜的家庭作业来了吗?我们可以检查一遍。"

低声咕哝:"忘了。"

"可我告诉过你我要帮你的。你需要帮助,你是知道的。"

愤懑地:"今天是礼拜日。"

"那又怎样?"

自然法则:"礼拜日我不做没有家庭作业。"

"不要这样说话。你六岁时就不这样说话了。你知道怎么说更好。"

要发脾气:"知道什么?!"

"用两个否定词,说'我不做没有'——你父亲才这么说。还有,

---

① Lady Godiva(约 990—1067),盎格鲁-撒克逊贵族妇女,为争取减免丈夫强加于市民们的重税,在大街上裸体骑马示威。

不要这样坐。"

疑惑地:"什么?"

"你这样坐就像个男孩。要是你想这样坐着,那就去换上你的粗蓝布工装。否则就该像你这种年龄的女孩那样坐。"

辩解道:"我就是这么坐的。"

"莫妮卡,听我的话:我想我们得练习你的减法。你没有带书来,那我们就不用书来做。"

恳求地:"可今天是礼拜日。"

"可你在减法上需要帮助。你所需要的是帮你做算术,不是上教堂。莫妮卡,把帽子摘了!马上摘下那顶可笑的帽子!现在是下午三点,你不能一整天都戴帽子!"

斩钉截铁地,愤怒地:"这是我的帽子——我偏要戴!"

"但你是在我家里!我是你母亲!我要你摘下帽子!你为什么这样愚蠢地固执己见!我是你母亲,你是知道的!莫妮卡,我爱你,你也爱我——你不记得你还是小不点儿的时候吗,不记得我们怎么玩儿吗?摘下帽子,否则我就把它从你的头上拽下来!"

终极武器:"你敢碰我的脑袋,我就向爸告你的状!"

"别叫他'爸'!他折磨我们两个人,你还叫他'爸',我可受不了!像个女孩那样坐好,听话,把腿并拢!"

邪恶地:"并着呢。"

"张开着呢,内裤都露出来了,快并拢!你大了,不能这样了。不管你乘公交车,还是上学去,如果穿连衣裙,你的举止就该像个穿连衣裙的人!你不能一个又一个礼拜日地这样坐着看电视,尤其是你连二加二等于几都不知道。"

冷静地:"谁在乎那个?"

"我在乎!你能做二加二吗?我想知道!看着我——我可不是在跟你开玩笑。我得知道你知道什么又不知道什么,从哪儿开始着手。

二加二等于多少？回答我。"

沮丧地："卜知道。"

"你知道的。把音发清楚。回答我！"

凶狠地："我不知道！别管我，你！"

"莫妮卡，十一减一等于多少？十一去掉一。要是你有十一分钱，有人拿走其中一个，你还剩多少？宝贝，请告诉我，十一前是哪个数字？这你一定知道。"

发狂地："我不知道！"

"你知道！"

爆炸似的："十二！"

"怎么会是十二呢？十二大于十一。我问你十一去掉一是多少？"

停顿。沉思。笃定地："一。"

"不！你有十一，去掉一。"

恍然大悟："啊，去掉。"

"是的，是的。"

严肃地："我们从没讲过去掉。"

"你们讲过。肯定讲过的。"

毫不退让："我说的是实话，在詹姆斯·麦迪逊学校我们不讲去掉。"

"莫妮卡，这是减法——所有地方所有学校都有，你必须学会。啊，宝贝，我可以不管你的帽子，甚至不管他那个人。但我关心你，关心将来你会怎样。因为你不能当一个什么事都不懂的女孩。如果你真那样，以后你的生活会很可怕。你是个女孩，你正在长大，你得知道怎么找零，十一前面是什么数，明年你的年龄就是这个数字，该有什么样的坐相——乘公交车也好，在公共场所也好，莫妮卡，请，请你不要坐成那个样子，你在这儿故意气我也不要那么坐。"

绷着脸，困惑地："我不明白你在说什么。"

"莫妮卡,虽然礼拜天他们把你打扮成洋娃娃,但你实在是个正在发育的女孩。"

义愤填膺地:"这是为了上教堂。"

"可教堂对你不重要。重要的是阅读和写作。啊,我向你保证,莫妮卡,我对你说的每句话都是因为我爱你,我不希望有任何可怕的事发生在你身上,永远不。我真的爱你——你应该知道这一点!他们跟你说的关于我的话不是实话。我不是疯女人,我不是精神病人。你不该怕我,不该恨我——我曾经有病,可现在好了。每次一想到要把你交给他,我就想勒死自己,我以为他会给你一个母亲,一个家,还有我想给你的一切。可现在你没有母亲——只有这个人,这个女人,这个蠢货。她把你打扮成这副怪模样,给你一本《圣经》,要你到处带着,可你根本不会读!你父亲又是这么一号人。世上的父亲千千万,可你的父亲偏偏是他!"

那时我正独自一人在厨房喝咖啡,只听莫妮卡突然尖叫起来,叫声刺耳,于是我赶紧跑出厨房。

在起居室里,莉迪亚只不过是把莫妮卡的手抓在自己手里,但那孩子活像就要被宰了似的放声号叫。

"可是,"莉迪亚哭着说,"我只是想抱抱你……"

仿佛我的出现预示着真正的暴行即将开始,莫妮卡开始不住地高嚷:"别!别!二加二等于四!别打我!是四啊!"

像这样可怕的场面一个礼拜天下午可能会上演两三回,如同一种肥皂剧(又是这个体裁)、陀思妥耶夫斯基以及非犹太人家庭生活传说的大杂烩。我小时候就常从移民奶奶和姥姥那儿听到这些传说,她们从不会忘记那种有如在波兰农民中间的生活,有如肥皂剧里的你争我斗。这争吵中情绪的凶暴远远超过实际问题,问题本身常常只需一点逻辑、幽默或常识就可解决。然而,就如陀思妥耶夫斯基作品中的家庭冲突场景,那些礼拜天是杀气腾腾的,是无法一笑了之或用道理解释清楚的：原为亲骨肉的母女二人，彼此怨恨竟如此深，就为一个孩子的课外作业来一场标准的美国式争吵（这不是《群魔》或《卡拉马佐夫兄弟》的主题，而是亨利·奥尔德里奇和安迪·哈代①的主题），却也不难（从另一个房间）想象她们拿着火把、手枪、绞绳、斧头来处理这件事。其实，那孩子的伶俐诡诈和死命倔强根本不像莉迪亚的执拗顽固那样使我难受。我可以非常容易地想象并理解莫妮卡拔出手枪，砰砰两声，你被打死啦，再也不会有什么"去掉"了。可一想象莉迪亚试图威逼尖叫的女儿活得更好，我真是既惊又怕啊。

　　克特雷尔使我想起那些有关非犹太人野蛮行为的警戒故事，这种故事我早在青春后期就不爱听了，认为它与我打算过的生活毫不相干。在一个无助的孩子眼里，这些故事叫人兴奋，引人入胜：那些令人毛骨悚然的有关"他们的"酗酒、"他们的"暴力、"他们的"对我们一贯仇视的故事，这种犯罪的压迫者与无辜的受害者的故事，对任何犹太小孩都有强烈的负面吸引力，尤其是对一个身体孱弱的犹太孩子。当我长大成人，开始摆脱我的病弱童年的心理和体格时，我便以我的使命所要求的全部力量来反对那些非犹太人的野蛮故事。我并不怀疑，这些故事真实地记述了犹太人所受的苦难。在集中营的背景条件下，即使出于少年的公正，我也几乎不敢说这些故事是言过其实的。然而（我告诉家里人），虽说我碰巧生为犹太人，但不是生在二十世纪的纽伦堡，或十九世纪的利沃夫，或十五世纪的马德里，而是在富兰克林·罗斯福就任总统的同一年出生在新泽西，等等，等等。众所周知，美国的犹太人二代已经开始有力抵制有关非犹太人的野蛮故事。我借以提高自己地位的激愤之情迫使我陷入一种荒唐可笑的境地：例如，我姐姐与第一任丈夫结婚时，尽管以

---

① 两者分别为百老汇戏剧和系列影片中的人物。

大多数人的价值标准来看，此人是不足取的（那时我十五岁，自然也是讨厌他的，讨厌他的袖口往上卷两圈的白衬衫，白色的牛皮懒汉鞋，戴在小指上的金戒指，以及他用那双晒黑的手触摸东西的样子，比如摸他的烟盒，他的头发，我姐姐那光滑的面颊——满满的流氓习气），可我还是批评我父母拒绝桑妮姐姐选择的配偶，我的理由是，如果她愿与一个天主教徒成婚，这是她的权利。在那烦恼时刻，他们不接受我的观点，就如我因我高度重视的自由宽容精神而不接受他们的观点。结果，自然是他们成了非常厉害的预言者。仅几年后，我自己终于成了有自主权力的人，我能够认识到，我姐姐的婚姻如此惨淡，如此可笑，不是因为她偏好两个来自南费城的意大利男孩，而是她两次选中的人几乎在每一个细节上都吻合我家对他们的偏见。

　　现在回想起来似乎有点可笑——至少于我的情况很是这样——直至克特雷尔和莫妮卡闯入我的生活，我才开始怀疑我是否和我姐姐一样任性，甚至有过之而无不及。因为不像桑妮，我至少对我可能面临的情况有所警觉。不是我一直没有意识到莉迪亚的背景中有东西证实了我祖母有关非犹太人混乱和腐败的说法。我小时候当然没有人给我说起过"乱伦"，但毋庸置疑，如果我那不谙世故的外祖母和祖母能活着听到莉迪亚的可怕身世，她们俩谁也不会像她们这个当大学教授的孙辈那样，对这一切令人毛骨悚然的细节感到震惊的。可即使家中没有乱伦事件，对一个犹太男孩来说，已有足够多的事使他心烦意乱：不像母亲的母亲，不像父亲的父亲，冷酷偏执的姨妈。我的祖母和外祖母是无论如何也想象不出她们孱弱的孙子内森居然会看上一个更不祥的非犹太女人，而且照她们的想法，又是一个很有代表性的非犹太女人。可以肯定，戈培尔博士[①]或

---

① Joseph Goebbels（1897—1945），纳粹德国宣传部长。

空军元帅戈林①也许有个女儿在世上的某个地方徘徊，但是莉迪亚作为女性中的一个佼佼者是可以生活得很好的。我很清楚这一点，然而我所选中的莉迪亚却不像桑妮所选中的男人，她本人深恶痛绝这种遗传。莉迪亚身上鼓舞人心的地方（于我而言，对我而说），在某种程度上是由于她为否定自己的出身所付出的代价——正是她的出身使她发疯，但她却能活着讲述她的经历，写下她的经历，而且是为我而写。

克特雷尔和他的女儿莫妮卡，她随她母亲而来，就像莉迪亚随她母亲而来一样。他们都不是他们那个世界孤立的记录者、诠释者和敌对者，而是我的祖父母、曾祖父母和曾曾祖父母所厌恶和害怕的东西的化身：非犹太男人暴虐，非犹太女人狡诈。在我看来，我那些长辈眼中的非犹太人就像来自过去犹太民间传说中的人物，但克特雷尔一家和我姐姐那两个西西里丈夫不一样，他们是真实的人。

当然，我不能长久地受困于这一事实而不作为。该做些什么。起初主要是在她的一次家庭辅导惨败后给以安慰，后来我劝她不要多管莫妮卡，要她别试图在礼拜天"挽救"她，只要她们俩在一起的几个小时里能使她快活就行。这也是她从拉瑟福德医生那里得到的一种常识性意见，可即使是医生和我，对她影响很大的两个人，也无法让她别在一天快结束的时候发狂似的教训莫妮卡，别再趁克特雷尔来把莫妮卡带回他在芝加哥霍姆伍德的老窝之前，填鸭式地向她灌输算术、语法和女性礼仪的常识。

随后的事随后发生了。我成了莫妮卡的礼拜天的辅导老师，只在偏头痛发作时暂停。她开始学习了，或者说试着要学了。我教她简单的减法，教她简易的算术，教她伊利诺伊相邻州的名字，教她分辨大西洋与太平洋，华盛顿与林肯，还有句号和逗号，句子和段

---

① Hermann Goering（1893—1946），纳粹德国党政军头目。

落,时针和分针。最后我要她站好,叫她把自己的手臂当作时钟的时针和分针。我教她我五岁时发烧躺在床上写的诗,据家里人说,这是我最早的文学成就:"嘀嗒,内森是个钟。""嘀嗒,"她念道,"莫妮卡是个钟。"接着伸出双臂摆成九点一刻的样子,她上教堂穿的白色连衣裙,随着岁月的推移,渐渐变得窄小,绷紧在她的两粒乳头上。克特雷尔开始恨我,莫妮卡开始喜欢我,莉迪亚终于开始把我当作她的救星而接受我。她从其悲惨生活中走出来找到了出路,而我,出于或堕落,或慈善,或道义,或厌女,或圣洁,或愚蠢,或郁愤,或精神疾病,或全然疯癫,或无辜,或无知,或体验,或英雄主义,或犹太主义,或受虐倾向,或自憎,或反抗,或肥皂剧,或浪漫歌剧,或小说的艺术,或并不是出于上述的任何原因,或可能出于上述所有原因外加其他原因,我发现了我的。它不能是像从前虚度年华,在公共食堂吃完晚饭后出去散步,花上一百块钱买回为实现"私人藏书室"梦所需的二手书那样简单随意了。

第二部分

我的真实故事

彼得·塔诺波尔三十四年前生于纽约扬克斯。他在那里的公立学校受教育，一九五四年作为全优学生毕业于布朗大学。他在研究院接受过短期深造，后在德国法兰克福美国陆军服役，当了两年宪兵，此经历成了他的第一部长篇小说《一个犹太父亲》的背景，一九六〇年因此书荣获美国艺术和文学学会罗马奖以及古根海姆奖。

自此之后，他只发表了少量短篇小说，全部精力几乎都耗在与来自纽约埃尔迈拉的莫琳·约翰逊那场噩梦般的婚姻上了。塔诺波尔夫人生前是酒吧招待，抽象画家，雕塑家，服务员，演员（一个了不起的演员！），短篇小说家，说谎者，精神变态者。塔诺波尔夫妇于一九五九年结婚，一九六二年合法分居，当时塔诺波尔夫人向纽约县最高法院法官米尔顿·罗森茨魏希指控作家是一个"臭名远扬的诱奸女大学生的人渣"（塔诺波尔先生曾先在威斯康星大学、后在长岛霍夫斯特拉学院教授文学和创意写作）。这场婚姻于一九六六年因塔诺波尔夫人的横死而告终。她去世之时是个失业者，在曼哈顿接受集体治疗，每周获得一百美元的抚养费。

自一九六三年至一九六六年，塔诺波尔先生与苏珊·西伯里·麦考尔的一段绯闻传得沸沸扬扬。她是个年轻寡妇，住在曼哈顿。桃色绯闻的结局是她自杀未遂，现同她那个她无法容忍的母亲一起住在新泽西州普林斯顿。麦考尔夫人与塔诺波尔先生一样，也没有孩子，可非常希望在为时未晚前怀上塔诺波尔先生的孩子。可塔诺波尔先生害怕很多事，其中包括再婚。

自一九六二年至一九六七年，塔诺波尔先生一直是纽约市心理分析学家奥托·施皮尔福格尔的病人，这位医生的几篇关于创造性能和神经机能病的文章刊登在多家杂志上，其中最值得注意的是《美国精神分析论坛》，他是该期刊的撰稿编辑。施皮尔福格尔大夫认为塔诺波尔先生身居全国最年轻的艺术自恋者群。半年前，塔诺波尔先生结束了施皮尔福格尔对他的心理分析，离开大学，前去夸塞聚居地暂住。那地方在佛蒙特州乡下，是一个由基金会资助的供作家、画家、雕塑家和作曲家聚居的场所。在那里塔诺波尔先生总是一人独处，日日夜夜冥思苦想他的生活成了什么模样。许多时间他惶恐不安，疑团满腹，在已故塔诺波尔夫人问题上，他依然像个着了魔的男人。

眼下塔诺波尔先生准备暂时放下小说艺术研究，而开始撰写自传性记叙文。这是一种艰苦的尝试，他谨慎对待，对这一做法是否可取，是否有益都心存疑惑。这种个人文件的发表不仅会引起严重的法律和道德问题，而且没有理由可以相信，完全不靠杜撰而仅凭严格地记述事实，塔诺波尔先生就能一劳永逸地驱除他的执念。究竟他的这种坦诚，毫无掩饰的坦诚，是否比他的艺术（或施皮尔福格尔的治疗手段）更能澄清他的过去和减轻他那自认为无可称颂的失败感，还得拭目以待。

彼·塔

夸塞，佛蒙特

一九六七年九月

一　佩皮

有什么事改变了吗？

我问道，认识到在表面上（这没什么好鄙视的，我也一样看表面）这两者无可比较：一个如今能设法对付祸事而不会垮掉的三十四岁男人，一个在一九六二年夏曾经打算自杀（尽管只是一个转瞬即逝的念头）的二十九岁男青年。那年六月的一个下午，我头一回走进施皮尔福格尔大夫的办公室，进去不到一分钟，我就放下一个"完人"的所有伪装，双手捂着脸开始哭泣，为失去我的力量、我的信心和我的未来而悲伤。我当时（像奇迹一样今非昔比了）跟一个我不喜欢的女人结了婚，可我又不能让自己摆脱她。这不仅是因为我屈服于她那种极为老练的道德讹诈，屈服于那种骇人与俗套的组合——它使我的生活就像午后电视上连播的或《国家询问报》上连载的故事一样难堪，而且也因为我自己过于幼稚，容易上当。我只是两个月前才了解到三年前她骗我跟她结婚的那一套绝招。但我却没有以此为武器而最终冲破精神的桎梏。她供认（在她每半年一次的自杀企图中）的事实似乎使我仅存的抗辩和幻想消失殆尽。我的屈辱已经无以复加。对我来说，不论离去或留下都已毫无意义。

那年六月，我从威斯康星州来到东部，表面上是作为教学成员来参加布鲁克林学院举办的为期两周的写作坊，其实我是个丧失了意志的"活死人"——只是后来才发现仅存一点求生的意志。地铁车站有一个花一分钱称体重的磅秤，已被踩坏，有链条把它固定在铁柱上，我站在铁柱旁等开来的车，突然发现用一手抓住链环是可取的。一列列车从我眼前驶过，然后消失，我一直用尽所有力气紧握链环。"我悬空在沟壑上，"我自言自语说，"正在被一架直升机从浪涛中吊起。抓紧啊！"事后，我审视着铁轨，确信我真的遏制住了这种完全原始的冲动，而没有让彼得·塔诺波尔变成一具被列车碾压的血肉模糊的尸体。我感到惊愕，恐惧，只得像人们常说的那样付之一笑："想自杀？你不是在开玩笑吧？你甚至连房门都走不出去。"我仍不知那天我到底有几分真心，企图用撞向那迎面驶来的列车来代替跟我妻子的正面交锋。或许我并不需要紧紧抓住什么东西，那种姿态可能显得太幼稚了；不过我仍可以把我的死里逃生归功于这样一个事实：当我听见神圣的赦免之声向我疾驰而来时，我的右手幸运地抓住了一样非常牢固的东西。

布鲁克林学院百名以上学生集聚在大讲堂，一个学期的学习开始了，写作坊每四个成员中有一个人得就"小说艺术"进行十五分钟的发言。轮到我时，我站起身来——可说不出话来。我站在讲台上，面对着讲稿，面对着听众，我只感到胸闷气急，口干舌燥。我记得听众好像开始发出嗡嗡声。我当时只想去睡觉。不过我没有闭上眼睛，还试着开讲。我这个人并非完全在那里，只有我的心在那里跳动，只有嘭嘭声。最后我转身离开了讲台……离开了教职……一次在威斯康星，有一次周末跟妻子争吵之后（不顾我反对，她坚持认为，在一个周五派对上，我跟一个漂亮的研究生谈话时间太长；我们讨论的主要是时间相对性问题），她居然出现在我讲课的教室门口，每周一晚上七点到九点我在那里给本科小说研究班上课。其实我们的争吵在吃早饭时已经结束，莫琳用手指甲抓破了我的双手，那之后我一直没回家。"这事很要紧！"莫琳对我，也对全班人这么说。那十个来自中西部的本科生先是瞧着她，只见她神色坚定地站在门口,后是心领神会地看看我的涂着红药水的手——在这之前我曾向他们解释说是"给猫挠的",说话时还带着一种对那只想象出来的四足兽的谅解笑容。在莫琳有机会说更多话之前,我便立刻冲到走廊上。我的女王在那儿发表了那天的公开声明:"彼得,你最好今天晚上就回家!你最好别跟哪个金发女郎到什么地方鬼混!"(那个学期我还没有那么做过)"离开这儿!"我小声说,"滚,莫琳,否则我会把你摔下这该死的楼梯!在我宰了你之前,快滚!"我的口气想必是镇住了她。她抓住楼梯扶手,向后退了一步。我转身回教室,发现因急着赶到莫琳跟前赶她走,而忘了关上我身后的门。一个来自阿普尔顿的身材高大的农家女孩一直在注视着我身后走廊里的莫琳,这是个腼腆的姑娘,整个学期大概只讲过一句话。其他学生都仍然盯着《死于威尼斯》在看——从来没有哪一本书能对他们有这么大的吸引力。"好了。"传入教室的一个颤抖的声音说道。一只手臂当着莫琳的面猛然将门关上,我甚至无法完全肯定那只手臂是我的。"为什么托马斯·曼把阿申巴赫送到威尼斯,而不是巴黎,或罗马,或芝加哥?"那个来自阿普尔顿的女孩已泪流满面,其他学生,平时不那么活跃,此时都开始争相回答这个问题……这回站在布鲁克林学院我满怀期望的听众面前却渴望睡觉时,我没能回忆起当天场景的所有细节,但我想这可以解释我在准备发言时眼前所出现的幻觉:我看到莫琳有如从讲堂后门射出的一颗子弹,声嘶力竭地喧嚷着报刊上发表的有关我的丑闻。没错,写作坊的听众将我视为文学新秀,是他们认为值得花学费来听他讲授写作见解的一流小说家,莫琳却要(免费地)向他们揭穿我完全不是这样。对我在讲台上说的任何话,不管是陈词滥调还是别的什么,她都会大声叫道:"谎话!下流的谎话,自我标榜的谎话!"我可以(也打算)引用康拉德、福楼拜、亨利·詹姆斯的语录,而她会用更大的声音叫喊:"骗子!"所以我半个字也没说,匆忙逃下讲台,看起来只有惊慌失措,再没有别的什么了。

　　我当时的写作全受我那婚姻所带来的惶惑的支配。我每周七天，每天五六个小时，呆在我的大学办公室，让稿纸在打字机的滚筒上滚动，打出来的小说不是浅显到业余的地步——我的想象力只表现在拟出一张借条或洗涤剂背后的使用说明——就是支离破碎，晦涩难懂，重读时连我自己都觉莫名其妙。我常常拿着手稿，像一个从罗丹的《加莱义民》上逃下来的一个负重苦累的人物，在小屋里来回踱步，大声喊叫着："我是怎么写下这玩意儿的？"我这么问，是因为我确实不知道。

　　那些我在婚姻期间积攒下来的一摞又一摞的书稿，以婚姻本身为主题，也是我每天试图理清我是怎么掉入这个陷阱而又为何不能自拔的主要内容。在那三年里，我轻而易举地试图用百种不同方式来解开这个谜题。每隔一周整个小说写作会在中途变更，每一个月内我的桌面就给稿纸堆得看不见了——一个没有写完的章节没完没了地改来改去，依然不能让人称心满意，真把我急疯了。每隔一段时间，我就把所有的手稿拿过来——"拿"是比较客气的说法——丢进壁橱下面装酒的纸箱里去，那里面塞满了写坏了的开端。然后重新开始，往往是从小说的第一句开始重写。为了写作，我真是煞费苦心（哎呀，现在仍是煞费苦心）。可从一种写法转到另一种写法也没有什么重大成果：地点换一下，次要角色（父母，老情人，亲友，敌人，盟友）或增或减，试图通过改写她眼睛的颜色来诱发自己的灵感，这种取得成功的希望就跟一个人试图用自己温热的呼吸去融化极地冰盖一样渺茫。诚然，放弃执念无疑是最有意义的事，只是已经执迷的话，就由不得我不去写正在毁灭我的东西，就如我无法改变或理解那东西一样。

　　如是：写作无望，婚姻悲惨，早先二十年所有的出色成就灰飞烟灭，又退下了讲台，含垢忍辱，以致昏沉麻木，正像梦游者一样走向地铁车站。幸亏那里有一列车在上客,它载上了我而不是从我身上碾过,一小时后我被放下车,到了哥伦比亚大学车站,那儿离我哥哥莫里斯的寓所只有几个街段。

我的侄子阿布纳见我来到纽约,又惊又喜,给我拿了一瓶苏打水,并把他的萨拉米三明治分了我一半。我用沙哑的嗓子问他不去上学呆在家里做什么,他解释说:"我感冒了。"他给我看了他在吃午饭时正在读的《看不见的人》:"佩皮叔叔,你真见过拉尔夫·埃里森[①]?"我说:"我见过他一次。"接着我便大哭大叫起来,泪水从我眼里滚滚而下,我这又哭又叫的噪音连我自己都觉得新奇。"嘿,佩皮叔叔,你怎么啦?""找你父亲回来。""他在教课。""找他回来,阿布纳。"这孩子便给哥伦比亚大学打电话:"家里有急事,他弟弟病得很重!"没过几分钟,莫里斯就从课堂赶回到家。此时我在厕所里,他立刻冲将进来,那两百磅重的身躯便在铺有瓷砖的小浴室里的抽水马桶旁跪了下来。我正坐在马桶上,水状的粪便由体内泻出,冷汗直冒,身子好像置于冰块中一样抖个不停,每隔几分钟,我就感到恶心,脑袋就转向洗脸台一侧。莫里斯用他庞大的身躯紧贴我的双腿,把我无力的双手握在他的手里。"佩皮,啊,佩皮,"他轻唤着我儿时的小名儿,亲着我的脸,"坚持住,佩皮,我在这儿呢。"

话说我的哥哥和姐姐,他们跟我是十分不同的人。

我是三个孩子中最小的一个,在所有人眼里,我总是个"孩子",至今仍是。琼是老二,比我大五岁,她成年后的大部分时间是同她的丈夫阿尔文——一个房地产开发商——住在加利福尼亚,他们有四个漂亮的孩子。莫里斯谈起我的姐姐时说:"你会以为她是生在一架波音飞机上而不是生在纽约布朗克斯一家店铺的楼上。"

[①] Ralph Ellison(1914—1994),美国黑人作家,代表作《看不见的人》。

我的姐夫阿尔文·罗森身高六点二英尺，英俊漂亮得惊人，尤其是现在，他的厚厚鬈发变成了银灰色（"我父亲认为他是染成那种颜色的。"一次阿布纳反感地对我说），他的脸开始出现了像牛仔脸上那样的皱纹。从所有迹象来看，他与其生活调谐一致——一个加利福尼亚人，快艇驾驶者，滑雪者，地产大亨，对其妻子和子女完全心满意足。他和我的身材苗条的姐姐每年一起旅行，去那些有点偏离主要旅行线路的地方。就在最近，我父母才收到他们的外孙女梅利莎·罗森，琼妮十岁的女儿寄去的明信片，一张非洲的（全家人的狩猎照）和一张巴西的（一只小船载着朋友和家人沿亚马孙河漂游一周，由一个著名斯坦福大学博物学家当他们的向导）。他们家每年有开放日，举办一年一度的服装义卖派对，这是代表《桥》办的，这家西海岸文学杂志的刊头把琼列为十二名顾问编辑之一。这些编辑常被要求为杂志的财政厄境纾困，即由琼和阿尔文·罗森基金会捐款资助。他们也向海湾地区的医院和图书馆慷慨捐助，也是每年加利福尼亚流动劳工基金募捐运动的主要资助人之一。（"他们是寻求良心的资本家，"莫里斯说，"是穿着工作服的贵族。弗拉戈纳尔[①]应该给他们画像。"）他们是好家长，他们子女的快乐和漂亮便是明证。如果他们俩不是那么公开地、热情地、仿佛发现了生活真谛似的去追求安逸、奢侈、美和魅力，倒也不难（像莫里斯打算做的那样）把他们看作平庸浅薄之辈而按下不提。我姐姐可不总是那么喜爱玩乐、富有魅力或惯于享受的。一九四五年，她是扬克斯中学致告别词的毕业生代表，她毛发旺盛，鹰钩鼻，看来像一个营养不良的小"书呆子"。她很聪明，但面色蜡黄的平平相貌使她成了班上最不受欢迎的女孩，那时大家的一致看法是，她能找到一个丈夫就算是幸运的了，更不用说找上这位沃顿公学毕业的酷似林肯

[①] Jean-Honoré Fragonard（1732—1806），法国画家，代表作《狄德罗》《秋千》等。

的阿尔文·罗森了。她是从宾夕法尼亚大学取得英语文学学士学位时认识他的。她毕竟找到了丈夫——当然是经过了极大努力。她用电针在嘴唇上面、沿下颌骨除毛，给鼻子和下巴做整容手术，加上药店里出售的各式各样的脂粉膏霜，这一切使她变得时髦性感，虽说仍是犹太人，但更像是一个国王的而非小店主的女儿。她常开着她的摩根车在旧金山兜风，今天打扮成一个来自大草原的印第安人，明天又乔装成一个保加利亚农妇，从而使她到了中年不仅出尽风头，而且据旧金山报纸的上流社会版报道（小梅利莎还把剪报寄给我母亲），琼是那里的"最大胆、最有创意的时髦风尚带头人"。有一张照片上，她的一只裸露的手臂挽着穿着丝绒衣服的阿尔文，另一只则挽着旧金山交响乐团的指挥（梅利莎在上面的题词是"妈妈在派对上"）。这会使记得另一张照片的人感到吃惊。那是一张一九四五年在纽约的比利·罗斯钻石蹄形场地拍摄的毕业舞会照片，宽十英寸高八英寸，很有光泽的照片上的琼毕恭毕敬地坐着，鼻子和肩胛骨尤为醒目，似是悬浮在身上那件过分宽大的无肩塔夫绸裙之上，一头粗野的黑发（因梳直抹油而使她像黑美人那样光亮夺目），背景是她身后舞台上合唱队女孩们化装成的亚马孙女战士群。我记得，在台边前排桌子边，坐在她旁边的是她的约会对象，一个屠夫的儿子，身材魁梧，性格腼腆，正饶有兴致地低头瞧着一杯汤姆·柯林斯鸡尾酒……如今这个女人成了美国最迷人都市里迷人的交际花。在我看来这太不可思议了：她竟会如此懂得寻欢作乐，如此感到心满意足，竟会从她的容貌、旅行、饮食及交往者中间收获如此多的力量和信心……是啊，这可不是小事，至少在她那遁世者般的弟弟看来这非同小可。

琼最近写信给我，要我离开夸塞，并邀请我去旧金山跟她及其家人同住，想住多久就多久。"如果你只是想坐在池畔进一步打磨你的光环，那我们也绝不会用我们淫荡的方式打扰你。若能讨你喜欢,我们会尽一切可能阻止你享有正当的快乐时光。但来自东部的可靠消息告诉我,你在如何不快乐方面仍然很有天赋。我亲爱的阿廖沙,从一九三九年我教你拼写'反对国家与教会分权主义'至今,你已经变了。或许没有变,可能你之所以对那个词感到欣喜若狂是因为它太难了。真的,佩皮,如果你对让人不如意的事情的嗜好尚未弛懈,你还有我,有这座房子在这里等着你。你堕落的姐姐,琼。"

下面是我的复信,备考:

> 亲爱的琼:让人不如意的并不是我在哪儿或我现在活得怎样。这里是对我来说最好的地方,可能也是今后的最佳居住地。我当然不能无限期待下去,但估摸今后还是这样的生活。莫琳和我住在新米尔福德时,在我们屋子后面的树林中有一间十二英尺见方的小木屋,门上有门栓,我可以连续几个小时心满意足地呆在里面。一九三九年以来,我并没有多少变化:我仍然更喜欢独自坐在屋里,用铅笔在纸上尽可能地把事情讲清楚。一九六二年初抵纽约时,我的个人生活真是一团糟,在精神病医师办公室里我时常大声说出自己的梦想,那就是重新变成二十岁时那个自信而得意的大学生。现在我发现希望回到那段时期的想法更吸引人。在这儿我有时想象自己只有十岁,于是便像对待小孩似的对待自己。每天一早我就像从前在家里一样,在餐厅里吃一碗热的麦片粥,然后,大概就在我过去上学的时间,动身到我的小屋去。八点四十五分,"预备铃"敲响,我开始工作。但我上的不是算术、社会学科等等,而是在打字机上写作,直至正午(就如我少年时期的偶像厄尼·派尔[1],

---

[1] Ernie Pyle(1900—1945),美国战地记者,1944年获普利策新闻奖。

一九四三年我真的梦想自己长大后能成为战地记者，不过我报道的前线战事和我从前所想的不一样）。午饭吃的是这里餐厅提供的盒饭：一个三明治，一些胡萝卜，一块燕麦饼干，一只苹果，一瓶牛奶。对一个长身体的男孩来说，这已绰绰有余。午饭后我继续写作直至三点半，此时响起学校的"放学铃"。我整理一下书桌，然后把午饭盒子送回餐厅，那儿正在煮浓汤，莳萝的味儿，母亲的香水味。曼彻斯特离夸塞聚居地三英里远，一条乡路弯弯曲曲穿越起伏的山丘。城边有一所初级女子学院，我到时那些姑娘也在那里。我见她们有的在洗衣店，有的在邮局，有的在药房买洗发水，令我想起"放学后"的操场，挤满了长头发小女孩，一个十岁男孩只能从远处惊奇地欣赏她们。我到当地的一家小餐馆去喝咖啡，也是从远处惊奇地欣赏她们。学院的一位英语教授曾请我到他的写作班讲课。我谢绝了。我不要她们变得更易接近，而仍是我在小学五年级时惊羡的女孩。喝完咖啡，我沿街走到曼彻斯特图书馆，坐了一会儿，翻阅几本杂志，看着学生在长桌上为他们的读书报告抄写图书封底上的说明文字，然后我走出去，搭便车返回夸塞。当我从车里跳下来对开车的人说"谢谢搭你的车，再见"时，我感觉自己再天真、再可信不过了。

我睡在一座招待客人的三层农家大住宅的二楼，也即主层，有厨房、餐厅、起居室（有杂志、唱机，还有钢琴），外侧门廊里有一张乒乓球桌。大致的情况就是这样。每天傍晚，我穿着裤衩在房间地板上做半小时健美操。在前六个月里，凭锻炼和缩食，我变得像你从前把我肋骨当木琴弹时一样瘦。做完"体操"，我刮胡子，淋浴。一棵巨大的云杉树的针叶摩擦着我的窗户，这是我刮脸时听到的除了进入洗脸池的流水声外唯一的声响，没有哪种声响是我解释不了的。我想每天晚上都要给自己"彻底"刮一次脸,像一个十岁孩子那样刮脸。我集中精神:热水,肥皂,热水,一层剃须膏,顺势刮,一层剃须膏,逆势刮,热水,冷水,全面检查整个表面……完美到家。六点钟我为自己调制一杯伏特加马提尼,一边呷饮,一边听手提式收音机里的新闻(我穿着浴衣躺在床上,脸刮得光滑如象牙,腋下已除臭,头发已梳好,齐整得像结婚指南上的新郎)。马提尼自然不是我十岁时的嗜好,它是父亲带着头痛(还有一天的收入)从店里回到家时常喝的东西,看上去像在喝松节油那样一口喝下他的申利酒,然后坐在他的椅子上听"莱尔·范新闻"。晚餐定在六点半,眼下住在这里的大约十五个人一起用餐,他们中大多是小说家和诗人,还有几位画家和一位作曲家。谈话有时愉快,有时叫人厌烦,索然无味。大致说来,就像一晚又一晚跟同一家人一起吃饭一样,虽然这家人令人联想到的不是我们的家庭,而更像契诃夫在《万尼亚舅舅》里所组成的家庭。最近来的一个年轻的女诗人,陷入占星术不能自拔,每当她喋喋不休讲起某人的星座时,我就想从桌旁跳起来,抓一把手枪把她脑袋打开花,但因为我们之间没有任何血缘、法律或欲望(就目前情况我可以说)的牵连,一般总是克制占上风。晚饭后我们信步走进客厅,在那里聊聊天,或给那里的一条狗搔痒,那位作曲家演奏肖邦小夜曲,《纽约时报》在大家手里传来传去……通常不出一个钟头,我们便都悄然无声地走光了。据我所知,眼下住在这里的所有人当中,除了五个人以外,都在逃离或躲避着什么,或在恢复创伤——来自不幸的婚姻、离婚或风流韵事。我无意之中在厨房里听到的从电话亭传出的只言片语证实了这一点。有两个三十来岁的当老师的诗人——刚经历了抛弃妻子、孩子和财产(为换取学生的崇拜)——建立了友谊,常在一起商讨他们写的描绘抛弃幼小子女时内心痛苦的诗。周末他们那花枝招展的学生女友来访，他们就会钻进当地小旅馆里的床单下，一钻就是四十八个小时。最近我又开始打乒乓球，这是中断了二十年后的第一次，晚饭后跟一个衣阿华州妇人激战两三局。她是个画家，五十来岁，个子矮胖，结过五次婚。上星期一个晚上（她来后仅十天），她喝了所有她能找到的酒，包括厨师食品储物室里的香草精，第二天早晨不得不由管理当地汽车协会的一个殡仪馆老板用一辆旅行车载走。我们都离开打字机，阴郁地站在台阶上，挥手道再见。"啊，别担心，"她从车窗探出头对我们说，"要不是我的这些过失，我还得呆在博伊西的前门廊上呢。"她是我们中唯一的"奇人"，无疑是此间苟延残喘者中最强悍、最活泼的一个。一天晚上，我们六个人去曼彻斯特喝啤酒，她给我们讲她的头两次婚姻。她说完后，那个占星家想知道她的星座，我们其余人则想弄清楚她怎么没有死。我问她："玛丽，你究竟为何一直要结婚？"她摸摸我的下巴说："因为我不愿枯萎而死。"可现在她走了（或许同那个殡仪馆老板结了婚）。除了从电话亭里传出的捂嘴哭声，这里安静得像是医院病区，对做功课来说简直完美。在吃过晚饭、看过《纽约时报》后，我回到我的工作室，二十个小木屋中的一个，那些小屋疏疏落落地沿着一条穿过了两百英亩开阔田野和常青树林的泥路分布。小木屋内有一张写字桌，一张帆布床，一只富兰克林炉，几把漆成黄色的直背椅子，一个漆成白色的书架，一张晃悠悠的柳条桌，我可在上面吃午饭。我把那天写的东西重读一遍。试着读其他东西是徒劳的，因为我的思绪会回到自己的文稿上去。我要么推敲自己的稿子，要么什么也不想。

到了半夜，我只有一个手电筒帮我穿过林中小路回到住处。黑色天空下仅我一人，三十四岁的我竟没有我当小孩时的胆量：总忍不住想撒腿奔跑。但事实是，我会关上手电筒，站在漆黑的林间，直至畏怯缓退，或在我与惧怕之间达成了一种类似墨西哥僵局的状态。是什么使我感到惧怕呢？十岁时只是怕被遗忘。从幼童子军会议回家的路上，我常经过霍桑大街上"闹鬼"的维多利亚时代房屋，提醒自己说，世上没有鬼，死人就是死的，而这是最可怕的。如今，却是那种死人并没有死的想法使我双腿发软得无法站立。我寻思，那葬礼只是一个诡计——她还活着！她总会以某种方式重新出现的！下午晚些时候我进城，总想朝自动洗衣店里望望，期望看到她把一袋脏衣服塞进洗衣机里去。在那家我常去喝咖啡的小餐馆里，我有时会坐在柜台旁，等莫琳冲进门来指着我呵喝："你在这儿干什么！你说四点钟在银行跟我碰面的！""在银行？四点？跟你？"我们就吵起来了。"你已经死了，"我对她说，"如果你死了，而你确实死了，你是不可能再在银行跟任何人碰面的！"不过，你会注意到，我仍与那些来买洗发水洗她们长发的年轻漂亮学生保持距离。有谁曾经指控一个羞怯的十岁男孩，说他是"一个声名狼藉的引诱女大学生的人"？或者在这件事上又有谁听说过尸骨已成灰烬的控告者？"她已经死了，"我提醒自己，"一切都已结束。"可这又怎么可能呢？难以置信。如果说在一部现实主义文学作品中男主人公幸运被救，而他的仇敌又突然死亡，聪明的读者难道会相信吗？他会抱怨说这是轻率肤浅，是不切实际的。是虚构愿望之实现，是服务于个人幻梦之虚构。并非忠于生活。这我同意。莫琳的死就是有悖于生活的。这种事情几乎不会发生，除非真的发生了（而且随着时间流逝和年岁渐长，我发现这种事情的发生日趋频繁）。

随信寄上我在这里写的两篇小说的复印件，这两篇或多或少涉及这个主题。它们会让你大致了解我为何在此，以及在此干些什么。除了我的编辑,到现在还没有人读过。他对这两篇小说讲了些鼓励的话,可他希望看到的自然是出版社在我作为天才少年横空出世时预支给我两万美元的那部小说。他谨慎而体贴地避免提起它,但他间接地问起是否把《求婚之灾》(附寄的两篇之一)"改写成一部篇幅较长的作品,写深感愧疚的祖克曼及其美丽继女在意大利的故事——一种对《安娜·卡列尼娜》和《死于威尼斯》书中主题所作的后弗洛伊德反思。这是不是你正在做的事,或者说你是否计划继续写祖克曼的故事,直至创作出一部类似完整赋格曲的长篇小说?"这倒也称得上是个好主意,可我得告诉那位站在那儿举着我的借据的人,我正在做的更像是奋力冲破一个纸袋子。《求婚之灾》不过是我在灾后对自己婚姻所作的小说上的反省:假如莫琳的个人神话成为传记的真实素材会怎样呢?就是出于这种设想,以及出于其他许多设想,我写成了《求婚之灾》。根据施皮尔福格尔的观点,这篇小说甚至可以被看作是出于超我、受超我影响而写的一部传奇小说,即透过它来看我个人的冒险经历——正如《少不更事的岁月》是一首歌颂潘神(尚未遭受惩罚的)式本我的喜剧田园诗一样。有待于自我挺身而出提出抗议,有待于所有密谋我逃命的各方对簿公堂。我现在意识到,也乐于这样认为,我目前正在从事的非虚构创作或许可以被看成是:那个"我"爽快地承认自己扮演了密谋元凶的角色。若是如此,在听取了所有的证词并迅速做出有罪的判决后,这些密谋者将会被送到特定的改造机构。你选择你的伙伴。瓦尔登·施皮尔福格尔——我原来的精神分析师(你瞧,我现在竟也不务正业地干他的行当了)会建议把这帮恶棍交给他,由他在八十九街和公园街的囚室里对他们进行治疗。在这次诉讼中,受到伤害的原告对处置地点、怎样处置并不关心,只要罪犯们吸取教训、保证不再犯就行。但这似乎不大可能：我们是在跟一帮奸诈之徒打交道，把自己的幸福托付给他们这三个人才是我的严重忧虑持续不断的根源。既然同他们曾在一个赛道较量过，我情愿把自己的命运交给马克斯兄弟或者活宝三人组，虽然他们是丑角，但他们至少互相喜欢。又及：别太把《少不更事的岁月》里的哥哥或《求婚之灾》里的姐姐当回事。虚构的姐弟纯属小说的需要。要是我以前曾觉得我比你以及你的生活方式优越的话，我现在不再这么想了。此外，我的文学生涯可能有赖于你。最近一天下午散步时我试着想清楚，我是怎么踏上文学之路的。我记起了我六岁、你十一岁时的一个礼拜六晚上，我们坐在汽车后座等爸妈采购回来。你不住地使用一个我觉得是我听到过的所有词中最好笑的词。你一发现这个词逗得我这么开心，你就不停地讲它，讲得我笑倒在车底板上缩成一团，并且恳求你住口。我记得那个词是"noodle"（面条），用作"head"（脑袋）的同义词。你毫无怜悯之心，只管在你的每一句话中找个地方塞进这个词，结果我尿湿了裤子。爸妈回到车里时，我正对你大哭大闹。"琼妮干的。"我哭诉说。爸爸于是告诉我，一个人是不会尿到另一个人的裤子里去的。他根本就不懂艺术的力量。

琼立即回信说：

　　谢谢长信和两篇新的小说，这三篇妙文是源自你那同一个"脑洞"。那地方一经钻探，就被证实的确值得开采。你的负疚感难道就没有尽头吗？就没有适用于你的艺术的其他素材了？谨提供对文学和生活的几点意见：一、你没有理由像逃犯一样躲藏在树林里。二、你没有以任何方式杀害她，除非有我所不知之事。三、要一个漂亮女孩当着你的面拿西葫芦性交,这在道德上是无足轻重的。每个人都有其怪念头。你可能成全了她(如果那是你的话)。你在《少不更事的岁月》里以虚张声势的口吻讲出了这件事,就像一个捣蛋鬼做了错事,现在正屏息静气地等待惩罚。佩皮,错的是用餐桌上的碎冰锥,而不是用花园里的蔬菜;是用暴力,或牵涉未成年人。四、当然,跟莫里斯相比,你确实不赞同我。但正像别人说的那样,宝贝,这是你的问题。(也是莫里斯的问题,其他什么人的问题。作为例证的逸话:大约六个星期前,星期日副刊刊载了一组我们在斯阔谷那座新滑雪馆的故事照片以后,我接到一个神秘崇拜者半夜打来的电话。是一位女士。"琼·罗森吗?""是的。""我要向全世界揭露你的真面目。""是吗?你指的是什么?""你是一个来自纽约布朗克斯的犹太女人!你为什么要隐瞒你的身份,琼?你是隐瞒不了的,你这个假冒的淫妇!")因此,我是不会把那些虚构的兄弟姐妹当回事的。我知道你不可能写出我的事——你无法写出令人信服的享乐生活。作为小说主题,一个行得通的婚姻,就像外太空一样,跟你的才华和兴趣毫不相投。你知道我欣赏你的作品(我确实喜欢那两篇小说,如果我能忽视作品所暗示的你的精神状态的话),但事实是,如果你的生活依赖于基蒂和列文,那你就塑造不出基蒂和列文。你的想象力(与你的生活休戚相关)在朝另一方向移动。五、保留意见(《求婚之灾》):我从未听说过有谁用开罐器自杀的。除非我看漏了一些,否则真是可怕得令人毛骨悚然,随心所欲得怪诞不经。六、无聊的好奇心:莫琳是不是被她父亲诱奸了?我看她根本不是因此而颓废的。七、对主题进行"非虚构"处理之后呢?来一篇英雄双韵体史诗故事吗?建议:你为什么不把井口堵住,从别处汲取灵感呢?帮你自己个忙(如果这么说对你有用的话），忘掉此事吧。往前看！到西部来吧，年轻人！又及：两个附件供你参考（放在一起看正合你的虚构口味——如果你想知道什么是不幸，你就得了解现实中的婚姻）。附件一是《桥》杂志新任助理编辑，二十四岁的莱恩·库泰尔写来的。(他长相英俊，为人傲慢，有点才华，但过于正经。）他是与妻子来这儿吃晚饭时读到那两篇小说的。他和他的杂志愿意（尽管他有"保留意见"）尽一切力量（除了钱，因为他们没有钱）来出版你的书稿，不过我已向他说明他得跟你联络。我就想知道，一个不了解你的真实故事的聪明人会对你的创作有什么看法。附件二来自弗朗西丝·库泰尔，他的妻子，她现负责《桥》杂志的事务性工作。她二十三岁，一个娇弱、没精打采的美人，精神需求旺盛，也是个多情的受虐狂，你会疑惑她是不是已经迷上了你，尤其是因为她不那么喜欢你。小说如同婚姻一样，对不同的人会产生不同的效应。

附件一

　　亲爱的琼：正如你所知，我不是为你弟弟的第一部驰名小说所倾倒的读者之一。我认为这本书过于正统，在形式上非常端庄、抑制，在表现严肃的犹太道德观念上也给予了应有的重视（有些过于尖锐）。作为他的第一部长篇小说，显然是成熟的——成熟得过于明显了：一个富有文学才华的学生的作品，拘泥于这样一种理念，即小说是体现正义和展示智慧的手段。这本书在我看来很有五十年代的遗风。亚伯拉罕和以撒作为主题，饱含克尔恺郭尔的弦外之音，散发出（如果可以这么说的话）那些坐落在喜马拉雅山上游的英语学院的气息。对于这两篇新故事，我喜欢的地方以及我觉得它们代表了小说领域一大进步的原因，就在于它们是对尚未成熟的、严肃而高傲的《一个犹太父亲》的作者进行了审慎的、多半是有意识的双向抨击。我在读《少不更事的岁月》时，觉得这种抨击是正面的，迎头而来的，借用社会讽刺的手法，而且更值得注意的是，用我称之为软色情的、一种与萨德或特里·萨瑟恩[1]式的色情极为不同的色情来完成的。对严肃的首部小说的作者而言，《少不更事的岁月》这样的故事简直是亵渎神明。他应该在战胜（至少在这一篇里）所有那些压抑的虔诚及流行的犹太人焦虑方面得到衷心的祝贺。《求婚之灾》的情况更为复杂（从纯粹的文学意义来说并不成功）。依我拙见，这个故事其实是塔诺波尔就他自己的被过度褒奖的处女作所写的假模假式的批评文字，对《一个犹太父亲》主题中的道德原则及其崩溃作了议论和评判。不管塔诺波尔是否有意，我从祖克曼对莉迪亚的倾心（其无乐、无性、过虑以及疯狂的道德动机）中发现了一种对塔诺波尔及其缪斯的讽喻。鉴于这种情况，鉴于祖克曼这个人物体现了一种误导的、病态的"道德"想象力——正是这种想象力催生了《一个犹太父亲》，这本书是有吸引力的；鉴于塔诺波尔对"犹太人焦虑"的迷恋重新回归，以及"打动"读者的所有的意蕴，我认为故事是退步的，沉闷，无趣，暴露了这位作家的传统理念（拉比教义）仍然拘囿着他天资中鲁莽悍勇、富有蛊惑力的那一面。不过，不管我有什么保留意见，《求婚之灾》还是值得出版的，且当与《少不更事的岁月》一同出，后者在我看来仿佛出于一个截然不同的塔诺波尔之手，他在把他心目中高尚的道德家具象化以后（并且——但愿是永久地——把他流放到欧洲大陆，让他悲壮地与所有那些"文化的遗迹和文学的丰碑"共存），终于开始放任自己去嬉戏玩耍，

---

[1] Terry Southern（1924—1995），美国小说家、散文家、戏剧家，以讽刺作品著称。

去发怪脾气，去丢失脸面。假如莎伦·莎茨基是你弟弟的新缪斯，一根西葫芦是她的魔杖，我们也许会感受到比更多的"感人的"虚构还要有价值的东西。

莱恩

附件二

琼：聊聊拙见吧，只因为莱恩最称赏的《少不更事的岁月》在我看来是自鸣得意，邪恶堕落，令人发指的，更何况呈现得那么巧妙，那么讨喜。这纯粹是性虐狂的一派胡言，我因此而祈祷（确实是这样）《桥》不要发表它。艺术是长久的，可一本小杂志的生命却是短暂的，对于刊登这样一篇东西来说尤其如此。我憎恨他对那个郊区女大学生干的事——我甚至都不想说祖克曼（那个主修英文的纨绔子弟）所干的不过是作者本人干过的，即把那姑娘的一只胳膊拧到她背后，对她说："你配不上我，你永远不可能跟我相配，你懂吗？"他究竟以为自己是什么人啊？为什么他要做这样的人？写了《求婚之灾》的人又怎么会写出这样一个冷酷无情的短篇呢？反之亦然。因为《求婚之灾》是如此令人心碎，我想（与莱恩残忍的分析相反）这才是它的成功之处。我曾被感动得泪汪汪的（可我没有为此做脑部手术），因而对能构思出这样一个故事的人怀有极为痛切的崇拜。那妻子、女儿和丈夫都是那样令人痛苦地真实可信（我之所以相信是因为他让我不得不信），我永远不会忘记他们。这里的祖克曼也是完全真实可信的，他富有同情心，饶有趣味，是一个可信的观察者和情感的中心。他具有他应有的一切。奇怪的是，我觉得他们都富有同情心，甚至那些可怕的人也是这样。生活是可怕的。你的弗兰妮。

又及：很抱歉我说了令弟写的有些东西令人憎恶。我不认识他。我也不觉得要认识他。事实上此间已有足够多的杰基尔和海德了。你是个比我年长的女性,给我讲讲吧,男人们到底怎么了?他们想要什么?

我哥哥莫里斯来信问我过得怎样,作为回复,我也把近作寄给了他。对《求婚之灾》,他也发表了自己的锐评,跟琼的大同小异。

> 你们犹太作家究竟是怎么了?马德琳·赫尔佐格,德博拉·罗佳克,《秋后》中那活泼可爱的阉歌手,另外,《新生》中那个称心如意的非犹太女人不就是个爱发牢骚的平庸之辈吗?现在,为使犹太拉比和读者大众更觉愉快,又有了一个莉迪亚·祖克曼,那个非犹太姑娘。每个锅里都有鸡汤,每个车库里都有格鲁申卡①。世上有这么多的邪恶女人,的确可供你们这些轻浮之辈随意挑选。佩皮,你为何还在为那个无可救药的孩子糟蹋你的才华?让她见鬼去,好不好?本月底我在波士顿大学演讲,离你不远。如果你还在山上,那就下山到司令官酒店与我同住。我的演讲题目是《合理性、计划及延迟满足》,你可以旁听第一、第二部分,至于第三部分,你这个要在竞争激烈的犹太作家分会中取得一个头衔的主要竞争者,能否同意做一次精彩的示范呢,跟给学习社交礼仪的学生演讲那次一样?佩皮,你对她已仁至义尽了!

回叙一九六〇年,我在伯克利作公开演讲(我的首次),接着琼和阿尔文为我开了个派对,是在他们当时位于帕洛阿尔托山岗的家里开的。莫琳和我刚回到美国,我们在罗马美国研究院呆了一

---

① Grushenka,陀思妥耶夫斯基小说《卡拉马佐夫兄弟》中的女主角。

年，我接受了威斯康星大学的两年聘约，任该校"住校作家"。在前十二个月期间我成了（据星期日《纽约时报》书评栏一篇文章所称）"美国文学金童"，因我的第一部长篇小说《一个犹太父亲》，我获得美国艺术和文学学会颁发的罗马大奖，一笔三千八百美元的古根海姆奖金以及威斯康星大学的聘请，可那时我的期望不止于此，使二十七岁的我感到惊讶的可不是我的好运。

琼和阿尔文邀请了六七个朋友来见我，我们到达后仅几分钟，莫琳就离开我不见了。过了一会儿她回到我身边，我正在怯生生地跟一个我这般年纪的极为妩媚的女郎说话。我之所以心神不安，显然是因为害怕接近这样极富性感的女人会引发嫉恨场面。

莫琳起初装样子，似乎我没有跟任何人说话。她想走，声称所有这些"假模假式的人"都令她无法忍受。对她的话我有意不理茬儿，可也不知如何是好。拔剑砍下她的脑袋？可我没带剑啊。我板着面孔。同我说话的那个漂亮姑娘，从她袒胸露肩的模样来看，她正在大胆地要让自己成为时髦风尚的领路人。我因为心神不定，顾不得去探究她的个性如何。她问我谁是我的编辑，我告诉她他的名字，并说他正好也是个优秀诗人。"哦，你怎么能这样！"莫琳低声说，顿时泪如泉涌，立即转身跑进了洗手间。我迅即找到琼，告诉她莫琳和我得走了——时间太久了，莫琳感到不舒服。"佩皮，"琼抓住我的手说道，"你这么做又是何苦呢？""做什么？""她呗。"她说。我假装不懂她在说什么，只面无表情地看着她。在开往旅馆的出租车里，莫琳哭得像个孩子，不停地用她那小小的拳头捶打她的膝头（还有我的）。"你怎么可以那样叫我难堪——我就在你身旁，你怎么可以说那样的话！""说什么？""你知道得很清楚，彼得！你说瓦尔特是你的编辑！""可他是啊。""那我呢？"她哭着。"你？""我是你的编辑——你很清楚我才是你的编辑！你只是拒绝承认！我读过你写的每一个字，彼得。我出主意。我纠正你的拼写。""那是排字错误，莫琳。""但我把它们改正了！可当那个有钱的婊子在你面前晃动着她的胸问你的编辑是谁时，你居然说是瓦尔特！你为什么非得这样贬损我——啊，你为什么当着那个没有头脑的女孩这样做？难道说她的胸把你迷住了？我的跟她的一般大——哪天你摸一摸就知道了！""莫琳，别这样的，别再——！""是啊，别再，别再！我偏再！因为你改不了！""可她问的是我出版社的编辑！""可我是你的编辑！""你不是！""我可能连你的老婆也不是！你为什么那样羞辱我！天哪，居然当着那些伪君子的面！假如你不是这个月的封面男孩，人们就不会多看你两眼！啊，你这个乳臭未干的家伙！你这些小把戏！你这个无可救药的自大狂！为什么事事非得以你为中心？"翌日早晨，在我们去机场前，琼给旅馆打电话跟我道再见。"我们一直都在这儿。"她对我说。"我知道。""你想来就来。""好，谢谢你，"我回答得很正式，似乎在接受一个完全陌生的人的邀请，"或许有朝一日我们会接受邀请的。""我说的是你。只是你。你不必受这样的罪，佩皮。受这样的罪不能证明什么，什么都证明不了的。"我一挂电话，莫琳就说："啊，你真能把所有漂亮的姑娘都弄到手啊，是不是，彼得？有你姐姐在那儿帮你拉皮条。啊，我相信，她真会乐此不疲的。""你在胡说些什么？""瞧你一脸怅然若失的样子——'啊，要是我不受这个臭婆娘的拖累，我是不是就有时间跟所有无趣吵闹的天真少女鬼混了？'""又来了，莫琳？怎么又来了呢？你就不能让人清静一天吗？""好啊，昨夜那个想知道你的编辑是谁的姑娘怎么样啊？我相信她是真的想知道。好了，说实话，彼得，你想不想干她？你简直无法把眼从她的胸上移开。""我想我注意到了她的胸。""啊，我想是的。""尽管明显不像你那样注意得多，莫琳。""啊，别对我使你那套冷嘲热讽！承认吧！你真想干她。你会把她干死。""事实上，在她面前我紧张得近乎失常。""是啊，得抑制住你那该死的肉欲！你得费多大劲禁欲啊——在面对除了我之外的所有人的时候！啊，承认吧，就说一次实话吧——如果你一人在那儿，你心里完全清楚，你会把她带回旅馆！就在这张床上！昨天夜里她就会躺在这儿！我还能为自己说什么呀！啊，你为什么这样惩罚我，你为什么要对这个广阔世界上的每一个女人都有肉欲，就是不要你自己的妻子？"

我的家庭……我姐姐琼和她的丈夫阿尔文及其子女玛布、梅利莎、吉姆和安东尼，我哥哥莫里斯与他的妻子莉诺及其双胞胎艾布纳和戴维。哥哥家与姐姐家区别明显。在他家里主要关心的并不是物质的积累，而是怎样使他们能在社会上获得平等的分配。莫里斯是不发达国家方面的权威，他的非洲和加勒比海地区之行得到联合国经济复兴委员会的赞助，该委员会是莫伊①担任顾问的国际组织之一。他这个人关心一切，可又什么也不关心（包括他的家庭），没有什么能像社会和经济平等问题让他如此关心。三十年代末期，他曾在犹太福利理事会工作。他白天上班，晚上则在纽约大学读夜校。如今已是家喻户晓的"贫困的文化"，从那时就一直困扰着他，使他忧心忡忡。战后他跟一个爱慕他的学生结了婚，后者如今已是一个亲切、无私、焦虑、恬静的妇人了。几年前，他们的双胞胎进了幼儿园，她考取了哥伦比亚大学的图书管理学院，攻读硕士学位。现在她是纽约市图书馆管理员。那对双胞胎现在十五岁，去年两人都拒绝离开纽约上西区公立学校到霍勒斯曼读书。他们曾连续有两天遭到一个波多黎各帮派的殴打，并被抢去零花钱。那伙歹徒在他们学校走廊、厕所和篮球场上公然作恶，尽管如此，他们还是拒绝去做"私立学校的伪君子"——他们就是这样形容他们的街坊朋友，即那些父母在哥伦比亚大学任教的孩子，这些家长硬是把他们从地方公立学校转过来。莫里斯对孩子们的安全担心不已，双胞胎却气

---

① Moe，莫里斯（Morris）的昵称。

呼呼地对他吼道:"为什么你们所有人都要我们去霍勒斯曼中学!你们怎么可以背叛自己的理想!你们跟阿尔文姑父一样坏!甚至更坏!"

正如莫伊所说,对于双胞胎的道德英雄主义,他只能祝贺自己了,自从他们能听懂话以来,他就跟他们谈他对这个富有的国家的管理方式上的失望。战后的历史,尤其是战后社会的持续不公平和愈益严重的政治压迫问题,一直是他们就寝前的话题,"马丁·戴斯和非美活动委员会"奇特的冒险经历取代了"白雪公主和七个小矮人";约瑟夫·麦卡锡取代了匹诺曹;保罗·罗伯逊[①]和马丁·路德·金的故事取代了雷默斯叔叔[②]的。我记得在莫里斯家吃饭时,他没有一次不是向正在狼吞虎咽地吃麦片粥和炖肉的两个孩子就左翼政治发表一通演讲——罗森堡夫妇、亨利·华莱士、列昂·托洛茨基、尤金·戴布斯、诺曼·托马斯、德怀特·麦克唐纳、乔治·奥威尔、哈利·布里奇斯、塞缪尔·龚帕斯,这些是常在开胃菜和甜点之间被提及的少数几个名字。同时,他又不停地让每个人都吃到自己最喜欢的菜,把绿色蔬菜推到各人面前,提醒大家喝苏打汽水时别喝得太快,不时检查盛菜碗里的量是否足够。"你坐下!"他对着一整天忙得脚不沾地的妻子喊道,然后犹如一个接漏球的橄榄球前锋般冲进厨房,又从冰箱里拿出四分之一的黄油。"来一杯冰水,老爹!"艾布纳叫道。"还有谁要冰水?佩皮?你还要啤酒吗?我还是拿些来吧。"他手里捧满了东西,回到餐桌分给各人,随即向男孩们示意,要他们接着说他们刚才说的话——他非常专心地听他们讲话。小的那个争辩说阿尔杰·希斯肯定是共产党间谍,大的那个(嗓音比弟弟还响)则抓着罗伊·科恩是犹太人这一事实不放。

[①] Paul Robeson(1898—1976),美国黑人男低音歌唱家、演员、社会活动家。
[②] Uncle Remus,美国黑人儿童作家乔尔·钱德勒·哈里斯虚构的一个美国黑人民间故事叙述者。

我就是上这个家庭去寻求庇护的。莫里斯应我的要求,在布鲁克林学院那件事发生后打电话给莫琳,说我病了,在他家卧床休息。她要求跟我说话,莫伊说:"他现在不能说话。"她回答说她将尽快搭乘下一班飞机到东部来。莫伊说:"你瞧,莫琳,他现在不能见任何人。他情况不好。""我是他的妻子!"她提醒他。"可他不能见任何人。""你们背着我到底在那儿干什么?莫里斯,不论你们这些人怎么想,他可不是三岁小孩。你听到我说的吗?我要求跟我的丈夫说话!他是个获得过罗马大奖的人,谁想要充当他的老大哥,我可绝不答应!"可我的老大哥不受恫吓,他把电话挂了。

在莫里斯这棵大树下躲了两天后,我对他说,我又变成"原来的我"了。我打算回到中西部去。我们在密歇根上半岛租了一间避暑小屋,我急于离开麦迪逊的寓所回到树林里去。我说我得回去继续写我的小说。"并且回到你的心上人那里去。"他提醒我说。

莫伊没有隐瞒他如何不喜欢莫琳。莫琳坚持认为,莫里斯之所以不喜欢她,首先是因为她不像他的妻子是个犹太人,其次是因为她有自己的主见。姐姐批评我的婚姻和配偶时,我朝她板着脸,现在我也朝莫伊板着脸。我还没有告诉莫伊,也没有告诉任何人两个月之前我从莫琳那里了解到的有关我们结婚时的情况,也没有告诉他有关莫琳发现我跟一个本科生的绯闻。我只是说:"她是我的妻子。""所以今天你跟她说了话。""她是我妻子,你期望我能做什么!?""她打来电话,你就接了,跟她说话。""是的,我们说了话。""啊,你这个傻瓜!佩皮,你能不能帮我个忙,不要再说她是你的'妻子'了,这个字眼并不会像打动你那样打动我。她在毁掉你,佩皮!你被她毁了!就在两天前,你在这儿精神崩溃了!我不想我的小兄弟崩溃——你明白吗?""可我现在很好啊。""这就是你那个妻子在电话里跟你说的吗?""莫伊,别说了。我可不是一朵娇弱的花。""可你就是,你这个笨蛋。你是我从未见过的娇花!瞧,佩皮,你曾是个很有天赋的孩子。这是再明显不过的。你踏入这个世界，就像一个大型的、复杂的、灵敏的、价值连城的雷达系统，而莫琳驾驶着她那四九〇八型飞机闯入雷达系统，所有一切就都出了故障。依我看，现在一切还是一团糟！""我二十九岁了，莫伊。""可你甚至不如我那十五岁的孩子！他们至少准备为一种崇高的理想献身！我搞不明白，你为什么竟会为了一个一文不值的下贱女人而去充当什么英雄。这到底是为了什么，佩皮？你为什么要为她毁掉你年轻的生命？这世上多的是心地善良、体贴入微的年轻貌美的女孩子，她们会很高兴与你这样一个风度翩翩的小伙子交往的。佩皮，你以前约会过的姑娘不是有成打儿吗？"

我（在那礼拜不止一次）想起那个心地善良、体贴入微的年轻貌美的姑娘，即我的学生，二十一岁的卡伦·奥克斯。她的错误是甘愿与像我这样的"蓝胡子"纠缠在一起。就在那天下午，在一个钟头里的第五次通话时（因为我如果挂掉电话，她还是会再打过来，直到我接起为止），莫琳又一次威胁说，如果我不坐上飞机"立刻"回家的话，她就去学校抖出卡伦的丑闻——"那个骑着自行车、扎着辫子的小甜甜，给她的创意写作课老师吹箫！"但如果我回去的话，也免不了有最坏的事情发生，不，就算我听她的话回家，中止任何先发制人的报复手段，我也不能再糊里糊涂地以为跟莫琳在一起的生活会有转机，接着又回过头来考虑这种生活会进一步恶化成什么样子。最后结果会是什么样的呢？我能想象那高潮性结尾吗？哦，我能，真能。在密歇根的树林里，她会抬高嗓门大骂卡伦，我会用一把斧头劈开她发疯的脑袋——假如她没有事先在我睡觉时捅我一刀，或在我的食物里下毒的话。不论谁害死谁，我都会被认为是有理的一方而得到辩护。是的，我就是这样想象的。我当时就像是一出情景剧或梦中的人物，全然不知除此之外还有什么更理智的选择。这就和平时跟她在一块时一样。

威斯康星我没去成。无视我的劝阻,莫伊还是跟我一起乘电梯下去,一起上了出租车,坐到拉瓜迪亚机场。在西北航空公司买票队伍里,他就站在我背后,轮到他时他买了我去麦迪逊的同一架飞机的票。"你要跟我们睡在一张床上吗?"我生气地问道。"我不晓得我要不要睡觉,"他说,"如果有必要的话,我会的。"

于是我第二次崩溃了。在回曼哈顿的出租车里,我哭着告诉他说,莫琳用欺骗手段逼我跟她结婚。"天啊,"他呻吟道,"你真是遇到对手了,乖乖?""是吗?是吗?"我把脸贴在他的胸口,他用双臂把我搂在怀里。"你还会回到她那儿去吗?"他低吼道。"我是要去杀了她的,莫伊!""你?你会吗?""是的!用斧头!用拳头!""啊,我相信你会的。啊,你这个可怜的、怕老婆的家伙,我相信你会杀了她的。""我会的。"我哭丧着脸说。"瞧,你就跟小时候一模一样。你能给予,但不能接受。只是现在你连给予也不能了。""啊,怎么会这样?到底发生了什么啊?""事情就是这样。这个世界已经不再是你在公立学校读六年级时的样子了。那时候你在学校读完书、受完老师的称赞回到家,就有一大片黑麦面包等着你。你没有真正接受过受惩罚的历练,佩皮。"我还在啜泣,甚至哭得更厉害,我问他:"有人受过惩罚的历练吗?""得了,从现有情况判断,你的'妻子'在这方面受过很好的指导——我觉得她是打算把接力棒传到你手里。从与她的通话中,我感到她是个精于此道的高手。""是吗?""你瞧,那天从机场坐车回家时,我觉得自己就像一个刚在火星上过完一个安息年的人,回来后才听说这一年里地球上发生的一切;我就像刚从宇宙飞船或驾驶舱里走出来,对一切都感到如此新鲜陌生、茫然若失。"

那天傍晚时分,我进了施皮尔福格尔医生的诊所。莫伊坐在外面的等候室,像个保镖似的两臂相交,脚下生根,提防我逃去机场。黄昏时分,莫琳已启程去东部。两天后我通知系主任说,今秋我不能返回工作。莫琳几次三番试图敲开莫里斯家门无果之后,这个周末她又回到了麦迪逊,把我们的东西从住处统统拿走,又一次来到东部,住进百老汇南端的一家旅馆。她说她打算在那里一直住到我摆脱我哥哥的束缚,一起返回我们的生活。如果我做不到,她说,她会做我"逼迫"她做的事情——上法庭。她在电话里对我说(当电话铃响时,我不顾莫伊的反对接了起来),我哥哥是个"仇视女人的人",我的新的精神分析师是个"骗子"。"他甚至没有执照,彼得,"她说的是施皮尔福格尔,"我调查过他了。他是个来自欧洲的江湖术士,在这儿行医根本没有任何证件。他不属于任何一家心理分析机构——难怪他要你离开你的妻子了!""你又在说谎,莫琳——你就是在胡编乱造!你什么话都说得出来!""你才是撒谎精!你背信弃义!你带着你的年轻学生来欺骗我!你背着我跟她勾搭了好几个月,而我却还为你做晚饭,替你洗袜子!""先说清楚你当初为了要我跟你结婚都干了些什么!干了什么!""啊,我晓得我永远不该告诉你那些事——我晓得某一天你会拿它来作为你和你玩弄女性的无耻行为的借口!啊,你怎么能听任这么两个人的唆使而背叛你的妻子呢——你才是有罪的那个,到处跟学生上床!""我没有到处跟学生上床……""彼得,你跟那个扎辫子的姑娘,我可是当场捉奸啊!""可那不是到处上床,莫琳!你才是那个逼我背叛你的人,用你那该死的偏执妄想!""什么时候?我想知道,我什么时候这么做的?""一开始就这样!甚至在我们结婚之前!""那你究竟为什么还要跟我结婚,要是那时候我就那么遭你怨恨的话?你就用这种方式来惩罚我?""我跟你结婚是因为你使花招骗我跟你结婚!还能有别的原因吗?""可这不意味着你必须结婚——你仍可自行决定啊!是你自己决定的,你这个撒谎精!你就不记得当时发生的事了?是你要我当你的老婆。是你向我求婚的。""那是因为除了别的原因外,你还威胁说,要是我不同意,你就会自杀!""这么说你相信了?""相信什么?""真相信我会因你自杀?啊,好一个可怕的自恋狂!好一个自私自利的自大狂!你竟真以为自己才是人生的一切和终极目标啊!""不,不对,是你认为我是这样一个人!你干吗不让我一个人清静清静!""啊,天哪,"她呻吟道,"啊,天哪——你难道压根儿没有听说过爱情吗?"

二 苏珊：一九六三——一九六六

自从我决定不跟苏珊·麦考尔结婚，并结束我们长时间的恋爱以来，将近一年的时间过去了。直至去年，与苏珊结婚在法律上是不可能的，因为莫琳一直拒绝根据现行的纽约州婚姻法与我离婚，也不同意到墨西哥或其他的州去离婚。可在一个晴朗的早晨（不到一年之前），莫琳死了。一九五九年我出于道德准则而非意愿娶了这个妻子，现在我成了鳏夫，终于自由了。只要我愿意，我就可以娶新妻了。

苏珊自己跟一个不错的普林斯顿大学生的荒唐婚姻因配偶之死而结束。这场婚姻比我的还短，也无孩子，现在她想在"太晚"之前有个家庭。她已三十出头，害怕生一个先天愚痴的孩子。在我偶然发现一堆密藏的生物学书之前，我不明白她的害怕有多严重，这些书显然是从第四大道的二手书店里选购来的，放在食品室地板上一个破裂的纸板箱里。一天早晨，苏珊去看她的精神分析师了，我去食品室找新买的罐装咖啡。起初我以为这是她多年前积存在学校里的书，后来注意到其中两本，阿姆拉姆·沙因菲尔德的《人类遗传的基本事实》和阿什利·蒙塔古的《人类遗传》，是在她在纽约的公寓里孀居后才出版的。

蒙塔古那本书的第六章《环境对母体内胎儿生长发育的影响》有很多用黑色马克笔做的记号，不知是苏珊做的，还是她前面的书主做的，我没法弄清楚。"女性生殖发育研究显示，从各方面来看，女性最佳生育期为二十一岁至二十六岁……三十五岁以上的生育者，其胎儿常伴有生理缺陷，尤其是那种被称为先天性愚痴型胎儿的数目激增……我们有惨痛的例子表明，足够完好的基因系统在不适宜的环境下导致胚胎发育紊乱。"如果在这段话下画线的不是苏珊，那么在页边上写字的肯定是她：她用她那小学生般清晰圆润的字体抄下了"不适宜的环境"几个字。

这一页上只有描述先天性愚痴儿童的那一段没有用黑马克笔勾画出来。尽管如此，这段文字却以简单而引人注目的方式表明，它曾被人怀着同样绝望的心情阅读过。下面一段引文中的斜体部分就是书中被用黄色签字笔画了底线的，苏珊爱用这种笔让通信者相信她的情绪极好。"先天性愚痴儿童的眼睛内角可能有也可能没有赘皮（即内眦赘皮），其鼻根部呈扁平，但他们头部较小，舌头上有裂缝，掌心有一横向纹路，智力发育极为迟缓。他们的智商在十五至二十九之间，极度低能，最高智商数只相当于七岁儿童的智力。先天性愚痴儿童生性愉快，十分友善，往往具有出色的模仿能力，对音乐和复杂情况的记忆力，这些能力远远超过其他方面的能力。寿命预计一般在九岁左右。"

我坐在食品室地板上把这些书翻阅了近一小时后，又把它们放回纸箱，晚上再见苏珊时也只字未提此事。但自那以后，就像她常被生育愚痴婴儿的恐惧所困扰一样，我脑子里时常闪现出苏珊购买和阅读那些生物学图书的情景。

可我没有跟她结婚。我相信她会是一个贤惠、忠贞的妻子和母亲，但鉴于上次未能通过法律手段把自己从一段强迫的婚姻关系中解脱出来，我生怕再一次陷入牢笼。莫琳跟我分居的四年里，她的律师三次给我上法庭的传票，企图提高莫琳的离婚抚养费，把我

"私藏"的巨额银行存款公之于世。每次受到传唤而出庭时，我都带着付讫的支票、银行对账单和所得税申报表，接受对我收支情况的盘查。在每次法庭程序结束后，我都发誓绝不再让所谓纽约市法官这种伪善、挑剔的父母官来主宰我的个人生活。我再也不会傻里傻气、糊里糊涂地任凭那身穿黑色长袍的人来告诉我该"改行"去写电影剧本，以便赚取足够的钱来供养我所"抛弃的"妻子。从今以后，将由我自己来决定同谁生活，供养谁，供养多久，而不是由纽约州来决定。我对该州婚姻法的体验是，制定它的目的看来是为了让一个没有孩子的女人抛弃工作而享受公共救济，为了教训那种做丈夫的人（比如我！），他们被认定是为了在索多玛纵情声色而"抛弃了"自己无辜无助的妻子。付出如此沉重的代价，我倒真希望我纵情过！

正如我的笔调所显示的，我的婚姻本身以及为离婚所付出的徒劳的努力都使我蒙受了耻辱，逼我做出让步，还差点毁了我的名声：四年分居期间，我外出吃饭受到过私人侦探的跟踪，看牙医时接到过法庭的传票，在后来被报纸引用的书面陈述中遭到过诋毁，还被永久地冠上了"被告人"的称号，接受一个我绝不会与其同桌共餐的人的审判——我不知道我能否再忍受这种侮辱，忍受随之而来的要杀人的狂怒，如果我没有在证人席上中风而死的话。有一次，我甚至在法庭走廊里揍了莫琳那个衣冠楚楚的（而且，明说了吧，上了年纪的）律师一拳，因为我得知正是他邀请《每日新闻报》记者出席那次莫琳的听证会。听证会上，莫琳（穿着圆领衫，声泪俱下）"作证"说，我是"一个声名狼藉的引诱女大学生的人"。可关于我的所谓"恃强凌弱"的故事完全颠倒是非。我想说的要点是，我没有安之若素地扮演当局指派给我的角色，而且再也不想接受他们的所谓"性正义"系统的审判。

我不想结婚，除了害怕离婚之外，还有其他更重要的原因。尽管我对苏珊的精神崩溃史从不等闲视之,但事实是,作为她的情人,这病史并没有成为我的负担,可假如当了她的丈夫、她的子女的父亲,那就另当别论了。我们认识之前,苏珊曾三次精神崩溃:第一次是在韦尔斯利女子学院读一年级(只读了一年)时发生的,第二次发生在婚后十一个月丈夫死于飞机失事之后,最近一次则发生在她心爱的父亲因骨癌受尽痛苦折磨而去世之后。每次发作时,她都精神恍惚,独自退到一个角落(或壁橱)里,一声不响地双臂抱膝坐在那儿,直到有人认为应该把她抬上担架送走为止。一般情况下,她能靠药丸来消除她所谓"日常恐惧"。多年来,她为每天出现的各种恐惧找到了各种解药,而且自从她离家上大学后,便靠吃药活命,不吃活不成。上课有上课要服的药,"约会"、买衣服、退衣服都各有其药,更不用说早起和入睡时的药了。另外,在与她那令人生畏的母亲交流时——哪怕是在电话里——她都得像吃巧克力糖似的吞下一袋各式各样的药丸。

她的父亲去世后,她在纽约的佩恩·惠特尼心理诊所呆了一个月,由戈尔丁大夫医治。戈尔丁大夫也是一位著名的瓷器修复专家。我认识苏珊时,他当她的精神分析师已有两年,而且那时已帮她戒掉了所有药物,只剩下她童年最爱的"麻醉品"阿华田。事实上,大夫鼓励她在睡前或白天感到情绪低落时喝。其实在我们相恋期间,苏珊只有一次因头痛而服用了一片阿司匹林的完美记录,这似乎足以让我确信过去的已经过去。但是苏珊在十八岁进入韦尔斯利学院时,也曾有过一个"完美"的记录。一个来自普林斯顿模范女子学校的全A学生,却很快对她的德语教授产生了畏惧。这个教授是个爱讽刺挖苦的年轻的欧洲难民,喜欢细长腿的美国姑娘。每星期一、星期三和星期五上午十点,该是苏珊上他课的时候,她却躲在寝室的壁橱里,随着她常为治痛经而从学校医务室拿来的颠茄浮沉,直至下课。然而有一天(仁慈的一天),一个打扫宿舍的女清洁工碰巧在苏珊的德语课时间打开了柜门，于是她母亲被从普林斯顿叫到学校来，把她从冬大衣后面扶了出来，带她永远离开了韦尔斯利女子学院。

未来这种情景重现的可能性使我不安。我相信我的姐姐和哥哥会认为，很大程度上，是苏珊的精神崩溃让我感到好奇，被她吸引。考虑到婚后不可避免的紧张和压力，我对她今后可能出现的病情感到忧虑，这是我自成年以来第一次表现出的和女人相关的一丁点常识。但我自己对这种忧虑的态度却有点模棱两可。我至今仍说不清这带给我的究竟是宽慰还是悔恨。她那难以达到的高潮也是件令人痛苦的事：不管她如何努力以求高潮，"它"却从未出现。且她越是努力，性事就理所当然地越像一种苦役而不是快感。但另一方面，她的竭尽全力同她身上的其他方面一样感人——开始时，她只消稍稍叉开双腿躺在那里就会感到无比满足，就像一口待人汲水的井，愿汲者请便，只是她想象不出为什么有人愿意跟她上床，尽管她本人容颜可爱、身形苗条。为此我不断地鼓励她，最初甚至还训斥她，才使她不致像肉叉上的一块肉，被对方翻来翻去直到完事；她自己从不会完事，不过她也从未真正开始过。

要看到性欲在这个羞怯的女人体内苏醒真是不易啊！还有胆量——因为如果她有胆量的话，她恐怕就已经得到了她想要的东西！我见她仍在成功的边缘徘徊。她颈前的脉搏在不规则地跳动，下巴紧张地往上抬，灰眼睛充满欲火——只差一码、一英尺、一英寸就要到达战胜自我禁欲的彼岸了！啊，是的，我清楚地记得我们真诚的努力——两人的骨盆不停地扭动，仿佛要把骨头碾碎；手指紧紧抓住对方的臀部，汗水从头到脚湿润了皮肤，涨红的脸颊（我们几乎虚脱）紧紧地贴在一起，以至于事后她的脸上青一块紫一块，我的脸第二天早晨刮胡子时一碰就痛。说真的，我不止一次想到我可能会死于心力衰竭。"虽然这也值得。"当苏珊最终表示要睡觉时,我轻声说道。我常常用手指沿着她的颧骨摸过鼻梁,查看有无眼泪——准确地说,有无那一滴眼泪。她很少允许自己多流一滴泪,这种勇气与脆弱的感人结合。"啊,"她低语道,"我几乎差不多就快要……""是吗?"接着就是这么一滴泪。"总是这样,"她说,"几乎高潮。""会有高潮的。""不会有的。你知道不会有的。我感觉的快到高潮大概就是别人开始有高潮的时候。""我不信。""你信……彼得,下一次——不管你本来怎么干,你要再……干得重一点。"我照她的话做,不管她怎么要求,或重、或轻、或快、或慢、或深、或浅、或高、或低,我都照她吩咐的去做。哦,这个普林斯顿的家住公园大道的苏珊·西布里·麦考尔夫人是怎么试图变得大胆、贪婪、下贱啊("把它……""说啊,说下去,苏茜①——""啊,从我后面,但别弄痛我!")……当然,这并不表示,对一个在上流社会长大、备受母亲管教、父亲溺爱的新泽西州名门世家(她父亲的家族里曾出过一个美国参议员和一个驻英大使;母亲家族在十九世纪就出过一些工业巨子)的年轻嗣女而言,一九五一年在韦尔斯利寝室服用安非他命的行为不够大胆,只不过服药的目的在于消灭诱惑,但现在她却有了想要的欲望……这样的情形令人振奋,但长此以往却让人精疲力竭,因此到了我们相好的第三年,两人都已力不从心,每次上床就像是在兵工厂没日没夜加班的工人:出于良好的目的,为了优厚的报酬,可天哪,我们多么希望战争胜利结束,我们可以愉快地休息。

我现在不禁想,如果我听从苏珊,不去管她高不高潮,对她来说会不会更好。我第一次提出那个令人沮丧的话题时,她说:"我对这种事无所谓。"我表示她或许该关心一下。"你为什么就不能只关心你自己的乐趣呢……"她说。我对她说,我不关心什么"乐趣"。

---

① Suzie,苏珊(Susan)的昵称。

"哦，你别装了……"她竟抱怨起来，接着就恳求我说，"这对你来说又有什么区别呢？"我说这对她有区别。"哦，别再装得像个乐善好施的性生活专家了，行吗？我不是一个慕男狂，从来都不是。我就是这个样子，如果别人觉得这就够了……""真的够了吗？""不！"于是那滴眼泪就流了下来。就这样，她的抵抗开始瓦解，而由我引发并参与其中的奋斗也随之开始。

在此我需指出，那个"令人沮丧的话题"也是莫琳和我之间产生矛盾的根源：她也不能达到高潮，可她坚持认为是我的"自私"妨碍她高潮。她用独特的方法混淆了这个问题，使我长期以来一直相信她是能达到高潮的——事实上，是我像一排栅栏阻挡雪崩那样阻挡了她的"性奋"。我们婚后的第一年里，我总是非常惊异地看着她在我开始射精时达到高潮并持久地叫欢。你甚至可以这么说，跟她的扭着腰肢的叫欢比起来，我的射精简直不值一提。后来惊人之事发生了（套用一个符合这些经历的话），我得知她那些戏剧化的高潮其实是假的，是装出来的。她解释说，那是为了保护我，为了不让我知道我是一个多么无能的情人。可她这种装模作样以维护我的男子气概又能持续多久呢？那她该怎么做呢？她想知道。从那以后，她就不断向我唠叨说，甚至她的第一个丈夫——残暴的梅奇克，和第二个丈夫——同性恋者沃尔克，都比那个自私、无能、靠不住的异性恋者懂得怎样让一个女人得到满足。

啊，你这个疯婊子（如果鳏夫能有机会同他亡妻的鬼魂对话），死亡实在是便宜了你。为什么没有一个硫磺烈火熊熊的地狱？为什么没有魔鬼和惩罚？为什么不再有罪恶？啊，莫琳，假如我是但丁，我一定会用另一种方式来描述！

不管怎么说，莫琳对我的非难虽然诡异，却也潜移默化地让我良心不安。后来被苏珊嘲笑为"乐善好施的性生活专家"，在某种程度上可能就是我为反抗我那毫不知足的前妻对我的评断而做出的一种努力。尽管不能完全肯定，但我相信我的用意是好的，虽然无可否认在接触苏珊时我正因为不能给一个女人应有的满足而沮丧不已。

显然，在与莫琳分居仅一年，而且还在犹豫不定的时候，我就被苏珊吸引而另开新篇，这是因为苏珊在气质和社会关系上都不像莫琳这种女人。莫琳的鲁莽轻率，疯疯癫癫吵架骂人的本能，不道德的作风，与苏珊的镇静有礼的逆来顺受根本没法比。喋喋不休倾诉不满，即使是对自己的爱人，对苏珊·麦考尔来说，就像吃饭时把手肘搁在餐桌一样，是绝对不被允许的。她告诫自己说，把那些令她心痛的事当成无关他人的自己的事，这才叫表现得体，免得别人无关痛痒地来一句"这可怜的有钱的小丫头"。尽管显而易见，但她之所以如此可笑地沉默寡言，对生活如此逆来顺受，是因为她想放过的正是她自己。她才是那个不想别人提及她的生活，或不去想或放任不管她的生活的人，甚至在她以自己的无奈和顺从的方式苦熬时亦如此。两个人对所丧失的东西的反应截然不同：一个像街头斗殴中被吓得目瞪口呆、不知所措的小孩，只知道闷着头、挥舞着瘦弱的手臂冲进人群加入混战；另一个则逆来顺受，疲惫不堪，任人践踏。即使苏珊意识到她不再需要节食，认识到她所表现出的比以前更强烈的欲望不仅"无妨于"我（以及其他所有的人），而且使她更有魅力和吸引力的时候，她对一切（除了药物以外）也依然是一贯节制和忍耐的态度，说话声音依然轻柔，目光依然羞怯得避免直视，红褐色的头发在细长的脖颈后边中规中矩地扎成一个发髻，依然恬静、缄默，仅一滴眼泪，这一切都清楚地表明她是与莫琳完全不同的另一类人，如果不是另一个性别的话。

几乎不消说，在我看来，苏珊在性爱方面的努力比起莫琳那气势汹汹的劲头更加触目惊心（而且难以应对），因为莫琳总是渴望得到别人能够拥有的东西（假如我性无能，那她毫无疑问就是性冷淡），而苏珊现在所追求的她所想要的，是摆脱原来的她。她的对手,她希望能够摒弃和放逐——如果不是歼灭——的敌人,正是她那个被压抑的、感到恐惧的自我。

令人心碎的,动人的,值得钦佩的,讨人喜爱的——可说到底,我还是承受不了苏珊。我不能跟她结婚。我不能这么做。假若我真要再结婚的话,我的结婚对象必须是一个我对她的完整性充满信任和信心的人。而假如没有一个人是那么完整无缺的——我得承认,连我自己都不是,我自己的信念,连同其他等等,都处于一蹶不振的状态——或许这就意味着我永远不会再婚。那就随它去吧。更糟的事情都已经发生了,其中有一件,我相信,就发生在我身上。

结果是:莫琳一死我便自由了。在我看来,我或者娶三十四岁的苏珊为妻,生儿育女;或者离开她,在她完全变得——用蒙塔古博士的话来说——"不宜生育"之前找到另一个意中人。几乎是整个成年生活,我陷于缠斗,先是跟莫琳,后是跟纽约州离婚法——这种法律既死板又不近人情,完全像是莫琳一手炮制的"道德观"的翻版——我再也没有勇气,或心思,或信心再结婚了。苏珊势必会找一个比我更勇敢、更坚强、更聪明的男人,但也许是比我更傻、更天真的——

够了。我仍然不知如何表述我要离开苏珊的决定,也一直没有放弃表述的努力。还是我一开头问过的那句话:有什么事情改变了吗?

在我宣布结束恋情六个月后,苏珊曾试图自杀。当时我在这里,在佛蒙特。离开她之前,我们的生活是如此密不可分,以至于离开她以后,我在纽约的日子变得茫然而空虚。我有我的工作,有施皮尔福格尔医生,可我还是觉得少了什么,少了这个女人。结果证明,我在这儿的小木屋同样因为缺少她而感到孤单,可我知道见到她的机会已大大减少——她不大可能午夜时分出现在佛蒙特的树林里,而在曼哈顿西十二号街我的寓所时,她却能通过对讲机对我说:"是我,我想你。"然后就进屋来。这种时候你能怎么办,不让她进吗?"你可以叫辆出租车送她回家,"施皮尔福格尔医生建议我说,"难道不是吗?""我是这样做的,在两点时。""下次试试在午夜。"我试了,我穿上大衣,走下楼梯,送她走出大楼,一直送到公园大道和七十九街交会处。礼拜天早晨,蜂鸣器响了。"哪位?""我给你带来了《纽约时报》,今天是礼拜天。""我知道是礼拜天。""好吧,我想你想疯了。礼拜天我们怎么能分开呢?"我打开楼下的门锁("叫出租车送她回家,礼拜天也有出租车。"——"可我想她!"),她从楼梯走上来,喜形于色。就这样,一次又一次,每个礼拜天我们到头来都是急切而又亢奋地做爱。"你瞧。"苏珊说。"什么?""你确实需要我。但为什么你要假装不需要我?""你想结婚。你想要孩子。如果那是你想的,那你就该得到。可我自己不想,不能想,也不愿意想!""但我不是她。我是我。我并不想折磨你或逼迫你做什么事。我强迫过你吗?我这样做过吗?我只想让你高兴。""我不能同你结婚。我不想这么做。""那就别结婚好了,是你提出结婚的。我可从来没有提过一个字。你总是说,我不能同你结婚,所以只好离开我——于是你就一走了之。这真叫人受不了。不能跟你一起生活就没有意思。甚至不能相见——这太荒唐了。""苏珊,我不想站在你与一个家庭之间。""哦,彼得,你这话听上去就像出自一部无聊肥皂剧里的大傻瓜之口。要是我得在你与一个家庭之间做选择,我选你。""可你是想结婚的,假如你想结婚,假如你想要孩子,那你就应该得到这些。可我不想,不能,也不愿结婚。""是不是因为我没有性高潮,而且将来也不会有?""不是。""那是因为我有药瘾?""你算不上有瘾。""可是就是因为这个,因为我服惯的那些药丸。你担心有我这样的人永远赖在你身上——你想要一个更好的人,想要一个像邮差那样的人,不管刮风下雨,还是昏天黑夜,不会躲在壁柜里,不会三十四岁了还得靠阿华田活下去——为什么呢？我若是你，我也会这么做的。真的，我完全理解。你这样对我是正确的。"她说着泪水就流了出来，我便抱住她，对她说不是像她说的那样。（施皮尔福格尔医生，在那样的情形下，我还有什么可说的？）"哦，我不怪你，"苏珊说，"说真的，我连个人都算不上。""哦，那你是什么呢？""自从过了那美好的十六岁以后，我就不再算是个人了。我只是症状，症状的集合，而不是人。"

这种不期而至的情况断断续续持续了四个月。我想，如果我继续留在纽约的话，这种情况就会无休止地延续下去。当然，我可以在她按门铃时不回应，佯装不在家，可当施皮尔福格尔医生开玩笑似的建议我"鼓起"勇气对铃声置之不理时——"门铃一会儿就不响了"——我提醒他说，我面对的是苏珊，不是莫琳。不过最后，我还是打点了行装、鼓足了勇气，来到佛蒙特这里。

不过，在离开我的公寓房前，我花了数小时给苏珊写便条，告诉她我准备去哪里，然后又撕掉。万一她"需要"我呢？我怎么能说走就走，消失不见呢？最后我把行踪告诉了我们的一对夫妇朋友。我估计，在我坐的车还未越过纽约州界之前，那位做妻子的就会把这个"秘密"透露给苏珊的。

我走后六个星期没有得到苏珊的一点音讯。是因为她已被告知我在哪里，还是因为没被告知？

后来在夸塞聚居地，有一天用早餐时被告知有人打电话找我——原来就是那对夫妇打来的。他们告诉我苏珊被发现昏迷在她的寓所，迅即由救护车送往医院。事情大概是这样的：头一天晚上她终于接受一个男人的邀请共进晚餐，大约十一点，他送她回到家门口，她进房后吞下多年来匿藏在她的内衣里的各种镇静药片。早晨，一个女清洁工发现她在洗澡间地板上蜷缩成一团，四周有许多空药瓶和空纸袋。

我搭乘下午的航班离开拉特兰,到医院时正赶上晚上的探视时间。我到精神病房后,被告知她刚被转到普通的单人病房。房门半开着,我探头望进去,见她坐在床上,面容憔悴,瘦骨嶙峋,显然仍迷迷糊糊,昏昏沉沉像个刚接受完通宵审讯的因犯。一见是我在敲门,她顿时泪目,并且不顾她那令人生畏、冷眼旁观的母亲,对我说道:"我爱你,所以我才这么做。"

在医院呆十天后她精力恢复,向每天上午来看她的戈尔丁大夫保证以后再也不会私藏安眠药,于是获准出院回到新泽西的家,由母亲负责照料。她父亲去世以前一直是普林斯顿大学古典文学教授。据苏珊说,西伯里夫人是个十足的卡尔普尼亚①,无论在风度、美貌、举止、冷艳等方面(用苏珊的话说,还有"在自我评价方面"),都非常像恺撒的妻子——但不幸的是,她绝望地补充说,她碰巧也是聪明的。是啊,在苏珊连第一学年都没读完的那个学院里,她母亲一直是名列前茅。我一直怀疑苏珊可能多少夸大了她母亲的端庄——这个女人毕竟是她母亲嘛。可在医院里,我们的探视偶然碰在一起,我发现自己竟也被这位夫人表现出的那种贵族般的自信心所慑服,显然苏珊只是继承了她的惊人美貌,却不具备卡尔普尼亚的风度。西伯里夫人与我几乎无话可说。实际上,她打量我的样子(或许这是我在那种情况下的想象)好像她并未见到某种她不可容忍的敌意,只是进一步证实了她女儿堕落的原因。"当然,"她的沉默不语在我看来是说,"当然这一切都是因为失去了一个神经质的犹太'诗人'。"在我这个企图自杀的情人病房外的走廊上,要作自我辩护是很困难的。

在我来普林斯顿看望苏珊时,我与西伯里夫人坐在默瑟街一所砖房后面的花园里,旁边有门通往爱因斯坦的故居(传说在成为

---

① Calpurnia,恺撒的妻子。

"症状"之前,可爱的红头发小女孩苏珊常会给他拿糖果,求他代做算术作业)。西伯里夫人戴着珍珠项链,手里拿着一本书,就坐在离我们不到十码远的露台门口——我敢肯定她绝不是在读《一个犹太父亲》。那次我乘火车到普林斯顿,想去告诉苏珊,既然现在她由母亲照顾,我就回佛蒙特了。在她住院期间,我一直遵照戈尔丁大夫的嘱咐,故意避免详谈我的打算。"你不必面面俱到都告诉她。""她要是问呢?""我想她不会,"戈尔丁说,"眼下她很满意你在她身边。她不会期望太高的。""眼下她不会。可出院后怎么办呢?如果她再次企图自杀呢?""这件事我会处理的。"戈尔丁说,脸上流露出一种公事公办的笑容,意在结束谈话。我想说:"上一次你对'这件事'处理得可不怎么样!"可一个溜之大吉的情人,怎能因被其抛弃的情人的企图自杀而去谴责一个忠于职守的医生呢?

那是三月里比较暖和的一天,苏珊身穿一件黄色紧身运动衫,使得这个平素倾向于遮掩自己诱人体态的年轻女子看上去婀娜多姿。那天她没有把头发扎起来,而是让浓密的头发披散在背后。她的鼻梁和颧骨上有一片淡淡的少女般的雀斑。每天下午她都穿着比基尼式游泳衣出来晒日光浴,看上去明艳迷人。在我们谈话的过程中,她不停地用手摆弄她的头发,不时把背后的头发从两肩捋起拉到胸前——就像一条红褐色粗绳,随后微微抬起下颌,接着伸开双手把那一头浓发拢到背后。她那宽阔的嘴巴和微微凸出的下颌给她那精致的美又增添了几分果敢的女性气质,让我突然觉得她有某种史前人的气质,在这个家教甚严的富家女身上,竟显露出某种原始而坚毅的气质。我一直觉得她的美是激动人心的,不像现在是无比性感的。这可是新鲜事。那个被审讯的囚犯苏珊哪儿去了?那个胆小如鼠的寡妇苏珊又到哪儿去了?还有那个被可怖母亲欺压的灰姑娘苏珊呢?都不见了!难道她视自杀为儿戏,死里逃生后反而更有勇气释放自己的魅力?或者是因为那个对我不满的母亲在一旁她才这么做？要不然莫非这是她策划好的孤注一掷，以诱使我这个逃婚者回心转意？

不管怎样，我心动了。

她把两腿搁在白色锻铁椅饰有金丝细工的扶手上，黄色紧身衣高高撩在晒红的大腿上——我捉摸她八岁还不知道什么是害怕时就是这么跟爱因斯坦坐在一起的。当她在椅子上挪动身体，或只是抬手摆弄头发时，她那浅白色的内裤边便露了出来。

"你变得好不知羞啊，"我说，"是为给我看还是为给你母亲？"

"都为，又都不为。"

"我早就知道你母亲根本不把我放在眼里。"

"我也知道。"

"那你这么做毫无助益，不是吗？"

"哦，你倒'变得'像个保姆。"

我无言以对。我看着头发在她手里呈扇形散开。她那条晒黑的大腿在花园躺椅扶手上以最慢的节拍晃动。这绝不是我在赶来的火车上所设想的场景。我没有料到会见到一个诱人女子，或被激起性欲。

"不管怎样，她总认为我具有当妓女的素质。"苏珊皱着眉头说，看上去像一个受害的少女。

"我不相信。"

"啊，这些日子你倒站在我母亲一边了？这是常见的团结一致啊。可你是那个鼓动我反对她的人啊。"

"你这样做没用。"我断然说道。

"那我该怎么做呢？还像个疯女儿一样住在这儿的老房间里？让大学生在我在图书馆查书目时约我出去？跟我的阿华田和母亲一起看晚上十一点的新闻？究竟哪种方法奏过效呢？"

我没有回答。

"我毁了一切。"她宣告说。

"你想告诉我是我毁了这一切的吧?"

"我想告诉你是莫琳毁了这一切——而且她还在毁!为什么现在她要离去,要死?你们这些人究竟想干什么,为什么要在我身上耗费精力?本来一切都好端端的,可她突然离世后一切就都毁了。可逃脱了她的魔掌,彼得,你甚至比以前更不可理喻了。像你离开我这次,可真是荒谬。"

"我并非不可理喻,这次也并不荒谬,一切并不都是'好端端的'。你在等待时机。你想结婚,想做母亲。你在梦想它。"

"你才在梦想它。你才是鬼迷心窍要结婚的那个人。我对你说过我愿意这样下去而不……"

"可我不愿你这样下去而'不'!我不想为剥夺你所想要的东西而负责任。"

"但那是我该操心的事,不是你的。我跟你说过,我不再需要那个。如果我做不到,我就不去做。"

"是吗?那么,苏珊,我怎么去理解你的那些书呢?"

"什么书啊?"

"你那些关于人类遗传的书。"

"哦。"她一时语塞。不过她接着说话的温和口气,淡然的自嘲态度,却使我吃惊,也使我松一口气,因为我曾认为她"不要"孩子的说法只是自欺欺人,因此也许做得有点过头了。"那些书还在吗?"她问道,好像问的是一只我从某个隐秘处发现的玩具熊。

"是的,我没有动它们。"

"就像书上说的,我正在经历一个阶段……"

"什么阶段?"

"感伤。病态。沮丧。那样的阶段……你是什么时候发现那些书的?"

"一天早晨。大概一年前吧。"

"这样啊……好吧——"突然间她似乎因我的发现而垮掉了,我以为她会尖叫起来。"那么,"她说道,深深地吸了一口气,"还有什么呢?你还发现了关于我的什么事?"

我摇了摇头。

"你应该知道……"她欲言又止。

我什么也没说。可我该知道什么呢?我该知道什么?

"一个普林斯顿嬉皮士,"苏珊狡黠地笑着说,"今晚带我去看电影。你该知道吧?"

"好得很,"我说,"新生活。"

"他是在图书馆看上我的。想知道我最近在读些什么吗?"

"当然。什么书?"

"所有我能弄到手的关于弑母的书。"她咬着牙对我说。

"得了吧,在大学图书馆读弑母的书杀不死任何人。"

"啊,我只是因为无聊才上那儿去的。"

"穿着这身衣服?"

"是啊,就这身。为什么不呢?在书架之间穿梭就是要穿这种衣服才好。"

"看得出来。"

"顺便一说,我在考虑跟他结婚。"

"跟谁?"

"我的嬉皮士。他可能会'喜欢'一个双头婴儿,以及一个衰弱的'老淑女'。"

"那条摆在我和你母亲眼前的大腿看上去可不怎么衰老。"

"哦,"苏珊说,"看来看它一眼要不了你的命。"

"哦,要不了我的命。"我说,尽量克制住了用手抚摸眼前之物的冲动。

"好，"她突然生硬地说，"你可以告诉我你要告诉我的话了，彼得，我'准备好了'。套用一句我母亲常说的话，我已经能面对现实了。快说吧。你不会再见到我了！"

"我不觉得有什么变化。"我回答道。

"你不觉得，我知道你不会觉得。你仍以为我是莫琳。你仍以为我是那个可怕的人。"

"不是的，苏珊。"

"可你怎么能因为莫琳这样一个怪胎而丧失对周围人的信任呢！我不说谎，彼得。我不骗人。我就是我。别用这样的眼神看着我。"

"什么眼神？"

"哦，行了，我们还是上卧室去吧。让你妈见鬼去吧，我想跟你做爱，狠狠地做。"

"什么眼神？"

她闭上了眼睛。"别说了。"她低声说，"别对我发火。我对你发誓，我不是故意那么做的。那不是讹诈，真的。我实在是无法再假装坚强了。"

"那你为什么不给你的医生打电话，却要步莫琳的后尘！"

"因为我不想要他——我想要的是你。但我没追着你不放，是不是？六个礼拜你都在佛蒙特，我没写信，没打电话，没赶去机场，是不是？我只是日复一日勉强打起精神，不是在佛蒙特，而是在过去跟你同吃同睡的寓所里。最后，我甚至开始面对现实，接受邀请出去吃晚餐，但这却是一个极大的错误。我试着重新开始我的生活，就如戈尔丁大夫所嘱咐的那样，但那个约我出去的正人君子却喋喋不休地对我说教，说我不该依赖'寡廉鲜耻'之辈。他告诉我，他听到出版界一则可靠的消息，说你就是寡廉鲜耻之人。啊，他的话使我怒不可遏，彼得，我对他说，我要回家，他也就站起来离我而去，到家后想给你打电话，非常想跟你说话。而唯一能阻止我这么做的办法就是服药,我知道这没有意义,蠢极了,我以后再也不会这样做了。你不知我有多后悔。你可能会对自己说,我这么做是出于对你的恨,或为了讹诈你、惩罚你,或者真信了那个人说的关于你的坏话——这一切都不是真正的原因。真正的原因是六个星期里我强打精神已经到了筋疲力尽的地步!好了,让我们上别处去吧,去汽车旅馆或去任何地方。我太想放纵一回。我来这儿几天想的就是这件事。我觉得自己像一个——魔鬼。啊,求求你了,和我的这位母亲生活在一起都快令我发狂了!"

这时她母亲从露台门走了出来,穿过走廊,在苏珊还没来得及擦去眼泪,我还没来得及对她的请求做出反应之前,就走进了花园。我又能做出什么反应呢?她当时的解释在我听来是真实的,充分的。诚然,她没有说谎和欺骗,她不是莫琳。我当时意识到,我之所以不要苏珊,并不是因为我不愿她为我牺牲她自己的婚姻和家庭之梦,而是因为不论在何种情况下,我都不再需要她了。我也不再想要别的人。我只想与性爱断绝关系,永远从异性那里解脱出来。

然而她说的每一句话却又是那样令人信服。

西伯里夫人问我可否进里面来跟她聊一会儿。

"我听到了,"她说,我们一起站在阳台门里面,"你对她说不希望再见到她。"

"是的。"

"那么看来现在离开就是最好的了。"

"我想她期望我能带她去吃午饭。"

"我知道她没有这种期望。我会照管她的午饭。还有她的福祉。"

门外,苏珊正站在椅子旁。西伯里夫人和我朝她那儿望去时,她正把那件黄色紧身运动衫拉到头上面脱下来,顺手丢在草坪上。原来在那件紧身服里面穿的不是我早先看到的浅白色内裤,而是白色比基尼。她把椅背调整到与椅面和脚踏板齐平,然后伸展肢体,脸朝下趴在上面，双臂无力地垂落在两边。

西伯里夫人说："你们呆在一起久了只会使她更为难。"她用冷漠而平静的口气说："你每天去医院看望她，这样很好，戈尔丁医生也有同感。当时这是最有效的办法，我很赞赏。但现在她确确实实需要努力面对现实。不能再让她做出于她自己不利的事情来了。你不能让她的无助动摇你的同情心。她一直是用这种方法讨好别人的。我对你说这些是为你好——你完全没有必要认为自己该对苏珊目前的困境负责。她总是太情愿倒在他人的怀抱里。对这种行为，我们一直试着采取理解和明智的态度——她就是这么个人，但人有时候也必须坚定。我认为，你若再想阻止不可避免要发生的事，你就偏离了善良、理智和坚定。她必须忘掉你，越快越好。我要你现在就离开，塔诺波尔先生，免得我女儿再干一次她会后悔的事情。她再也承受不了更多的悔恨或屈辱。她再也没有精力来承受了。"

在门外花园里，苏珊翻了个身，脸朝天躺着，手脚都垂在椅侧——四肢显得疲惫无力。

我对西伯里夫人说："我出去道再见，告诉她我走了。"

"我很方便告诉她你走了。她知道她有多脆弱，可也多少明白怎样变得坚强。这是一件让她进一步认清好坏的事情，让她知道人们不会受一个三十四岁女人的幼稚手段的摆布。"

"我只是去说再见。"

"好吧。我是不会计较这几分钟的，"她说，但很显然她丝毫不愿再让一个神经质的犹太诗人惹她气恼，"她穿着那不成体统的游泳衣已有一礼拜了。她每天早晨就是穿着这种衣服同邮递员打招呼的。现在又向你展示。鉴于不到两周前她企图了断生命，我希望你有像我们的邮递员那样的自制力，不为这种明目张胆的勾引所动。"

"我不是因为这个原因才回应她的。我跟苏珊一起生活了三年多。"

"这个我不要听。我从来没有对你们同居这一安排感到高兴。事实上,我对此表示遗憾。"

"我只是向你解释,为什么我不愿意不辞而别。"

她说:"你是不可能走的,因为她正两腿叉开仰面躺着,而且——"

"而且,"我感觉自己的脸像着了火般接口道,"假设就是为了这个原因呢?"

"难道你们这种人就只会这么想吗?"

"你指的'这种人'是谁?"

"像你和我女儿那样的人,在纽约各自拿对方的生殖器做实验。什么时候你们才能长大而停止青春期的胡作非为?你知道你从未有丝毫念头娶苏珊为妻。说你是个'浪荡子'算便宜你。过去像你这种人一般被叫做'波希米亚人'。他们不主张婚姻,因为婚姻会带来危险、苦难和麻烦——只要性爱,直到对性爱也感到厌倦为止。当然,这是你的事,——我肯定那是你作为艺术家的特权吧。可你不该如此轻率地把你们那了不起的价值观灌输给像苏珊这样的人,她来自不同的背景,是按更传统的行为标准培养起来的。瞧她在那儿,大白天的,为你的乐趣费劲当个性感女郎。你怎么能把如此荒唐的想法灌输给她?你竟然恿惠苏珊变成这样一个人!你为什么就不能放过这样一个不可能的人选?难道她还必须被性爱逼得发疯吗?难道世界上所剩的每一个女人都要被你这个当代的唐璜来挑起'性致'吗?塔诺波尔先生,除了压抑你那抑制不住的欲火之外还能怎么办?而且撇开这点不谈,难道说她还不够糊涂、不够颓唐吗?"

"我不知从哪儿说起,但你错了。"

我走了出去,进到花园,俯视那个我再熟悉不过的胴体。

"我要走了。"我说。

她朝太阳张开眼睛,然后笑了,令人诧异而又玩世不恭地微微一笑；接着她沉思了片刻，抬起了靠近我的那只垂下的手，把它放在我的裤腿之间。她就这样握着。在强烈的阳光下，她的脸看上去麻木不仁、全无表情。我站在那儿一动不动，由她握住。西伯里夫人这时已经走出来站在走廊上，从一旁注视着。

所有这一切持续不到一分钟。

她把手移开，放在裸露的腹上。"你走吧，"她低声说，"走吧。"可就在我动身要走的时候，她起身把她的脸紧贴在我的裤子上。

"我是'错了'。"我穿过起居室朝街上走去时，西伯里夫人说道，她的嗓音终于嘶哑了。

我们相遇时，苏珊只有三十岁，在曼哈顿公园大道与七十九街交界处一座合作公寓楼已居住了十一年，而这套公寓（连同屋内十八世纪英国镶木细工家具，厚重的天鹅绒窗帘，法国奥布松产的地毯以及麦考尔和麦基工业公司价值两百万的证券）在她结婚十一个月后都归她所有了，因为她年轻的丈夫去开董事会时乘坐的公司飞机在纽约上州撞山坠毁了。嫁给那个年轻的继承人，大家都认为（除了她父亲外，他保持了独特的沉默）是她莫大的造化，需知她当时连大学一年级的课程都没完成。丈夫的早逝令她非常难过（她后来对我透露说，对麦考尔她真的不是那么喜欢）。她深信二十岁那年她的所有希望都已消逝，所以在哀悼的那个月里，她整日躺在床上，悄无声息，一动不动。结果她在巴克斯县康乐机构下的一个时髦的"康复农场"干了六个月木工活。她父亲原想她结束康复期后回到在默瑟街的家，但苏珊的康乐"顾问"跟她作了关于"成熟"的长谈，并在她离开之前说服她回公园大道和七十九街的公寓去"靠自己生活看看"。当然，她自己也愿意回普林斯顿，回到她亲爱的父亲身边去——在图书馆帮他搞"研究"，一起在拉希尔饭店吃午饭，周末跟他一起沿运河远足——要是跟父亲生活在一起而又不在母亲的眼皮子底下就好了，她的眼神让她害怕，因为那眼神仿佛在说："你应该长大，你应该离家。"

在曼哈顿，她楼里那些有钱而又忙碌的女士做着她们的生意，"收养"了她，让她有事可干——周一到周五为她们做杂七杂八的差事，周末或节假日则陪学生们在城里玩，保证孩子们不丢掉围巾、手套，按时回家吃晚饭（有时苏珊在劳累了一天后也会受邀共进晚餐）。那就是她在十一年里所干的事——当然她还"布置"过她的寓所，但这件事她和那个叫"雅梅"的鬼魂一直未能真正"完成"。每隔个几年她在哥伦比亚大学夜校报名修一门课。她总是写下大量笔记，刻苦读完所有要读的书，直到她开始害怕教授指名要她讲演。有一次她从课堂里溜走了，继续在家里阅读，甚至自己出题考自己。在这十一年里，男人们也用得上她，大多是在她参加的慈善晚餐和舞会之后。她是挽着慈善会女主席飞黄腾达的独身侄子或年轻表弟的手臂来参加这些宴会的。那是再容易不过的了，过一会儿，她连八百毫克眠尔通也不需要就可"应付"了：她只是微微张开两腿，剩下的全由那个飞黄腾达的人物去完成。那些表弟、侄子（也许只是那个善解人意的女主席）有时会在第二天给她送去鲜花，她把送花者的名片放在文件柜的一个文件夹里，柜子里还放有她的听课笔记，自己出的没打过分的试题。那些名片上往往写着："会打电话给你。非常愉快的夜晚。爱你的，A."或B.，或C.。

每年夏初通常都有人敲她的房门。某个男人问她是否愿意在他妻子到乡下去的时候跟他共进晚餐。这是些公寓楼里的有妇之夫，苏珊为那些妻子整天在城里跑东跑西，取布样或清算账目中的差错。他们的妻子告诉他们，苏珊是一个多么可爱的姑娘，她在楼前上下出租汽车时，他们可以亲眼瞧见这个身高五英尺九英寸的女孩，双手捧着别人家的波道夫公司礼盒，苗条的双腿在连衣裙下迈动着。

其中一个男的，英俊而潇洒的投资银行家（"像我父亲一般待我"，这个三十岁的寡妇眼睛眨都不眨一下对我说），在秋天到来时送给她一个新的电灶做礼物，并要她对此守口如瓶；她不需新电灶（也无需守口如瓶），但因不想伤害他的感情，就把她与雅梅和室内设计师一起买的电灶拆了装上新的。在她这些夏日情人之中，虽说他们都对家中的中年妻子颇为厌倦，却没有一个人想到要跟这个富有而美貌的年轻女子私奔，开始新的生活——对苏珊来说，这是对她自尊心最大的不公。

我也不想和她私奔。但我夜复一夜地回到她的公寓吃饭、看书、睡觉，不像那些年轻的A.B.C.D.E.那样。他们有充分的理由不这么做：他们显然有太多可去之处，对未来有太多的自信、活力和希望，因而同苏珊这种唯命是从的女人的交往不过是一夜情罢了。我是另一种情况，年纪三十，出过书，得过奖，是过来人。我坐在雅梅的豪华椅子上用晚餐，苏珊像艺妓一样服侍我。我在雅梅那间漆过的如同妓院的盥洗室里刮脸，我的毛巾放在电暖气管架子上烘热，享用他的罗尔斯剃须刀。我坐在他那特大的俱乐部椅上看书，把脚搁在软垫凳上，凳上的呢绒织物是用雅梅的母亲最喜欢的火焰针法编织的，这搁脚凳是他母亲送给他的二十二岁（也是最后一个）生日礼物。我饮过雅梅珍藏的红酒，所有这些年，苏珊都把这些酒存放在有空调设备可保持适当温度的食品储藏室，似乎期盼着有朝一日他会从坟墓里爬出来，要求品尝他的里奇堡①。遇到暴雨弄湿我的皮鞋时，我就把他的木鞋楦塞在我的鞋里，再换上他从特里普勒店买来的丝绒拖鞋。我借用他的衬衣硬衬。我在他的磅秤上称体重。我总被他的妻子搞得很烦，尽管她从未提过任何要求。

苏珊对所有关于我们的安排的回应只是下面这番话，而且正因

---

① Richebourg，一种颇负盛名的红酒。

为她是苏珊,这番话甚至不是大声说出来的:"我是你的。我愿意做任何事。来去随你喜欢。让我管你吃饭。让我晚上坐在你身边看你读书。对我的身体你可做你任何想做的事。我会照你的话做。只要你有时跟我一起吃吃晚饭,用用这些东西。我是永远不会吭一声的。我会乖乖的。你外出时我不会问你去干什么。你也不必带我去哪儿。偶尔待在这里,用你想用的东西,包括我。你瞧,我有所有这些厚实的浴巾,比利时花边桌布,所有这些精巧的瓷器,三间浴室,两台电视,雅梅的两百万加上我自己的钱。我有一对乳房,一个阴道,这些肢体、皮肤——可没有生命。只要给我一点点生命就行了,作为回报,你随便什么时候都可以上这儿来释放你妻子带给你的烦恼。不管白天黑夜。你甚至不必事前打电话告知我。"

一言为定,我说。心碎者救助心碎者。

诚然,自从一九六二年六月我到东部来寻求庇护,苏珊不是我在纽约遇到的第一个年轻女子。她只是我与之同居的第一人。按照当时的风气——想到现在这种风气依旧盛行,真令人沮丧——我参加派对,与女孩子交友(即站在某人熙攘的西区公寓的某个角落,跟她们说些讽刺挖苦的妙语),然后在带她们出去吃几顿饭之前或之后与她们上床。她们中间有些确实不错,可我没有什么耐心和信心真正去了解她们。在纽约的第一年,我常发现我并非真的想脱掉自己的衣服或脱去那些新结交的女友的衣服。一旦回到我们之中一个的公寓,我立马就会陷入一阵忧郁的沉默,从而使我看上去非常古怪——至少是装模作样。我记得有一次在一个挤满人的客厅,一个迷人的姑娘以为我是刻意对她装作一副落落寡合的样子而气急败坏,因为我原来靠墙而站时是那么"风度翩翩、魅力无边"。她问我是不是真的打算做个同性恋?听了她的话,我竟愚蠢地开始费力脱去她的连袜裤,结果这一举动耗尽了我的激情。她很快就走掉了。翌日早晨,下楼取报纸和芝麻贝果时,我发现有一张索引卡塞在门缝里,上面用铅笔写着"凡进此屋者放弃希望吧"。我去的那些派对，以及派对上两性之间的自卫权竞争，酿成了许多这样的混战，或许在那时对我产生了一定的影响。后来，每收到编辑、作家们的派对邀请信，说"有很多姑娘"出席时，我大多拒绝了，有时不拒绝，事后总会感到懊悔。

到纽约市仅几个月，我就很清楚，纽约对一个处于我这种境遇、企图结束旧生活开始新生活的男人而言，大概是除了梵蒂冈以外最糟糕的一个地方了。通过那些派对我发现，我是无论如何也不可能从我的"单身汉"身份中得到什么快乐的；我又从我那位律师的办公室里发现，纽约州几乎不会认可单身汉的合法权益。正是因为彼得·塔诺波尔夫妇是纽约公民，看起来他们这辈子就只能以夫妇相称了。后来我才知道，如果我们在威斯康星州分居，根据当地法律，我们只要自愿分居五年就能离婚（当然，如果我一九六二年六月回到威斯康星，而不是继续留在莫里斯的住处，在他那儿开始接受施皮尔福格尔大夫的治疗，那我无疑就可以彻底摆脱莫琳而在麦迪逊立足了）。但是，正如结果所显示的那样，在我所选择的"避难所"纽约，离婚的唯一依据是通奸，由于莫琳不愿以任何理由跟我离婚，我又无法知道她是不是跟人通奸，即使知道了也无法证实，所以看来我只好在奥尔巴尼的州议会大厦的台阶上来庆祝我的金婚纪念了。此外，因为我的律师没能促使莫琳及其辩护律师同意两人合法分居，或同意任何一种财产处理方法（更不用说去墨西哥或内华达办离婚，那无疑需要双方同意才行），我在纽约的婚姻身份，很快就在女方指责其丈夫"抛弃"她的离婚诉讼中变成"有罪一方"。虽然我们结婚同居只有三年，可纽约州的法庭却判我给"被抛弃的"妻子交付每周一百美元之多的抚养费，直至死亡把我们分开。难道在纽约就没有别的办法把我们分开吗？

我当然可以搬迁到某个离婚法比较宽松的州去，当那里的居民,还曾借助塞缪尔·G.克林那本《离婚大全》认真研究了离婚的可能性。在我作为纽约公民生活的第一个狼狈阶段,此书成了我仅次于《圣经》的读物。从这本书中,我发现在大约十一个州里,离婚的理由都是"分居以及没有理由指望调解",分居期从十八个月到三年不等。一天夜里,我在凌晨四点从床上起来,坐下来给这十一个州的每一所州立大学写信,询问我有无可能在他们的英语系供职,不出一个月,我就收到了佛罗里达、特拉华和怀俄明等州立大学的来信。据塞缪尔·克林说,在佛罗里达和特拉华"自愿分居三年"即可成为离婚理由;在怀俄明州,分居两年即可。我的律师很快提醒我说,莫琳可能会设法用各种手段来反对这种离婚,他还告知我,外州法官在许可离婚的同时,完全可能要求我继续交付纽约州法庭在离婚判决中规定的抚养费;而且(回答我的第二个问题),如果我离婚后拒付抚养费,那么根据州际互惠协定,我就有可能(有莫琳作为我的敌手,我必定会)被押交法庭,佛罗里达或特拉华或怀俄明的法官会因我没有抚养在纽约的前妻而以藐视法庭之罪拘捕我。我的律师说,我可能赢得离婚,可逃掉抚养费?绝不可能。不过,我还是迈出了第一步,接受了第二年九月开始在怀俄明州大学(位于拉勒米)教授英语和创意写作的工作。我立刻去图书馆,找出有关美国西部的图书。我又上自然历史博物馆,在印第安原始艺术制品和北美野牛模型之间穿行。我决定在去怀俄明之前学习骑马,至少学会一点儿。我还想到无需再付给施皮尔福格尔大夫的那笔钱。

大约十个星期之后,我撰函致怀俄明大学英语系主任说,因为未曾预见到的情况,我无法再胜任这份工作。这个"未曾预见到的情况",其实是在我展望于怀俄明放逐两年的前景时开始感到的绝望。两年之后我可能会骑马了,可我仍要付出重大代价。如果这离婚又没有讨论余地呢!佛罗里达是否好些?不那么遥远,可要多一年才有资格离婚，结果还是不能断定。大约就是在这个时候，我确定唯一出路是离开美国，离开美国婚姻法和州际互惠协定，作为一个陌生人在外国开始我的新生活。我明白，如果我的书通过纽约出版社出版，莫琳会一直盯紧我未来的版税，这样我就得把我下一本书的世界版权卖给我的英国出版商，通过他接收所有稿酬。或者何不从零开始——留起胡子，改名换姓？……又有谁能保证会有下一本书呢？

后来几个月，我一直都在犹豫究竟该回意大利，那里我还有几个朋友，还是去挪威，在那里人们找到我的可能性极小（当然除非有人专门出来找我）。芬兰呢？我在《大不列颠百科全书》上查阅了有关芬兰的所有资料。文化程度很高，冬天很长，树很多，我想象自己在赫尔辛基，接着又在伊斯坦布尔，马拉喀什，里斯本，阿伯丁，设得兰群岛。一个理想的隐居场所啊，设得兰群岛。人口：一万九千三百四十三，离北极确实也不远。主要产业：养羊和捕鱼。也养著名的矮种马。《大不列颠百科全书》没有提及该群岛与纽约有无婚姻罪犯引渡条约……

但是，哎，我若在纽约因婚姻中失去的一切而感到愤慨，设想一下，我，胡子拉碴，在苏格兰的斯卡拉韦荒野上醒来，发现我也失去了自己的祖国，我会有何感受？我所赢得的"自由"难道就是对着矮种马讲英语吗？我所获得的"正义"又是什么呢，一个令人啼笑皆非的犹太小说家与一条小溪、一群羊为伍吗？更糟的是，虽说我已改名叫朗·汤姆·达姆菲，但万一她还是找到了我，并且跟随我到了那里呢？并非完全不可能，要是我在一个两亿人口的国家都摆脱不了她的话。哦，请设想一下吧，如果在汹涌澎湃的北海边，我手持羊鞭，莫琳气急败坏，我们之间隔着一万九千三百四十三人，那会是一个什么样的景象？

如此这般，我不幸地（不过也并非真的那么不幸）接受了命运对我的安排,作为美利坚合众国纽约州的一个男公民,这个公民已经不再在乎与一个偏要继续跟他在一起却不同居的妻子生活在一起了。正如人们所说,我已开始随遇而安了。事实上,在我遇见苏珊时,我已经开始度过"弹震症"的最初阶段(或者就是后遗症?),并且发现自己已深深为一位叫南希·迈尔斯的姑娘所吸引(不同于迷上)。她聪颖迷人,大学刚毕业,在《纽约客》杂志社当"校对"。南希·迈尔斯后来去了巴黎,跟一个美国驻站记者结了婚,接着还发表了一部自传体的短篇小说集,那些故事多半是根据她作为美国海军司令的女儿在战后日本度过的童年经历写成的。不过,我认识她那年,她自由得像鸟儿那样展翅翱翔。自从威斯康星的大灾难以后,我还从未想这样被任何人吸引,当时我是拜倒在十九岁的大学生卡伦的脚下(顺便说一下,对她我仍有眷恋,有时我想象她跟我一起在斯卡拉韦放羊)。但是经过连续三个晚上同南希在一起吃晚饭畅谈后——最后一晚以激烈的欢爱告终——我还是决定不再同她交往。两个星期以后,她给我寄了这封信:

彼得·塔诺波尔先生
反复无常行为研究所
西十二街六十二号
纽约市,纽约州

亲爱的塔诺波尔先生:
 关于一九六三年五月六日我们的会见:
 一、到底出了什么问题?
 二、我们到哪一步了?
 我虽充分认识到类似的诸多要求会超出你的忍耐力,但我还是斗胆请你回答上述问题,并在方便时尽快把回复寄到如下地址。

> 永远忠于你的
> 迷惘者

大概她是迷惘了，但心尚未破碎。这是我最后一次从南希那里得到音讯。我选择了苏珊。

毋庸赘言，那些寻求避难所的人，通常都会在曼哈顿上东区一个少于七个房间的公寓安顿下来，在那里躲避狼群、躲避警察，也躲避寒冷。我从未住过像苏珊的寓所那样宽敞豪华的地方。我一生中也从未吃得像在那里那么丰盛。莫琳的烹调技术虽说也不错，但晚饭时间往往是我同我和我的性生活算账的时候——那些算不清的旧账，有些晚上在我看来像是几十亿年前核酸分子开始繁衍就开始积累起来的。结果是尽管饭菜是热的，也很好吃，可氛围糟透了。在每晚进餐受莫琳的苦之前几年里，我的饭食就是部队或大学食堂的大锅菜。苏珊倒是个做饭好手，受过烹饪大师们的培训，学会了她在卡尔普尼亚那里没有学会的东西。在她等待未婚夫从普林斯顿大学毕业、开始他们富裕美好的生活的那一年里，她常乘车去纽约，学习做法国、意大利和中国菜。每期烹饪班持续六个星期，苏珊能够成功地上完两期烹饪班（不像她从韦尔斯利辍学）。让她格外开心的是，她发现自己烧的菜比母亲烧的好吃。啊，她将成为这个叫詹姆斯·麦考尔三世的幸运儿多棒的妻子！

苏珊守寡期间除了为自己之外，很少有机会为别人做饭，我便成了首位全面欣赏其跨洲烹饪技艺的人。我从未尝过如此鲜美的食物。连我尽职的母亲也没有这位上层社会仕女的侍候之道。她一直叫我自己先吃，不要管她，这样她就能自在地进出厨房端来下一道菜。烧的菜味道是够好的。不过，除了菜肴之外，我们可谈的话题很少。我问起她的家庭情况,她的病情,也问过关于雅梅和麦考尔家族的情况。我问她为什么上了不到一年就离开韦尔斯利女子学院。她耸耸肩,脸红了,把目光转向别处。她回答说,他们很好,他很好,是个很温柔体贴的人。至于她"为什么离开韦尔斯利?哦,我就是离开了呀"。几个星期过去了,我对她的了解和激情并不多于初次相见的那个夜晚。那天,我应邀出席了我的出版商在其市内住所举行的一年一度的晚宴,我坐在苏珊旁边:温和顺从、谨小慎微——一个柔弱怯懦的美人。见面伊始,我甚感愉悦。法式白汁炖牛肉端上来了。

每天早晨我返回我的在西十二街租屋里的书桌前,然后再到学校去干三件事——阅读、写作和愤怒地核计又一笔抚养费及诉讼费。我在 9D 乘电梯下来时,会遇见一些只有我三分之一年龄的学生,苏珊在周末带他们去参观天文馆、看木偶戏,也会参观一些成功的商业机构。苏珊有时也参加这些机构举办的八月娱乐活动。我在此处干什么呢,我问自己。跟她!我怎会变得那么脆弱呢!我出门经过看门人时,见他总是彬彬有礼地向麦考尔夫人的拜访者脱帽致意,我哥哥最近提醒我的话常会在我耳畔响起。那天晚上我应他和嫂子莉诺的邀请,带着苏珊过去吃饭,第二天他打电话给我,谈起了苏珊。他在电话里直接问我:"佩皮,这又是一个莫琳吧?""算不上。""小子啊,那双灰眼睛和优越的身材蒙蔽了你的双眼。又一个他妈的非犹太女人。原先是个无产阶级流氓,现在又来了个贵族大小姐。那你又算什么呢,曼哈顿的玛利诺夫斯基①?快收起你那套好色的人类学吧。摆脱她,佩皮。你在重蹈覆辙。""莫伊,别再对我发表你那些意见了,好吗?""这次不行。我不愿意一年后再次看

---

① Bronislaw Malinowski(1884—1942),美国人类学家,一生受女性影响较大,又对女性有较大影响。

到你狼狈不堪的模样。""可我现在好好的啊。""啊,天哪,我又要为这样的事争吵了。""莫伊,我知道我在做什么。""你知道你跟一个女人在一起时在做什么?瞧,施皮尔福格尔对这个即将降临的灾难到底是什么态度——除了一个钟头挣你二十块钱之外他都干了些什么啊?""莫伊,她不是莫琳!""小子,你被那两条腿骗了,被那两条腿和那只屁股。""我告诉你,我不是为了那个。""不为那个,那为哪个?为她的高深学识?为她的机敏睿智?你的意思是她除了不善言辞之外,床上功夫也不行吗?天哪!看来一副漂亮面孔在你这里很吃香,加上大剂量的神经质,就足以让我的小兄弟和一个姑娘携手并进了。你今晚到我这儿来吃饭,佩皮,你就每天晚上都来跟我们一起吃吧——我得让你明白一些道理。"然而,我每天晚上都到苏珊那儿,而不是莫伊那儿,带着我晚上要在壁炉旁读的书,一跨进门就开始想象我的白汁肉,我的浴室,我的床。

第一个月就这样过去了。后来有一个晚上,我说:"你为什么不回大学呢?""啊,我不能回去。""为什么不能?""我已经有太多事要做啦。""你并没有事情可做啊。""你在开玩笑吧?""你为什么不回大学,苏珊?""我太忙了,真的。你是说你的确想在水果上面浇樱桃酒?"

数周之后。"瞧,我有个建议。""是吗?""为什么你在床上不动动?""你的地方不够吗?""我是说动动身子。在我身下动一动。""啊,那个呀。我就是不怎么想动,就这样。""这样啊,你应该试试看。那样更快活。""我已经很快活了。谢谢你。你不喜欢菠菜沙拉吗?""苏珊,听我的:我们做爱时你为什么动都不动?""啊,对不起,先吃完晚饭吧。""我们做爱我要你动。""我说过了,我已经很快活了。""你这样真够可怜的。""我不可怜,而且这也不关你的事。""你知道怎么'动'吗?""够了。我不想再跟你说这个!我不需要任何人来教我做什么,更不需要你来教!你知道,你的生活并非一种秩序的模型。学校呢？你为什么不回学校？""彼得，够了！你为什么要这样对我？""因为你的生活方式很可怕。""不可怕。""很荒唐，真的。""要是很荒唐，你每天晚上来这儿干什么？我没有强迫你在这儿过夜。我根本没有要求你做什么。""你不要求任何人做任何事，所以这里或那里有什么区别。""这也不关你的事。""这关我的事。""为什么？为什么关你的事？""因为我在这儿——因为我在这儿过夜。""哦，求求你，求你住嘴吧。别逼我同你吵架，我求你了。我痛恨争吵，也拒绝争吵。如果你想跟谁吵，那就跟你的老婆吵去吧。我想你来这儿不是为了吵架吧。"

她说的有理，有道理——在这里我不需要无谓的争论——但这只能暂时让我住嘴。后来，大约两个月后的一个晚上，她突然从桌旁跳将起来，流着那滴眼泪说："我不能回学校，求你别再提这件事了——我太老了，我太笨了！哪个学校能收我！"

结果是纽约市立学院录取了她。因为他们考虑到她在韦尔斯利学院呆过一个学期。"这太蠢了啊。我差不多是三十一岁的人了。别人会笑话的。""别人指的是谁？""就是别人。我不去读了。毕业的时候我都要五十岁了。""五十岁之前不上学要干什么呢？开店？""我会帮我的朋友们做事。""那些朋友可以雇人力车夫来干你帮他们做的事。""你这样说你不喜欢的人未免太愤世嫉俗了。此外，我的公寓大，有很多要打理的地方。""你为什么那么怕上学？""那不是怕的问题。""那么那是什么问题呢？""那是你不让我做我想做的事情。在你眼里我做的每一件事都是错的。你就像我母亲。她一向认为我什么都干不了。""我可是认为你是能干成事的。""那只是因为你为我的愚蠢感到窘迫。跟我这种读不好书的笨蛋在一起，有损你的'光辉形象'，你最终的目的不就是要维护你的面子吗，要我必须上大学？还得在床上'动动'！我连纽约市立学院在地图上哪个位置都不知道！要是我是那里唯一的白人，那该怎么办？""是啊，你可能就是那里唯一长得这么白的……""别开玩笑——现在不是开玩笑的时候！""你会顺顺利利的。""啊，彼得，"她声音哽咽，用餐巾捂住嘴，依偎在我怀里，由我像晃动小孩子那样晃动她，"要是得在课堂上发言，我该讲什么呢？要是他们指名要我讲，我该说什么呢？"透过我的衬衫，我可以感到我背上有两块冰一样的东西，那是她的一双手。"那时我该怎么办？"她恳求道。"那就讲呗。""可我讲不了。啊，你为什么要置我于悲惨境地呢？""原因你自己说了呀。是为了我的自我形象。这样我就可以心安理得地干你了。""啊，你干任何人都不可能是心安理得的——要么就是笨拙的，要么就是灵活的，要么就是介于两者之间。说真的，我怕得甚至要昏过去了。"不过没有怕到说不出来这种怕，这可是她生平第一次这么做。第二天下午，我在时代广场游乐宫打印了一个横幅，晚饭时拿给她看，那是一张仿造的小报，上面三英寸大的标题写着："苏珊说！"

　　一年后的一个晚上，我坐在厨房里壁炉旁的凳子上，呷着最后一杯雅梅的木桐庄园红酒，苏珊一边做普罗旺斯杂烩，一边练习第二天上午哲学导论课上的发言——关于"怀疑主义"的五分钟讲稿。"我记不住接下来要讲什么——我做不来。""集中注意力。""可我在煮东西啊。""菜自己会熟的。""自己熟的味道不好。""那就先停一分钟，让我听听你要讲些什么。""我才不关心什么怀疑主义。你也不关心的，彼得。我可以向你保证，我们课堂上不会有人感兴趣的。万一我说不出来怎么办？万一我张开嘴巴却什么也说不出来怎么办？我在韦尔斯利学院时发生过这样的事。"我在布鲁克林学院也有过这样的事，可我没告诉她，当时没说。"总有些东西，"我自信地说，"会冒出来的。""是吗？冒出来什么？""话呗。注意力集中在要说的话上，就像你在那儿把注意力集中在茄子上。""你会跟我一起去吗？坐地铁去，陪我坐到站？""我甚至可以陪你到课堂上。""不行！你不能这么做！如果你在那儿，我会瘫倒的。""可我现在在这儿。""这里是厨房。"她笑着说，但笑得很勉强。又经过几番激将，她终于开始了她的哲学演讲，但与其说是对我讲，倒不如说是对煮着的蔬菜发言。"完美。""是吗？""是的。""那么，"苏珊问道，她开始变成一个比我们想象的更聪明的年轻寡妇，"那么为什么明天我还得再讲一遍？为什么这遍不算呢？""因为这是在厨房。""我去，"她说，"这真不公平。"

我所描绘的是陷入爱河的两个人吗？如果是，我当时倒并没有认识到这一点。甚至一年之后，苏珊那里在我看来仍是我的藏身地，是我躲避莫琳、莫琳的律师和纽约州法院——全都认定我是被告——的场所。可在苏珊处，我不必抗辩，却像个坐在御座上的国王。还有何处能让我如此受人尊崇？答案是，朋友们，别无他处。我已经很长时间没被人尊敬了。作为交换，我至少可以告诉她怎样生活得更有意义些。诚然，我是懂得多，但在当时，并不需要动什么脑筋就能知道，在市立学院当个全日制学生，肯定好过从九点到五点在波道夫和邦威特店当一名老顾客。以及，我还相信，在做爱时，生龙活虎、气喘吁吁要好过处于石化状态，既然你的目的就是做爱的话。于是我便教她怎样做爱和演讲，她以最温柔的温柔态度、最甜蜜的好感服侍我，这太讽刺了。这是一个新的体验。坠入爱河也是，如果相互教育和相互治愈意味着坠入爱河的话。当她取得优异成绩时，我像任何爸爸一样为她感到骄傲，给她买了一个手镯，还带她出去吃饭。而当她努力了却没有成功时，我又像个中学教师得知学业优异、家境贫寒的学生拿不到哈佛大学奖学金那样，感到沮丧和疑惑。在我们一起学习了这么久后，怎么还是这样？我们一直忘我地努力！到底哪里出了差错？我意识到作为这种失败的同谋共犯有多让人灰心丧气——事实是，不知从何时起，苏珊试图达到高潮的努力在我的脑子便代表了我们二人的完全康复。或许正因为这一点，还有别的方面，使我的自我救赎变得遥不可及，她的救赎成了她过于沉重而无法承受的精神负担……你看,我并不是在这里声称,我是像一个感化大师那样来对待这段恋情的,也不想把戈尔丁大夫拉下马来,他是拿了报酬来救死扶伤的,我渐渐领会到,他自己的理论仿佛是说,我对苏珊的影响越带有父亲般或家长式的意味,性高潮的前景就越远。我寻思,我完全可以就此作出合理的抗辩,但我没有这样做。我既非理论家,又非诊断专家,根据我自己的判断,也不可能在扮演"父亲角色"。我倒是觉得,无需深入而只需透过我们恋情的表层,很容易便可发现,我只不过是另一个亲自寻求治疗的病人而已。事实上,我需要医生来说服我继续服用那种叫苏珊的药。在服药过程中,我又反复抱怨说我服够了,这药与其说是治疗,还不如说是在加重病情。施皮尔福格尔大夫对苏珊倒没有像我哥哥对苏珊那样的看法,但我却在施皮尔福格尔面前说出了我哥哥的看法。"她无药可救了,"我对大夫说,"一只惊弓之鸟。""你难道宁愿另找一只兀鹰?""总是有介于两者之间的存在吧。"说此话时,我想起了南希·迈尔斯,那个展翅翱翔的生灵,还有那封我从未回复的信。"可你没有什么介乎两者之间的。你有的只是她。""但所有这些羞怯,所有这些惧怕……大夫,这个女人奴性十足,不仅对我——对所有人都这样。""你偏爱爱吵架的吗?你难道怀念那些大吵大闹的戏剧性场面吗?你告诉过我,跟莫琳在一起,一日三餐都是Gotterdammerung①。能相对清静安逸地吃饭有什么不好吗?""可很多时候她就像只小老鼠。""那多好,"施皮尔福格尔说,"有谁听说过一只小老鼠给一个成年人带来严重危害的?""可老鼠想结婚——想嫁给我,这该怎么办?""她怎么可以跟你结婚呢?你已经结了婚啊。""可万一我又恢复单身呢?""那到时候再去想这件事不就行了?""不,我一点都不这么想。万一到时候我想同她分手,而她

---

① 德语,诸神的黄昏。

却要自杀怎么办？她情绪不稳定，大夫，也不够坚强——这一点你必须明白。""你这是在说谁，莫琳还是苏珊？""她们俩我分得清，这你放心，但这并不意味着因为自杀是莫琳惯使的伎俩，苏珊就不会这么做。""如果你一定要离开她，她会用自杀来威胁你吗？""她不会用任何方式威胁我。那不是她的行事风格。""但你确信，如果将来哪天提及结婚而你选择不和她结婚，那她就会自杀。这就是你现在打算甩掉她的原因。""我并不是'打算'这么做，我是说，我应该这样做。""但你现在多少还算是愉快的，我说得对吗？""多少算是吧，可以说是挺愉快的。可我不想一直这么诱导她。她不能这样生活，我也不能。""可两个年轻人发生一段感情就是诱导她吗？""在你眼里可能不是。""那在谁的眼里是？在你自己的眼里？""在苏珊的眼里，大夫，在苏珊的眼里！你听着，如果恋情终结了，她却无法接受从而自杀该怎么办？请回答我，该怎么办？""因为失去你而自杀？""是的！""你觉得世界上所有女人都会为你自杀？""啊，请不要曲解我的意思。不是'所有女人'——只是那两个跟我中断关系的女人。""避免她们自杀就是你跟她们中断关系的原因？""是不是这个原因？我得想一想。或许是吧。可现在还有另外一个原因。既然有中断的机会，那又何苦再维持下去呢？你为何鼓励我继续下去？""我鼓励你'继续'了？我只是鼓励你在她温顺的性格中找到一些乐趣和安慰。我告诉你，许多男人都嫉妒你。并不是每个人都像你这样，会为一个美貌、温顺而且富有的情妇感到痛苦，何况她还是一个一流的厨师。""以及一个可以想见的自杀者。""这个还尚待观望。很多可以想见的事情其实是缺乏依据的。""恐怕处在我这个位置是做不到像你这样如此漫不经心的。""不是漫不经心。只是在这种情况下，没有更被说服，因此也没有更担惊受怕。""我不再搞什么孤注一掷那一套了。我有权担惊受怕。我跟莫琳结了婚。现在依然是她的丈夫！""那好吧，如果你的感情如此强烈，如果你因为被伤过一次而不想再冒风险——""我已经说过了，我再说一遍，这可能不是什么'风险'——所以也不存在冒不冒险。是她有生命危险，而不是我有。""'有生命危险？'塔诺波尔先生，恕我斗胆透露一点我的文学见解，你这是在编写一出多么精彩的自恋的传奇剧啊。""是吗？真是这样吗？""难道不是吗？""我总是弄不明白你说的'自恋'究竟是指什么，大夫。我认为我在谈论的是责任感。而你在谈论的是留下来的欢愉和安慰。你是在谈论我可以从中得到什么好处。你在告诉我，不要为苏珊的期望或脆弱担心。在我看来，是你在邀请我走上一条自恋之路。""好吧，如果你这样想，那么就趁早离开她。你对女人有这种责任感——那就付诸行动吧。""可刚刚你还在说，我的责任感用错了地方。我的担惊受怕是臆造出来的。你难道不是这么想的吗？""我是这么想的，我觉得你担惊受怕得太过分了。"

　　眼下我没有从任何人那里得到有关苏珊的任何忠告。在这儿，我再也没有忠告我的人——也没有诱惑。苏珊是诱惑吗？苏珊是妖妇吗？怎么能用这样的字眼去形容她呢！但是，我以前从来没有像现在眷恋她一样眷恋过任何人。套用一句俗话，"我们曾一起同甘共苦"，而不是像我和莫琳在一起那样"混日子"。跟莫琳在一起是那种千篇一律的冷酷无情的争斗，几乎把我逼疯；不管我想找出多少理由、动用多少脑力甚至诉诸多少暴力，以求改变我们的困境，都无济于事——我所做的一切，当然也包括不作为，都是徒劳。在苏珊那里虽说有争斗，但也有回报。事情在改变。我们在改变。到处有进步、发展、奇妙而动人的变化。当然，你可以说，我们的结合是一种愉快而稳定的结合，而这种结合之所以终结，是因为曾经的欢愉已变得毫无新意，让人厌倦。哦不，这种进步就是欢愉，这种变化给了我最大的欢愉——正是这一点使她的自杀企图如此让人难以承受，也使我对她的眷恋变得更加令人费解。因为现在看来似乎毫无变化，我们回到了各自的原点。我忍不住怀疑自己，我是否又开始给她写信却没写完，是否在拨到最后一个号码时又挂断了，是否任由塞壬唱那首"女人没有你无法生活，不能结婚她就宁愿死"的歌谣，是否眼看又要"重蹈覆辙"，在短暂的幕间休息后，又设法继续那出施皮尔福格尔所说的自恋的传奇剧……但是，一想到我因为怕"重蹈覆辙"而正在犯另一个更大的错误时，我同样痛苦不已：平白无故地放弃一个慷慨、温柔、善良，与莫琳毫不相像的女子，一个我其实已经爱上了的女子。我自己寻思道："认真对待这份眷恋。你需要她。"于是我冲到电话机旁，拨通了普林斯顿，随后在电话机旁我又问自己：这样做究竟是不是出于"爱情"，会不会是出于她性格的脆弱和精神的颓唐，出于我日渐陷入的贫困？假如这真的只是为了一个身穿比基尼的无助的美人，因为她像抓一根救命稻草一样抓住我那里；假如只是这一切引起了如今的思念，人们都知道这是常有的事。"性爱的虚荣心。"西伯里夫人如是说。"救赎幻想，"施皮尔福格尔医生说，"男孩的俄狄浦斯式的光荣梦想。""该死的非犹太女人，"我哥哥说，"你抵御不了她们的，佩皮。"

与此同时，苏珊仍在普林斯顿，由她母亲照顾；而我则留在纽约，自己照顾自己。

三　摩登婚姻

> 长发公主，长发公主，
> 放下你的头发。
>
> ——《格林童话》

对于那些在五十年代发育成熟，并渴望加入成年人行列的年轻人来说，正如一位当事者所写的那样，个个都想自己是三十岁，因为娶妻成家能给自己带来道德威信，很少是因为妻子可以成为自己的女仆或"泄欲对象"。正派和成熟，作为一个年轻男子的"严肃认真"，之所以成为争论的焦点，正因为人们认为现实情况正好相反：鉴于这了不起的世界显然是男人的世界，只有在婚姻的范畴内一个普通的女子才有希望得到平等和尊严。事实上，我们时代的女性捍卫者引导我们相信，我们剥削和贬低的是我们不与之结婚的女人，而非我们与之结婚者。一个普遍的看法是，一个未婚的单身女子甚至不能自己去看场电影或上饭馆吃饭，更不用说做阑尾切除手术，或驾驶大卡车了。那么这就得靠我们跟她们结婚来给予她们这个社会普遍拒绝她们的价值和目的。假如我们不跟女人结婚，那么谁跟她们结婚呢？啊，我们男性是唯一能担此重任的人：招夫择婿开始上演。

无怪乎我这一辈有个受过高等教育的资产阶级男青年对娶妻成

家不屑一顾，他宁愿吃罐头食品或自助餐馆，自己扫地，自己铺床，不受法律约束，有可能的话就随时随地交交女友，做做爱，一不合意就分开，不在乎被人指责"不成熟"，或者暗中或公开搞"同性恋"，再或者纯粹是"自私"，害怕承担责任，做不到"专注于一种长久的关系"（这是制度的漂亮说辞）。最糟糕也最令人感到羞耻的是，这位自认为完全有能力自己照顾好自己的人实际上是"爱无能"。

在五十年代，有关人们有没有能力去爱的担忧比比皆是——我敢说，其中大部分来自那些年轻女性，她们担忧的对象是那些年轻男性，他们不怎么想要她们给他们洗袜子、做饭、生儿育女，然后再花余生去照料他们的子女。"可你就不能爱别人了吗？除了你自己之外，你就不能想一想别人吗？"这一五十年代绝望的女性的语言，翻译成简明易懂的英文，大意就是"我想结婚因而我想你跟我结婚"。

现在我深信，那时节自诩为爱情专家的三十来岁年轻女子，并不清楚地知道她们视为爱的情感有多大程度上是由生存本能所驱动，或者有多大程度上是出于占有和被占有的渴望，而不是出于她们自己及女性特有的纯粹而无私的爱的蕴含。男人究竟有多可爱？尤其是那些"爱无能"的男人？不，有关"专注于一种长久的关系"这一话题，远非许多年轻女性（在涉及她们的择偶问题时）能够谈论或在当时能够充分理解的，其中更多涉及女性的依赖性、无力自保和脆弱性这一事实。

当然，女人们凭借其天赋的才智、理性和个性，感受和对付着这一严峻现实。可以想象，当时有些女性拒绝步入那种披着爱情外衣的自我欺骗的深渊，做出了勇敢的真正的自我牺牲的抉择；同样，众多不幸也降临在一些女人身上，她们因为自己的无依无靠而做出种种安排，并且从未能放弃对这些安排抱有的浪漫幻想，直到他们双双走进律师办公室，男方抛出那个被称为离婚抚养费的救生圈为止。人们说，这个国家前几十年里在法院闹得轰轰烈烈的抚养费之争，堪比十七世纪遍及欧洲的宗教战争，其本质实际上是"象征性的"。我的推测是，抚养费之争与其说是种种哀怨和心痛的象征，倒不如说往往有助于澄清那些通常被隐喻所遮盖的东西，种种婚姻安排也是由双方利用这些隐喻伪装起来的。我认为，由抚养费引发的惊恐和愤怒程度，使原本精神健全、足够文明的人表现出来的残暴，证实了法庭上一对对男女开始意识到——令人震惊同时也是令人汗颜地——意识到一方在另一方生活中实际扮演了什么样的角色。"所以才糟到这种地步。"怒不可遏的敌对双方也许会这么说道，彼此怒目而视——可即便这样，那也只是希图继续掩盖一个最不光彩的事实，即事情原本就是这么糟，一贯如此。

我现在意识到，把这些泛泛之谈当成是本人痛苦和愤世嫉俗之体现，当成是本人可怕婚姻以及最近那段无疾而终韵事之不幸后果，因而对此嗤之以鼻是大有可能的。况且，可以这样说，既然选择了莫琳和苏珊这样的女人（你若喜欢，或可说是我自己的反常性格而非病态心理选择了她们），我就不该泛泛地讨论男人从女人那里想要（和得到）什么，或女人从男人那里想要和得到什么。好吧，我承认，此时此刻我并不觉得自己有多"典型"，我讲这个故事，也不是为了论说我的生活代表了什么；不过，我自然有兴趣回顾一下，看我跟女人的交往体验中有多少是我个人以及——假若你非要这样说不可——我的病态所特有的，又有多少是象征着广泛的社会弊端。回顾既往，我的结论是：莫琳和苏珊，是我遇到的受某一病毒传染较深的两位，而我们当中对这种病毒具有免疫力的女人却寥寥。

当然，表面看来，莫琳和苏珊不能有更多的相异之处了，而且彼此视对方为最使人反感的"类型"。不过，她们作为女人的共通之处，也就是说，使我被她们吸引的原因，也是这里要谈的主题，就在于她们这两个格格不入的原型,都以自己独特的、极端而生动的方式表现出无助感和脆弱感,这已经成为她们的女性标记,并且往往是她们与男人关系中的核心。虽说我是出于无助才跟莫琳结成伴侣,但这并不意味着我们俩真的不再把她视为无助的牺牲一方,不再把我视为使她做出牺牲的一方,即只要停止暴行则万事回归正途、性正义得以实现的一方。有关男性神圣、男性统治以及男性力量的深化是如此强势,以至于不仅在莫琳,而且在我的认知里,即使我换上一身女人的衣服,且承认我做男人已经彻底失败,我也无法完全否认,我们家视男人为强者、女人为弱者的传统观念是说明了一定的现实情况的。我直到最后仍把莫琳视为一个"落难姑娘",她也这样看自己;事实上,在其所有强硬外表下,在那些不做他人的替罪羊、"自己做番事业"的主张之下,莫琳实际上比苏珊还苏珊,对她自己和对我都如此。

越来越多的观点认为,一般说来,婚姻、风流韵事以及性爱关系大体上是主子在寻找奴隶:这其中有支配者和服从者,强势者和温顺者,剥削者和被剥削者。然而这个公式不能解开的众多问题之一就是,为什么有那么多"主子"倒像是受束缚的,往往受"奴隶"束缚。我并不认为——再次重申此观点——我的故事可以作为一种标准解释或被视为某种典型,它只是一个事例,一个在"后骑士时代"也许可以被描述为"白马王子现象"的事例。在这一版本的童话故事里,被关在塔楼里的少女角色先后由莫琳·约翰逊·塔诺波尔和苏珊·西伯里·麦考尔扮演。我自然扮演王子。我的表演,如此处所述,可能会招致一阵嘲讽,说我该演王子的白马。然而要知道,我并不想通过扮演动物而一举成名——我渴望的绝不是什么马性、羊性、狐性、狮性,或者任何形式的兽性。我想要表现出人性:有男子气概的,一个男子汉大丈夫。

在所有这一切开始之际,我从未想过有必要把上述想法作为一种渴望来声张——二十五岁的我过于自信，以为成功唾手可得——也未曾预见在将来的人生中，结婚以及之后的力争离婚会成为我最主要的活动和困扰。以往假如有人提出说，婚姻会让我无暇旁顾，就像伯德上将专注于南极探险，福楼拜专注于创作《包法利夫人》一样，我会一笑置之的。显而易见，我绝对想象不到，我本人作为这一代人中持异见和怀疑态度的一员，会屈从于所有关于"永久关系"的道德说教。事实上，除了这种道德说教外，还有别的因素起了作用。那就是一个叫莫琳的女人，高举着一面叫道德的大旗。但令人谦卑的事实依然是：这个持异见和怀疑态度的人的屈从是基于和其他所有人一模一样的理由。

我为那些表面所愚弄，其中大部分是我自己的表面。

作为一个已在文学季刊上发表小说的年轻作家，一个住在下东城第二大道和鲍厄里之间的公寓地下室的居民，靠服兵役时的一点积蓄和每周从出版商预付的三千块钱中支取三十块生活，我并不把自己看成是那时候的一个平凡或世俗的大学毕业生。我的好多大学熟人都成了律师、医生，有几个在《布朗文学》杂志的朋友正在攻读高级文学学位——在被征调入伍之前，我在芝加哥大学修读了一年半博士课程，结果半途而废，放弃了"文献学"和"古英语"两门学科。其他的人——兄弟会成员、运动员、商科生，那些在学校同我几乎没有往来的人——这时候都已结婚了，做着早九晚五的工作。当然我也穿蓝色活领牛津衬衫，头发剪得短短的——不然我还能穿什么呢，穿披肩毛毯，还留长长的卷发？当时是一九五八年。除此之外，另有其他方面使我看来明显有别于我的同代人：我读书，我想写书。支配我的不是金钱、玩乐和规矩，而是艺术，具有真挚的道德多样性的艺术。我当时正在全力以赴写一本关于一个犹太服装零售商的小说，他住在布朗克斯区，已经退休。他在偕同妻子前往欧洲的途中,由于他那为了"六百万生灵"的愤慨,差一点扼死一个蛮横无理的家庭主妇。服装零售商以我自己和蔼可亲、容易激动、兢兢业业的犹太父亲为原型,他和我母亲在去部队探望我的那次旅行中也有过类似的冲动;零售商当兵的儿子就取材于我自己,他的经历与我在德国的经历甚为相似,当时我作为下士班长被派驻法兰克福十四个月。我有过一个德国女友,她是见习护士,身材高大、金发碧眼,有如女武神瓦尔基里,实则甜美异常,她在我父母和我身上引起的慌乱、狼狈成了故事的核心,最后便成了小说《一个犹太父亲》。

在我的书桌上方,没有贴有帆船、理想住宅或包尿布小孩的照片,也没有远方海岛的旅行明信片,却只有福楼拜的话,那是我从他给一位青年作家的信中抄下来的忠告:"生活要像资产阶级那样,有规律,有秩序,你才可能在工作中激流勇进,富于创新。"我欣赏这话中的智慧,欣赏来自福楼拜的才智,但在二十五岁这个年龄,即便我致力小说艺术,以自律、严苛(和敬畏)向福楼拜看齐时,我仍希望我的生活有一点创新,在一天工作结束之后,假如不是激流勇进的话,至少要有趣味。说到底,福楼拜本人在安坐在他的圆桌旁,成为现代文学的孤苦隐士之前,不也曾经作为绅士加流浪汉前往尼罗河畔,攀爬金字塔,同皮肤黝黑的舞女们纵情享乐吗?

事情就是这样:莫琳·约翰逊,尽管不是埃及女人,但让我觉得她可以为我一心一意的作家生活增添些许工作以外的情趣。可不是!她是如此有趣,以至于她竟取代了写作。二十九岁的她,作为一个年纪稍大的女人,无疑是年轻小伙子情色想象中一个未知诱人的英雄形象。何况,她还有这方面的资历为证。离过婚,不止一次,而是两次:第一次与在罗切斯特的丈夫,一个名叫梅奇克的南斯拉夫酒吧老板,她十六岁时当过他的酒吧女侍。她说,梅奇克是个酒鬼,右勾拳高强,有一次"逼"她去勾引他的家装工厂的经理朋友——后来,她又对那段经历稍作改动,说是他们三个人一块儿喝酒，两个男人抽签决定小莫琳跟谁上床，她决定给梅奇克的朋友吹箫而不是跟他上床，因为在当时的情况下，以她的天真无知，她认为那样做不那么有损尊严。"然而事实并非如此。"她补充说。然后是跟沃尔克结婚，又离婚。他是个英俊的青年演员，嗓音洪亮，身段优美，后来才知道他是个同性恋者——也就是说，他向莫琳"保证"在婚后会改邪归正，然而他却在邪路上越走越远。她两次被男人"背叛"——但在我们相遇时，她还是锐气不减，也有点倔强的小聪明。"我仍是马尔菲公爵夫人[①]。"我们第一夜上床时，她对我背了这句台词——不赖，我思忖道，不赖，尽管这显然是她的演员丈夫教给她的。她确有种让人联想到"黑色爱尔兰人"那眉清目秀的俊相——只是因其突出的下巴而稍显逊色——柔软苗条的身材（青春期少女假小子般的身段，那圆丘形的饱满乳房除外）以及旺盛的精力和个性。她动作敏捷，眼光机灵，有如自然界那不知疲倦的小生灵中的一员，像蜜蜂或蜂鸟，从日出到日落周旋在花丛中，从无数雄蕊中吮吸，以满足其每日最低限度的营养需求。她开玩笑似的吹嘘，在纽约艾尔迈拉读中学时，她是跑得最快的那个，比其他男女生都快，这一点（在她对我所说的全部事情中）很可能是真的。我们相遇的那个晚上——在上城一位诗人的派对上——她向我提出竞走挑战，从阿斯托广场地铁站到两个街段外我在东九街的寓所，看谁走得快。"谁赢就听谁的！"她喊道，于是我们开始了——我赢了，但只快了一点。她跟我赛得上气不接下气，到了我的寓所，我说："好了，我的战利品：脱掉你的衣服。"我们气喘吁吁站在门厅里，她高兴地（并快速地）着手解衣。好性感，这女人（我想），真有趣。啊，是的，她走得快啊，这姑娘——可我走得更快，不是

[①] The Duchess of Malfi，英国剧作家约翰·韦伯斯特（John Webster, 1580—1634）同名剧作中的主人公。

吗?……在此我也要提一笔的是,莫琳有些旧账要跟我所代表的男性群体清算,而且她对自己的天赋可能抱有相当大的幻想,她认定自己在艺术上有这样或那样的才能。

她十六岁读十一年级时,从她在艾尔迈拉的家中逃走——一个离家出走的人,这一点把我吸引住了。我过去从来没见过真正的离家出走者。她父亲是干什么的?"啥都干。啥都不干。干杂活。值夜班。谁还记得那么多呢?"她母亲呢?"管家。喝酒。啊,天哪,彼得,我早就忘了他们。他们早就忘了我。"她逃离艾尔迈拉自然是为了当演员……然而却偏偏到了罗切斯特。"我怎么知道?"她说,挥手不再去想自己的无知;无知,不就是个致命问题吗?在罗切斯特她遇见了梅奇克("嫁给了这个畜生,后来遇见了他的伙伴"),在当地先锋派戏剧团体里跟二流演员们混了挫败的三年后,转到艺术学校去当一个抽象画家。离婚后,她放弃画画。在与梅奇克分居期间,她成了一个画家的情妇,这个画家"答应"帮她联系他在底特律的代理,可他言而无信。她开始上羽管键琴课,同时在马萨诸塞坎布里奇当餐馆女侍,她听说坎布里奇居民中较少梅奇克这类人。在那儿,她同布拉特尔剧院的沃尔克结了婚,当时她刚好二十一岁;后来有五年之久,她跟沃尔克以及他的哈佛男友们厮混在一起。我们相遇时,她已经在格林威治村学木雕了(她老师的太太对她妒意浓浓,于是她便放弃了),之后重返"戏剧界",临时在克里斯托弗街一家外百老汇剧院"剧务组工作",也就是收收戏票,引引座。

正如我所说,我相信,所有这些反转和复原以及她的全部行动,都证明这是一场大胆无畏的游戏,证明她有那么点儿坚定不移的勇气,而事实正是如此,的确如此。同样,这种乱糟糟的经历证实了她生活中的某种不稳定性,而且缺乏中心目的。另一方面,对我自己的生活来说,目的是十分专一的,而且以往一贯如此,所以莫琳那种漫无头绪、东奔西闯的生活背景对我来说确有一种奇特和浪漫的吸引力。她见过世面——阅历深广。我喜欢这种说法。我的阅历的确不深，当时既不深也不广。

她还有股子粗野劲儿，这对我来说也很新奇。在跟莫琳好上时，我已有近一年时间跟一个叫蒂娜·多恩布施的大学生热恋，她是纽约州莎拉·劳伦斯学院的四年级学生，长岛富裕犹太家庭的女儿。她是一位踌躇满志的文学和语言专业学生。我们相见是在她与其他四个女生及《小姐》杂志一名编辑到我地下室寓所采访我写作的时候。当时我退伍不久，我的"作品"仅有六篇发表在季刊上的短篇小说，那是我被派驻法兰克福时写的，知晓这些年轻姑娘怀着敬意读了我的作品时我自然很高兴。我当然也知道纽约书商和文学代理人对它们甚感兴趣，我在德国时就收到了他们大量的询问信件，退役回到美国后，选择了一位代理人，接着就签了一份出版合同，它为我当时正在撰写的长篇小说提供了一笔不多不少的预支。我作为应征入伍者在德国服役时的写作成绩，已经为我在这些姑娘心目中树立了相当的"声望"，她们认定杂志要做专题介绍的美国青年作家就是我。不用说，这让我有点想入非非。真的，我对她们谈了福楼拜、塞林格、曼，谈了我在德国的经历，以及我打算如何将这些经历用作小说素材，不过我也一直在寻思，怎样才能让那个两腿修长、热情发问的女孩在其他人走后留下来。

啊，我为何舍弃了蒂娜·多恩布施，却选了个莫琳！要我告诉你吗？因为蒂娜还在大学里写关于《利西达斯》的"完美技巧"的论文。因为蒂娜那么专注地听从于我，很大程度上是我的学生，又总是将我的观点当成她自己的见解。因为蒂娜的父亲给了我们百老汇音乐剧前排座位的戏票，我们怕得罪他而去看了。因为——是的，这也是真的，不可思议，却是真的——因为蒂娜从学校来看我时，实际上，从她进门那刻起，我们所干的事情几乎只是做爱。简而言之，因为她富裕，漂亮，受到保护，聪明，性感，有爱慕之心，年轻,精力充沛,能干,自信,有抱负——这就是我为什么放弃她而选了莫琳!她仍是个女孩,几乎拥有一切。我二十五岁时认定,我已经过了"那个阶段"。我需要的是被称为"女人"的人。

莫琳当时二十九岁,已有过两次不愉快的婚姻,没有钱,没有溺爱的父亲,没有华丽的衣服,也没有前途,可在我看来,她似乎已经获得前途一词所包含的一切,完全漂泊不定,独来独往,不用说,她是我所熟悉的女人中头一个这样的。"我总是在多多少少为自己做点事。"她在我们相遇时这样告诉我——直率而客观地,我就喜欢这样。就蒂娜而言,每个人都似乎总是在为她而做事。拿我来说,也是如此。

在莫琳之前,我与之来往最密切、真知她生活风波的女孩是格蕾特,法兰克福的见习护士,她一家人曾被挺进中的俄国军队从波美拉尼亚赶了出来。我那时听她讲战时经历听得入迷,可惜后来才发现原来她所知无几。战争结束时她只是个八岁的孩子,能记得的也就是她的兄弟姐妹和母亲住在乡下一个农场,在那里他们有鸡蛋吃,有动物玩,在村校里学拼写和算术。她记得她家是在一九四五年春天逃亡时遇到的美国军队,有个美国大兵给了她一个橘子。在农场,当孩子们吵闹得特别厉害时,她母亲常会用手捂住耳朵说:"孩子们,安静点,安静点,你们吵吵嚷嚷得活像一帮犹太佬。"然而,这就是她和本世纪那场大灾难接触的全部。这对我而言并不像有人可能想的那么简单,我接着也没有让她感到轻松。我们的恋爱常因我喜怒无常而使格蕾特感到手足无措,当我被弄得绷着脸、要发脾气时,看到她一副天真无辜的模样,我就变得更凶了。诚然,欧战结束时她才八岁,可我真不能相信她仅仅是个身材高大、甜美善良、通情达理的十八岁女孩,并不在乎我是个黑头发的犹太人,她自己则是金发碧眼的雅利安人。我的这种怀疑,以及我同这种怀疑进行的自觉的斗争,出现在了《一个犹太父亲》中两个年轻情侣的恋爱关系中。

你看，我所喜欢的，是恋爱关系中繁重的、棘手的、让人困惑的部分，在我不写书时仍能促动我的想象力。我最喜欢的是跟能促使我思考一些问题的年轻女子在一起，倒不必是因为我们能一起探讨自己的"见解"。

不错，莫琳有股子粗野劲儿——这我想过。我怀疑我是否"能够应付"——好字眼——一个具有她那样经历和意志的女人。就我坚持的架势来看，我认定自己至少应该"能够应付"。我"能够应付"格蕾特，以及她给我出的难题，不是吗？为何要从麻烦、混乱，甚至动荡中退却呢——有何可畏惧的呢？坦白说，我不知道。

除此之外，有很长时间，最严重的困难是：莫琳的无依无靠多半被她的斗志，被她总是把自己扮演成骗子和忘恩负义者的牺牲品这一手段遮蔽了，其实她是一个对男女关系从头到尾都最最清楚的女人。她攻击我时，我起先急着反攻，没有时间看清她的挑衅是一种无能和绝望的表现。在莫琳之前，我从未愤怒到与人动手——也就是说，用两只手打人；但我在二十五岁时远比现在好斗，很快就学会了如何缴获她最喜欢的武器——高跟鞋尖细的跟。最后我终于意识到，当她在盛怒中时，即使像家长对付倔孩子那样对她猛摇一阵，也不足以阻止她，只能给她一记耳光。"你跟梅奇克一样！"莫琳叫道，富有戏剧性地猛地倒在地板上，在我的暴力面前缩成一团（并且尽力装出自己并没有在高尚的青年艺术家暴露其兽性时体会到任何乐趣）。

诚然，当我终于忍无可忍出手打她时，我已经到了连自己也无法理解的地步，急于寻求一条出路，摆脱这段让人日渐痛苦、困惑和惧怕的关系。使我眩晕的不仅仅是因为存在于我们之间的刻毒之深，而且还因为我震惊地意识到她的无能，正是这种无能驱使她一次又一次发疯似的暴跳如雷。几个月过去了，我逐渐注意到她干不成任何事，或者说，我终于识破那一层被背弃和被欺骗的障眼法：克里斯托弗街背弃了对她许下的将她从票房调到剧组当演员的"诺言"；西四十区招募助手的演技老师结果是个"精神病患者"；这份工作的老板是个"奴隶监工"，下一份的是"淫棍"，每当她厌恶地辞掉工作，或是遭到解雇，气得流着泪回家时总是这样。每当别人许给她的"诺言"都是空头支票时，她便在大白天回到我的地下室寓所，见我面朝打字机，汗流浃背——我写得酣畅淋漓时常是这样，汗水湿透了我那件扣领牛津衫，就像跟戴着锁链的囚徒在外做了一整日苦工一样。见我干最想做的事情干得那么狂热，她对这个压迫者世界的仇恨之火因对我的嫉妒而变得更炽烈，尽管有时候她也极力称赞我的几篇已发表的小说，为它们受到的所有激烈批评作辩护，跟我分享我所得到的些微声誉。可通过他人感受到的东西乃是她的报应：她从男人那里获得的东西就是她所获得的一切。难怪她不能忘掉也不能原谅那些男的："强迫"她在十六岁时跟其同伙上床的他，宁要哈佛新生肉体而不要她的他；假如她不能将酒保梅奇克或演小角色的沃尔克丢在脑后，那么可以想象一下，当她发现一个人，他对某种崇高的艺术职业表现出充满活力的热诚和一心一意的奉献精神，她会多么渴望通过永远分享那个人的血肉之躯，从而将那些东西奇迹般地变成她自己的。

我们的关系结束了（只是莫琳不肯搬出去，我没有想到或预见到可以把带有二手家具的两间房留给她，自己溜之大吉；过往在处理人生大事上我从未失手，我几乎无法承认我有失败的可能，更不用说败在某个看起来如此无能的人的手中）——我们的关系结束了，莫琳冲我吼道……对了，你们可以猜到她对我吼了些什么。任何一个不相干的人都能看得清楚。只有我蒙在鼓里。一个女人干吗要愚弄彼得·塔诺波尔？一个女人干吗要为了让我娶她而对我撒谎？不，不，这是不可能的事。没有一个人会如此愚蠢地干这样的傻事，我也不可能。我刚满二十六岁。我在创作一部严肃的小说。我的前程远大。不——照我的看法,我会告诉莫琳,我们的恋爱显然从一开始就是一个错误,事到如今更成了我们两个人的梦魇。"是我的错也是你的错,莫琳。"——其实我并不认为是我的错,但我这样说了,为的是避免口角升级。唯一明智的解决方法,我会说,就是我们分道扬镳。我们的生活难道不会更好吗,如果没有所有这些无用的冲突和低级的暴力的话?"我们真的"——我会用直截了当、不带感情色彩的言语告诉她,就像她自己过去常用的那种口吻——"我们真的再也没有任何关系了。"是的,这是我要说的,她会洗耳恭听,点头默认(她不得不这样——因为我是很庄重而通情达理的),然后她会离开,而我会祝愿她好运。

可事情并非如我所愿。我们每天争吵十次到十五次,有一次,我叫她离开,可她决意呆在家里从事创作。争吵的起因是她指控我企图阻拦她写小说,因为我"害怕"一个女人跟我竞争,最后她张嘴咬住了我的手腕——我因此用我的空手打得她鼻子流血。"你和梅奇克是一丘之貉!"她说,那个酒保在他们婚姻生活的最后一年里几乎每天都让她流血,把她的鼻子变成了"水龙头"。在我,这可是第一次,而且使我大为震惊。同样地,她用牙齿咬到我肉里,也是我过去不曾流血的安稳生活中从未体会过的。我从小到大受到的教育,使我害怕并蔑视那种把武力当作解决争端和发泄怒气的手段——我眼中的男子气概与实施体罚或忍受体罚毫无关系。我也并不因为自己做不到这两点而感到羞耻。见我手上有莫琳的血,意识到自己因此丢掉了男子气概,这同她留在我手腕上的牙印一样,是非常不光彩的。"滚!"我喊道,"从这儿滚出去!"她从未目睹过我如此愤怒——我气得几乎发狂,当她面撕破了我身上的衬衫——于是她便走了,不过还向我借了那台多余的打字机,以便写出一篇关于"像你这样没有心肝的狗娘养的所谓艺术家"的故事。

"把打字机留在那儿!""那我用什么来写小说?""你在开玩笑吧?你疯了吧?你要'揭发'我,还要我给你提供武器?""但你有两台打字机!啊,我要告诉这个世界,彼得,我要告诉他们,你是怎样一个自私自利、妄自尊大、极端利己主义的家伙!""请便,莫琳——我也会告诉他们!可我现在要在这里干工作,我不允许这儿再有该死的尖叫、争吵、咬人!""啊,去你那傲慢的工作!我的生活该怎么办?""去你那该死的生活,它已经跟我没有任何干系了!滚出这儿!哦,带着它——带着它滚吧!"或许她以为(既然我身上的衬衫已被撕成布片)我接着要把她撕成碎片——因为转眼间她已逃出了我的视线,逃出了公寓,不用说带着那台老式的雷明顿皇家手提式灰色打字机,这原是我父母送给我的成年礼,当时我是扬克斯高级广播电台体育节目组一位积极能干的助理编辑。三天后她又出现在我门口,穿着蓝色的粗呢外套、齐膝袜子,脸上没有血色,衣冠不整,有如一个街头流浪汉。因为受不了独自住在卡迈恩街顶楼房间,她在朋友家住了三天,所谓朋友就是格林威治村的一对五十出头的夫妇,我同他们处不来,他们也认为我和我的叙事"古板"。那个丈夫(莫琳大肆宣扬,说他是"肯尼思·帕钦[①]的老朋友")曾经是莫琳初到纽约学木雕时的老师。几个月后,她声称她被这两个"精神分裂症患者"严重误导,但从未解释内情。

就像她通常在哪怕最可怕的大吵大闹之后的翌日清晨一样,她对三天前那场激烈交锋一笑了之,还问我(对我的天真表示惊奇)怎么可以把她在气愤中可能说的话、做的事当真呢。我的古板的一面(据那些从事木雕的人所说)是我比美国中部泽尼斯的乔治·福·巴比特[②]更不能忍受喜怒无常或行为反常。我住在东九街

---

① Kenneth Patchen(1911—1972),美国诗人,小说家。
② George F. Babbitt,辛克莱·刘易斯同名讽刺小说《巴比特》的主人公。

的地下公寓里，不像住在布利克街阁楼上那些中年垮掉派那样开放。我只是一个来自韦斯特切斯特的犹太好男孩，只关心事业成功。我是他们的蒂娜·多恩布施。

"幸亏我是认真的，"我对莫琳说，"否则你会在东河葬身鱼腹。"她当时坐在椅子上，仍穿着粗呢外套。我丝毫不露一点打算允许她搬回来的意思。她要走了，在门道上轻吻一下我的脸，对她的挑逗，我别开了脸。"那台打字机呢？"我问道，我说这话的意思是，就我而言，莫琳来看我的唯一理由，只可能是来送还她所借的东西。"你这个中产阶级的怪物！"她喊着，"你把我撵到街上。我得睡在别人的地板上，让十六只猫整夜舔我的脸——而你能想到的就是你的手提式打字机！你的东西。彼得，那是一样东西，是样东西，而我是个人啊！""莫琳，你本来可以睡在自己的住处啊。""我孤零零的，这你不会理解，因为你心里没有感情，只有冰块。我自己的地方算不上'住处'，没有你说的那么好听，那是个粪坑似的小阁楼，你知道的！你不会在那儿睡上半个钟头。""打字机在哪儿？""打字机是东西，该死的，是个没有生命的东西！而我呢？"她从椅子上跳了起来，像挥一根橡树棍一样挥着她的钱包，冲将过来。"用那个打我，莫琳，我会杀了你！""杀吧！"她答道，"杀死我！反正总有男人要杀我——为何不可以是一个像你这样的'文明人'！为何不可以是一个福楼拜的追随者！"说着她扑向我，双臂抱住我的脖子，开始抽抽噎噎。"啊，彼得，我身无分文，啥也没有。我真的失去了一切，亲爱的。我不想回到他们那儿——可我没法子。求你不要再赶我走。我甚至有三天没洗澡了。就让我洗个澡吧。就让我定一定神——这次我会一去不返的，我保证。"接着她解释说，有一天夜里布利克街的阁楼被盗，当时他们都在第十四街吃意面，家里只有猫在，所有东西都给偷光了，包括我的打字机，还有她朋友的所有木雕工具、录音机以及他们的"布拉斯坦"——听着像是一杆自动步枪，其实是一幅画。

她的话我一句也不信。她去了洗澡间,我听到淋浴水声,便把手伸进她的粗呢外套的口袋,在皱巴巴的面巾纸和零钱中摸出了一张当票。要不是我住在离鲍厄里半个街段的地方,我是怎么也不会想到莫琳已经把打字机拿去换了钱。但我已经学会开始考虑这种事了,虽然还不够快。

一个比我世俗的家伙——我指的是泽尼斯的乔治·福·巴比特——会记得那句古老的处世格言:"破财消灾。"并在发现那张当票后把它放回口袋,只字不提,让她淋雨,不跟她计较,然后放她走,乔治·福·巴比特或许会这样对自己说。可我不是巴比特,于是我冲进洗澡间——我们死命地咒骂对方,以至于楼上那对年轻夫妇开始用扫帚把砰砰砰地敲地板。他们的生活在那几个月里给我们搅得苦不堪言。那个做丈夫的是一家出版社的编辑,直到今天依然拒绝同我打交道。"你这个卑劣的小偷!你这个骗子!""可我这样做是为了你!""为我?你当掉打字机是为了我?""是的!""你在说什么呀?"这时水还在她身上淋着,她猛地坐在了浴缸底上,光着屁股,号啕大哭起来。一丝不挂的她有时会使我联想起一只流浪猫——敏捷、机警,既精瘦又强悍,现在她在倾泻而下的淋浴水下摇晃着,痛苦地呻吟着,那对圆丘形的乳房又沉又尖的样子,那贴着头皮的黑发,让她在我眼里好像一个从丛林中窜出来的女人,那种你可能在《国家地理》杂志上见到过的形象。"因为——"她哀号着,"因为我怀孕了。因为——因为我不想告诉你。因为我想无论如何要尽力搞点钱去堕胎,再也不来找你麻烦。彼得,我还入店行窃了。""偷东西?在哪儿?""阿尔特曼的店——克莱因的店过去点。我不得不偷啊!""可你不可能怀孕,莫琳,我们有好几个礼拜没一起睡过了!""可我就是怀孕了!怀孕两个月了!""两个月?""是的!我只字不提,因为我不想干扰你的艺术!""但你该告诉我,该死的,因为我会给你钱,让你去堕胎!""啊,你真是慷慨!可这太晚了,我受够了像你这样的男人!你要么跟我结婚,要么我自杀!我会自杀的!"她哭着,两个小拳头气势汹汹地捶着浴缸的边沿。"这可不是吓唬你的,彼得——我不能再忍受你们这些人的捉弄了!你们这些自私自利、娇生惯养、不成熟、不负责任的常青藤名校杂种,嘴里含着金汤匙出生!""金汤匙"有些夸张了,这点她也清楚,只不过她当时发了狂,在她歇斯底里的时候,正如她终于使我看清的那样,什么事都有可能发生。"有你那一大笔预支稿费和高尚艺术——哦,你躲在你那艺术背后逃避生活的样子让我恶心!我恨你,我恨那个该死的福楼拜,你得跟我结婚,彼得,因为我忍受够了!我不会再做另一个男人的无依无靠的牺牲品!你休想像抛弃那个姑娘一样抛弃我!"

她口中"那个姑娘"指的是蒂娜,直到那时她对蒂娜始终只有蔑视;而现在,突然间,为了自己的利益,她唤来的不仅仅是蒂娜,还有格蕾特,以及彭布罗克学院那个本科生,她是我在布朗读四年级时的女友。在我以自己的"方式"终止与她们来往时,她们都和莫琳一样有被"抛弃"的感受。"可我们不是剩菜剩饭,彼得,我们不是垃圾和渣滓,我们不该被如此对待!我们是人,我们不能被你扔进垃圾桶!""你没有怀孕,莫琳,你很清楚你根本没有怀孕。这就是有关'我们'的事情的全部。"我说道,意想不到地充满自信。我话说到此,她气得几乎昏厥——"现在别谈我的事,"她说,"我们在说你的事。难道你不知道你为什么抛弃你那个彭布罗克的女友,你的德国女友,那个拥有一切的女孩还有我吗?"我说:"你没有怀孕,莫琳。你说的是谎话。""不是谎话——听我说!你难道压根儿没有想过你为什么这样害怕结婚、孩子和家庭,为什么这样对待女人吗?你知道不知道,彼得,除了是一部无情而自私的写作机器外,你的真面目到底是什么呢?"我说:"一个同性恋。""没错!

你这样轻描淡写并不能说明这是假的。""我倒是认为轻描淡写反而更显真实。""一点不错!你是我这辈子遇到的再明显不过的隐藏得很深的同性恋者!就像魁伟悍勇的梅奇克,逼我跟他的伙伴上床——这样他就有东西可看啊。因为这是他自己真正想做的事——可你连那样做的胆量都没有!""逼你?啊,算了吧,朋友,你长了一嘴伶牙俐齿——我已经领教了你的毒牙了。你为何不把那玩意儿一口咬掉,给他们俩点颜色看看,如果你是被逼迫的话?""我是想咬!你别以为我没有想过!别以为任何一个女人做的时候没有想过!你别担心,先生,要不是他们比我高十二英寸的话,我早就把那玩意儿连根咬掉了!再朝那淌着血的残根吐唾沫——就像我向你吐唾沫一样,你这个自以为是的'艺术家',把一个有两个月身孕的孕妇扔到街上!"然而她哭得那样伤心,原本冲着我的唾沫只是顺着她的嘴唇流到了下巴上。

那天夜里她睡在床上(她要我知道这是她三天来第一次睡床),我坐在起居室的书桌旁,思考着逃走——不是因为她坚持说已经两次没来月经,而是因为她硬是抓住那个我认定是谎言的说法不放。我当时可去的地方很多。我在普罗维登斯有朋友,同事中一对年轻夫妇很乐意我到他们家去住一段时间。在波士顿我有个战友,还有仍然呆在芝加哥研究院的诸位同事,加利福尼亚有我的姐姐琼。如果我就近寻求精神安慰和藏身之处,自然有我在曼哈顿上城的哥哥莫里斯。不用问,我要呆多久他就让我待多久。自从我在纽约安顿下来,莫伊每隔几周就给我打电话,询问我有何需要,提醒我不论何时心情不佳就到他那儿去吃饭。有一天上午,我应他邀请甚至带着莫琳到他家去品尝贝果和熏鱼酱。使我意外的是,她对我哥哥的粗鲁举止显得很害怕(莫伊是盘问陌生人的高手),家庭生活的平常氛围似乎使她郁郁不乐。我们离开他家后,她并没有多说什么,只是说莫伊和我是很不同的两个人。我表示同意,莫伊很大程度上是个公众人物（大学，联合国委员会，政治集会和组织），也是个在家享有权威的家长。她说："我的意思是他为人粗暴。""为人什么？""他对妻子的态度就是这样。粗暴得难以形容。""看在上帝的分上，他非常爱她。""是吗？这就是为什么他要作践她吗？她多么像只小麻雀啊！她一生中难道从来没有过一点自己的主张吗？她就坐在那儿，吃他剩下的面包渣。那就是她的生活。""啊，那不是她的生活，莫琳。""对不起，我不喜欢他，也不喜欢她。"

莫伊也不喜欢莫琳，起初他什么也没有说，认为这是我的私事，不关他的事，而且以为她不过是个露水情人罢了。我自己也是这样想的。可当我和莫琳之间的搏斗戏剧性地加剧时，在我明显开始看起来、听起来都不知所措时，莫伊几次尝试给我些兄弟间的忠告，但每次我都拒不听劝。由于我仍然不能想象会有什么长期的灾祸降临在我身上，我强烈反对被人当作"小孩儿"来教导——尤其是这样的人，他们的生活虽值得钦羡，但他们生活的根基却是我因太年轻而无法关注到的。我发觉，对我而言，相当重要的是，不论我给自己招来了什么麻烦，我都要独自面对，不需要他的或其他任何人的援助。简而言之，我的傲慢（以及盲目），是我的年龄、运气和一种上流社会的文学嗜好造成的，所以当他邀请我去哥伦比亚共进午餐时，我告诉他："我会把一切都处理好的，别担心。""可为什么一定要处理呢？你要处理的是你自己的工作，不是那个小印第安人。""我就当你那是一种委婉的表达。请记住，她母亲家族是爱尔兰人，父亲家族是德国人。""是吗？我看她有点儿像阿帕切人，长着那样的眼睛和头发。有点野蛮的味道，佩皮，你不觉得吗？得了，不用回答。你现在冷笑，以后会有苦头吃。你受的教养可不是为了让你跟野蛮人打交道的，孩子。""我知道。当个好孩子。做个犹太人。""这有什么不好吗？你是一个文明的犹太好孩子，有才华，也有头脑。至于有多少，还有待来日验证。你为何不把精力都放在你的才华上,把狮子留给海明威呢?""莫伊,你这是什么意思啊?""你啊,你看起来就像睡在丛林里一样。""不。我睡在第九街。""我还以为姑娘只是给人玩玩的,佩皮,不是让你吓得屁滚尿流的。"他的下流腔调和横加干涉让我倍觉冒犯,因此拒绝同他再谈下去。事后我看着镜子中的自己,试图从中找出恐惧——或厄运——的迹象来,但并没有找到。在我看来,镜中仍是一副洋洋得意的塔诺波尔模样。

莫琳宣告她怀孕的那天上午,我要她将其尿液样本送到第二大道和第九街十字口的药房去。我毫不掩饰自己的怀疑态度,我说,我们可以很快就会知道她的怀孕情况。"换句话说,你不相信我。你想对所有一切视而不见!""只管把尿样送过去,闭上你的嘴吧。"她照我说的去做了,把尿样送到药房作怀孕测试,但用的不是她自己的尿。我在三年后才知道此事,她向我承认(在一次自杀未遂时),她从我的住处去药房时经过汤普金斯广场公园,那里近来是东村嬉皮士的活动中心,但在五十年代还是社区穷人会聚和晒太阳的地方。在那儿她遇见一个推着婴儿车的怀孕的黑人妇女,对她说她代表某科学组织愿买她的尿样。接着是协商,达成协定,躲到B大道上一座公寓楼的门厅去完成交易。那个怀孕的黑人妇女把内裤褪至膝盖,在脏兮兮的门厅一角蹲下来——几年后我回到纽约实际查看那个犯罪现场,那里仍是垃圾狼藉(就像莫琳当时形容的那样)——对着莫琳带过去的瓶子撒了一泡决定我命运的尿。莫琳付了两块二十五分钱。她就是这样完成了一场精明的交易,成了我的妻子。

据莫琳说,怀孕测试结果要等四天。这几天里,她躺在我的床上,语无伦次地(或佯装语无伦次地,或两者兼有)回忆起她被糟蹋的过去:跟梅奇克吵架,对着他那个家装工厂的伙伴吼叫;说什么在坎布里奇他们的浴室里,发现沃尔克穿着她的内衣裤,胸罩里塞着他自己的白色运动袜;她泣不成声,流下绝望的眼泪。她不吃饭,不说话,不让我打电话给曾为她治疗过几个月的心理医生;我打电话给她布利克街上的几个朋友,她拒绝跟他们说话,我接着还是对他们建议说,仍想他们来看看她——也许至少可以让她吃点东西,结果不知是哪个丈夫的妻子从他手里夺过电话说"我们再也不想见到这个人了",随即挂断电话。就连布利克街莫琳短暂相处过的"精神分裂患者"那里也没有什么好结果……而我现在却害怕离开公寓,担心我不在时她会企图自杀。我这一生从未经历过像这样难熬的三天,尽管在以后的岁月里我还将遇到上百个同样令人胆战心惊的日子。

在即将知道化验结果的头天晚上,莫琳突然不再说胡话,从床上爬了起来,洗了脸,喝了些橙汁。起初她不肯同我直接对话,而是裹着我的浴衣,平静而又自制,在客厅一动不动坐了个把小时。最后我对她说,她既然能起床走动了,我就到街区去散散步。"不要轻举妄动,"我说,"我只是去透透气。"她用温和而带讥讽的口吻说:"透气?啊,我倒想知道哪里可以透气?""我就去街区散个步。""你要离开我,彼得,我知道。就像离开你之前结识的每一个姑娘一样,找到她们操了她们忘了她们的福楼拜。""我一会儿就回来。"在我拉开门闩要出门时,她仿佛站在证人席上对法官说话似的说了一句——真是个不祥的下等女人——"法官先生,我从此再也没有见到过他。"

我去了一趟药房,向一名药剂师打听,塔诺波尔夫人——莫琳过早地这样填写自己的称谓——化验结果出来没有,现在问可能早了一点,听说是明天晚上才会出来。他告诉我说,那天早上结果就出来了。莫琳搞错了——我们不必等四天,三天就够了。这是个出于无心的错误吗?只不过是她无数"差错"中的一个?("我是犯了错误!"她常哭着说,"我不是十全十美的,该死的!为什么这世界上的人都该变成十全十美的机器,变成一台像你这样制造中产阶级成就的机器,为什么?我们中间有些是有人性的。")可假如不是错

177

误,而是有意的,那又是为什么?是出于习惯?说谎成瘾?或者这是她的小说艺术,"创造性"出了偏差……?

更难捉摸的是化验结果。莫琳怎么可以怀孕整整两个月还能一直瞒住我?这说不通啊。这种秘而不宣不符合她的个性,有悖于她的行事风格。她为什么不在我第一次扔她出去时就以此秘密反击?这说不通。她不可能怀孕。

但事实就是如此。怀孕两个月,因为我而怀孕两个月。

只是怎么会这样呢?我甚至不记得我们最后一次上床是什么时候。不管怎么样,她现在怀孕了,如果我不跟她结婚,她宁可结束自己的生命,也不愿忍受这样的耻辱:堕胎,送养,或将一个没有父亲的孩子遗弃。不用说,她自己任何工作都干不满六个月,根本没有能力独自抚养孩子。同样不用说,这个没有父亲的未来孩子的父亲就是我,就是彼得·塔诺波尔。我从未有过哪怕一次如果她真怀孕了,有可能是别人而不是我干的的念头。没错,我是已经了解她是怎样善于说谎,但肯定还不至于恶劣到在"当父亲"这样严肃的事情上欺骗我。那是我不能相信的。这个女人不是斯特林堡戏剧中或哈代小说中的人物,而是一个真实的人,我同她在曼哈顿下东城一起生活,从那儿到我的出生地扬克斯只需六十分钟的地铁和公交车。

话说回来,尽管我可能过于轻信,但我仍然没有必要跟她结婚。假如我不像二十五岁时那么独立自主,那么想当男子汉,那么"胜任"所有工作,那么即使实验室里的化验"科学地"证明了她怀有身孕,即使我情愿相信是我的家伙闯的祸,她也永远不可能成为我的妻子。我依然可以说:"你想自杀,那是你的事。你不愿堕胎,也随你的便。但我无论如何不会跟你结婚,莫琳。疯子才会娶你为妻。"

可我没有回家对她这样说,相反,我从第九街一直走到哥伦比亚，再折回来，最后在上百老汇——离莫里斯的家只有两个街段远——得出结论，即正视自己困境的真正的男子汉行为是走回寓所，假装不知道怀孕测试结果，然后发表如下演说："莫琳，这三天发生的一切都过于混乱。我不在乎你是否怀孕，我要你嫁给我。不管明天的测试结果如何，我要你做我的妻子。"你瞧，看她这前三天里的表现，我几乎不能相信她是在虚张声势，自欺欺人。我确信，如果我永远离开她，她会自杀。而那是不可想象的，我不能成为另一个人死亡的祸端。这样的自杀等于谋杀。所以我得跟她结婚。而且，我会尽量做得最好，使这桩婚姻看来是我的选择而非屈从，这是因为，假如要使我们的结合不致成为一场互相指责和怨恨的梦魇，那就必须让莫琳觉得——并且甚至在某种程度上让我觉得——我与她结婚是因为我决定想要这么做，而不是因为我受到讹诈、威胁或者恫吓。

可为什么我竟然会想那么做呢？因为整个事情全是胡闹——尤其是因为我们俩没有同床很久了，只有上帝知道究竟多久！而且我从此再也不想碰她！我恨她。

是的，这确实就像我在小说中读到的那些严酷而难以克服的困境，就像托马斯·曼在做自传式素描时所写的那样，我已经选它作《一个犹太父亲》的两句引言中的一句："所有现实都是极其严肃的，只是道德本身，现存的道德观念，阻止我们忠实于我们青年时代坦率的非现实主义。"

看来当时我是在做一个大学文学课上听得很多的道德抉择。可在学校，事情不是发生在我身上，而是发生在吉姆爷、凯特·克罗伊和伊凡·卡拉马佐夫身上，这是迥然不同的。啊，在大学四年级荣誉研讨会上，我是怎样一个困境方面的"权威"啊！或许如果我不那么热衷于那些描述道德痛苦的复杂小说，我就决不会痛苦地长距离散步到上西城而又折回，并做出一个对我这样在道德上极端

"严肃"的年轻人来说唯一"体面的"抉择。但我不是说要将自己的无知归咎于我的老师，或者将自己的错觉归咎于书本。老师和书本依然是发生在我身上的最美好的存在，而且如果我不是把自己的荣誉、诚实和男子汉的职责以及"道德本身"看得那么重要，也许我在当初就不会那么容易受文学教育及随之而来的种种乐趣的影响，也不会开始我的文学生涯了。何况现在说我本不该如此，也已为时太晚。是文学让我陷了进去，所以必须由文学把我拯救出来。写作是我现在所有的一切，尽管在我初试啼声以来写作并没有使我的生活过得轻松，但我确实在它上面寄托了我所有的信赖。

我在二十五岁左右时的问题是过于自信和成功，已不打算仅仅满足于书中的复杂性和深度。满肚子的杰作，已经快要涌出喉咙口——使我着迷的不是包法利夫人那样廉价的罗曼史，而是《包法利夫人》这本书——我当时期盼着在日常经历中找到一种困难的、致命的严肃，那些我推崇备至的小说无不具有这种严肃性。我的现实模式是从阅读大师的名著中推断出来的，其核心是棘手。如今的现实正是如此，它严酷而棘手，并且（外加）如同我在最富有书生气的幻梦中可能想象的那样可怕。你也许甚至会说，我的日常生活即将演变成的苦难，不过是命运女神在面对"美国文学金童"时（一九五九年九月《纽约时报书评》用语）的微笑，并赋予她这个早慧的宠儿一点必需的文学灵感罢了。想要复杂性？想要困难？想要棘手？想要致命的严肃？都给你！

当然我还想要的是，我这棘手的生活应该处在一个相当高尚的道德高度，一个介于《卡拉马佐夫兄弟》与《鸽翼》之间的高度。另一方面，即使是"金童"也不能期望获得一切：我遇到的不是严肃小说中棘手的现实，而是肥皂剧中棘手的现实。虽然抵抗力十足，但不是我要的那种类型。尽管也许并非如此，但我承认，如果说肥皂剧有主角的话，莫琳只是其中的一个。

出去走了近三小时，晚上十一点我回到第九街。出乎我意外，莫琳此时打扮得整整齐齐，穿着粗呢外套坐在我的书桌旁。

"你没有那样做。"她说道，朝书桌低下头，哭了起来。

"你打算上哪儿去，莫琳？"可能是要回到她自己的房间，我却猜测她是要到东河去，要投河自尽。

"我以为你已经坐上了飞往法兰克福的飞机。"

"你打算干什么，莫琳？"

"那有什么关系……"

"莫琳！抬起头看着我。"

"哦，还有什么意义呢，彼得。你走吧，回到那个穿百褶裙和羊毛衫的长岛姑娘那儿去吧。"

"莫琳，听我说，我想跟你结婚。我不在乎你是不是怀孕了。我不在乎明天的测试结果。我想跟你结婚。"我的声音，在我自己听来，差不多就像高中戏剧里浪漫的男主角那般令人信服。我想，很可能就是在那一刻，我的脸变得像一块石头，此后几年里我的脖子就一直扛着这个没有表情的面孔。"我们结婚吧。"我说，似乎用另一种方式再说一遍会让人察觉不出我的真实情感。

不过这话倒是骗住了莫琳。我哪怕用儿童黑话[①]跟她求婚也能骗住她。她当然可能做出最古怪、最难预料的举动。但见识了她这么多年的意外之举，我对她最狂野的暴怒，最放肆的公开谩骂都不怎么吃惊了。然而，她对我这次提出的既无诚意又无希望的求婚所做出的回复，倒使我格外惊讶。

她脱口而出："啊，亲爱的，我们会像皇帝一样快乐的！"

就是这个词——"皇帝"，是复数形式——说得十分真诚。我不

[①] Pig Latin，把单词第一个辅音字母移至词尾并与 ay 构成音节，如把 boy 说成 oybay。

觉得她这次是在说谎。她相信事情应是这样的。我们会像皇帝一样快乐。莫琳·约翰逊和彼得·塔诺波尔。

她伸出双臂抱住我,我从未见过她那么快乐,第一次意识到她真的疯了。我刚向一个疯女人求了婚。以致命的严肃。

"啊,我一向知道。"她开心地说。

"知道什么?"

"知道你爱我。你不可能永远坚持反对这种爱情。连你也不可能。"

她是疯了。

这么做使我成了什么样的人呢?一个"男人"?何以见得?

她一遍又一遍地讲着我们眼前的乐园。我们可以搬到乡下去住,靠自己种蔬菜节省些钱。或继续留在城里,她可以当我的经纪人(我已经有了一个经纪人,但这无关紧要)。或者她可以就呆在家里,烘烤面包,替我用打字机誊写我的书稿(我一般是自己打,但这无关紧要),并且重操她的木雕旧业。

"不管怎样你最好还是呆在家里,"我说,"因为肚子里的孩子。"

"啊,亲爱的,"她说,"我会的——为了你。因为你真的爱我。你瞧,这就是我过去要弄清楚的一切——要弄清楚你爱我。弄清楚你不是梅奇克,也不是沃尔克。你懂不懂?现在我知道,我会做任何事。"

"什么意思?"

"彼得,不要再猜疑了——你不必再那样了。我会去堕胎。假如明天化验结果出来说我怀孕了——肯定会这样说的,因为我从来不曾有过连续两个月不来月经,从来没有——但别担心,我会去堕胎的。不论你想要我做什么,我都会去做。我认识一个大夫。在科尼岛。你若要我去,我就去找他。"

我确实想要她去。我一开始就想要她这么做,如果她当时就同意的话，我也就不会提出我那"男子汉"的求婚了。然而，现在做总比不做好。第二天，我给药房打了电话，假装是第一次听到证实塔诺波尔夫人怀孕的化验报告，然后去银行预支了相当于十周的开销，另外再加二十块钱，用以支付莫琳往返科尼岛的出租车费。礼拜六早晨，我把莫琳送上出租车，让她一个人上科尼岛去，因为据她说，那个堕胎医生只肯接待单独去的病人。我站在第二大道上，望着出租车往南开去，心里想着："现在就离开。乘飞机到任何地方，趁时机有利抓紧逃走。"可我没有走，因为这不是像我这样的男人做得出的。或者说，我是这么跟自己"理论的"。

要知道，头天夜里在床上，莫琳因害怕非法堕胎而痛哭流涕（她若真的去堕胎，实际上那就是她的第三次了，这是我后来才知道的），她紧紧抱着我，恳求道："你不会抛弃我，是吧？我回到家时你会在的，是不是？因为如果你不在，我会忍受不了……""我会在这儿的。"我说道，甚有男子汉气魄。

那天下午四点她回来了，我在家，我那可爱的心上人。她面色苍白，满面倦容（那是在电影院坐了六个钟头的缘故），在两腿间裹着高洁丝卫生巾以吸收血流（她说的），做了没打麻药的堕胎手术后仍然疼痛不止（她说的）。她立即上了床，以防她所害怕的"大出血"，穿着我那件洗得发白的旧汗衫和我的一套睡衣裤在床上一直躺到夜里，牙齿打颤，手脚发抖。我给她盖上毛毯，可仍止不住她的颤抖。"他把刀直插在那儿，"她说，"他不给我任何东西止痛，就给了我一个网球让我握着。他向我保证给我麻醉的，他在电话上保证的，后来我在手术台上问他：'麻醉药在哪儿？'他回答说：'你在想什么啊，姑娘，我疯了吗？'我说：'你可保证过的。我怎么可能忍得住痛呢？'你知道那个臭烘烘的老杂种怎么对我说吗？'瞧，你想起来走人，我没意见。要是你想拿掉胎儿，那就握紧那个魔法球，闭上你的嘴。你快活过了，现在就得付出代价。'于是我死撑着,握紧那只网球,我试图只想着你和我,可那真痛啊,他弄得我那么痛。"

一个在跟我同一性别的人手里受辱受苦的可怕故事,从头至尾尽是谎言。只是我费了点时间才弄清了真相。实际上,她把那三百块藏了起来(以防有朝一日我会甩掉她而她身无分文),在休斯敦街下了出租车,然后乘地铁到了时报广场,去看了苏珊·海沃德主演的《我要活下去》,一连看了三遍,一部病态的通俗片(假如我没记错的话——我自己已经带她去看过一次),讲的是一个鸡尾酒会女侍由于一桩她并未犯过的罪行而在加利福尼亚被判处死刑:典型的故事,正合莫琳口味。然后她在厕所里包上高洁丝卫生巾,双膝发软、脸色苍白地回来了。在时报广场的一家影院里坐一整天,谁不会变成这副模样呢?

这一切都是她三年后在威斯康星向我供认的。

翌日早晨,我一个人出去找了个电话亭——在我离开公寓时,莫琳指责我准备逃走,跟"那个女孩"一起永远消失,扔下她在那里流血和受痛——给我父母打了电话,告诉他们我准备结婚。

"为什么?"我父亲质问道。

"因为我想结婚。"我不打算告诉父亲我过去一周的经历,从十岁起,我就没有向父亲吐露过任何心事,小时候我曾深爱他,然而他仅仅是个经营服装的小生意人,而我现在是在文化层次颇高的杂志上发表短篇小说的作家,还有一部从出版商那里收到预支稿酬的严肃小说在创作中。因此,我们父子究竟谁可望理解这件事所涉及的原则呢?原则又是什么呢?这是同我的责任、我的勇气、我的诺言有关的东西。

"佩皮,"我母亲默默地听完消息后说,"佩皮,我很遗憾,可我得说,那个女人有些不对头,是不是?"

"她三十多岁了。"我父亲说。

"她二十九岁。"

"可你才二十六岁,还是个孩子。儿子啊,她阅历太深,你供养不起。你母亲说得对,她身上有些不大对头的地方。"

我父母只同我这个订婚人见过一面,是在我的公寓里。那天他们看完礼拜三的日场戏,回家路上到我这儿打个招呼,莫琳也在,她正坐在沙发上看一部电视剧的剧本,有人"答应"让她在里面演一个角色。他们进行了十分钟的友好交谈,至多有点不自然,然后我父母便坐火车回家了。我猜想,他们现在关于莫琳的讨论,是从跟莫里斯和莉诺的谈话中得出来的。但我错了。莫里斯从未对他们提起过莫琳。他们是凭自己看出了她是怎么样的一个人——仅仅在十分钟之内。

我尽量故作轻松愉快,笑着说道:"她可不是街对面的那种女孩,如果你们是这个意思的话。"

"她靠什么营生啊?有工作吗?"

"她告诉过你们。她是个演员。"

"哪里的演员?"

"她在找工作。"

"儿子,听我说,你是大学毕业生。你以最优异的成绩毕业。你曾获得过四年的奖学金。之后你参军。你周游过欧洲。世界正展现在你面前,一切都是你的。你可以拥有所有东西,所有一切——为什么就这样定了终身?彼得,你在听吗?"

"我在听。"

"佩皮,"母亲问道,"你爱她吗?"

"我当然爱她。"此时此刻我想对着话筒大声喊的一句话是什么呢?我要回家。带我回家。这不是我想做的。你们说得对,她是有些不对劲:那个女人已经疯了。只是我已经许下了诺言!

我父亲说:"你的声音听来不大对劲。"

"是啊，老实说，我没料到我说我要结婚时你们会是这样的反应。"

"我们就是希望你快乐，仅此而已。"母亲说。

"跟她结婚使你高兴吗？"父亲问道，"我不是说她是外邦人。我不是一个心胸狭隘的傻瓜，从来不是。我不是生活在一个一成不变的世界。那个在德国的本地姑娘是另一回事。你知道，我对她从来没有个人恩怨。但那已经是覆水难收了。"

"我知道。我同意。"

"我现在说的是同另一个人一起生活是否幸福的问题。"

"是的，我明白。"

"你的声音听着不对头，"他说，他自己的嗓音也因情绪激动而沙哑了起来，"你要我到纽约来吗？我马上就来——"

"不，别傻了。啊，天哪，千万别来。我知道我在干什么。我在做我想做的事。"

"可为什么那么突然？"父亲盘问道，"你可以回答我吗？我六十五岁了，佩皮，我是个成年人——你可以跟我谈，说真话。"

"这有什么'突然'？我认识她近一年了。你们不要在这上面跟我过不去好不好？"

"彼得，"母亲说道，这时已带哭声，"我们在任何事上都没有同你过不去。"

"我知道，我知道。我懂的。别再说下去了，好吧？我只是打电话把事情告诉你们。礼拜三有法官在市政厅为我们证婚。"

母亲的声音顿时弱了下去，几乎是用耳语问我："你要我们来吗？"听起来她似乎并不期待一个肯定的回答。这真是一个冲击！

"不要，你们没有必要来。只不过是走个过场罢了。事后我会给你们打电话。"

"佩皮，你没跟你哥闹别扭吧？"

"我没有。他过他的生活,我过我的。"

"彼得,你跟他说过结婚的事吗?佩皮,你哥哥是男孩们梦寐以求的好兄弟。他很爱你。你至少要给他打个电话。"

"瞧,这不是我想跟莫伊争论的事——他是个雄辩家,我不是。没有什么可争论的。"

"也许他不会跟你争论。也许他至少想了解一下,想来参加婚礼——不管什么样的婚礼。"

"他不会愿意来的。"

"你就不跟他说一说,哪怕就花几分钟?或者告诉一下琼。"

"我的生活琼又知道什么呢?爸,就让我结婚吧,好不好?"

"你把结婚说得像小事一桩,好像娶老婆是件日常琐事一样。它不是的。"

"我是优等生。我知道。"

"别说笑。你离开我们时还太年轻,这是个问题。你总是一意孤行。你是你母亲的掌上明珠——你要什么有什么。她最小的心肝宝贝……"

"听我说,听我说——"

"记得吗,你十五岁时就以为自己什么都懂了?我们真不该让你多次跳级,抢在你自己的前面,——那是我们犯的第一个错误。"

此刻我泪水欲滴,我说:"或许是这样。可不管怎样,我不是早就从学校毕业了吗?你瞧,我就要结婚了。一切都会顺利的。"我挂了电话,以免失去控制而对父亲说,来吧,来把他这个二十六岁的宝贝儿子领回家去吧。

四　施皮尔福格尔

> 我们可能会引起（病人）的嫉妒，或使他感受失恋的痛苦，但没有必要为此进行专门的技术设计。这些在大多数精神分析中都是自发的。
>
> ——弗洛伊德《可终止与不可终止的分析》

我第一次见到施皮尔福格尔是我跟莫琳结婚的那一年。当时我们已从我下东城那个地下室搬到了康涅狄格州新米尔福德附近乡村的一座小房子里，离施皮尔福格尔及其家人正在避暑的坎德尔伍德湖不远。莫琳打算种菜，我则准备写《一个犹太父亲》的最后几章。结果证明，菜籽一直未能入土（面包也未能入烤箱，果酱也未能装罐），但是我的书倒是写完了，因为那儿有间十二英尺见方的小木屋，位于树林边缘，门上装有插销。那年夏天我大概有三次在聚会上见到了施皮尔福格尔，聚会都是一个住在附近的一家纽约杂志的编辑举办的。我不记得我和医生之间有多少话可谈。他是纽约的精神分析师，戴一顶游艇帽，在康涅狄格乡下避暑。除此之外，他看上去既高贵而又不摆架子，高大健壮，安静庄重，四十五岁左右，说话带点德国口音，戴着那顶怪异的游艇帽。我一直没有注意到哪个女人是他的妻子，后来才发现他倒是注意到了谁是我的妻子。

一九六二年六月，根据我哥哥的说法，我有必要留在纽约，给自己找个心理医生看看。施皮尔福格尔医生的名字进入脑海，那年夏天在康涅狄格的几个朋友常常说起他，况且如果我没记错的话，给"创造型"病人看病是他的专长，虽然这对彼时创作状态极糟的我来说没什么不同。那时尽管我每天坚持写作，但事实上除了不幸之外，我已经不再认为自己能创造出什么东西了。我已经不再是一个作家，不管大白天我怎样不停地写作——我做了莫琳的丈夫，所以我就无法想象我这辈子还能做个什么样的人。

施皮尔福格尔的外貌，像我的一样，在三年里每况愈下。在我同莫琳交锋时，他在跟癌症搏斗。虽然疾病使他瘦了一大圈，但他还是活了下来。我当然记得他戴游艇帽、晒得黑黑的模样。如今在他的办公室里，他穿一套适合大号体型男子的黄褐色衣服，一件格外醒目的条纹衬衫，衬衫领子显得有些宽松。他的皮肤呈青灰色，戴一副黑色阔边眼镜，这更加凸显了所经受的那种体态萎缩，使镜架后面的脑袋看起来好似一个骷髅。他现在走起路有点倾斜，或说向左边歪斜，癌症显然伤害了他的胯部或腿。总之，他使我联想起霍桑《红字》里的罗杰·齐灵沃思医生。真是恰如其分，因为坐在他面前的我，就像阿瑟·丁梅斯代尔牧师一样，满怀着可耻的秘密。

我和莫琳在西康涅狄格住了一年，在罗马的美国学会待了一年，又在威斯康星州麦迪逊的一所大学待了一年。由于这样各处迁徙，我一直没能找到一个我愿意对其吐露秘密的人。过了将近三年的时候，我使自己确信，把莫琳与我之间的事情告诉在我们迁徙中认识的哪怕是最亲近的朋友，也会是"不忠"，是"背叛"，尽管我想象得到，他们往往能从别人街上或家中发生的事端中揣摩出个大概来。我没有向任何人吐露半句，多半是因为耻于面对她的报复和威胁，担心她一旦发现我对谁说了些什么，就会对她自己、对我、对听我吐露真情的人下手。坐在施皮尔福格尔医生仅隔一张办公桌的椅子上，局促不安地看了看他那萎缩的脑袋，又看了看他那凌乱的桌子上唯一的照片——装在相框里的雅典卫城,我意识到自己仍然无法做到这一点:把自己婚姻中全部的悲惨经历实实在在地告诉这个陌生人,对我来说简直就像犯了重大罪行一样不可饶恕。

"你记得莫琳吗,"我问道,"我的妻子?"

"记得。很清楚。"跟外貌相比,他的嗓音显得洪亮,精神饱满,甚至使我感到他更年轻,更自信……那个可怜的告密者要开口了。我突然感到一阵冲动,想起身离开,让我的羞愧和耻辱(还有我的灾祸)仍由我自己承受——与此同时,又想伏上他的膝头。"一个娇小而漂亮的黑发姑娘,"他说,"看起来非常果断。"

"非常。"

"很有胆量,我觉得。"

"她是个疯子,大夫!"我哭了起来,脸埋在手里啜泣了整整五分钟,直至施皮尔福格尔问我:"你完了没有?"

在我历时五年的精神分析治疗中,有些话对我来说,就像《安娜·卡列尼娜》的第一句一样令人难忘,"你完了没有?"就是其中一句。完美的语气,完美的措辞。此时此地,不论好坏,我把自己托付给了他。

是的,是的,我哭完了。"这些日子我简直就是倒在了泪泊中……"我用他给我的盒装面巾纸擦了擦脸,继续吐露——但讲的不是莫琳(我做不到立马讲她),而是卡伦·奥克斯,威斯康星麦迪逊大学的学生,那年冬天到初春的一段日子里我疯狂地爱上了她。在我的本科写作课的第二学期,她来上我的课,成了这个班里最聪明的女孩,而在此之前,我已经有好几个月都留意到她骑自行车在校园里穿行。卡伦脾气好,举止优雅,在她身上,天真的果敢和腼腆的大胆意味深长地结合在一起,颇有点儿诗人的抒情天分,文笔灵巧又不失权威。我对施皮尔福格尔说,她的坦诚直率和知情达理,就如她温和的性情,苗条的身材,漂亮而沉静的美国姑娘的面庞一样，对我是一种莫大的慰藉。哦，我不停地讲着"卡琳"（这是枕边私语时的爱称），越说越陶醉其间，回忆着炽热的"激情"，饱满的"爱情"，但没提及三个月课程里，我们二人单独在一起的时间大概不超过四十八个小时，而且每次很少超过四十五分钟。我们在一起的场合，要么是在有十五名本科生做伴的教室里，要么是在她的床上。然而，我说，自从我退役到纽约从事写作之后，她是我个人生活中发生的"第一件好事"。我告诉施皮尔福格尔说，她如何自称为"一九六二年的平民妇女小姐"，我曾被这个称号百分之百迷住，他可没有，但当时是他第一次透露了"平民妇女"是谁先说出来的。我给他细述我所感到的疑惧和渴念的痛苦，然后在那个学期的第三周，我在她的一份 A+ 论文上写下了"来见我"。她按照我说的来到我的办公室，在我彬彬有礼和符合教授身份的请求下坐了下来。事实上，开始的时候，双方处处以礼相待。"你想见我？""是的，我想见你，奥克斯小姐。"随即静默，长久的、沉闷的、意味深长的停顿足以使安东·契诃夫感到满意。"奥克斯小姐，你老家是哪儿的？""拉辛。""你父亲从事什么工作？""他是内科医生。"接着，似从桥上飞身跳下一般，我出动了，走上前去，伸出一只手放在她的淡黄色头发上。奥克斯小姐倒抽一口气，隐忍不言。"对不起，"我对她说，"我实在忍不住。"她说："塔诺波尔教授，我不是一个老于世故的人。"于是我又连连道歉。"啊，请别担心，"她说，我尚未停止道歉，"许多老师都这样干过。""他们这样干过吗？"我这个获奖小说家问道。"到目前为止每个学期如此，"她略显厌倦地点点头说，"而且往往是英语系的老师。""往往怎么样呢？""我告诉他们，我不是一个老于世故的人。因为我不是。""然后呢？""一般就这样，没别的了。""他们受到良心谴责，便连连道歉。""我想，他们想清楚了。""就像我一样。""也像我一样。"她说，一点也不躲闪，"loco parentis①，对你我都适用。""听我说，听我说——""什么？""我说，我喜欢你。喜欢得要命。""你甚至还不了解我，塔诺波尔教授。""可以说了解，也可以说不了解。我读过你的文章。我读过你的小说和诗歌。""我读过你的。"啊，我的上帝，施皮尔福格尔医生，你怎么可以像一个印第安人那样坐在那儿纹丝不动呢？难道你不欣赏所有这一切的魅力吗？难道你看不出这样的交谈对于绝望中的我意味着什么吗？"瞧，奥克斯小姐，我想见到你，我必须同你见面！""好吧。""在哪儿？""我有个房间——""我不能去学生宿舍，你知道的。""我是高年级学生，已经不住学生宿舍了。我搬出来了。""是吗？""我在市区有自己的房间。""我可以去那儿跟你说说话吗？""当然可以。"

当然可以！啊，那是怎样一个美妙、迷人、解人疑虑、令人愉悦的词汇！那一天剩下的时间我嘴上一直挂着这个词。"你干吗这样得意忘形啊？"莫琳问道。当然可以。当然可以。当然可以。那位美丽、聪明、健康而又心甘情愿的年轻姑娘是怎样说出这个词的？当然可以！是的，像这样——干脆而到位。当然可以！啊，是的，像当然可以那样的当然可以，奥克斯小姐甘愿冒险，塔诺波尔教授会有一次精神崩溃……我是在多久后才决定这个学期结束时我们一起私奔的？没有多久。我们第二次在床上时我向卡伦提出这个想法。我们将于六月前往意大利，在她考完最后一次考试的那天傍晚从芝加哥搭乘泛美航空公司的班机（我打电话核实过了），我可以从罗马把最后的成绩寄回去。这不是极好的吗？啊，我要把脸埋在她的头发里，对她说，卡伦，我想带你去某个地方，我想带你一块儿走掉！于是她就会轻声嗫嚅："嗯——嗯。"在我听来这是饶有兴味的默认。我告诉她所有那些美丽的意大利城市广场，莫琳和我曾经在

---

① 拉丁语，以父母的立场。

那些地方争吵得彼此大喊救命:威尼斯的圣马可广场,佛罗伦萨的领主广场,锡耶纳的田野广场。放春假时卡伦回了老家,可再也没有回来。我就此成了一个专横可怕的人物。至于那"嗯嗯"的嗫嚅声,只不过是因为她心地善良,也许她当时已经开始考虑从良心不安的英语老师中选择这么一个人来开始自己老于世故的校外生活所产生的可怕后果。在课堂里读托尔斯泰是一回事,跟教授分别扮演安娜和沃伦斯基则是另一回事。

  春假后她没有返校,我几乎每天都怀着绝望的心情打电话到拉辛。午饭时候打过去,对方说她"出去了"。我不相信,那她在哪儿吃饭呢?对方问我:"请问是哪一位?"我喃喃地说:"学校的朋友……你肯定她不在吗……""你要留下你的名字吗?""不了。"每天晚饭后跟莫琳在起居室呆上十分钟左右,我就开始觉得自己濒临崩溃,于是扔下铅笔和书,从椅子上站起身——仿佛我是在施潘道监狱呆了二十年的鲁道夫·赫斯[①],我喊道:"我得出去散步!我得见一些人!在这儿我要闷死了!"一出门我就全速奔跑,穿过后面的草坪,越过低矮的花园栅栏,奔向离我们公寓楼最近的学生宿舍,那里的一楼有电话亭。我要在晚餐时分找到卡伦,恳求她返校,至少要把这学期的课上完,哪怕她不愿在六月份同我一起私奔到罗马的特拉斯提弗列区。她说:"等一下,我到另一部电话那里跟你谈。"过了一会儿,我听到她在电话上说:"妈妈,请你挂掉楼下的电话好不好?""卡伦!卡伦!""是我,我回来了。""卡伦,我忍不住了——我要在拉辛什么地方同你见面!我搭车来!我可以九点半左右赶到!"然而她是我课堂上最聪明的女孩,也不打算让某个婚姻不幸、事业受挫和兴奋过度的写作老师毁了她的一生。她无法将我从我妻子那里拯救出来,我得自己救自己。她告诉她家人说,她

[①] Rudolf Hess(1894—1987),德国纳粹党副元首,被希特勒指定为继任者。

有过一场不愉快的恋爱,但她要我放心,她没有也不会告诉他们跟谁。"你的学位怎么办?"我盘问道,仿佛我是教务主任一样。"现在这个并不重要。"卡伦在她拉辛的卧房里说,语气就像在课堂上一样沉静。我对着这个苗条姑娘大声喊着:"可我爱你!我需要你!"仅一个星期前,她还穿着胶底运动鞋骑自行车,穿着府绸裙走进英语系的三一二教室,淡黄色头发编成了辫子,身体布满我们俩午餐时分在她房间欢爱的痕迹。"你真的不能离开,卡伦!现在不行!不能在过了那么一段美妙时光之后一走了之!""可我拯救不了你,彼得。我才二十岁。"我含泪喊道:"我也只有二十九岁!""彼得,我当初就不该开这个头。我当时根本没有想清楚其中的利害关系。这是我的错。原谅我吧。我真诚地道歉。""天啊,我不要你'道歉',我要你回来!"一天夜里,莫琳在我出门后尾随我,穿过后院来到学生宿舍,在我看不到的地方偷听电话亭里的谈话,当我再次恳求卡伦改变主意,跟我一起从奥黑尔国际机场搭乘泛美公司夜航班去欧洲时,她猛地推开门。"骗子!"莫琳尖叫道,"下流的骗子!"接着便跑回公寓,吞了一小把安眠药。然后,她只穿着内衣,手脚并用地爬进起居室,跪在地板上,手里拿着我的吉列剃须刀,耐心地等我跟我的大学生"妓女"说完话回家,以便进行她那险些送命的自杀勾当。

我把莫琳跪在地板上供认的事讲给施皮尔福格尔听了。因为这件事就发生在两个月前,当时我发觉跟他,就如那天上午跟莫伊乘出租汽车从机场回来那样,一讲到假尿样的故事,就顿觉头昏、虚脱,仿佛这事一浮上我的脑海,怒火瞬间就会烧遍我全身,吞噬我的活力和精力。今天我讲起这个故事时,要想毫无眩晕之感,也是不容易做到的。而且我一直未能将此事写进小说,尽管在莫琳供认后的五年里,我不断地试着写,却都没有写成。我似乎无法把它写得真实可信——也许是因为我本人仍然不能完全相信它。她怎么可以这样?对我!不管我怎样试图把低级的现实转化为高级的艺术,装饰在故事正面的必然是用血写成的这么两句：她怎么可以这样？对我！

"那时候，"我对施皮尔福格尔说，"你知道她后来对我说了什么吗？她坐在地板上，把剃刀片搁在手腕上。她穿着短裤，戴着胸罩。我就站在她旁边。呆住了。目瞪口呆。我本该一脚把她脑袋踢开花的。我应该那么做！"

"她说了什么？"

"说什么？她说：'如果你在尿样的事上原谅我，我会原谅你跟你情人的事。我会原谅你跟那个骑自行车的女孩欺骗我，恳求她跟你私奔去罗马。'"

"那你是怎么干的？"施皮尔福格尔问道。

"你的意思是，我踢了她吗？没有。真没有，没有，没有，没有。对她，我没干任何事。只是在那儿站了一会儿。我当时对她那种别出心裁简直弄不明白。心狠手辣。她能想出这样的事，然后去做，还居然做成了。我真感到佩服。感到怜悯，怜悯！真的。我想：'天哪，你干了什么呀？干这种事，然后隐瞒了三年！'然后我看到了自己脱身的机会。你瞧，好像我必须在遇上这种事之后，才会脱身，才会走得心安理得。但我没有走，我告诉她我准备走，对的。我说，莫琳，我要离开，我不能再跟做了那种事的人生活在一起，诸如此类。可她此时哭着说：'你丢下我。我就割腕。我有足够的安眠药。'我说，我真这样说了：'你割吧，关我什么事？'她于是把刀片压下去，血流出来了。后来才知道她不过是划伤了一层皮，但当时我怎么知道？她也可能一刀下去就割到骨头啊。我大叫起来，别，别那样做！我开始夺她手里的剃刀。我害怕在这当儿我自己的血管被割破，不过还是不断地使劲把这要命的东西抢过来——而且，我也哭了。这自不待言。我那时只是一个劲儿地哭喊，当然，她也在哭，最后我从她手里夺回那东西，她说：'你要是丢下我，我会毁了那个女孩！我会让那张纯洁的小脸蛋出现在威斯康星所有报纸上！'接着她开始尖声说我怎样'欺骗'了她，说她一向知道我这个人如何不可靠，可就在三分钟前，她才刚对我详述了在 B 大道上买那个黑人妇女的尿样的事！"

"然后你干了什么？"

"你是问我是否一刀割断了她的喉咙？没有。没有！我崩溃了。完全崩溃了。我勃然大怒。两人都血迹斑斑，我的左手掌给割破了，直至大拇指，她的手腕在滴血，天晓得我们俩当时是什么模样——像一对阿兹特克人。我的意思是，现在想想就觉得好笑。我是充满恐惧、颤抖不已的达格伍德·巴姆斯特德[①]！"

"你发了脾气。"

"发脾气不算什么。我跪了下来，乞求她让我走。大夫啊，我用自己的头把地板撞得咚咚响。我开始从这个房间跑到那个房间。然后，然后我干了她告诉我的沃尔克常干的事情。沃尔克或许从未干过这事，恐怕也是谎言而已。起初我只是跑里跑外，找个她找不到的地方把刮胡刀藏起来。我记得我拧开刀柄，把刀片扔入抽水马桶，抽了一次又一次，可那鬼东西就是留在桶底不下去。接着我跑进自己的卧房，这时候我一直在抽抽噎噎，你知道的，喊着'让我走，让我走'等等。我还把我的衣服撕扯下来。我过去对她发怒时也这样干过，可这次是把我身上的衣服剥个精光。我穿上了莫琳的内裤。我拉开她的梳妆台，穿上了她的一条内裤，将裤腰拉到刚刚能遮住我阳物的地方。接着我试着戴上她的胸罩。也就是把自己的双臂穿到胸罩的背带底下。然后我就以那番模样站在那儿，一边哭着，一边流着血。最后她向房间走来，不对，她只是走到门口就停在那儿，瞅着我。你瞧，她穿的也是自己的内裤。她看着我，又啜泣

[①] Dagwood Bumstead，美国 1930 年代连载漫画《金发女郎》(*Blondie*) 中的人物。

起来,'啊,我的心肝宝贝,别这样,别这样……'"

"这就是她说的?"施皮尔福格尔问道,"叫你一声'心肝宝贝'?"

"不止这个,她还说:'脱掉它。我不会告诉任何人的。马上脱掉吧。'"

"那是两个月之前的事情。"施皮尔福格尔大夫说道,在我似乎没有更多的话可说的时候。"是的。"

"之后呢?"

"一直很糟糕,大夫。"

"什么意思?"

"我做过其他一些怪事。"

"像什么样的?"

"像跟莫琳呆在一起,那是最最奇怪的事情!处了三年,现在我已经知道了该知道的一切,而我还跟她在一起!如果我明天不飞回去,她说她就要把'一切'公之于世。她在电话上对我哥哥是这么说的。她会的。她会这样做的。"

"还有其他'怪事'吗?"

"……有关我的精液的。"

"我没听明白。你的精液?跟你的精液有什么关系?"

"我的精液——我到处留下精液。"

"是吗?"

"我到处涂抹。我去别人家里,也留下精液——到处都是。"

"你闯到别人家里去了?"

"不,不,"我尖声说——难道他以为我是个疯子吗?"是人家请我去的。我去上厕所。然后把精液留在某处……在水龙头上。在肥皂盒里。就那么几滴……"

"你在别人家厕所自慰。"

"是的,有时候。而且还留下……"

"你的签名。"

"塔诺波尔的银色子弹。"

他对我的笑话笑了笑,但我没笑。我有更多的话要说:"我在大学图书馆里也干过这种事。把它抹在书脊上。"

"书上?什么书?"

"就是书!任何书!手头任何书!"

"还有别处吗?"

我叹了一口气。

"请说出来吧。"医生说。

"我用它来封信封的口,"我大声说,"里面是我寄给电话公司的账单。"

施皮尔福格尔又笑了。"这可是很新奇的一招,塔诺波尔先生。"

我又突然抽噎起来,问道:"你认为这意味着什么?"

"听我说,"施皮尔福格尔医生说,"你觉得它'意味着什么'?依我所见,你并不需要占卜师。"

"意味着我完全失控了!"我呜咽着说,"我不再知道我在干什么了!"

"意味着你感到愤怒,"他说着拍了一下座椅扶手,"意味着你怒不可遏。你没有失控——你处于控制之下。莫琳的控制。你到处泄愤,可你偏偏在不该泄愤的地方泄愤,在该泄愤的地方哭天抹泪。"

"可她会毁了卡伦!她会的!她知道卡伦是谁,她习惯像一只老鹰那样盘查我的学生!她会毁了那个可爱的无辜女孩!"

"卡伦听来可以照顾好她自己。"

"但你不知道莫琳一旦出手会干些什么。她会杀人。在意大利她会抢夺我们大众车的方向盘,企图让我们滚下山去,就因为在索伦托离开饭店时我没有为她开门!她满腹怨恨了好多天,接着几个礼拜后就在车里突然爆发了!你无法想象她撒野时是什么样子!"

"是啊,假如真是这种情况,那得好好提醒卡伦。"

"是这种情况!令人发指!我们正沿着弯弯曲曲的山道往前开,她突然从我手里抢过方向盘,来了个急转弯!你一定得相信我所经历的这一切,我没有夸大!恰恰相反,我还弱化了!"

如今,我的复仇者死了,她的骨灰已从飞机上撒向了大西洋,随着恨消怒息,对我而言,我绝对不可能被莫琳·约翰逊·梅奇克·沃尔克·塔诺波尔搞得丧失男子气概,她不过是埃尔迈拉中学的辍学生而已,就像我跟施皮尔福格尔在一起的第一个小时所提到(以及表明)的那样。我毕竟比她有名,比她聪明,受教育比她多,成就也大得多。那究竟是什么(我问大夫)使我变成一个出于自愿的或缺乏意志的牺牲品?为何我找不到力量摆脱她,或者找到简单的生存机制,在该离开她时离开呢?事情一度变得很明显,她已不再是需要从其灾祸中自救的人,而我是需要自救的,且她已承认干了假尿样这件错事,可即使是那时我也做不到起身就走!究竟是为什么?为什么一个奋斗一生以求自立的人——自己做主的孩子,自己做主的少年,自己做主的大人——为什么一个像我这样笃信"严肃"和"成熟"的人,竟会像个毫无自卫能力的孩子一样向这个庸俗不堪的克吕泰涅斯特拉[①]投降屈服呢?

施皮尔福格尔建议我从幼年时代寻找答案。开始我们的第二次谈话时,他提出了这个问题:"你的妻子有没有让你联想起你的母亲?"

我的心一沉。心理学中的还原论不会使我摆脱胡思乱想,或者更糟的,不会把我从那个周末重返威斯康星跟莫琳的对峙中解救出

[①] Clytemnestra,希腊神话中一个野心勃勃的女人,谋害其丈夫,特洛伊战争统帅阿伽门农。

来。我回答说，不，她没有。我的妻子没有让我联想起任何一个我先前在任何地方认识的人。在我一生中没有一个人敢欺骗我，侮辱我，恐吓我，讹诈我，我认识的女人中绝对没有一个这样对我。也许除了迪克斯堡负责基础训练的教官之外，也从来没有谁像她那样对我大喊大叫。我对施皮尔福格尔提出，我对付不了她不是因为她像我的母亲，倒不如说是因为她太不像我的母亲。我母亲没有委屈情绪，不好争吵，不易发火，不走极端，不示软弱，也不轻生，她从不想见我低声下气——莫琳跟我母亲差远了。不用说，就此而言，这两个人最显著的差异就是，我母亲爱我，在所有方面尊崇我，我像享受阳光的温暖般受到恩宠。说真的，很可能就是因为她深信我是完美的，这才促成和培育了我所具备的一切才能。我想可以这么说，我是小男孩时对母亲唯命是从，但对一个小男孩而言，也谈不上什么唯命是从，不是吗？那只是一种人之常情，一种对家庭生活的感受：孩提时代的权力政治。一个人五岁时，并不期望别人像对待三十岁的大人那样对待他。可我在十五岁时确实希望得到一种不同的待遇，类似某种礼遇，而且我从母亲那儿得到了。我记得，在我的中学时代，不论任何事情，只要我对这位女士甜言蜜语说上几句，不用费多大劲儿，她就会同意我的意见完全正确，特别是遇到由于我的特权意识太强而产生的问题时。事实上，她正是怀着不言而喻的欣喜（正如我回想到的那样）勉强同意她的年轻王子的意见，这些年来，正是她在引导他走向王位。

那时候我不得不与之抗争的是那个多余的父亲。他忧虑我的勃勃雄心和妄自尊大。在孩提时代，他同我见面不多——他一天到晚呆在店里，生意坏的时候，晚上出门挨家挨户为他妻弟推销屋顶用材料和墙板。所以，当他初次发现多年来他一直喂养的那只小鸟的嘴儿，一夜间变成了一张少年吵吵嚷嚷的巧舌，把他说败，让他理亏，而且借助于"逻辑"和"类比"，以及各种礼让技巧，智斗总胜过他时，他有些懊恼是可以理解的。后来我得到布朗大学四年奖学金，并且以全优成绩毕业——所有荣誉中的最高荣誉，于是，渐渐地，父亲也开始让步了，连管一管我思想和行为的意图也放弃了。我十七岁左右时已经很清楚，我并不打算用通过摆脱父母的约束和指导得来的自由而成为游手好闲之辈，所以，值得称赞的是，作为一个勇于进取的业主和压不垮的养家糊口的慈父，他尽其所能，让我走自己的路。

施皮尔福格尔并非如此看问题。他对我的"相当幸福的童年"表示怀疑，暗示说人们自然会用从未有过的所谓"美好往昔"来欺蒙他们自己。我的童年或许还有我容易淡忘的更苦涩的一面——我母亲的能力、活力和关怀的危险一面，还有他所谓"阉割忧虑"，即其养育男婴的方式最终使她的后代在情感上极为脆弱。根据我所描述的我哥哥莫里斯的生活，以及我对他的童年时代的一些生动回忆，施皮尔福格尔医生推断说，我哥哥首先在"体格上"比我强壮得多，而且因为我们的母亲每天大部分时间都是跟我们的父亲一起在店里忙碌，所以在他成长的岁月里，他不得不照料自己的一切，这么一来他那健壮的体格就得到了进一步的锻炼。至于琼，根据施皮尔福格尔训练有素的推测，她是一只丑小鸭，在家里不大会处于被母亲关注的中心；相反，她或许会感到她自己处于家庭圈外，同健壮的老大和聪敏的小弟相比，她是个被忽视和无用的孩子。若是如此（他继续说道，仿佛在撰述他的塔诺波尔家史），发现她在四十来岁依然那么渴想着拥有一切：有名气的朋友，时尚的美，异国旅行，时髦而昂贵的衣服，一句话，让众人羡慕、嫉妒，可就不足为奇了。叫我吃惊的是他问我，我的姐姐是否也有强烈欲望，渴望拥有不止一个情人。"琼妮？我从来没有想到过。""你没想到的还多着呢。"医生让病人确信这一点。

现在，我至少从不否认我母亲或许不够完美。我当然记得好多次她把我骂得太厉害，没有必要地伤害了我的自尊心，伤害了我的感情。在养育我成人的过程中，她当然说了一些、做了一些欠考虑的话和事，有时因生气或不知所措，会像其他家长一样采取专制态度。可在受到施皮尔福格尔医生的影响之前，我压根儿就没想过或许有的孩子比塔诺波尔夫人的小男孩更受器重、更受宠爱。事实上，要是更受器重和宠爱的话，那我可就要惹上一身麻烦了——医生这样剖析着我的过去。我却觉得需要阐明的是，如果我因有一个像我母亲一样的母亲而受到什么严重损害的话，那是因为她在我身上培育了无限的信心，让我坚信我有能力赢得我所想望的一切，进而形成了一种对我这着了魔似的生活抱有的乐观主义和天真的看法，这很可能使我对充满挫折和失意的现实缺乏防备（如今我想到这一点）。是的，在莫琳发疯撒泼时我之所以束手无策，十分可悲，也许正是因为我根本无法相信世界上竟存在她这号人，而这世界是我大施拳脚的舞台。面对这样一个悍妇而束手无策，并非因为旧有的"创伤"复发，而是因为实在罕见。女性的怨怼和憎恨如此陌生，面对它们时我就像在跟火星人打交道。

我对施皮尔福格尔医生欣然承认，我在自己的婚姻生活中确实沦落成了一个不知所措和没有自卫能力的小男孩，但我又争辩说，那是因为我以前从来就不是一个不知所措的小男孩。我不知道我们怎样才能解释我在临近三十岁时的沦落，除非同时说明在此之前所有那些成功和幸运的岁月。就我这个乐于被称为"病例"的人来说，难道成功与失败，征服与被征服，均源自一个小伙子对一位妇人牢不可破的忠诚，她既是赞助人与赞赏者，又是保护人与指导者？我们可否不要随意推测，说什么我如此受制于大龄坏女人，就是因为孩提时代同大龄好女人相处时那种顺从习惯的苏醒。那时我是个小男孩，是的，没错，但我坚持认为，在我相当幸福的记忆中的那位保护我、照料我、管教我的母亲，根本不是施皮尔福格尔口中那个我出于害怕而服从、私下里厌恶的"崇拜男性而又有威慑力的母亲形象"。虽说谁若对孩子施加绝对权威有时必定招恨，但如果我们过于强调那些负面影响（尽管它们真实存在），而忽视那位在我一生最初十年的记忆中占据主要地位的母亲，忽视她的慈爱和温存，那我们岂不是把关系本末倒置了？我们是否也过分夸大了我的听话顺从？所有可供参考的记录似乎都表明，事实上我一直是一个勇于奋斗、精力旺盛的小男孩，昵称佩皮，日常举止也不像挨鞭子的小狗。我对施皮尔福格尔说（我想他同我一样懂得），许多孩子因惹大人生气而遭受的折磨，比我小时候要厉害得多。施皮尔福格尔不以为然。他说，感受到被"有威慑力的母亲"所爱护，这不是什么稀罕事；可悲的是，在这么多年以后，我仍然用那种"理想化了的"方式来描述她。对他而言，这标志着我很大程度上仍然"处于她的威慑下"，因害怕报复而连一句悄悄的抗议的话也说不出口。在他看来，作为一个敏感的小孩子，我很容易受到这样的母亲施予的痛苦，所以我把"自恋情绪"作为我的"主要防御手段"。为保护我自己，免受我母亲造成的——也就是我在她面前可能遭到的拒绝、隔离和无助所造成的——"深刻忧虑"的干扰，我养成了一种强烈的优越感，其中包含了对作为特殊人物的"负疚"和"矛盾心理"的全部含义。

我争辩说，施皮尔福格尔医生搞颠倒了。我的优越感——假如他想那样称呼的话——与其说是抵抗我母亲威胁的"防御手段"，不如说是我心甘情愿接受她对我的评价的态度。我同意她的看法，仅此而已。哪个小男孩不是这样的？我没有希求施皮尔福格尔相信我在生活中从未感到自己像个普通人，也不曾向往成为普通人。我只是试图说明，并不需要什么"深刻忧虑"来使一个母亲的小儿子开始认为自己是个举足轻重的人物。

在这里，我所说的我的"争辩"或"承认"，以及施皮尔福格尔

"持异议"等等，都是我在广泛概括从一次又一次面谈中得出的推理，这种推理很难说是简明扼要或者一针见血的。它很容易在相当程度上夸大我自己对考证和重述我的童年时所产生的抵制情绪，在治疗了一年左右的时间里，这种考证已初具雏形；同时也容易夸大医生那十分微妙的方法，他用这种方法向我传达了他对我烦恼根源的假设。事实上，假如我的"抵制"不是老练得与我年龄不相称，而他不那么长于医术的话，我或许能够更成功地抵抗他。（根据这段文字，施皮尔福格尔医生无疑会说，我的抵抗最后全面获胜远非由我的"老练"所致。理由是假如不是因为我至今仍然不愿为如此无法想象的念头承担责任，我为何要怪他将我母亲定性为"崇拜男性而又有威慑力的形象"，而不怪我自己呢？）同时，如果我不过急地希望诊治使我痛苦、使我毁灭的一切祸根，我或许可以抵抗更长时间——尽管像过去一样，我必定会出于最自愿自觉的学生习惯，认真接受这位医生的思想。然而事实上，因为我非常想牢牢地把握住自己，不再那么容易受莫琳的影响，我发现一旦听取施皮尔福格尔医生的一家之言，我变得更乐意去挑战自己原先那幸福美满的童年版本，以狄更斯的方式把我母亲回忆成一个凌驾于一切而令人惊恐的人物。果然，记忆中开始出现了残暴、偏心以及对我的天真和诚实的伤害，随着时间的推移，仿佛我所感到的对莫琳的那股澎湃怒涛已经漫过了堤岸，席卷了我童年时代的整个领域。假如说我并非彻底摒弃我过去对我家的美好看法，我还是深深吸收了施皮尔福格尔的观点，在分析疗法进行了大约十个月以后，我去扬克斯跟我父母和莫里斯一家人共进逾越节晚餐时，我发觉自己对母亲异常冷淡和粗鲁，这样的表现事后使她，也几乎同样使我，感到困惑不解，而她是那么期盼我的每次看望（不经常的看望）以及和她坐在一张桌子上吃饭。我哥哥气呼呼的，也不想掩饰，在餐间把我拉到一旁说："嘿，你今晚是怎么回事啊？"我没有对他说什么，只是耸耸肩。

后来我在门口同她吻别时，尽管我一再努力，但似乎还是假装不出一点孝意——仿佛母亲不知怎地成了莫琳的同谋；而事实上，她初见莫琳时并无好感，后来完全是为了我高兴才没有计较。

在治疗的第二年，有一段时期我跟母亲的关系冷淡到了极点，那时我突然想到，施皮尔福格尔使我产生了对母亲的行为和态度上的这种莫名其妙的变化，与其因此而怨恨施皮尔福格尔（我有时确实恨他），不如把这当成一种也许无情但必要的策略，以此削弱对母亲崇敬之情的根基，莫琳就是利用了这种情感而取得了惊人的成效。母亲深厚的爱激发了我的忠顺，我盲目地将忠顺态度转移给一个实际上是我的仇敌的人，这可不是我母亲的错。事实上，这可当作一种标准，来衡量她恰恰是一位多么使人高兴、多么有天赋的母亲，让她的一个儿子在几十年后发觉自己不能"亏待"一个女人，这个女人和他母亲毫无共同之处，只是性别相同，且事实上又渐渐被他看不起。然而，作为一个男人，假如我的未来终于要求我摆脱童年时代忠顺的束缚，那就得经历一场在感情上相当严酷的流血手术，不能埋怨主治医生，他的手术也许会使并无过错的母亲感到疼痛，或导致过于依赖、崇敬母亲的儿子不知所措……就这样，我在严格评论自己的母亲时，竭力把事情合理化，袒护并试图理解这位家长式的犹太医生；我有时认为，他坚持的"崇拜男性而又有威慑力的母亲形象"的说法，更像是暴露了他的某些令人厌恶的地方，而不是我的。

但他的那种怀疑，不是我情愿或敢于追究的。我是个太需要治疗的病人，所以不敢冒昧去当我医生的医生。如果我真希望扭转败局，我就得信任某个人，那我选择他。

我确实不大清楚施皮尔福格尔医生在其诊所外是怎样一个人，也不清楚他跟其他病人在一起时怎么样。他在何处出生、长大、受教育，何时及在何种情况下移居美国，他的妻子是何模样，他是否有孩子——对于他生活中的这些简单的事实，就像对卖给我晨报的那个人一样一无所知。我过于服从我所理解的行业中的规矩而不敢开口询问，过于专注于自己的烦恼，对这个陌生人只是偶尔有点好奇。一周有三个下午，每次五十分钟，我躺在一间昏暗房间的沙发上，倾诉了许多即使对我信任的人也不说的话。我对这位医生的态度非常像一个一年级学生对待老师，相信并接受老师的智慧、权威和正直，根本无法想到老师离开黑板后也同样生活在一个模棱两可变幻无常的世界里。

在我八岁那年，一天在我姐姐陪伴下经过一家社区理发店窗口时，我看见那个在学校教我英语的人在让人擦皮鞋、刮胡子，不禁大吃一惊，简直不敢置信，而且感到困窘，那回初次瞥见医生坐在第五大道的公交车上时也有同样的感受。在我的精神分析进入第四个月时，一个下着毛毛雨的早晨，我在第五大道双日出版社前的公交车站等车，一抬头看见戴雨帽、穿雨衣的施皮尔福格尔坐在五路公交车靠前的位子上，神情沮丧地望着窗外——当然，几年前我见过他在一个夏日派对上，头戴游艇帽，呷着酒——因而我了解到一个事实：在他不给我作精神分析时，他不是真的就不存在了。在芝加哥读研究生那年，我也碰巧认识几个年轻的见习精神分析师，晚上在当地的学生酒吧，我们聊得甚是投机。然而施皮尔福格尔可不是我去酒吧随意结识的人：他是我的隐私感情的保存者，他将会成为我心理复元、精神复元的媒介，担负着如此重任的人竟也要走上街头，去乘坐一辆将普通大众从Ａ点载到Ｂ点的公交车——咳，这可是我所不能理解的。我怎可如此愚蠢地把我最阴暗的秘密吐露给一个出门坐公交车的人？这个瘦削的、看来疲惫不堪的中年人，在他的橄榄绿色雨帽下显得毫无防御能力，是公交车上一个不会给人留下什么印象的陌生客，我怎么能相信他会把我从灾难中解救出来呢？看在上帝的分上，我现在应该怎么办呢——登上车，付车费，顺着过道往前走,拍拍他的肩膀,说——说什么呢?"你好,施皮尔福格尔大夫,是我——还记得吗,那个穿他妻子的内裤的人。"

我迅即转身离开,看到我离开,那个一直拉开门,耐心等我从白日梦中醒来然后登上车的公交车司机,用一种不高兴为曼哈顿市民效劳的口气叫道:"又一个怪胎!"接着穿过橙色的晨光,载着我的巫医和救星,找他自己的牙科医生看病去了(我后来才知道,简直难以置信)。

一九六四年九月,我接受精神分析治疗的第三个年头刚刚开始,我跟施皮尔福格尔医生发生了一场争执。我考虑过不再由他治疗下去,即使在决定继续治疗之后,我还是发觉自己无法像当初那样,对他满怀信心和希望。实际上,我一直无法完全排除被他亏待的念头,我知道以我现在的"情况",最怕的就是产生被迫害和背叛的感情。六个月之前我离开纽约,主要是因为苏珊做的事使我沮丧、惶惑,不过也因为我跟施皮尔福格尔大夫的争执,这些争执从未顺着我的意愿得到解决——所以,确切地说,我们的争执由于苏珊的自杀企图而死灰复燃。我为苏珊企图自杀一事已担忧多年,可施皮尔福格尔总是反驳说,我的担忧与其说同"现实"有关,还不如说与我的神经过敏的个性有关。我认为,假如我离开苏珊,或者当我离开苏珊的时候,她就可能自杀,施皮尔福格尔把我的这种想法归咎于自恋者的自我戏剧化。在我的担心被事实证实以后,他对于我的意志消沉也是如此解释的。

"我不是算命先生,"他说,"你也不是。即使没有更多理由,也已经有很多理由,可以相信她试图自杀但不会自杀。你了解你自己,她了解她自己,你们的恋爱是她多年里最感满意的事情。实际上,她享受了一生最快乐的时光。她终于开始成为一个成熟的女性。从各方面情况来看,她青春焕发,对不对?如果你离开她时,她得不到来自她的医生、家庭以及各方面的足够支持,那是不幸的。可你能做什么?她至少已有了跟你在一起时得到的东西。没有你她就不能有这些东西。就因为这件事,你现在后悔了,觉得这些年不该跟她在一起——看来你对收益方的账目看得可不够仔细。尤其是,塔诺波尔先生,她没有自杀成啊。你要知道,你在这儿的表现,仿佛那事儿真发生了,仿佛已经举行了葬礼,诸如此类。可她毕竟只是企图自杀。而且,我想,她无意真寻短见。事实是,她的清洁女工第二天清晨早到,而且有钥匙可以进入苏珊的房间。她知道只要一两个小时她就会被发现,对不对?诚然,苏珊为了得到她想要的,是冒了点险,可就如我们所见,她最后如愿以偿了。她没有死。你却一路跑来这里。而且你现在还在跑。或许只是在兜圈子,但对她而言,这比永远离开她要好。正是你,你瞧,把事情夸大了。要让我说,这依然是你的自恋在作祟。对于——嗯,几乎是对于每件事,都估计得太过分了,太过头了。是的,实际上对所有事情你都是这样。就拿苏珊这件事来说,你知道的,你利用它,以它为借口中断治疗,再度陷入孤独的境地,再度成为一个被击败的男人,好吧,我认为你这是在犯一个严重的错误。"

若果真如此,我就将错就错吧。我不能继续信赖他,或让自己认认真真地充当他的病人,于是我便离开了。我割断了最后一段情感连结:不再有苏珊,不再有施皮尔福格尔,不再有莫琳。不再在爱情、愤恨或者慎重考虑职业的小道上彷徨了——不论这是偶然还是有意,不论是好还是坏,反正我不再置身其中了。

注:就在这周,在这里的聚居地收到施皮尔福格尔的一封信,对我本月初寄给他的《少不更事的岁月》和《求婚之灾》表示感谢,我随文章所附留言如下:

有一段时间我一直在犹豫,是否把我最初几个月在佛蒙特写的两篇小说(写在精神分析之后)寄给你。我现在寄给你,不是因为我希望你的诊所对我的病例重新做一次调研(尽管我意识到,你可能从这方面着眼理解我的稿子),而是因为你对艺术创作过程感兴趣(还因为近来我一直惦记着你)。我知道你很熟悉有关个人背景及心理的资料,这些资料有助于您进行理论性推测,而理论性推测反过来又可进一步使你渴望将你的发现分享给你的同行。你那位著名的同事厄恩斯特·克里斯[①]曾说"关于艺术风格的心理尚无人论述"。我猜想(据过去的经验),你可能会有兴趣一试。你当然可以随意推测一切,但没有我的许可请不要发表任何东西。是的,这仍是一个触动旧伤的话题,但不会(我推断)伤我到打消我将这些白日梦般的作品寄给你作专业上的审查的冲动,它们的"无意识"的根源(我得提醒你)可能并不像一个专业人士爱第一眼看到就断言的那样"无意识"。你的,彼得·塔诺波尔。

施皮尔福格尔的答复:

你寄给我你的两篇新小说,可见考虑得很周到。我读得津津有味,乐在其中,依然赞赏你的写作技巧和通情达理。这两篇小说虽然大不相同,但都写得如此精练,而且在我看来,相互之间十分协调。第一篇中与莎伦的情节尤其有趣,第二篇中叙述者的口吻一直带有爱挑剔的意味,虑及他的利害关系(或者说,"人类的利害关系",正如《少不更事的岁月》中祖克曼在研讨会上会说的那样),这种处理也是绝对正确的。这是一

[①] Ernst Kris(1900—1957),奥地利心理学家,艺术史家。

个令人心痛的故事。从道德上说,也是最为严肃,最好的。你看来做得相当好。祝你在工作中不断成功。

真诚的,奥托·施皮尔福格尔

这难道就是那位我已拒绝他为我治病的医生吗?他的信是试图劝诱我回到他诊所的长沙发上吗?如果是的话,那又是一个多么聪明可爱的图谋啊!我很想知道他的文风源自何人。现在他何不也这样写一写我呢?(或者他写我的那篇文章是不是真像我想的那样差劲呢?或者甚至更糟呢?差或不差又有什么关系呢?我当然知道将我的病史写成句子是多么困难。我自己已试了多年。那么,当年我摆脱他是不是也做错了呢?或者,我在屈从于他——像个自恋者!啊,他了解他的病人,这个魔术师……或者是我太多疑了?)

所以,我目前要不要继续下去,把这两篇故事寄给苏珊,好让自己更加混乱?寄给我的父母亲?寄给蒂娜·多恩布施?或莫琳之辈?寄给莫琳本人又会怎样?

亲爱的故人:读一读附寄的小说或许会使你高兴起来。你不知道自己是多么能言善辩。事实上,要是你把握时机,少些疯劲,我们恐怕仍在凄惨地做着夫妻。即使如此,你的鳏夫心中想的几乎只有你。你在天堂是否想念他,或者(我害怕)你是否把你的目光投向了某个魁梧的、神经过敏的、对其性别角色态度矛盾的天使身上?这两篇小说在很大程度上归功于你对事物的感受,你也许自己能想象出《少不更事的岁月》里那个自我陶醉的小王子,认为他就是我;而且,在允许文学破格的情况下,难道莉迪亚不正是像你那样看待自己的吗(那就是说,假如你能像你让他人看你那样地看待自己)?顺便一问,来世怎么样?希望这两篇小说有助于你较快地度过时光。死者家属，彼得。

旋风中飘出一封回信：

亲爱的彼得：我读了那两篇小说，觉得它们非常有趣，尤其是不在料想中的那一篇。你的精神发挥（为了你自己的利益）甚为感人。我自作主张（我想你不会在乎）将它们转给上帝看了。你会高兴地知道，《求婚之灾》也给上帝脸上带来一丝笑意。虽然他是说过这么一句："这全是虚荣心，不是吗？"这两篇作品目前在圣人之间广为传阅，我相信他们会发现你对他们的地位所抱的渴望颇让他们受宠若惊。这儿的圣殉教者之间有传言说，你正在撰写一部新作品，你说要真的"如实述说"。若真是如此，我想那又是指莫琳了。这一次你打算怎样描绘我？是否准备把你的头颅放在盘子里呈献？我看阳物一具会增加你的书的销路。当然，你最懂怎样来利用我的往事来为高尚的艺术目的服务。祝小说《我作为男人的殉道》好运。书名一定是这样的，不是吗？我们在天堂里的这些人都期盼着看到这本书，它肯定会给这里熟悉你的人带来乐趣。你的爱妻，莫琳。又及：来世甚好，来日方长，足以宽恕你这个狗娘养的。

好了，同学们，现在请你们交上自己的习作，在阅读施皮尔福格尔医生的有用的虚构作品之前，让我看看你们是如何理解这个虚构的传奇故事的：

英语三一二班
星期一至星期五一点——两点半

（在约定场所）
塔诺波尔教授

有用的虚构的应用：
或塔诺波尔教授的感情收敛
卡伦·奥克斯作

阅读时，我当然不否认作者也许充满热情，甚至也不否认他也许是在热情的驱使下构思出作品的最初梗概。但一旦他决定写作，则意味着他对自己的感情有所收敛。
——萨特，《什么是文学？》

人只能谈论自己，却永远无法了解自己。
——西蒙娜·德·波伏瓦

今天布置的作业是《少不更事的岁月》，两篇祖克曼故事中较短的一篇，它尝试以幽默讽刺手法把内森·祖克曼黄金的青春时代的荣光和他二三十岁时的"灾难"加以对比，这里所谓灾难是作者（塔诺波尔教授）在结尾处突然提及的。作者在故事中没有阐明灾难的细节，的确，他的意思是，至少他是无法做到这一点的。"不幸的是，那篇故事的作者尽管在相仿的年龄经历过类似的灾难，但即使到了三十岁中段，依然没有本事简明扼要地讲述那个故事，或者感受到它的趣味。"虚构的祖克曼代表掩饰真情的塔诺波尔得出结论："而之所以'不幸'在于作者弄不清楚'不幸'到底是对人物的估量，还是对灾难的评价。"

为了减少自怜情绪（我理解）——在先前许多次试着把

他的不愉快婚姻写成小说时,这种自怜情绪有损于他的想象力——塔诺波尔教授起先在这里创用一种遮遮掩掩的(而且还有几分洋洋自得的)自嘲格调;他保持着这一喜剧性的超然姿态,直至写到最后一段,这时作者突然宣称,在他看来,那真实的故事根本没有趣味,这就骤然戳穿了作品那层轻松愉快的屏蔽。所有这一切看来都表明,假如塔诺波尔教授设法在《少不更事的岁月》里艺术性地叙述他的痛苦,那么他主要是通过规避开门见山的写法来实现的。

与《少不更事的岁月》相反,《求婚之灾》通篇以冷静笔调和深虑气氛为特征,其全然诚挚的态度在《少不更事的岁月》里被抑制不显。主要角色的苦难始终带有一种英雄气质,对他们生平的描述极其庄重,远非喜剧或讽刺。作者现在告诉大家,他着笔写这篇小说时打算把男主角的受骗婚姻写得跟他自己的一模一样。为什么不能把塔诺波尔教授个人经历中的这件祸事收入这篇灵巧的虚构作品中呢?其原因不难理解:《求婚之灾》里的内森·祖克曼根本不难从莉迪亚·克特雷尔的困境和悲哀中找到呈献其男子气概的祭坛。这不是可以妥协的状况,但是(从两种意义上来说),他的严肃性格决定了他的道德生涯,所有罪过都是他的。

然后在《求婚之灾》里,塔诺波尔教授设想他自己与塔诺波尔夫人是处于一场斗争中的角色,这场斗争在道义情感上走向悲剧,而不是哥特式情节剧,不是肥皂剧,也不是闹剧,这些是塔诺波尔教授在床上跟我讲他的婚姻故事时提到的。塔诺波尔教授还虚构出令人极痛苦的不幸遭遇(即莉迪亚的父亲的乱伦,她的丈夫的虐待成性,她的姨母们的吝啬小气,女儿莫妮没受教育),以证实并进一步深化莉迪亚的绝望心理,加重内森那种病态性的责任感,这种深重的痛苦,可以说,为生动叙述所需的羞耻、悲痛和犯罪感等情绪提供了"客观对应物"。

这也说明了塔诺波尔教授的婚姻。

直截了当地概述这件事：假若塔诺波尔夫人是这么一位莉迪亚，假若塔诺波尔教授是这么一位内森，假若我，卡伦·奥克斯，不是该学期英语三一二班上的最佳学生，而是一位当继女的莫妮，那么，他后来的解脱就会产生一定的诗意。

然而事实是，他就是他，她就是她，我就是我自己，一个不愿跟他去意大利的女孩。除此之外，这里面没有什么诗意、悲剧或喜剧可言。

奥克斯小姐：照例，A+。文章在某些地方过于武断，但就你这样年纪和背景的人来说，你对故事（及其作者）的理解已经很深刻了。同一位来自美好家庭，具有理论才能，尤其嗜好庄重文体和引经据典的漂亮女孩邂逅，总是人生中的一件大事。你是作为一个完全迷人的姑娘留在我的记忆里的。在我弥留之际，我将听到你从自己房间接电话的声音："妈妈，请你挂掉楼下的电话好不好？"那句坦率的话对我来说意义非凡。卡伦，你没跟我私奔去意大利是对的，你和我虽不会是莫妮和祖克曼，但多半也好不到哪里去。你仍需知道，不管是什么样的"神经上的"原因，我过去倾心于你——不要让任何人，外行或内行，说我没有迷上你，或把我对你的"动心"简单地归咎于我违反了未成文的法律，即不许同那些所谓"禁忌的女儿"——男教师的女学生——发生性关系。（虽然我承认：在你房间屈膝下跪，恳求于你的腹下之后才二十分钟，我便从讲台上叫奥克斯小姐进一步为班上其他同学阐明你方才给予的绝妙回答，这不啻一种回味无穷的感受。即便撇开性爱不谈，我认为以往或今后教书再不会如此振奋人心，也不认为自己对待其他任何班级，会像对待英语三—二班那样充满柔情蜜意。有关当局或许应以严格的教学观点重新考虑现存禁忌，注意到教师把班内一名学生当作自己的秘密恋人对这个班级大有好处。关于这点我将写信给美国大学教授协会，以传统的学术写作的方式向他们略述这个传统，从苏格拉底到阿贝拉尔[①]再到我——我也不会忘记提及我们三人因诚心诚意地从事自己的工作而领受到的当局的致谢。你回想一下，我在我们首次"约会"时向你详述过的阿伯拉尔的待遇吧——可在这儿，我仍然震惊于纽约州当局这般残害我）。啊，奥克斯小姐，要是我当时不那么狂妄自大就好了！想起我过去的所作所为，连我自己也惊骇不已。我以同样的冲动告诉你关于伊萨克·巴别尔和我的妻子的事。我的坚持，我的执拗，还有我的眼泪。听到我——你那受人尊敬的教授——在电话里呜咽，你一定大为惊慌！我若能放松一点，建议一块儿去北威斯康星的哪个湖畔呆上几周，而不是去倒霉的欧洲过一辈子就好了。可谁知道呢，你也许会愿意同去的？你是够勇敢的，只是每次我都缺乏一点技巧。不管怎样，我已经有了"生动的体验"，足够我回味一阵子了，所以目前隐居在富有田园趣味的林间撰写我的回忆录。我不知道这是否能让那生动的体验平静下来。等我写完，也许我会认为这些文稿为莫琳最后战胜小说家塔诺波尔又添了一笔，是我作为莫琳男人一生的高潮。"十分坦率"的写作并不意味着我从感情中大幅收缩。不过话说回来，我为什么应该收敛我的感情呢？看来也许我的仇恨并没有被完全改造——也许我在把艺术变成存储仇恨的便壶，像福楼拜所说的那样，我不应该把艺术变成自我辩护的众多伪装——因为如果反之才

[①] Pierre Abélard（1079—1142），法国哲学家，诗人，神学家。

是文学作品的话,那么这就不是文学了。卡伦,我知道我不是这样教班里的学生的,可那有什么呢?我要找个像亨利·米勒,或者塞利纳那样的恶棍来代替居斯塔夫·福楼拜来做我的主角,因而我也不会成为我在早期立志成为的那种威严的作家,那时候在我和审美超脱之间还不存在什么被称为个人经验的东西作为隔阂。或许现在该修正我有关成为一个"艺术家"(或者像我的对手的律师喜欢称呼的"艺术大师")的思想的时候了。也许早该如此。只有一点缺憾:我不是一个叛教的波希米亚人,或者哗众取宠之人(只有市政法官才会把我当成那号人),有的人把自己的浪荡史不知羞耻、不加删节地公之于众,从而臭名远扬,我也许还不至于此。历史本身会证明,我知荣知耻,而且天生不爱抛头露面,跟给卧室装窗帘、浴室按门闩的邻居不相上下——确实,也许全部历史能表明的就是,我对这世上的任何东西都不如对自己的道德声誉那样敏感。我也不喜欢我辛苦挣来的钱被人敲竹杠。或许我应该把这一番坦率陈词称为"被吸血者提出的反对吸血者的法案",作为一篇政论发表出去,在约翰尼·卡森[①]的节目上愤怒地对全美国挥舞一只空空如也的钱夹子,这就是我至少能为所有在法庭上被舞女和莫琳之辈榨干了的丈夫所做的。高举拳头痛骂"体制",而不是痛斥自己的愚蠢,使我陷入了生活为我设下的第一个(是第一个!)陷阱。或许我该把这些记录文字也放入我那满满的纸板酒箱里,而且,如果我今后再卷入这种战斗的话,是不是要像一个名副其实的艺术家那样,不把自己作为书中的"我",不号哭,不发怒,不露出其他任何丑态?你怎么想,我要不要放弃这类尝试,回过头来将自己作为祖克曼,将莫琳作为莉迪

[①] Johnny Carson(1925—2005),美国著名脱口秀主持人,喜剧演员。

亚，再将莫妮的形象加之于你？假如我不择手段地直言不讳（和泄愤等等），公开发表我掌握的东西，你（或你的家庭）会不会告我侵犯隐私和毁谤人格？你若不会，苏珊或她的家庭呢？或者她更胜一筹，受不了苛重屈辱而自我了结？一旦我的照片刊在《时代》杂志的书页上，加以"塔诺波尔，脱得只剩内裤和胸罩"的说明时，叫我怎么受得了？我已经能够听到自己在尖叫了。要是《纽约时报》书评专栏上刊登由莫琳一伙人署名的信，指控我蓄意把莫琳定性为病态扯谎者，反称我是撒谎专家，把我的作品说成是骗人的鬼话，我会有何感想——会不会觉得自己非但没驱除过去的阴影，反而像同莫琳结合一样无可挽回地同过去结合在了一起？在阅读托莱多的《刀锋》和萨克拉门托的《蜜蜂》等刊物上关于我私生活的评论时，我会有何感想呢？《评论》杂志又将怎样看待我的自白呢？我不能想象这对犹太人是件好事。一旦婚姻专家和爱情领域的权威人物在《戴维·萨斯坎德秀》上对我的个性问题展开一场持久的讨论，我又该怎么办？或许我要做的只是澄清我自己？对于我的过度脆弱和过分关注"我的好名声"（当初正因为如此而使我陷入困境，不能自拔），最好的办法或许就是出去厚着脸皮喊一句："德行！算不了什么！我们这样或那样，全取决于我们自身。"好，引用伊阿古的话，告诉他们："啊，数落我自我沉溺、自我欺骗吧，数落我自私自利、啥也不是吧！说我是爱哭的孩子，说我是厌恶女人的人，说我是杀人犯，我都不在乎。我们这样或那样，全取决于我们自身——尽管穿着内裤、戴着胸罩，但你们加给我的罪名根本伤不了我！"可是罪名伤了我，卡伦，那些罪名使我怒不可遏，而且总是这样。所以我目前的处境是（回到文学上来吧）：仍然过分地"处于激情支配之下"，热衷于福楼拜式的超越，但显然阅历太浅、脾气太躁

（或者就是太普通了，一个跟别人一样的公民），尚不能大大提升自己的耻感：成为亨利·米勒式（或让·热内式的作家，全面袒露……虽然坦率地说，这个被称为塔诺波尔的人，不管怎样，已似乎开始变得跟我的祖克曼们一样虚幻起来，或者至少是同写这篇回忆录的人无关了——他的自白倒仿佛成了另一部"有用的虚构作品"。而且并不是因为我在说谎。我是在竭力按照事实写。也许我想说的只是，文字毕竟只是文字，只是接近真实，不管我如何用它接近事实，我也只是接近罢了。也许我的意思是，就我所见，文字征服不了也驱逐不了过去——文字或产生于想象，或产生于坦白——那是因为文字好像根本忘不了过去。也许我只是在了解过去是什么样子。不论如何，对我的经历，我能做的只是讲出来。讲出来。讲出来。那是实情。你呢，你如何度过时光？我为何又突然关心不已？可能因为我想到你现在已经二十五岁了，我正是在这个年纪走出乐园，进入了真正的不真实世界。或许这只是因为我记得当时你是那样理智，那样的一如往常。当然，你年轻，不过，对我而言，那显得越发不寻常。你的脸庞也是。瞧，连我也知道，这种"性隔离"不会永久持续下去。所以，假如你有机会路过佛蒙特，给我打个电话。莫琳死了（根据我在这儿所叙述的，你大概是猜不到这一点的），还有最近的一场恋爱也结束了，因我那位恋人（上面提到的苏珊）企图自杀而告终。所以请你务必到东部来试试你的运气。来看我。你一向喜欢几分冒险。你这位受人尊敬的教授高雅艺术的教授也一样，彼得·塔。

我跟施皮尔福格尔的争执始于他为《美国精神分析论坛》撰写的论文，发表在集中讨论"创造力之谜"的专刊上。在我接受精神分析的第三年，一天晚上偶然在他的办公桌上看见这本杂志，注意到了封面上的论文题目以及下面罗列的撰稿者中有他的名字。我问可否借来一读。他答道:"当然可以。"可我感觉到,在他很有礼貌地表示同意前,他脸上掠过一道担忧或惊慌的阴影,似乎预感到(对,是预感到)我对其文章的反应……可既然如此,他又为何把杂志放在我每天离开他的诊所时经过的那么显眼的办公桌上呢?既然他知道我像大多数从事写作的人一样,对所有置于公开场合的印刷物上的标题,都会自然而然地瞄上一眼——他至今肯定已经上百次地注意到了我身上那种读书人的习惯性动作——由此看来,要么他对我是否注意到它毫不在意,要么他事实上希望我看到杂志封面上他的名字,并且拜读他的文章。那他脸上为何又有一闪而过的恐慌?或者,像他后来必然要指出的那样,我只是将我自己"预想中的担忧延伸"到了他的身上?

"我是不是被当成例子写进去了?"我以温和而戏谑的语气问道,仿佛写不写进去都与我毫无干系。"是的。"施皮尔福格尔答道。"好啊,"我说道,并且为了掩饰真正的惊愕程度而佯装有点吃惊的样子,"我今晚就拜读。"施皮尔福格尔此时脸上礼貌的笑容已经完全掩盖了他可能产生的任何真正的反应。

我现在已养成习惯,在施皮尔福格尔那儿结束六点钟的治疗后,我离开他在八十九街和公园大道交界处的诊所,往南走十个街段,前往苏珊的公寓。自从苏珊到城市学院读书以来,已经一年有余,我们在一起的生活已经形成了一种可以预见和令人愉快的规律——对我而言,就是因为完全可以预见,所以令人愉快。我想要的就是日复一日毫无意外的生活,那种没有变化的生活会让一些人厌倦得发狂,却是我能想象得到的最令人心满意足的生活。我非常乐于墨守成规,保持旧习。

白天苏珊去上学,我便回到西十二街我的公寓里尽力写作。每周三早晨,我去长岛(开我哥哥的车),在霍夫斯特拉学院给两个班上一整天的课，中间跟写作班学生有个讨论会。这个时期学生们的小说习作开始严重偏向于"迷幻效果"——我那个年代的浪漫派大学生把他们那种随意拼凑、不加标点的手稿称为"意识流"作品，并把嗑药作为他们的主题。很不巧，我对毒品激发的想象力以及随之而来的对话多半不感兴趣，也不大能忍受那种定要依靠非正统的文字排列或用魔力牌万能笔装饰页边的写作，我发觉教授创意写作比过去在威斯康星甚至更无收益，那里至少还有个卡伦·奥克斯。不过，我的另外一门课程——优等生阅读讨论会——对我有一种不寻常的吸引力，我满怀热情、劲头十足地教课，两小时下来几乎累垮了。起初，我并不十分清楚是什么引起了我这种狂热状态，使我口若悬河、滔滔不绝，直到上了几个学期后，我才认识到我是基于什么样的选书原则开的那份名家书目。刚开始，我以为我只是将自己喜欢的小说名著开给我那十五名文学专业四年级学生，要他们去研读，进而喜欢上这些作品。过了段时间我才认识到，这门课的主要内容渐渐变成了阅读《卡拉马佐夫兄弟》《红字》《审判》《死于威尼斯》《安娜·卡列尼娜》以及克莱斯特的《马贩子科尔哈斯》等作品，其来由理所当然是出自教授本人对课外的越轨与惩罚这一主题日益增大的兴趣。

　　在城里工作了一天后，我通常步行七十多个街段到施皮尔福格尔的诊所去，借此锻炼下身体，也为了在书桌上又忙了一天，试图从我的灾难中创造出艺术而无果后放松放松，试图使自己摆脱像个身处他乡、不得已而受约束的外国人的感受，但也没有如愿。作为一个小镇男孩（三四十年代成长于扬克斯，我或许跟在印第安纳州特雷霍特或宾夕法尼亚州阿尔图纳长大的年轻人，而不是跟大纽约任何一个行政区的年轻人更有相似之处），我见不到有必要或充分的理由要我成为世界上最繁忙、最拥挤的一块土地上的居民，特别是由于干我这一行的首先需要的是清静和宁静。我退役后在曼哈顿下东城的短期教职显然没有唤起怀旧之情；在我出庭同莫琳打上官司之后不久，有一天上午，我搭车穿越全城，从西十二街到汤普金斯广场公园，并不是为了旧地重游，而是想通过那个脏乱的小公园和破旧的街道，寻找三年半之前那个莫琳向她买尿样的妇人。在整个上午的搜寻中，不用说，我看到许多育龄的黑人妇女，在公园里，在当地超市通道上，在 A 大道到 B 大道之间上上下下乘公交车，但我没有走近她们中任何一个人，也没有问起她们是否在一九五九年三月间跟一个来自"科学组织"的矮小的黑发姑娘打过交道，假若有此事，那她是否愿意（有报酬）跟我一起到我律师事务所走一趟，在一份证词上签个名，证明塔诺波尔夫人交给那个药剂师的尿样实际上是她本人的。尽管我对法庭的分居审理的结果感到愤怒和挫败，尽管在这个毫无希望、毫无用处的秘密行动上花了整整一个上午是够愚蠢的，但我从未完全走火入魔。

或许说，现在住在这里，写着这玩意儿的我才是？

我的意思是，总体上曼哈顿对我来说是这样的：一、一九五八年我来到这里，当时我是一个信心饱满的年轻人，正要开启一段很有前途的文学生涯，结果却受骗同一个我已经失去所有爱意和尊重的女人成婚。二、一九六二年我重返此地，原是为寻找避难所，却受到当地司法机构的阻挠，未能切断那几乎毁了我的信心和前程的婚姻纽带。对他人而言，纽约或许是"逍遥城""歌谭市""大苹果"，商业、金融和艺术的大都市，可对我来说，这是一个我付出重大代价的地方。在这个人口众多的城市里，我可以与之分享我的生活的至亲好友加起来能松松地围着餐桌一圈，而那一片令我产生亲密的依附感，我认为对我的生存和福祉至关重要的曼哈顿土地，也小得可以放进扬克斯我曾经在那里长大成人的公寓里，而且尚有余地。西十二街有我自己的小公寓——几平方英尺之地，能放我的书桌和废纸篓，七十九街和公园大道交界处有苏珊的公寓，里面有我们一起进餐的饭桌,起居室里有两把面对面的安乐椅供我们晚上阅读时坐,还有一张双人床。她的公寓以北十个街段外的地方有一把精神分析师的睡椅,承载了大量的秘事;再往北的西一〇七大街有莫里斯杂乱的小书房,我一个月左右去一次,经常是一半勉强一半甘愿地聆听老大哥的教诲,这里是我这个"逃亡丈夫"的纽约地铁之行的最北端。这座城中之城的其余地皮全都在那儿,跟那许多工人、商人、管理人员和职员一样,同我没什么关系。每天傍晚,不管选择哪条"有趣"和热闹的路前往施皮尔福格尔的诊所,不管我漫步穿过服装工商业区,或时报广场,或珠宝商业中心,或取道第四大道的旧书店,或穿过中央公园的动物园,我根本无法消除我是个异乡人的感觉,觉得自己像被当局拘留在此,被搁置,就像我在霍夫斯特拉学院怀着如此强烈的感情教授的克莱斯特小说中那个了不起的偏执狂受害者和正义复仇者。

有一轶事可说明我的斗室之小和四壁之厚。一九六四年秋天的一个傍晚,我在去施皮尔福格尔诊所的路上,在第四大道舒尔特二手书店停了一下,下到那间宽敞的地下室,那儿供出售的数千册"用过的"小说以字母顺序排列在十二英尺高的书架上。在这小说书库里缓步浏览,最后走到字母 T,那里有我的书。一边是姓氏首字母为 S 的作者:斯特恩、斯泰伦和斯威夫特,另一边是首字母为 T 的作者:萨克雷、瑟伯和特罗洛普。在中间(我看到)一本旧的《一个犹太父亲》,仍旧包着蓝白相间的护封。我把书拿下来,翻到扉页,见到是一九六〇年四月"杰伊"赠送给"葆拉"的,那不就是莫琳和我在罗马的西班牙阶梯上绽放的杜鹃花丛中大吵一架的那个月吗?我翻了一下,看哪一页上有什么标记,然后把书放回原处,放在《桶的故事》与《亨利·埃斯蒙德》之间。我的这部成功的习作就是在这样的陪伴下流传于世的,这搅动了我的情绪,骄傲和绝望霎时间一齐涌上心头。我喃喃自语:"这母狗!"此时有个少年捧着半打书,他身穿一件洗得发白的灰色棉夹克和一双运动鞋,悄无声息地走近我。我猜想,他是舒尔特书店的一名下层雇员。"有事吗?""不好意思,"他说,"先生,请问您是彼得·塔诺波尔吧?"我有点儿脸红。"是的。""那位小说家?"我点了点头。接着他自己的脸也变红了,显然不知道再说些什么好,突然脱口而出:"我是说——您后来怎么样了?"我耸了耸肩。"我不知道,"我对他说,"我自己也在等着瞧呢。"一刹那间,我已经闪出门外,一头扎进人声鼎沸的街道向北疾行,绕过从旋转门里走出、经过我向地铁站走去的人群,不顾一切地穿过每个十字路口由于信号灯引起的那片混乱。我一路往前冲,左劈右砍地冲破那道没有面孔的阻力屏障,终于走到了八十九街,躺倒在睡椅上,对我的倾听者和指导者诉说了我从舒尔特书店地下室带来的完整信息——书店伙计诚挚而唐突的提问,以及我自己莫名其妙的回复。那就是我在这个举世闻名、游客绕半个地球来参观的世界中心的喧闹之中所听到的一切。

看完医生之后,我去苏珊那里用晚餐,度过晚上的时光。大多数夜晚我们俩坐在壁炉两旁的安乐椅上看书,到午夜时上床,入睡前照例花上大约十五或二十分钟互相努力激发情欲。到了早上,苏珊七点半便起床出门。她是戈尔丁医生全天的第一个病人,大约一小时后我自己也手里拿着书离开了,偶尔会遭遇某位住户的眼光,那眼光似乎在说,既然年轻寡妇麦考尔看中了这位穿灯芯绒休闲裤和磨光麂皮鞋的犹太绅士,她至少可以叫他乘货梯进出。然而,如果对苏珊这栋合作公寓来说,我算不上很相配的上流资产阶级人士,那么在很多方面,我倒是过着"循规蹈矩的"生活,也即福楼拜在其作品中向那些有志于"大干和创新"的人推荐的生活。

而我的作品,我认为已经开始初见成效,至少没有拙劣到必须被雪藏到我的小柜子底部那个纸板酒箱里去。去年我完成了三个短篇:分别刊于《纽约客》、《凯尼恩评论》和《哈泼斯》。它们是我于一九五九年发表《一个犹太父亲》以来第一批问世的小说。这三篇故事虽然情节简单，却显示出某种清晰和沉静，是我过去几年的写作中都没有的特质。我在接受心理分析时追忆的童年和青春期的往事，多半启发了这些创作，跟莫琳、尿样和婚姻全都毫无关系。那本以我成年后的不幸经历为素材的书，不用说，我每天仍会发疯地写上几个小时，纸板酒箱里的两千余页书稿可资证明。眼下这些林林总总被弃的草稿杂乱无章地混放在一起，稿子被涂得乱七八糟，打满了X，还用钢笔和铅笔做了上百种深浅不同的箭头记号，页边上交杂着评论、备忘以及页码编排计划（罗马数字、阿拉伯数字，各种字母组合在一起，连我这个加密者也无法破解），这么一来，一个试图钻研这本著作的人所获得印象并非文字所描绘的想象世界，而是想象者本人的精神状况：这些手稿传达了一个信息，这个信息就是混乱。事实上，我从福楼拜的言论中找到了适合我的失败的描述，那是我从他的一本已磨损变旧的书信集里抄录下来的（书是我在部队服役时买下的，以助我过渡到复员）。我把抄下的语录用胶带贴在装有五十万字的纸板箱里，那五十万字没有一个是恰到好处的。在我看来，当我最终决定判它们死刑时，福楼拜语录或许是一段合适的墓志铭。福楼拜的情妇路易丝·科莱发表了一首诋毁其同时代人阿尔弗雷德·德·缪塞[①]的诗，福楼拜便写信给她说："你抱着个人情绪来写，你的观点因此遭到扭曲，无法正视作为所有想象作品之基础的根本原则。它没有美学意义。你把艺术变成情绪的发泄，变成一种接纳溢出物的便壶。它散发出难闻的气味，仇恨的气味。"

然而，假如我不能停止"鞭尸"，不能把尸体从验尸房送进坟墓，那么这是因为这位对我作为一个学生和胸怀大志小说家文学良知的形成有过莫大影响的天才还写过——

[①] Alfred de Musset（1810—1857），法国剧作家，诗人，小说家。

　　　　艺术，有如犹太人的上帝，沉溺于牺牲。

还有：

　　　　在艺术中……创造性冲动本质上是狂热的。

还有：

　　　　……艺术大师的无休无止！他们追求一种意念直至极限。

这些触发灵感的辩词，施皮尔福格尔医生可能会将之形容为"由于严重创伤而导致的一种固恋"，我把这些辩词也抄在纸条上，并且（我必须承认有几分自嘲）将它们贴在装着我那部头绪纷乱的小说的纸板箱面上，一条条就像幸运签饼里的字条。

　　那天晚上，我手里拿着《美国精神分析论坛》来到苏珊的住处，在门口打了声招呼后，我没有按照以往的习惯先去厨房，在她准备我们晚餐时坐在椅子上跟她聊天。我渴望能在我的生活中重建井然有序的状态！相反，我先去了起居室，在长沙发的边缘坐下，很快读完施皮尔福格尔这篇题为《创造力：艺术家的自恋》的文章。在文中某处我看到了我要找的内容——至少我以为这是我在找的东西："一个成功的美籍意大利诗人，在他四十来岁时因感到抑郁焦虑而开始接受心理治疗，其抑郁源自欲离开其妻子而产生的严重矛盾心理……"文章至此，施皮尔福格尔谈到的病人都是些"演员""画家""作曲家"，所以这位诗人应该就是我了。只是我开始当施皮尔福格尔的病人时不是四十来岁，而是二十九岁，当时我因二十六岁时铸下的错误而身心潦倒。一个四十多岁的男人与一个二十多岁的男人之间，在经验、期望和性格方面肯定都有差异，不能这样轻易抹煞……至于"成功的"？你是否用这个词（在我脑子里，我立刻开始直接跟施皮尔福格尔对话）来表示我当时的人生趋势？一个"成功的"学徒，可不是吗，一九六二年我来见你时，我已二十九岁，已经有三年时间一直在写自己无法忍受的小说，连给一个班级上课时仍然会害怕莫琳冲进来向学生"揭露"我。成功的？四十来岁？自然不用说，将"一个规规矩矩而有教养的犹太小伙"（用我哥哥的话说）假扮成什么"美籍意大利人"，对于颇能影响个人心理和伦理准则的社会和文化背景问题未免不够明智。施皮尔福格尔医生，虽然都从事创作，但诗人和小说家之间的共同点，大概就像赛马选手和内燃机车司机之间的共同点吧。这一点应该有人告诉你，尤其因为"创造力"是你研究的重点。诗歌与小说产生于根本不同的感受性，彼此完全不相像，如果你对与年龄、成就、背景和职业有关的根本区别都如此一窍不通，那么关于"创造力""艺术家"甚或"自恋"就更讲不出什么道理了。而且，请允许我这样说，先生——许多小说家的自我，就跟肖像画家自己的相貌一样，是他们需要审慎观察的手头的一个主题，是其艺术要解决的一个难题——考虑到如实描绘的巨大障碍，这也是艺术上的一个难题。他观察镜子中的自己，不单单是他为自己看到的所吸引。相反，艺术家的成功，依赖的是他的超脱的能力，他对自恋的克服。这正是让人悸动的地方，使之成为艺术的正是那艰苦的有自觉意识的工作！施皮尔福格尔大夫，弗洛伊德研究他自己的梦境，并非因为他是个"自恋者"，而是因为他曾是个多梦的学生。所有那些最难捉摸而又最易获得的梦如果不是他自己的，还能是谁的呢？

　　……文章就是这么写的，几乎每个词都让我懊恼不已。没有一句在我看来不是错谬，混淆了细微差别。简而言之，用被肆意扭曲的证据支持一篇内容偏狭、不能给人以教益的论文，付出的代价是使事实复杂化而模糊不清。关于"美籍意大利诗人"原文只有两页,可其对我病案描述的连篇累牍的错误,使我非常气愤、失望,以至于从第八十五页最上面到第八十六页最下面,我花了十分钟才读完。"……离弃他妻子的严重矛盾心理……不久也就明朗起来,诗人当时的主要问题同以往一样,仍是他对一个阳物崇拜的母亲形象而产生的阉割忧虑……"不是的!他当时的主要问题同往常一样,根本不是这类原因造成的。他这种说法既解释不了他对于离开妻子的"百般踌躇",也不能还原他童年时代的情感基调,也就是强烈的安全感。"他的父亲是个受尽折磨的人,对他的母亲无能为力,惟命是从……"什么?你是从哪儿搞到这些说法的?我父亲是受到折磨,对的,但不是受我母亲的折磨,任何一个跟他们生活在同一间屋子里的孩子都知道这一点。他受他自己的固执的折磨,即一定不能让他的妻子和三个孩子将就过活;他受他自己的精力、进取心、事业以及时代的折磨,受他的大家庭观念以及信奉男人应尽之责的强烈的献身精神的折磨!我那"无能为力的"父亲恰恰每天工作十二个小时,一周工作六至七天,经常同时做两份累活,结果是即使他的店如北极冰雪天地一般门可罗雀,他所爱的家人也不会缺吃少穿。分文不名的时候,劳累过度的时候,活得不如一个奴隶,不如三十年代美国一个学徒合同工,但他不酗酒,没有从窗户跳出去,也不打妻子和孩子,一两年前他卖掉塔诺波尔男子服装店退休时,他已经每年净赚两万块了。天哪,施皮尔福格尔,若不是以我父亲为榜样,那么还有谁的榜样使我将男子气概同勤劳和律己联系在一起呢?我当时为何要每逢星期六就到楼下的店里去,整天呆在小仓房里整理和堆放货箱,难道是为了围着一个无能的父亲闲转码?为什么在他向顾客们介绍"编织袜"和"麦克格里格尔衬衫"时,我就像苔丝狄梦娜听奥赛罗一样听他说话,是因为他讲得差劲吗?别骗你自己了,也别骗你的同行了。这是因为我为他与那些名牌商品的关系而骄傲，因为他的推销令人信服。他不得不与之搏斗的不是他妻子的敌意，而是这世界的敌意！他搏斗了，也确实是带着剧烈的头痛，但他没有屈服。我已给你讲过千百遍了。你为何不相信我？你为何为证实你的"理念"而想创作关于我和我家庭的小说，而你的才能显然别有洞天。编故事的事情就留给我吧！"……为了避免在性爱需求上与其妻子发生对抗，这位诗人几乎结婚伊始就跟别的女人发生关系。"可事情不是这样的！你必定想到了别的诗人吧。我问你，这是病人的综合性报告，还是关于我一个人的情况？除了跟卡伦之外，我还跟谁发生关系了？大夫，我不顾死活地跟那个姑娘发生的一段恋情，或许是不抱希望的，不思前顾后的，幼稚而轻率的，可也是满怀激情的，痛彻心扉的，一片赤诚的。整个事情是这样开始的：我渴望在我的生活中有些温情，于是我伸手抚摸了她的头发！噢，对，在那不勒斯，在跟莫琳在旅馆里吵了四十八个小时之后，我去嫖了一次。对，在威尼斯又有一次，总共两次。难道这就是你所谓"几乎结婚伊始就跟别的女人发生关系"？这场婚姻只维持了三年！这段时间"几乎"全算是初始。你为什么不提一下究竟是怎么开始的？"……有一次他在一个派对上搭上一个女孩……"可那是在纽约，那时我离开威斯康星的莫琳已经好几个月了。即便纽约州当局拒绝承认，但那场婚姻实际上已经结束了！"……这位诗人在其与女人的关系中泄愤抒怨，把所有女人都看成发泄性欲的对象……"哎，你这话可当真？所有女人？卡伦·奥克斯对我而言是"发泄性欲的对象"？现在的苏珊·麦考尔对我而言也是？就因为她是我"发泄性欲的对象"，所以我鼓励、哄骗、叱责她返校读完大学？这就是我每天试图帮助她弄得我自己几乎要中风的原因？我说呀，我们还是谈谈最典型的例子吧：莫琳。你认为她对我而言是"发泄性欲的对象"吗？仁慈的上帝啊，人们究竟是怎样看待我的经历的！我并没有把那个满口谎言、歇斯底里的婊子视为任何一种"对象",相反,我铸下的大错恰恰在于我抬高了她作为人的存在,认定自己对她负有不可推卸的道德责任。用我那不切实际的道德观将自己钉在她绝望的十字架上!你若喜欢,或者可以说,我因胆怯把自己关在了笼子里!别对我说那是由于已使她成为"发泄性欲的对象"的"罪孽",因为你那样是不能自圆其说的!假如我真对她像对一个厌恶的"对象",或只是根据她的过去来看她,那我是绝不会行使我的男性义务,不会跟她结婚的!大夫,在你沉思冥想过程中,你有没有想到,我会不会是一个被当作"性对象"的人?施皮尔福格尔,你将一切都搞颠倒了——彻底翻了个面!怎么可以这样呢?你为我做了那么多好事,可现在怎么会错误百出呢?是有可供做文章的素材!而且这是一本论文集的题材!问题并不是女人对我来说太无足轻重,而是她们对我来说太重要了,这您懂不懂?她们考验我的不是我的性能力,而是我的德行!相信我,要是我当初听从的不是我的上半身,而是我的下半身的话,我从一开始就绝不会陷入这场困境之中!我会仍然操着蒂娜·多恩布施!而她会成为我的妻子!

我接下来读到的内容,竟使我从长沙发上站了起来,好似在一场噩梦中听到有人终于叫我的名字,然后才想起施皮尔福格尔向他同行描述(并做出诊断)的有幸不是一个三十岁左右、名叫塔诺波尔的犹太小说家,而是一个四十多岁、无名无姓的美籍意大利诗人。"……把他的精液留在浴缸上,毛巾上等等,出于愤怒而大肆泄欲;另有一次,他竟给自己穿上他妻子的内裤、胸罩和长筒袜……"长筒袜?哦,我没有穿她的袜子,见鬼了!你就不能把事情搞搞清楚吗?这根本不是"另有一次"!一、她当时刚刚用我的剃刀在她手腕上弄出血来;二、她当时刚刚承认:1.她故意骗我跟她结婚 2.婚后可悲的三年里一直瞒着我;三、她当时刚刚威胁说,要把卡伦的那张"清秀的小脸蛋儿"登在威斯康星的每一份报纸上……

接着便是文章中最糟的一部分,即把美籍意大利人描写得如此滑稽可笑的部分……就在下面一段文字里,施皮尔福格尔引述了我小时候的一件事情,上个月我在《纽约客》署名发表的一篇自传体小说里详述了这件事。

事情跟我们在战时搬家有关,我哥哥当时去当了商船船员。为给新婚的女儿女婿腾房,房东要我们从其两户合住的房子的二楼搬出去。九年前,也即我出生那年,我家从布朗克斯搬到扬克斯时就租下这二楼房间了。我父母找到的新房跟旧房很相似,幸好只是稍微贵一点,就在六个街段外,且是同一社区。尽管房东对待父母的专横态度曾激怒他们,特别是因为多年来我母亲一直精心照管那栋房子,我父亲悉心照料那个小庭院,全把它们看成自家产业而爱护备至。对我而言,生下后就一直住在同一栋房子里,现在却被人撵了出来,真弄得我迷迷糊糊。更糟的是,搬进新房的第一夜,我上床睡觉的时候,见那房间里乱七八糟,跟我们原来的生活方式格格不入。难道这是永久的吗?被驱赶,感到困惑,到处一片混乱?我们是在走下坡路吗?这会是我哥哥的商船在危险的北大西洋被德国水雷击沉的结果吗?搬家后的一天下课回家吃午饭时,我没有一路直奔新的住所,反而不假思索地回到我出生以来一直同父母兄弟姐妹一起安居的那栋房子。在二楼一站定,我惊愕地发现房门大开,听见一个男人在里面大声说话。门口的地板多年来被我母亲用刷子刷得干净光洁,我站在那儿竟想不起来我们头天已搬家,现住在另一个地方。"是纳粹!"我寻思。纳粹已经空降到了扬克斯,攻到了我们这条街,把所有的东西都抢走了。把我母亲也抢走了。我就这样猛然醒悟了。我不比普通的九岁孩子更勇敢,也不比他们更高大,也不知从哪儿来的勇气,使我竟敢往门里偷看。可我一瞧,见那些"纳粹"只是几个油漆工,坐在曾经是我们起居室的地板上,上面铺着一块布,吃着用蜡纸包装的三明治。我连奔带跑,沿着老楼梯井奔下去，每一节楼梯上的橡皮踏板上对我来说，就像我对自己的牙齿一样熟悉。穿过邻近地区，我奔向我们的新家，见母亲系着围裙（没有挨打，没有流血，没被奸污，只是由于想到她平时回家挺准时的孩子尚未归家，所以显出焦虑不安），我泪如雨下，扑到她的怀里。

现在，根据施皮尔福格尔对这件事的解释，我之所以哭，主要是因为"对母亲所怀的暴力幻想而有负罪感"。我曾在日记体短篇小说《安妮·弗兰克同时代人的日记》作过解释，我哭，是因为看到母亲健在如常，新住所在我上午上学时已经成了旧居的完美再现，是因为发现我们是住在威切斯特这个安全港里，而不是祖辈世居的仇视蹂躏犹太人的欧洲。

苏珊终于从厨房里走了出来，看我一个人在干什么。

"你为什么那样站着？彼得，发生了什么事吗？"

我举起那本杂志。"施皮尔福格尔写了一篇关于他所谓'创造力'的文章，把我写进去了。"

"指名道姓？"

"没有，但一看就知道是在说我。我九岁那年回家时找错了门。他很清楚我是怎么看待那件事的，我之前跟他讲过，可他还是我行我素，杜撰了个美籍意大利诗人！"

"谁？我听不懂你的话。"

"这儿！"我把杂志递给她，"这儿！这个他妈的诗人应该就是我！读吧！读读这玩意儿！"

她在睡榻上坐下来，读了起来。"啊，彼得。"

"读下去。"

"上面写着……"

"什么？"

"这儿写着——你穿上莫琳的内衣裤和长筒袜。啊，他疯了。"

"他没有——我当时确实这么干过。读下去。"

她的眼泪落了下来。"你这么干了?"

"没有长筒袜,没有,那是他,他在写他那该死的烂俗小说!他写得好像我在梳妆打扮,准备参加一次异装舞会!我当时,苏珊,只是对他说了句:'瞧,我穿上了这家伙的内衣裤,你得记住这一点!'事情就这么简单!读下去!他没有一件事写得对。整篇错误百出!"

她又读了一点,然后把杂志放在了膝上。"啊,亲爱的。"

"什么?什么?"

"上面写着……"

"我的精液?"

"是的。"

"我也干过那事儿。但现在再也不干了!读下去!"

"好吧,"苏珊说,用指尖抹去眼泪,"别朝我喊。我想这太恶劣了,他不仅把它们写出来,还发表了。这是不道德的,是鲁莽的——我不能相信他居然会干出这种事情。你对我说过他有多聪明。你说,他很明智。可明智的人怎能干如此没有分寸、不体谅别人的事呢?"

"往下读吧。读一读这一整篇弄虚作假、装腔作势、毫无意义的东西吧,一直读到为了证明'自恋'与'艺术'之间联系而从歌德和波德莱尔那里引用的注脚!除此之外,还有什么新鲜东西吗?啊,上帝,他是拿什么东西来作例证的!'正如索福克勒斯所写'——这都能拿来作例证!噢,你得读完这东西,一行一行地读,当心你脚下的地面!每一个段落之间有一百英尺的落差!"

"你打算怎么办?"

"我有什么办法呢?文章已经印出来了——出版了。"

"哎,你不能坐以待毙。他背叛了你的信任。"

"我知道。"

"哎,这太可怕了。"

"我知道。"

"那就做点什么!"她恳求道。

施皮尔福格尔在电话上说,假如我真像我所说的那样"苦恼"的话——"我真是苦恼!"我要他相信——他愿意在看完最后一个病人后留下来,以便当天第二次和我见面。于是,我撇下苏珊(她也有不少值得苦恼的事),乘公交车到麦迪逊大道他的诊所,在候诊室枯坐到七点三十分,脑子里尽想着一些愤怒的争执场面,这一吵可能最终导致我永远离开施皮尔福格尔。

我们之间的争吵是愤怒的,也理应如此,而且它持续了我一个星期的疗程而不曾减弱,但是最后不是我,反而是施皮尔福格尔提出,要我离开他。甚至在读他的文章时,我也没感到这样震惊,不愿相信他的要求。他突然从他的椅子上站起来(甚至在我还躺在长沙发上继续数落他时),侧着身走了几步,绕到我的视线之内。通常我说话时对着对面的书架,或头顶上空的天花板,或房间另一边办公桌上我能看见的那张雅典卫城的风景照。一见他来到我旁边,我就坐直了身子。"瞧,"他说,"事情已经闹得够僵了。我想,要么你现在忘掉我那篇文章,要么你就离开我。我们可是无法在这种情况下继续进行治疗了。"

"这算是什么选择?"我问他,心脏开始一阵狂跳。他停在房间中央,一只手扶着一把椅子的椅背。"我做你的病人已有两年多了。我在这儿投了资——精力、时间、希望、金钱。我不认为自己已经康复了。我不认为自己能独自面对我的生活了。你也不会这样认为。"

"可假如我写了你,你发现我是多么'不可信任'、多么'不道德',在论述你和你的家庭关系问题时'错误百出',那么你为什么仍要作为病人留下来呢？显然，我有太多缺陷，不配当你的医生。"

"你就得了吧。别再用'自恋'打击我个没完。"

"为什么？"

"因为我害怕一出去又是孤家寡人。也因为我现在比过去强了，我的生活比过去变好了。因为跟你在一起，我最终能离开莫琳。对我来说，你知道，那不是无足轻重的事儿。假如我不离开她，我会死——死或坐牢。你可能以为我在夸大其词，但我知道这千真万确。我说的是在实际方面，在我的日常生活方面，你对我有相当大的帮助。你跟我共渡了好几个难关。你制止我干一些粗暴和愚蠢的事情。很显然，两年来每周到这儿三次不是没有道理的。但这一切并不意味着这篇文章是我可以立马就抛到脑后的。"

"但是关于这篇文章，已经没有什么可说的了。我们已争辩一个礼拜了。从头到尾都谈过了，没有什么新东西要补充了。"

"你可以补充说你是错的。"

"这个指控我已经回答不止一次了。我没发现我有什么事做'错'了。"

"你知道我把那件事写在小说里了，你却还把它用在你的文章里，这是错误的，至少是轻率的。"

"我对你解释过了，我们是同时写的。"

"可我告诉过你，我用在了安妮·弗兰克的故事里。"

"你记错了。我直到上个月在《纽约客》上看到那篇故事时，才知道你用了它。那时候我的文章已经付印了。"

"但你可以改啊，把那件事删掉。我没有记错。"

"首先你抱怨说，我伪饰你的身份，有意歪曲你，严重扭曲事实。可你是犹太人，不是美籍意大利人。你是小说家，不是诗人。你来我这里时是二十九岁，不是四十岁。紧接着，你就埋怨我没能充分伪饰你的身份，或者说，我引用那个特定的事件，就等于暴露了你的身份。这当然是与你的'特殊性'有关的矛盾心理的又一次表现。"

"这当然并非又是我的矛盾心理!你又一次在我们争辩的问题上混淆是非。你在混淆重要的差异,就如你在那篇文章里干的!我们至少要挨个儿谈谈每一个问题。"

"我们已经挨个儿谈过每一个问题了,谈过三四次了。"

"可你仍然弄不清这一点。即使你的文章已经付印,你一旦读到安妮·弗兰克的故事,就应该竭尽全力保护我的隐私——还有我对你的信赖!"

"这是不可能的。"

"你可以收回那篇文章。"

"你在要求我做不可能做的事。"

"发表你的文章,保护我对你的信任,这两者哪个更重要?"

"当时这两件事并没有构成我的选择。"

"但它们构成了。"

"那是你的看法。我告诉你,我们显然已经陷入僵局,在这种情况下,治疗是不可能继续下去的。我们绝对无法取得进展。"

"但我可不是上星期从街上随意走进来的人。我是你的病人啊。"

"不错。可我不能再让我的病人攻击我了。"

"忍耐一下吧。"我不痛快地说——这原是他在帮助我度过一些苦日子时常说的话,"瞧,既然你肯定约略知道,我或许会在一篇小说中用上这件事,既然你实际上知道,我正在写一篇以此事作为结尾的小说,那么难道你就一点也没有想到要得到我的许可,问一问我是否愿意?"

"你写的人你都得到了他们的许可了吗?"

"可我不是精神分析医生!这种比较是行不通的。我是写小说的,或者说过去是写小说的。《一个犹太父亲》,正像你肯定意识到的那样,写的不是'关于'我的家庭,'关于'格蕾特和我的事。小说素材或许源自我的家庭,但结果是一种创作,一种技巧,一种对实事的反思。一部自白式的想象作品,大夫,从严格的事实和历史意义来说,我并没有写'关于'别人的事。"

"那么你认为,"他神情严肃地说,"我写了咯。"

"对不起,施皮尔福格尔大夫,我知道这不是一个令人满意的回答。你肯定也清楚得很。第一,你受道德考量的束缚,这些考量恰恰不适合我的职业。没有人怀着他们对你的那种信赖来求我,而且假如他们对我谈经历,那并不是因为我可以治好他们的病。这再清楚不过了。做小说家,他的本职就是披露私生活——这是小说家应尽职责的一部分。而我认为你的职责是给我治病!第二,就准确性来说,你理应写得准确,但你的这篇东西写得不像我所期望的那样准确。"

"塔诺波尔先生,'这篇东西'是一篇科学论文。如果我们必须得到我们的病人的允许或批准才能发表,我们中就没有人能写这样的论文,就没有人可以互相分享科研成果。你不是唯一的这样的病人,企图审查并删除不愉快的事实,或把他不乐意听到的关于他自己的事情说成是'不准确的'。"

"啊,你这话可站不住脚,你很清楚这一点!我乐意听到关于我的任何事情,而且一贯如此。我的问题,就我所见,不是我油盐不进。事实上,我是像鱼一样很容易上钩的,施皮尔福格尔大夫,这点莫琳可以作证。"

"啊,是吗?有讽刺意味的是,正是我的文章里讨论的自恋式防卫,使你无法接受这篇文章,还认为它似乎有损你的尊严,使你难堪或贬低你。正是因为看到了对你的自恋的抨击,你才认为问题大得不行。与此同时,你表现得好像整篇文章都是在谈你,可事实上,十五页的论文里,你的病例占了还不到两页。可你就是根本不喜欢这个观点,即你的痛苦源自'阉割忧虑'。你也不喜欢认为你面对自己的母亲肆无忌惮地想入非非的想法。你不喜欢我把你的父亲,并通过引申,把他的儿子和继承人,也就是你,说成是'无能'和'唯命是从'的,虽然你也不喜欢称你为'成功的',很显然,这是你有意减少一些你对无辜受害者的过重的怜悯心。"

"听着,我相信在纽约有你刚才形容的那种人。只是我并非其中之一!那些人要么是你脑子里的某种模型,某种'四季型'病人,要么是你在思考的另一种病人,坦白说,我实在不知道该如何解释。或许最终要归结为一个自我表达的问题,或许就是你的写法不够准确。"

"哦,写法也是一个问题?"

"我不愿意这么说,但写文章可能并不是你的强项。"

他笑了一笑。"以你的判断,会是这样吗?我能准确到使你满意吗?有关安妮·弗兰克故事里所写的那件事之所以让你心神不宁,我想,或许不是因为我引用那件事而可能暴露了你的身份,而是你认为我抄袭、滥用了你的素材。我敢于发表这篇自己写的论文,这使你恨之入骨。可如果我真像你所说的那样,是一位蹩脚的、不准确的作者,那么你就不该因为我对英语散文的这么一次小小的冒昧尝试而感到如此受威胁。"

"我没有感到'受威胁'。哦,请别像莫琳那样跟我争吵,可以吗?那只是老调重弹,完全没有意义,不能让任何人理解任何事。"

"我向你保证,我不会像莫琳那样,我说'受威胁',是因为我的意思就是'受威胁'。"

"可写文章或许不是你的强项。或许我的这个说法只是对事实的客观陈述,跟我是一个作家还是一个走钢丝的人无关。"

"那为什么这对你来说那么重要呢?"

"为什么?为什么?"他居然这样认真地提出这个问题,只能使我感到万箭穿心,我感到泪水夺眶而出。"因为,别的不说,我是你那篇文章所谈的对象!我是被你的不准确语言所曲解了的对象!因为我每天到这里来,详述一天的感受,把我大部分个人生活中的所有细枝末节都抖搂出来,所以我当然会期望一篇准确的叙述!"我已经哭出声来,"你是我的朋友,我把实情都告诉你了,把一切都告诉你了。"

"听着,让我来纠正你一下,请别以为整个世界都在屏息静气地等着我们那本小小杂志的最新一期,你声称在这一期里你被曲解了。我请你相信,情况不是这样的。这不是《纽约客》,甚至不是《凯尼恩评论》,我的大多数同事甚至根本不屑翻阅,这也许会让你觉得舒服些。可这又是你的自恋,你的感觉:你总认为全世界就只是在盼望着有关彼得·塔诺波尔的最新消息。"

泪水止住了。"若允许我说的话,这又是你的还原主义,是你叫人困惑的伎俩。你能不能别再用'自恋'这个字眼了?你用它,就像是对我的当头一棒。"

"这个词纯粹是就事论事,没有抬高或贬低的意思。"

"哦,是这样吗?好啊,那用在你身上,看看有没有'抬高或贬低的意思'!瞧,我们能否承认在自尊与虚荣之间、在骄傲与狂妄自大之间存在差异?我们能否承认,在面对棘手的道德问题时,我表现得更加敏感,而你显然对此漠不关心,所以就不能不用'心理失常'来解释我的心理吗?你自己也有心理的,这你知道。你总是这样对我,施皮尔福格尔大夫。首先,你缩小了道德关心的范围,比如你说,我对苏珊的责任感多是自恋的保护色。不过,如果我同意这样来看问题,去除我的行为的道德含意,你仍会对我说,我是一个只考虑自己的福祉的自恋者。你知道,莫琳惯于做类似的事情,只是她习惯反过来,用五花大绑的手法对付你。她把厨房洗涤槽也变成了道德问题!整个大千世界的每一样东西都成了对我的道德和人格的考验！若开车离开罗马去弗拉斯卡蒂，我拐错了一个弯，半英里之内她就让我认定自己是个十恶不赦的人，是取道威切斯特和常春藤大学的来自地狱的魔鬼。而且我居然还信了她！……你听我说，听着，让我们来谈谈莫琳吧，谈谈这一切对我可能有的结果吧。假定莫琳弄到了这一期杂志，读了里头你写的东西。凡是和我有关的文字，和离婚抚养费有关的文字，她都会很留神的，这是她一贯的作风。我的意思是，提一下你方才说的，即没什么人看这本杂志，这种说法是解决不了问题的。因为假如你真信这点，那么你一开始就不会发表你的论文。你把自己的研究发表在一份没有读者的杂志上有什么好处呢？这杂志到处在卖，有人在读，在纽约一定如此，若终究引起莫琳的注意……哎呀，只要想象一下她在法庭向法官朗读那两段文字的高兴劲儿。只要想象一下纽约市的法官信以为真。你明白我在说什么吗？"

"啊，我很明白。"

"举例说，你在文章中写到，我'几乎结婚伊始就跟别的女人发生关系'。首先，这不准确。你这样写，就好像把我变成另一个美籍意大利人，他每天工作完毕后，在从写诗的办公室到回家的路上，来一次快速的性事。你懂了吧？你写得我看起来就像是个一天到晚只知道操女人的家伙。而事实并非如此。上帝知道，你这里所写的不是我跟卡伦恋爱关系的恰当描述。如果那段恋情都算不上严肃认真的话，那就没有什么算得上了——哪怕只有几分，那也是因为我当时在这方面全然是个新手！"

"那么妓女呢？"

"两个——三年里。平均下来约莫一年半个，这在婚姻不幸的男人中间，恐怕是不拈花惹草的全国最高纪录了。你忘了吗？我当时有多悲惨！请别断章取义行吗？你似乎忘了跟我结婚的人是莫琳。你似乎忘了我们结婚的经过。你似乎忘了我和莫琳在意大利到处争吵：广场，教堂，博物馆，小饭馆，还有旅馆。换一个男人会狠揍她的脑袋的！我之前的梅奇克，那个南斯拉夫酒保，会像拳击手一样痛击她的下巴。我是个文人。我接下来做的都是文雅的事——同一个要价三千里拉的妓女发生关系！啊，原来你就是这样用'美籍意大利人'来影射我的，是吗？"

他挥了挥手，以此表示他是怎么看待我这一敏锐的见解的，然后说："换一个男人可能会更直接地对付他的妻子，的确是这样，而不是以性欲泄愤。"

"可对付那个女人唯一直截了当的方式就是宰了她！你倒是对我说过，杀人是犯法的，疯婆子也包括在内。我不是发泄性欲——不管那意味着什么，我是企图在这疯疯癫癫的状态中活下去。让我活下去！'让我避开疯癫'①，等等。"

"还有，"他说道，"你又一次轻易忘掉了你在威斯康星那位英语系年轻同事的妻子。"

"天哪，你是科顿·马瑟②吗？我或许孩子气，懦弱，甚至也许是你的职业美梦中的自恋者，但我绝不是笨蛋！我不游手好闲，不淫乱，不吃软饭，不是那种到处乱搞的色鬼。你为何要以这种方式描写我？你为何要在你的写作中把我刻画成一种冷酷无情、强奸未遂的家伙？是啊，是啊，还有另一种方法来描写我跟卡伦的关系……"

"可我对卡伦未置一词。我只是向你提到你同事的妻子，那天下午你在麦迪逊购物中心与她不期而遇。"

"你的记性真好啊，可为什么又不记得我没有和她上床！她在车里给我吹箫。这有什么？这有什么？我告诉你，我们俩当时都感到

---

① 语出莎士比亚剧作《李尔王》。
② Cotton Mather（1663—1728），生于波士顿，多产作家。此处暗指医生那类似牧师布道式的言行。

惊奇。我们当时是朋友。她的婚姻也不怎么幸福。看在上帝分上，那不是'发生关系'。那是友情！是心碎！是慷慨！是温柔！是绝望！是在汽车后座私下一起做了十分钟的少男少女，而后又体面地做回大人！是甜蜜而无害的'假扮'游戏！笑吧，要是你喜欢，就从你的布道坛上笑吧，反正我这才是比较准确的描述，比你对当时所发生之事讲得准确。我们没有让事态进一步发展，你知道的，尽管本是有可能进一步的。我们只当它是一种快乐而又无足轻重的事情，然后各自就又像优秀士兵似的返回那该死的前线。难道真的，陛下，难道真的，阁下，这种事在您的心目中就也成了'结婚伊始就跟别的女人发生关系'的依据吗？"

"难道不是吗？"

"两个意大利街妓，麦迪逊车里的一个朋友……还有卡伦？不，虑及我的婚姻，我说这实质上是修道士式的。那个美籍意大利诗人从婚姻伊始就产生了一些疯狂的念头，但他认为既然做了丈夫，他生活的使命就是忠贞不贰，至于忠贞的对象是谁，他似乎从没想过。就像守信和尽职一样，正是这种想法才使他当初娶了那个泼妇！美籍意大利诗人又一次做了他所谓'男子气概的''正直的'和'符合原则的'事儿，结果不用说，那只是懦怯和服从。成了挨鞭子的小狗，就如我哥哥一针见血指出的那样。事实上，施皮尔福格尔大夫，那两个意大利妓女，购物中心后面的我同事的妻子，还有卡伦，一起构成了唯一值得赞赏的，唯一有男子汉气概的，唯一符合道德的……啊，去他的！"

"我认为，在这一点上，我们只是在用不同的词语说着相同的事情。这不就是你刚刚意识到的吗？"

"不，不，不，不。我刚意识到，你从不会对我承认，在用词或句法的任何一个细节上你可能错了，更不用说你这篇文章的中心思想了。大谈什么用自恋作为防卫的手段！"

他没有因为我轻蔑的语调而发怒。他的嗓音始终铿锵有力，甚至带有一丝挖苦、讽刺，但没有怒气，当然更不会有眼泪。他该是什么样的心态呢？假如我不再来看病，他会损失什么呢？

"我已不再是学生，塔诺波尔先生。我不向我的病人讨教文学批评。看来你是希望我把专业写作的工作让给你，把自己的活动限制在这间屋子里。你一定还记得，几年前你偶然发现我乘公交车后，你是多么不安。"

"那是敬畏。别担心，我不再那样了。"

"很好。你没有理由认为我是完美的。"

"我没这么认为。"

"另一方面，你也没有必要认为我是另一个莫琳，为我自己的施虐和报复心理而出卖和欺骗你。"

"我没有像你说的那样。"

"你可能仍然认为我是那样的。"

"如果你的意思是我认为我被你利用了，那么回答是肯定的。问题不是莫琳，而是你的文章。"

"好吧，那是你的判断。现在该由你决定，你准备如何对付治疗问题。如果你想继续抨击我，那治疗就没法进行了，就是再试试也是愚蠢的。假如你想回到刚才讨论的事情上去，我也会奉陪到底。或者也许你愿意考虑第三种选择，另选他人为你治疗。这就是下一次治疗前你要决定的事。"

苏珊对我最终的决定大为恼火。我从未听过她那样激烈地同我争论，坚决反对施皮尔福格尔"虐待"我，她也从来不敢那么坦率地批评我。她的反对当然多半源自戈尔丁医生，她告诉我说，施皮尔福格尔的那篇文章对我的论述方式使戈尔丁感到"骇人"。不过，如果她自己的态度没有发生惊人变化，她是根本不会把戈尔丁的态度转达给我的。现在，也许是读了有关我穿着莫琳的内衣裤走动的事，多多少少增强了她同我在一起的自信心,可不管是什么触发了这一点,我总还是暗自为此感到高兴,因为她身上重现了那压抑甚久的活泼有力的一面,与此同时,我也感到烦恼,对我继续跟随施皮尔福格尔的决定,她和戈尔丁提出的建议可能已不光是含有羞辱人的意思了。当然,我给苏珊的辩白,连我自己听起来也是最软弱无力的。

"你应该离开他。"她说。

"我做不到。现在已经太晚了。他为我做的好事多于坏事。"

"可他对你的诊断完全是错误的。误诊会对任何人有什么好处吗?"

"我不知道,但他为我做了好事。或许他是个蹩脚的分析师,却是出色的治疗师。"

"你讲得没有道理,彼得。"

"瞧,我不再跟我的最大的死敌上床睡觉了,是不是?我已经不是那种人了,不是吗?"

"可任何医生都会帮助你离开她。任何医生至少都有能力帮你渡过难关。"

"但他正是帮助我的人。"

"这是不是说,他只要做出个什么结果就尽职了?他把你这个人全看错了。发表那篇文章不事先跟你商量是完全错误的。你当面问他干了什么,他的态度,说什么'要么闭嘴,要么就滚',那是错得不能再错了。你懂的!戈尔丁医生说,这是他所听到的发生在医生和病人之间的事情中最应该受到谴责的。连他那篇文章也糟糕得很——你说过的,尽是些陈腔滥调。"

"瞧,我还要找他看病呢。我不想再多说他了。"

"要是我像他那样回答你,你会暴跳如雷的。你会说:'不许再退缩!为你自己站起来,笨蛋!'啊,我不明白,有人显然在诋毁你,你为什么这样忍气吞声。你为什么让干了坏事的人逍遥自在?"

"哪些人?"

"哪些人?像莫琳那样的人。像施皮尔福格尔那样的人。那些人,他们……"

"什么?"

"哦,把你踩在脚下。"

"苏珊,我不愿多花一点时间去把自己看作是被人踩在脚下的人。这样是不会有什么好结果的。"

"那就别做那样的人!也别让他们逍遥自在!"

"在我看来,在这件事上,似乎没有任何人是逍遥自在的。"

"啊,乖乖,戈尔丁大夫可不是这样说的。"

我把戈尔丁说的话转达给施皮尔福格尔,他只是耸了耸肩。"我不认识这个人。"他喃喃自语道,仅此而已。这就完了。似乎如果他认识他,他就能告诉我戈尔丁采取这种态度的动机——否则何必多去想他呢?至于苏珊的气愤,一反常态地强烈要求我离开他,嗯,这我能理解,不是吗?她恨施皮尔福格尔,恨他写的关于彼得的事儿,因为彼得是给予她鼓舞和教诲的人,她崇敬他,因为他帮助她改变了她的生活。施皮尔福格尔把她的皮格马利翁拉下了神坛,伽拉忒亚自然对他横眉怒目。还能期待她有什么别的态度呢?

我得说,他对批评的免疫力实在是令人目眩。别看这位医生脸色苍白,走路一瘸一拐,可在我那些彷徨犹豫、自我怀疑的日子里,他的坚不可摧是我热望的一种境界:我是正确的,你是错误的,即使我不对,我也会坚持,坚持,寸步不让,这样到后来我就是正确的了。或许这就是我为什么没有离开他,出于对他一身"盔甲"的钦羡,希望那种难以攻克的精神能传我些许。是的,我想,这个高傲的狗娘养的德国人,他在给我树立榜样。我只是不愿告诉他,不让他得意。只是谁会说他不知不晓呢?只是谁会说他心知肚明呢,除了我之外?

几个星期过去了,苏珊还是一听到施皮尔福格尔的名字就做鬼脸,所以我有时几乎要采取在我看来是最好的为他辩护的方法——同时也是为我自己的辩护,因为假如结果证明我不仅被莫琳而且被施皮尔福格尔给骗了,那就很难让人再相信我的判断。为了证实我自称的清醒和智慧,为保护自己的信任感不至于全面崩溃(或许这只是为了永久保持我的天真幻想?珍藏和保护我的天真直到最后?),我感到我应尽可能为他做强有力的辩护。即使这意味着承认他那模糊不清的自辩是正确的,即使这意味着以精神分析的怀疑论推翻我自己正当的反对!"瞧,"我想对苏珊说,"如果不是施皮尔福格尔,我就不会在你这儿了。如果不是每次我说'为何不离开'时施皮尔福格尔总说'为何不留下来',那我很早以前就结束我们这段恋情了。我们之间的事都得感谢他,替你说话的人是他,不是我。"即便她不肯宽恕他那"应受谴责"的行为,她也应该知道,那一年我之所以没有离开她,反而几乎每天晚上到她这里来,大半是由于施皮尔福格尔的鼓励,跟她自身无关;甚至到了今天,到了我们的恋情已持续了好几年的今天——我是她的乖乖,她是我的苏茜(我们对彼此的爱称)——如果让她知道,每当我因对家庭和婚姻之噩梦而却步时,正是施皮尔福格尔阻止了我离开她,那么恐怕对她脆弱的自尊来说也无裨益。"可她想要孩子,就现在,趁她还年轻的时候。""但你不想要孩子。""对。我也不让她怀有这种希望。那是不行的。""那就告诉她别要孩子。""我说了。我已经告诉她了。这话已经让她受不了,她不想再听了。她说:'我晓得,我晓得,你不会跟我结婚,难道你隔一个小时就要告诉我一次吗?'""哦,每隔一小时倒是有点频繁了。""哦,实际上不是每隔一小时,只不过在她听起来像那样。你看,就因为我对她讲清实情,并不意味着她听得进去。""是这样,可你还能做什么呢?""离开。我应该离开。""我不觉得她认为你该走。""可如果我呆下去……""你或许会真正爱上她。

你有没有想过,那或许就是你想要规避的?不是规避孩子,不是规避婚姻……而是规避爱情?""啊,大夫,别又开始精神分析了。不,我没有想到过。我认为这不可能,因为我认为这是不真实的。""不真实?可不管怎样,你已经有几分爱上她了——不是吗?你告诉我她有多甜蜜,多亲切,多温柔,坐在那里看书时有多美丽。你告诉我她是怎样一个惹人怜爱的人。有时候你对她可是满怀激情。""我是这样吗?""是的,是的,你自己知道。""但是你也知道,仍有不尽如人意的地方。""是啊,嗯,我可一开始就提醒过你。""请别误会,莫琳·塔诺波尔的丈夫明白异性也是不完美的。""既然知道,莫琳·塔诺波尔的丈夫或许应该感激这么一位女性,尽管她不完美,却对他温柔和爱慕,绝对忠诚。她具有所有这些品质,我说得对吗?""没错。她后来还变得聪慧、娇媚和风趣。""也爱着你。""也爱着我。""还是一个厨师,一个好厨师。你告诉我她做的菜有多好吃,害得我垂涎欲滴。""你倒很忠于享乐原则的,施皮尔福格尔大夫。""那你呢?告诉我,你还打算往哪儿跑?寻找什么,寻找谁?为什么寻找?""不寻找谁,不寻求什么——不过说到'为什么',我已经告诉你了:我以为她企图自杀!""仍跟自杀有关?""可要是她真那么干呢?""那难道不是她自己的责任?还有戈尔丁医生的责任?她毕竟是在治疗中。你逃走就因为害怕这种渺茫的可能性吗?""我不能让这种可能性萦绕在我心头。特别是在莫琳之后。""你知道吗,或许是你的脸皮太薄了,或许三十岁正是脸皮该厚一点的时候了。""毫无疑问。我相信,你们这些像犀牛一样皮厚的人生活得更好。不过我的脸皮就是我的脸皮。恐怕你用手电筒就能照透它。所以还是给我一些别的建议吧。""还有什么别的建议啊?那是你自己的选择。留下来或是离开。""说是我的选择,你却作奇奇怪怪的安排。""好啊,那你自己安排吧。""你看,问题是,如果我留下来,她可能会意识到我不会跟人结婚,除非到了我想结婚的时候。所有事情都在促使我考虑不结婚。""塔诺波尔先生,不晓得什么缘故,我觉得我可以指望你时不时地把这个条件摆在她面前。"

我为什么没有离开施皮尔福格尔呢?请大家别忘了他的摩西式的禁令,以及那些禁令对一个薄脸皮的男人的重要意义,当时这个男人已处于过激的边缘而不自知。

汝不可贪穿汝之妻之内衣。

汝不可撒种于汝之邻居洗澡间地板或图书馆书封皮。

汝不可如此愚蠢地购买德国霍夫里兹牌猎刀宰杀汝之妻及其婚姻律师。

"可为什么我不可以?还有什么不同吗?他们在把我逼疯!他们毁了我的生活!首先她用假尿样欺骗我跟她结婚,现在他们告诉法官说,我可以靠写电影剧本发财!她在法庭上说,我'固执地'拒绝去好莱坞干正经工作!那倒是真的!我固执地拒绝了!因为那不是我的工作!我的工作是写小说!现在我连小说也写不成了!我一说连小说也写不成了,他们就说,好啊,那就撅着你的屁股到好莱坞去,在那里你每天挣一千块!瞧!就看看她写的这份证词!大夫,看看她叫我什么,'一个引诱女大学生的人'!她指的是'卡伦'!你可否读读这份文件?我没有夸大其词,我带来让你亲眼看看。就看看写我的这部分!'引诱女大学生的人'!他们抓住这点不放,施皮尔福格尔大夫,这种歪曲事实的做法倒成了合法的!""的确,"我的"摩西"和缓地说,"但你还是不能买那把刀,把它插入她的心脏。你不应该买刀,塔诺波尔先生。""为什么不能?给我一个充分的理由:我为什么不能买?""因为杀人违法。""操他妈的法律!是法律在杀我!""假定你杀了她,他们会送你进监狱。""那有什么!""你不会喜欢那里的。""我不在乎,她死定了。正义会降临这世界!""啊哈,可她死后世界虽变了,你仍不可能上天堂的。记得吗,你连军队都不太喜欢?啊哈,监狱更糟。我不信你在那里会感到快活的。""我在这里也不快活。""我理解。可在监狱更不快活。"

就这样,由于他的制止(或说他假装制止我,我假装被制止),我没有买霍夫里兹中心橱窗里的那把刀(她的律师的办公室就在街对面,二十段楼梯之上)。另有一件好事,当我发现《每日新闻报》那个记者时,我完全失控了(这次不是装的)。那位穿着黑色雨衣的记者,在整个离婚审理过程中一直坐在法庭后排,在听了莫琳律师的发言后便活跃起来。午间休庭时,在庭外走廊,失控的我突然冲向莫琳的律师伊根。他个子矮小,头发斑白,穿着三件式深色套装,衣冠楚楚,项链上挂着引人注目的全美大学优等生荣誉协会的钥匙。他显然是个上了年纪的人(虽然就我的情况而言,我完全可以向一个年轻些的男人发起攻击),不料他动作敏捷,轻易挡住了我用来猛打他的公文包。"你给我小心点,伊根,你给我小心!"那种可追溯到学生时代近乎短兵相接的操场式的喊话。但就在我拿他的公文包再度冲向他时,我自己的律师拦腰抱住我,沿着走廊把我拖走了。"你这头蠢驴,"伊根冷冷地说,"我们会让你一败涂地的。""你这个该死的老贼!你这个爱出风头的小人!你这个杂种,你还能做什么!""等着瞧吧。"伊根不动声色甚至面带笑容地对我说道,这时大厅里我们周围已经聚集了一小群人。"那女人骗了我,"我对他说,"你是知道的!用尿样!""你很有想象力啊,小伙子。你怎么不把它写进你的作品里呢?"此刻我的律师终于使我彻底转过身去,在我背后推我跑,把我推进了男厕所。

《每日新闻报》那位个子矮胖,一身黑衣的瓦尔杜奇先生也随即闯了进来。"你给我滚出去,"我说,"别来烦我。""我只想问您几个问题,我想问问关于您妻子的事儿,就是这些。我是您的读者。我是您的仰慕者。""我信你。""真的。《犹太商人》。我妻子也读了。很棒的结尾。应该拍成电影。""听着,关于电影的事儿今天我已经听够了!""别动气,彼得,我只想问问您,比如说,你们结婚前你老婆是干什么的?""她是舞女!拉丁区干那行儿的。你他妈的就滚吧!"这时我的律师已经站在我们俩之间。"行,行。"瓦尔杜奇说,向我的律师鞠了个躬,朝后退了一步,然后毕恭毕敬地问道,"要是我透露点什么,您不会介意吧?既然我已经来这儿采访了?"他说完,我跟律师默默看着他。"别说话。"我的律师低声对我说。"一会儿见,彼得。"瓦尔杜奇说,在认真地洗净并烘干双手后又说,"一会儿见,律师。"

翌日早晨,在《每日新闻报》第五版的下半部,瓦尔杜奇署名的上方,刊出了横贯三栏的标题:

获奖作家瞄准职业拳击手

他的报道文字配上了我小说护封上的照片,深色的眼睛,清瘦的面庞,天真的模样。照片大约摄于一九五九年。另一张照片是莫琳的,头一天拍的,她的尖下巴如利刃般劈开那令人不快的空气,她挽着丹·伊根的手臂,大步走下法院大楼的台阶。报道说,伊根已有七十岁,曾是福特汉姆大学中量级拳击赛冠军,至今仍是福特汉姆大学校友宴会主持人。"哦,我真不该听从你关于那把刀的劝告。我本来也可以把瓦尔杜奇给宰了的。""你对第五版不满意?""我早该那么做了。还有那个法官。坐在那里同情可怜的莫琳,我恨不得把他那自以为是的喉咙割下来!""好了,"施皮尔福格尔笑吟吟地说,"那种快意转瞬即逝。""啊,不,不会的。""哦,相信我,是会的。在法庭上连杀四人,等你回过神来你就已经在监狱了。那种方法,你知道吧,在你的精神需要振奋的时候,总是会被随手拈来加以想象的。"

就这样,我留下来继续当施皮尔福格尔的病人,至少一直延续到莫琳仍能呼吸(并且吐出火焰),苏珊·麦考尔仍然是我温柔的、一心爱慕我的和忠贞不贰的情人的时候。

五　自由

> 此处躺着我的妻子：让她在此长眠！
> 如今她在安息，我也得以安息。
> 　　　　——约翰·德莱顿，《为他妻子而作的墓志铭》

三年之后，一九六六年春天，莫琳打电话来说她要跟我"单独谈"，越快越好，不许有律师在场。自从《每日新闻报》报道我们的法庭对峙后，我们彼此只在随后的听证会上见过两次，听证会是应莫琳的要求开的，她要确定能否得到一周超过一百美元的抚养费，一百美元是当初罗森茨魏希法官判定我这个"引诱"女大学生的人付给被抛弃的妻子的数额。两次听证会上，由法院指定的仲裁人核查了我的报税表、版税声明和银行记录，得出结论说增加抚养费缺乏依据。我曾经向法庭陈述说，减少抚养费倒是有依据的，因为自从法官当初判我将年收入一万美元中的五千美元付给莫琳后，我的收入非但没有增加，反而减少了大约百分之三十。罗森茨魏希法官的判决依据的是我的报税表，上面显示我从威斯康星大学得到五千二百美元年薪，另加五千美元的稿酬（即我的第二本书的预付稿酬的四分之一）。可到了一九六四年，出版社分四年付的五千块的最后一笔已经付完，而合同约定我写的那本书又写得不像一本完整的小说，于是我成了穷光蛋。年收入一万块，其中五千块作为抚养费付给莫琳，三千块作为诊疗费付给施皮尔福格尔，剩下的两千块付饭钱、房租等等。分居期间，我还有六千八百块的积蓄——《一个犹太父亲》平装本的稿费收入——但也被法官判定在这对失和的夫妇间平分，这位法官后来还把原告的诉讼费加在被告头上。在第三次出庭时，我分到的那点积蓄的剩余部分统统作为酬金付给了我的律师。一九六五年，霍夫斯特拉学院因我教授两个研讨班而把我的年薪增至六千五百块，可我的写作收入就只有我着手发表的一些短篇小说的稿酬了。为节省开支，我把施皮尔福格尔的诊疗从每周三次减至每周两次，并开始向我哥哥借钱维生。每次见仲裁人，我都向他解释说，我现在把我收入的百分之六十五到七十都付给了莫琳，这在我看来是不公平的。莫琳的律师伊根先生便指出，塔诺波尔先生若希望他的收入能"正常化"，甚或"像大多数青年那样力争改善他的命运"的话，他便只需为那些杂志写写小说就行了。《时尚先生》《纽约客》《哈泼斯》《大西洋月刊》《花花公子》，这些期刊的编辑会付钱给他的——说到这儿，为了念出那个惊人的数字，他戴上他那副玳瑁色的眼镜——"一篇短篇小说三千美元"。为证实他的说法，他拿出了从我的档案中调阅的信件，里面说上述杂志的小说编辑向我约稿，要我把正在写或计划写的任何东西寄给他们。我向仲裁人（一个有礼貌、有教养的中年黑人，一开始就声称他有幸见到《一个犹太父亲》的作者——又一位崇拜者，只有上帝知道这意味着什么）解释说，事实上，任何一个稍有名气的作家都会理所当然地收到这样的信，这种信并没有出价、贿赂或保证购买的性质。每当我写完一篇小说，就如我最近一样，我把稿子交给我的经纪人，根据我的建议，他把稿子交给伊根先生提及的那些商业杂志中的某一家。我没有任何办法要哪家杂志买下书稿出版，事实上，过去几年内，最可能出版我的作品的三家杂志社却连续几次退回我的小说稿件（由我的律师交上去的拒绝信在此可说明我的文学声誉的跌落），可见那些热情的约稿信并不作数,因为发出它们是不需要他们付出任何代价的。诚然,我说,我不可能向他们提交我尚未写的小说,而且我也不能——说到这里我大发脾气,但仲裁人依然镇静如常、不动声色——按要求写小说。"哎哟,我的天,"伊根转身对莫琳叹息道,"这位艺术家又在咬人了。""什么?你说什么?"我恶狠狠地追问道,虽然我们坐在法院一个小办公室里的会议桌旁,而且我和仲裁人一样,听见了伊根说的每一个字。"先生,我刚才说,"伊根回答道,"我希望自己是个艺术家,而且不必'按要求'做事。"争到这里,仲裁人温和地劝我们守序,如果说他没有给我减抚养费,那么他也没有按莫琳的要求增加。

不过,他的所谓"公正"并不能安慰我。钱的问题常悬在我心头:莫琳伙同纽约州(我看是这样)对我敲诈勒索,而我又一直向莫里斯借债度日,他拒绝接受利息或确定还款日期。"你要我干什么?像夏洛克一样放高利贷盘剥我亲兄弟的血肉?"他笑着说。"莫伊,我不喜欢这样。""那就不喜欢呗。"

我的律师的看法是,我其实应该开心,因为尽管我的收入有浮动,抚养费现已"稳定"在一周一百块。我说:"你指的是不管收入下浮。那如果上浮呢?""哦,那样的话,你得多付点,彼得。"他提醒我说。"那么,要是我开始多挣一点,所谓'稳定'也就根本不意味着稳定了,不是吗?""船到桥头自然直,我觉得眼下情况看来还是相当好的。"

可在最后一次听证会后没过几天,我就收到莫琳的一封信。说实话,我应该撕掉这封信,根本不去读它。但我还是打开信封,似乎内有陀思妥耶夫斯基的不为人知的手稿。她在信里要告诉我,如果我"逼"她"垮掉",那我就得负担她住精神病院的费用。那可就不止是每周一百美元这个"可怜的"数目了——它要翻三倍。她倒无意迫使我送她到贝尔维尤,很显然,她盯着的目标是佩恩·惠特尼。她对我说，这不是随便说说吓唬人的——她的精神病医生警告她（这也就是她为何要警告我），有朝一日，假如我继续拒绝"当个男人"，她就很有可能被迫送进精神病院。此信接着解释说，"当个男人"的路有两条，一是回到她身边，恢复我们的婚姻生活，担当起"文明社会的责任"；二是到好莱坞去，在那里，任何一个屁股口袋里装有罗马大奖的人都能发财。结果我却在霍夫斯特拉选择了一份"完全不现实的"工作，一礼拜只上一天班，好利用剩余时间写一本关于她的报复性小说。"我不是由钢铁炼成的，"信上告诉我，"不管你高兴如何对人们说我，出版那样的一本书，到头来你会懊悔到死的那一天。"

当我开始临近这篇故事的结尾时，我需指出，在莫琳和我陷入这场伤痕累累、痛苦连连的争斗之际——的确，几乎始自一九六三年一月我们的第一次离婚听证会，就是从我来到纽约大约六个月之后起——报纸和电视的晚间新闻便开始报道日益混乱的美国社会现状，报道有关争取自由和权利而激烈斗争的消息，相形之下，我在支付抚养费和应付死板的离婚法方面遇到的个人困难就显得无足轻重了。不幸的是，那些显而易见的社会混乱和人类苦难的生动事例，却<u>丝毫</u>不曾缓解我精神上的困扰；相反，第二次世界大战之后最生动、最重大的历史就在我四周的街道日日夜夜时时刻刻被创造，却只使我感到自己的烦扰使我越发孤立于大千世界之外，越发为自己狭隘而拘谨的生活感到痛苦，觉得就因为我在婚姻上一时失足，自己势必要过这种生活，或者说只能过这种生活。尽管我可能受到这种新的社会和政治的变化无常的影响，如许多美国人一样，看到晚上电视屏幕上闪现的暴力场景，读到每天早晨《纽约时报》头版刊出的惨绝人寰和目无法纪的新闻，深感可悲和可怕，我也依然几乎无法不去想莫琳和她对我的威胁，虽然毫无疑问，我越是去想她对我的威胁,她就越能借此而继续威胁我。然而我又做不到不去想——在报纸上看到的暴乱场面或恐怖行动,都丝毫不能减轻我备受困扰和陷入罗网的苦闷。

例如,一九六三年春,在我连续好几个夜晚因对罗森茨魏希法官的抚养费判决感到忿恨而不能入睡时,在伯明翰市,警犬被放出来冲向游行的人群;大约就在我开始想象自己将一把霍夫里兹猎刀插入莫琳那颗狼心时,梅德加·埃弗斯①在密西西比自家车道上被枪杀。一九六三年八月,我的侄子阿布纳打电话来,要我跟他和他一家人去华盛顿参加民权运动游行。这孩子当时才十一岁,不久前读了《一个犹太父亲》,在学校里做了一次关于这本小说的报告,把我——他的叔父——比作约翰·斯坦贝克和阿尔贝·加缪(一个尽管动人却未免牵强的结论)。我于是便同莫里斯、莉诺和两个男孩子一起驱车去了华盛顿。阿布纳挽着我的手,我们一起听了马丁·路德·金宣告他的"梦想"——回来的路上我说:"要是我因为抚养费的问题进了监狱,你们觉得我们能找马丁·路德·金出面讲话吗?""当然能,"莫伊说,"还有萨特夫妇。他们将聚集在市政厅,对市长高唱《塔诺波尔必将得胜》。"我和孩子们听了哈哈大笑,不过我好奇如果我公然违抗法院的判决,不肯继续供养莫琳的余生,若有必要宁肯蹲一辈子监狱,那么谁肯出面替我抗议。我意识到没有人会这么做:各处的有识之士都会笑话我们,好像我们这对争吵不休的夫妻就是金发女郎和达格伍德②,或玛杰和吉格斯③。九月,阿布纳的学校举行纪念死于伯明翰教堂爆炸事件的学生悼念仪式,他是学生主席,又邀请我参加,我便去了。不过当一个高大的黑人女学生读兰斯顿·休斯的诗作读到一半时,我从我嫂子旁边我自己的

---

① Medgar Evers(1925—1963),美国黑人民权运动领袖。
② Blondie and Dagwood,连载漫画《金发女郎》中的一对慧妇愚夫。
③ Maggie and Jiggs,1946年至1950年系列影片中两个总爱争辩的爱尔兰移民。

座位上溜走,直奔我的律师的事务所,把那天早上我在牙医诊所洗牙时收到的传票交给他,传票要求我说明:我既已是霍夫斯特拉学院"全职教师",为什么抚养费不该增加……十一月,肯尼迪总统在达拉斯被刺杀。我步行前往施皮尔福格尔的诊所,后来才知道那天大概走了十英里的路。因为我绕了个大圈子,在远离商业区的地方信步而行,逢见一群人聚集在街角,我就停下来;我站在他们旁边,不论他们说什么,我都耸耸肩、点点头,然后再往前走。诚然,那天像这样在街上游荡的人不止我一个。我到达施皮尔福格尔诊所时,门已锁上,他回家了。这对我倒是幸事:我不觉得自己有心情听他来分析我对总统被刺的怀疑和震惊。不一会儿,我到了苏珊那儿,接到父亲打来的电话。"我很抱歉在你朋友处打扰你,"他怯生生地说,"我从你哥那里要到了名字和号码。""没关系,"我说,"我也正要给你打电话。""你记得罗斯福是什么时候死的吗?"我当然记得——《一个犹太父亲》年轻的主人公也记得。父亲难道记不得小说中描写的主人公回忆自己父亲因罗斯福去世而伤心的情景了吗?这处情节直接取自现实生活:琼妮和我跟父亲到扬克斯火车站,作为一个家庭向已故总统表示最后的敬意,当盖着黑色布幔、载着总统遗体的火车发出突突声,缓缓驶过车站开往海德公园时,我在敬畏中(带点惶恐)听见父亲低声的、嘶哑的啜泣声。那年夏天,我们去南福尔斯堡一家旅馆度假一周,中途在海德公园停留,瞻仰已故总统的坟墓。"杜鲁门也应该是犹太人的朋友。"我母亲在墓边说道。她泪流满面,反复说着这句话,她的情绪也感染了我。父亲补充说:"他该安息了,他爱平民百姓。"这一场景也作为男主角的回忆写入了《一个犹太父亲》。年轻的男主角在法兰克福与其德国女友躺在床上,试图用他少得可怜的德语词汇向她解释他是谁,来自何处,以及为什么他的父亲,一个善良和蔼的人,会对她恨之入骨……不管怎样,那天晚上我父亲在电话上问我:"你记得罗斯福是什么时候死的吗?"——不论他读了我写的什么,他从不会把读到的东西跟我们的现实生活联系在一起,就像我在另一方面再也无法跟父亲进行一场真正的对话,而不觉得它于我而言就像我小说中的一个片段。说真的,那晚他接着对我说的一番话,在我听来就像是源自一本我写的书。同样地,我对他所说的只言片语——这是一种由来已久的父子惯例,其精神实质在我看来就如艾博特与科斯特罗①的对话——并不代表演出中一个搭档无论何时都不会受另一个搭档的影响。"你一切都好吧?"他问我,"我无意在你朋友的家里打扰你。你明白吗?""我明白。""我只是想知道你没事。""我没事。""这是件可怕的事情。我为那个老人感到……他一定感到非常难过。又失去一个儿子——这样的伤心事。感谢上帝我们还有鲍比和泰德。""那多少会好一些。""哎,好什么呀,"父亲呻吟道,"可你一切都好吗?""我很好。""好啊,这是最重要的。你什么时候再上法庭?"他问道。"下个月哪天吧。""你的律师怎么说?结果会怎样?他们不会再为难你了,是不是?""等着瞧吧。""你手里现款够吗?"他问我。"够。""瞧,如果你需要钱——""我没事。我不需要任何东西。""那行,保持联系,好吗?我跟你妈在这儿惦记着你,就跟两个麻风病人似的。""我会的,我会保持联系的。""法庭一有决定就立即通知我。还有,如果你需要钱的话。""好的。""什么也别担心。我知道林登·约翰逊是南方人,但我对他抱有极大的信心。假如是他的话,那我会对以色列更放心——可我们又能干什么呢?不管怎么说,那些年他一直追随罗斯福总统,总该学到些东西。他不会有问题的。我想我们没什么可担心的。你说是吗?""是的。""我希望你一切都好。这太可怕了。你要保重自己。我不想你身无分文,你明白吗?""我明白。"

苏珊和我一直坐着看电视,直到肯尼迪夫人乘空军一号返回华

---

① Abbott and Costello,美国 1940 年代一对喜剧组合。

盛顿。当这位遗孀步下飞机,走向载有总统遗体的升降机平台,用手指轻轻抚摸着棺木时,我有感而道:"啊,这要在全国掀起一阵男性的英雄幻想了。""也包括你在内?"苏珊问道。"我也只是个凡人。"我说。在床上,熄灯后我们紧紧搂在一起,都哭了起来。"我甚至没有投他的票。"苏珊说。"你没有投他票?""我一直没告诉你,我把票投给了尼克松。""天哪,你真是个糊涂虫。""啊,亲爱的,杰基·肯尼迪如果不是他的妻子,她也不会投他的票。这是由我们的家教所决定的。"

一九六四年九月,施皮尔福格尔在《美国精神分析论坛》发表了关于我的病例研究报告的一周以后,沃伦委员会公布了关于肯尼迪总统被刺案的调查报告。该委员会裁定称,李·哈维·奥斯瓦德对刺杀肯尼迪总统负全责。在此同时,施皮尔福格尔断言,由于我的成长经历,我患有"阉割情绪抑郁症",从而把"自恋"当作"主要防御"手段。因为并非人人都会相信知名法官或纽约精神分析师的论断,所以在各种各样的场合,人们会就证据、结论、动机以及对于客观调查的方式方法展开辩论……那些个多事之秋就是这样过去的,电台上有关灾难和动乱的层出不穷的报道提醒我,我并非地球上最不幸的居民。我只有一个莫琳与我抗争——如果我是服役年龄,或是印度支那人,必须同他们那里的总统抗争又会怎么样?比起他们的约翰逊,我的约翰逊又如何呢?我看过有关塞尔马、西贡和圣多明各的影像,我对自己说,这才是可怕的、无法忍受的苦难……可这一切并没有改变我的妻子与我之间的任何境况。一九六五年十月,当我和苏珊站在中央公园的绵羊草地,想听听科芬牧师[①]在向聚集在那里的数千名反战者讲些什么时,却看见在离我不到十五英尺的地方就站着莫琳。她穿着长筒靴,正踮起脚,试图

[①] Reverend Coffin(1924—2006),美国民权运动和反战运动英雄。

看到人群上方的演讲台,她外套上别着"斯波克医生①解救我们"的圆形徽章。她给我的信中发出了最后的警告:由于我拒绝"做一个男人",我很快就会为她的精神崩溃付出代价。见她这个"病人"依然可以四处走动真是太好了,我觉得这就是对我身为男人的辩护。啊,在此见到她真叫我怒火中烧!我拍了拍苏珊。"唷,看看谁在反战。""谁?""东京玫瑰②,那就是我老婆,苏珊小可爱。""那个人?"她小声说。"对,胸前别着表示忠诚的大徽章。""哦——其实她很漂亮。""我想也是,某种邪恶的美。好啦,你反正什么也听不到——咱们走吧。""她比我想的——你小说里写的要矮一些。""她踩在你的脚上时会高一些。这条母狗。在家里是永恒的婚姻,在外是民族解放。瞧,"我指了指在示威人群上空盘旋的警方直升飞机对她说,"他们正在为报纸统计人数,咱们离开这儿吧。""哦,彼得,别耍小孩子脾气——""瞧,假如真有谁会使我去轰炸河内的话,那就是她了。还戴着那徽章。解救我吧,斯波克医生,把我从她那儿解救出来!"

那次反战示威游行是我最后一次碰到她,一直到一九六六年的春天,她打电话到我的住所,以沉着而煞有介事的语气对我说:"彼得,我想跟你谈一谈离婚问题。我愿意理智地来讨论全部有关事项,但不能通过你的律师谈,那人是个白痴,我的律师丹·伊根压根儿没法跟他沟通。"

是真的吗?事情要有转机了吗?这一切就快要结束了吗?"他不是白痴,他是一个非常能干的婚姻诉讼律师。"

"他就是个白痴,还是个骗子,但这不是问题焦点,我不想把时间浪费在这上头。你究竟想不想离婚?""这是什么问题啊?我

---

① Benjamin Spock(1903—1998),美国儿科专家,和平主义者,致力于民主和反核运动。
② Tokyo Rose,二战期间远东美军给东京电台英语女播音员取的外号。

当然想。""那为什么不是两人坐在一起搞定?""我不明白我们二人可以'在一起'。""我再问一遍:你究竟想不想离婚?""瞧,莫琳——""如果你想离婚,那今夜我就在集体治疗结束后到你公寓来,我们可以像成人一样解决这个问题。这事儿已经拖得太久,坦白说,我厌倦透了。我的生活另有其他的事情要做。""嗯,听来很好啊,莫琳。但我们肯定不能聚在我的公寓里来解决。""那在哪儿呢?大街上?""我们可以在中立场所见面。我们可以到阿尔冈昆饭店。""真是的,你还是个孩子吗?你到今天还是威切斯特的小少爷啊。""你说得不错,你对'威切斯特'还是这么耿耿于怀?就像对'常青藤'一样。亏你这么多年一直住在大城市里,可骨子里仍然是埃尔迈拉守夜人的女儿。""嗬。你是想继续侮辱我,还是想着手解决问题?说实话,在这个问题上,关于你或你对我的看法,我已经根本不在乎了。我已经受够了。我有自己的生活。我在学吹笛子。"

"现在学吹笛子了?"

"我在学吹笛子,"她接着说,"我要参加集体治疗。我还要上纽约新学院。"

"什么都有,就是没有工作。"我说,"我的医生认为我现在还不能工作。我需要时间思考。"

"你要思考什么?"

"瞧,你打算用你的聪明伶俐把我驳得体无完肤,还是想离婚?"

"你不能到我的公寓来。"

"这是你的最后决定吗?我可不愿在大街上或哪个旅馆酒吧间里谈论如此严肃的事情。如果这是你的最后决定,我就挂断电话。看在上帝分上,彼得,我不会把你吃掉的。"

"嗯,好,"我说,"你来吧,如果就只谈这件事的话。"

"我向你保证,跟你这样的人,我没别的什么好谈的。集体治疗一结束我就过来。"

又是集体治疗!"几点钟结束?"

"我十点到你那儿。"她说。

我打电话给施皮尔福格尔,告诉他我自作主张地安排了这次会面,他说:"我不喜欢这样。"

"我也不喜欢,"我说,"但如果她转换话题,我会赶她走。不然我还能说什么呢?或许她终于想通了要离婚。我没法拒绝她。"

"好吧,既然你同意见她,那就见吧。"

"当然,我仍可打电话给她,取消这次会面。"

"你想这么做吗?"

"我想离婚,这就是我想的。所以我才觉得我必须一有机会就抓住。如果这意味着跟她会有大吵大闹的风险,好,那我愿意冒这个险。"

"是吗?你可以吗?你不会精神崩溃,不会再撕烂你的衣裳?"

"不,不会。不会再那样了。"

"那就好,"施皮尔福格尔说,"祝你好运。"

"谢谢。"

莫琳在上午十点准时到来。她穿了一身漂亮的红色毛料套装——丝织衬衣外一件端庄的短上衣,一条喇叭裙,比过去我看到她的任何时候都时髦。虽然眼睛和嘴角周围有些许皱纹,她的脸却是健康的棕褐色——在我的这个妻子身上再也找不到一丝顽劣或"颓丧"的痕迹。原来她刚从波多黎各度假五天回来,是她那个集体治疗小组坚持要她去的。用的是我的钱,你这个吸血鬼。那套衣服也是。付钱的还是我这个傻瓜!

莫琳仔细审视了起居室——苏珊花了数百块帮我布置的,本来很简陋,但经她费力,变得舒适惬意:铺着灯心草席的地板,一张乡村橡树木圆桌,几把未上漆的餐椅,一张书桌,一盏灯,一个书柜,一张盖着印度印花布的长沙发,一把旧的安乐椅,上面套着苏珊用缝纫机缝制海军蓝色的窗帘时一起做的海军蓝椅套。"十分古雅,"莫琳傲慢地说,眼光落在壁炉旁的装有短木柴的篮子上,"配色很《住宅和庭院》①。"

"还行吧。"

转眼间傲慢成了嫉羡:"哎哟,我觉得这相当出色啊。你该看看我住的地方像啥样子。只有一半大小。"

"俗话说的蜗居吧,我大概知道。"

"彼得,"她费劲地吸了口气,"我来是想对你说件事。"她在安乐椅上坐下,就像在自己家里一样。

"对我说——?"

"我不打算跟你离婚。我永远也不会跟你离婚。"

她停顿下来,等我回答,我也停顿了一会儿。

"滚出去。"我说。

"我还有一些事情要跟你说。"

"我叫你滚出去。"

"我刚来。我并不想——"

"你撒谎。你又撒谎。不到三小时前你在电话上对我说你要谈——"

"我写了一篇关于你的故事。我想念给你听。我把它放在钱包里带来了。我在新学校班里读了。老师觉得写得好,答应帮着拿去发表。我相信你不会觉得好——当然,你有福楼拜的高标准,但我要你听一听。我想,在我拿去发表前,你有资格听一听。"

"莫琳,如果你不自己站起来走出去的话,我就把你扔出去。"

"你敢碰我一下,我就把你送进监狱。丹·伊根晓得我在这儿。他晓得是你邀请我来的。他不让我来。他了解你的为人,彼得。他

---

① *House and Garden*,一本介绍住宅和庭院样式的杂志。

说，如果你敢碰我一下，我就立刻打电话给他。至于你以为我去波多黎各是靠你那一百块臭钱的话，那你就错了，是丹给我的钱，因为我的治疗小组说我应该去。"

"你参加的到底是治疗小组还是旅行社？"

"哈哈。"

"还有这套时髦的衣服。是治疗医生给你买的，还是你的病友们给你的奖赏？"

"没有人买给我，是玛丽·伊根送给我的，衣服是她的，她在爱尔兰买的。别担心，靠你在霍夫斯特拉学院一周四小时挣来的血汗钱，我并不能真的过上高档生活。伊根夫妇是我的朋友，是我结识的最好的朋友。"

"不错。你需要他们。现在你给我出去。滚出去！"

"我要你听听这个，"她说着从钱包里掏出稿子，"我要让你知道，你并不是唯一能向这世界讲述这个婚姻故事的人。这个故事——"她说着，从一个马尼拉纸信封中取出一沓折叠的稿纸——"故事就叫《穿妈咪的衣裳》。"

"你等着，我现在就报警，让警察赶你出去。伊根先生对此怎么看？"

"你敢报警，我就叫萨尔·瓦尔杜奇。"

"你什么人也不会叫。"

"佩皮，你为什么不打电话给你的公园大道百万富婆？她可能会派她的私人司机来，把你从你的可怕老婆的手中解救出来。噢，我对你这个美若天仙的麦考尔夫人可是知道得一清二楚，一只花瓶——一个无助、无望却有钱的无能之辈！噢，别着急，我雇人跟踪你了，你这个混蛋——我知道你跟那些女人干的好事！"

"你什么——？"

"跟踪！盯梢！我有这该死的权利！这可花了我好大一笔钱！你

263

休想全身而退!"

"可有朝一日我会跟你离婚的,你这条母狗!我们不需要侦探,我们不需要——"

"嘿,用不着你来告诉我需要什么来对付你这号人!你晓得我没有百万富婆给我买卡地亚的袖扣!我是凭自己的力量闯荡世界的!"

"屁话,我们都是靠自己!什么袖扣?你在说什么鬼话?"

但她稍稍停顿后又滔滔不绝说开了,看来"卡地亚袖扣"这件事会被她带进坟墓的。"嚄,你换女人的速度可真够快的!这些可怜的有钱姑娘,少女们,全被她们有手腕的老师搞得神魂颠倒,就像在威斯康星我们那个梳辫子的朋友,或是长岛那个犹太公主。你在部队里干过的那个身材高大的金发碧眼的德国护士又怎么样啊?一个护士——对你来说再理想不过了!跟着我们这个长着一对水汪汪的褐色眼睛的妈妈的小少爷,一个真正的女人,你哭了,彼得。一个真正的女人……"

"你听着,是谁让你以一个真正的女人自居?谁指定你作为女人的代表?休想把你那血淋淋的卫生巾塞进我的喉咙,莫琳——关于你的东西没有一点是真的!现在给我滚出去!你竟然派人跟踪我!"

她没有动。

"我在叫你走。"

"等我说完来此要说的话我就走——不用你催。现在我要念这篇小说了,因为我要你清楚地明白,如果你的复仇之心是想要诽谤我的话,那么这种文字游戏要两个人来玩,这种诽谤要两个人来进行。Quid pro quo[①],伙计。"

"滚——出——去!"

"这是一篇有关一个名为保罗·纳塔波夫的作家的短篇小说,他

[①] 拉丁语,一物换一物。

在出版界默默无闻,这使他忐忑不安,那些自命不凡的评委给他颁奖,他喜欢在家闲着没事干时穿他老婆的内裤。"

"你他妈的疯了!"我吼道,一把抓住她的一条胳膊,把她从椅子上拖下来,"出去,出去,你这个精神变态者!莫琳,你唯一真正有的东西就是精神变态!让我落泪的不是女人,而是疯子!你给我滚出去!"

"不!不!你不能不听完我的故事,"她尖声说,"如果你把它撕成碎片——我在丹·伊根那里还保存着复本!"

说完,她扑倒在地,抓住安乐椅腿,像踩自行车一样,用她的高跟鞋猛踢我。

"起来!别闹了!出去!出去,莫琳——不然我会砸烂你这个疯子的脑袋!"

"那你就试试吧,先生!"

我啪的一巴掌打下去,她娇嫩的鼻子流出了血。

"啊,我的天啊……"她呻吟着,鲜血从她的鼻孔涌出,淌到她那漂亮的上装上,血色比那红色毛料衣服更红。

"这只是开个头!仅仅是开始!我会把你打成一团肉酱!"

"打吧!我才不怕。反正那篇小说还存在丹那儿!打吧!打死我吧,你干吗不打!"

"行啊,我会打的,"我对着她的脑袋左右开弓,"如果这是你想要的,我就给你!"

"打吧!"

"现在——"我边说,边用我的掌心捆她的后脑勺,"现在——"我又对着同一部位猛击,"现在你再上法院,你就不必凭空捏造了:现在你有真凭实据可以向好好法官罗森茨魏希哭诉了!这才是货真价实的毒打,莫琳!总算有点儿真实的东西了!"我跨坐在她身上,用张开的手打她的头。到处都是她的血:她的脸上,我的手上,灯心草席上,她上装的前襟,丝绸衬衣上,裸露的脖子上。那篇小说的稿纸四散在我们周围,大多也是血迹斑斑。真实的东西——棒极了。我喜欢。

当然,只要施皮尔福格尔提醒过我的牢房仍然存在,我无意在此时此地了结她。我甚至不再真的愤怒。只是在彻底地犒赏自己。唯一让我暂时停下手来的竟是——奇怪得很——我正在毁掉那套让她看起来光彩照人的衣服。但我尽量不去看衣服,设法对自己说:"我要杀了你,我亲爱的老婆,在这里,在你三十六岁时结果你,按照我的节奏来结果你。啊,你该同意去阿尔冈昆饭店的,莫琳。"

"来吧——"口水顺着她的下巴淌下来,"我的生活,我狗屎一样的生活,让我早点死了吧……"

"快了,用不了多久你就死得透透的。"下一步袭击她哪个部位,我没有犹豫很久。我把她翻身脸朝下,开始用手狠揍她的屁股。她的红色西装裙和衬裙掀到了她背上,裹着白色紧身内裤的瘦小的臀部露了出来,这条内裤可能就是她在新学校的同班同学近来常听人说起的那条。我打了她的屁股。十下,十五下,二十下,我大声数给她听,她只是趴在那儿啜泣。我走到壁炉旁,拿起那根黑色拨火棒,那是苏珊为我在格林威治村买的。"现在,"我宣告说,"如我所承诺的那样,我要杀死你。"

地板上并无反应,只有抽泣。

"恐怕他们只有在你死后发表你的大作了,因为我要用拨火棒把你疯疯癫癫谎话连篇的脑袋砸烂。我要看看你的脑子,莫琳。我要亲眼看看你的脑浆。我要把我的脚踩进去——然后我把它交给科学。只有上帝知道他们会发现什么。准备好了,莫琳,你将死得很可怕。"

此时我只能勉强听见她抽泣着说出的模糊不清的话:"杀了我吧,"她说,"杀了我,杀了我——"一开始,我并没有察觉到,她把一泡稀屎拉在了裤裆里。在我看到她的内裤鼓胀起来之前，一股臭味在我们周围弥漫开来。"弄死我吧，"她胡乱说道，"让我死得彻底，死得长久……"

"啊，上帝。"

突然，她尖声叫了起来："让我死吧！"

"莫琳。站起来，莫琳。莫琳，好啦，快起来。"

她张开眼睛。我不知道她是否终于变成了疯子。把一个疯子永远收容在精神病院——由我出钱。一年一万多块！那我不就完了！

"莫琳！莫琳！"

她古怪地笑了一笑。

"你瞧，"我朝她双腿之间指了一指，"你没见到吗？你不晓得吗？你自己看看吧。你把屎拉得满身都是。你听得见我在说话吗，你明白我的意思吗？回答我！"

她答道："你不敢杀人。"

"什么？"

"你不敢杀人。你这个胆小鬼。"

"啊，上帝。"

"了不起的男子汉大丈夫。"

"得了，莫琳，至少你原形毕露。快站起来。去洗个澡。"

"虚张声势的懦夫。"

"自己去洗！"

她撑起胳膊肘，试着自己站起来，可发出一声痛苦的呻吟，突然往后倒下。"我……我得用你的电话。"

"洗完澡后。"我说着，伸手帮忙扶她站起来。

"我现在就得打电话。"

我一阵恶心，赶紧转过头去。"晚一会儿——！"

"你打我——"她似乎此刻才恍然大悟，"瞧瞧这些血！我的血！你就像揍哈莱姆的婊子一样揍我！"

她身上的臭味熏得我后退几步。哎，这实在是愚痴之极，臭气熏天啊。我不禁潸然泪下。

"你的电话在哪儿？！"

"嘿，你要打给谁？"

"我爱打给谁就打给谁！你打我！你这头蠢猪，你打我！"此时她跪坐在那儿。只要用拨火棒——顺便一提，仍握在我的右手——给她一下，她就再也不能给任何人打电话了。

我看着她自己踉踉跄跄地走向卧房。一只脚穿着鞋，另一只脚没穿鞋。"不，去洗澡间！"

"我得打电话……"

"你屎弄得到处都是！"

"你打我，你这个怪物！你现在能想到的就只是怕把屎弄到你的地毯上吗？啊，你这个中产阶级混蛋，我真不敢相信！"

"快去洗干净！"

"不！"

从卧房里传来安乐椅小轮滚入磨损的木地板凹处的声音。她扑倒在床上，仿佛从乔治·华盛顿大桥上跌落下来。

她一边拨号，一边抽泣。

"喂？是玛丽吗？我是莫琳。他打我，玛丽，他——喂？不是？喂？"她发出一声如同动物般绝望的哀号，挂了电话。接着又拨，拨得很慢，断断续续地，似乎每拨一个号码都要睡着似的。"喂？喂，这是伊根家吗？是201-236-2890吗？是不是伊根家？喂？"又一声哀号，她把听筒扔回架子。"我要跟伊根夫妇通话！我要伊根家！"她一边哭喊，一边使劲地把听筒挂上支架又摘下，摘下又挂上。

我手持拨火棒站在卧房门口。

"你该死的又在哭什么？"她看着我说，"你想打我，你也打了，不要哭了。你为什么不拿出点男人的样子，做点什么，而不是做一个爱哭的孩子。"

"做什么？要做什么？"

"你可以给伊根家打电话！你弄断了我的手指！我的手指一点知觉也没有了！"

"我没有碰你的手指！"

"那我为什么不能拨号！替我拨！别再哭了，替我拨号！"

我拨了。她叫我拨，我就拨。201-236-2890。叮铃铃，叮铃铃。

"喂？"一个女人的声音。

"喂，"我说，"你是玛丽·伊根？"

"是的。请问你是谁？"

"稍等片刻，莫琳·塔诺波尔想跟你说话。"我把听筒递给我的妻子，那气味又向我袭来，让我一阵恶心。

"玛丽？"莫琳说，"啊，玛丽。"又可怜地抽泣起来。"丹，丹在家吗？我得跟他谈谈。哦，玛丽，他，彼得，他打我。就是他，他痛打我，拼命……"

我握紧手里的拨火棒，伫立一旁听着。她接着要给谁打电话：让警察来逮捕我，还是让瓦尔杜奇给《每日新闻报》再写一写我？

我留她一个人在卧房，然后从厨房拿来一块海绵和一桶水，开始清洗起居室灯心草席上的血迹和排泄物。我把拨火棒放在身边——可笑的是，现在是用来防御。

莫琳从卧房出来时，我正跪在地上，手里是第十五个或二十个纸团。

"啊，多好的一个小男孩。"她说。

"得有人来清除你的粪便。"

"啊，彼得，你现在难脱干系。"

我想她说得对——我感觉胃里翻江倒海，好像我是个刚在裤子里拉了泡屎的人——但我佯装若无其事。"噢,我吗?"

"等丹·伊根一到家,我会要你好看的。"

"等着瞧吧。"

"你最好赶紧溜吧,我亲爱的。逃得远远的。"

"你最好洗洗自己,然后滚!"

"我要喝酒。"

"哎,莫琳,拜托你了,你臭不可闻!"

"我要喝酒!你企图谋杀我!"

"你把屎拉得到处都是!"

"啊,真不愧是你!"

"照我说的做!洗洗你自己!"

"不!"

我拿出一瓶威士忌,各斟满一杯。她拿起酒杯,我还没有来得及说"不",她就在套着苏珊椅套的安乐椅上坐了下来。

"啊,你这个臭婆娘。"

"去你的吧。"她说,像在酒吧喝酒那样一饮而尽。

"你叫我小男孩,莫琳,裹着尿布坐在那儿的是你,不断挑衅我。你为何要这样挑衅我?为什么?"

"为什么不,"她耸肩说道,"我还能做什么呢?"她举起酒杯又来了一杯。

我闭上眼,不想看她。"莫琳,"我恳求道,"离开我的生活,好不好?请你离开,好吗?我求你。我们还要花多少时间在这种蠢事上面?不仅浪费我的时间,还浪费你的。"

"你有过机会,但你临阵脱逃了。"

"为什么这一切得以谋杀告终呢?"

冷冷地:"我只是试图把你变成一个男人,佩皮,仅此而已。"

"哎,那就放弃吧,好不好?这是注定要失败的。就算你赢了,莫琳,行吗?你是赢家。"

"是个鬼!别再对我扯这些有的没的。"

"可你还想要干什么?"

"要我没有的东西。人们不就是想要他们没有的东西吗?我也是。"

"但是没有任何东西属于你。没有任何东西属于任何人。"

"那也包括你,黄金男孩!"稀屎从她的内裤往外渗出,于是在离我最初要求过去了十五分钟后,她终于朝浴室走去,在那儿砰的一声关上门,上了锁。

我跑过去用力敲门:"你不是要在那儿自杀吧!你听见我的话吗?"

"哦,别担心,先生,这次我可不会这么轻易放过你。"

近午夜时分,她才自己决定准备走。我坐着看她用湿海绵抹去《穿妈咪的衣裳》(莫琳著)上的血迹,我帮她找来用来装书稿的大文件夹和干净的马尼拉信封,又给她倒了两杯酒,然后听她把我跟梅齐克先生和沃尔克先生相比较,少不了说些贬低我的话。我一面忙着把臭气熏天的安乐椅套和床单换下来送到卧房的洗衣篮里,一面听她喋喋不休地贬损我的阶级出身和效忠对象;我把须后水喷在灯心草席上时,她却在分析我的男子气。我打开所有的窗子,站在微风中,宁愿闻户外飘来的烟味,也不愿闻屋里的臭气,只在此时,莫琳终于站起来,打算离去。"我现在是否应该成全你,彼得,从这儿跳下去?""我只是想通通风,至于你想怎么出去,悉听尊便。""我从门里进来,现在我要从门里出去。""永远是淑女风度。""哼,这次不会放过你的!"她边说边哭着走了。

在她身后,我给门锁上两道锁,插上门链,立刻把电话打到施皮尔福格尔医生家里。

"你好,塔诺波尔先生。有何贵干?"

"抱歉，吵醒你了，施皮尔福格尔大夫。可我想还是跟你谈谈为好。告诉你发生了什么事。她来过了。"

"是么？"

"我把她痛打了一顿。"

"打得很惨？"

"她还能走路。"

"那还算好。"

我笑了起来。"真是打得她屁滚尿流。你瞧，我打得她鼻子出血，又打她的屁股，然后我对她说，我会用壁炉的拨火棒打死她，这显然大大刺激了她，结果她在房里拉了一泡屎。"

"原来是这样。"

我止不住笑。"故事远比这长，但拉屎是精髓。她就这样开始拉起来了！"

稍过片刻，施皮尔福格尔说："哟，你听来似乎很得意。"

"是的。那地方还臭着呢，可其实是很棒的。回想起来，这是我人生的高光时刻！我想：'就该这么干，我要这么干。她愿挨打，我就打！'你瞧，她一进来就马上坐下，简直是求我打她。你知道她对我说什么了吗？'我永远不会跟你离婚。'"

"预料之中。"

"是吗？那你为什么不告诉我？"

"你向我表示值得冒险。你向我保证过，不管事情怎样，你都不会崩溃。"

"这个，我没说过……我说了吗？"

"你说呢？"

"我不知道。她走之前——挨打之后——打电话给她的律师。我为她拨了号码。"

"你拨了？"

"我哭了,但没有痛哭流涕。不过我告诉你,大夫,信不信由你,我不是为自己哭来着,我是因她而哭泣。您要是在现场就好了。"

"现在咋办?"

"现在?"

"现在你该给你的律师打电话,是不是?"

"当然!"

"你听起来有点失控。"施皮尔福格尔说。

"我真的没问题。真奇怪,我感觉很好。"

"那就打电话给律师。你若愿意,过后再打给我,告诉我他怎么说。我得起床了。"

我的律师说的是:我得立刻离开纽约,在外面躲一躲,直至他叫我回来。他对我说,鉴于我的行为,我可能会被捕,我当时过于得意忘形,根本没往这方面去想。

我打电话告知施皮尔福格尔,并取消了下周的治疗。我说,我认为(我暗自祈祷他不要讨价还价)因为我不去就诊,所以大可不必支付诊费——"如果我去监狱蹲个九十天,那也该如此吧。""如果你进了监狱,"他要我相信,"我会尽力找别人来弥补你的时间。"我接着给苏珊打电话,她一整夜等在她的电话机旁,想听到我跟莫琳见面的结果——我离成婚了吗?没离成,咱俩得出城。收拾一下。"现在?怎么走?去哪里?"我坐了辆出租车去接她。我付了六十块钱的车费(自我安慰说,这些钱也就够三次治疗而已),司机同意沿花园州①大道把我们送到大西洋城,我十二岁时曾跟来自卡姆登的堂兄在该城海滨小别墅一起过了田园诗般美好的两个礼拜。在那里,仅在十二小时内,我就爱上了休格·沃塞斯特朗,一个来自新泽西

---

① Garden State,新泽西州的别称。

州的活泼爽朗的鬈发女孩。她是我堂兄的同学,却在那个春天(是四月份,那天晚上堂兄在床上告诉我)过早地穿上了胸罩。在休格看来,我这个纽约客就像一个法国人,意识到这点后我便滔滔不绝地向她讲起乘坐地铁的经历,而她很快也爱上了我。然后我给她唱了我根据吉恩·凯利《很久以前,遥远的地方》改编的歌儿,当我们手挽手依偎着漫步在海滨木板道上时,我在她耳边轻轻地哼唱了这支歌。就这样,我相信我把她征服了。这个女孩后来走了。在那两个星期里,我随心所欲地吻了她上千次。一九四五年八月,大西洋城,我的海滨王国。第二次世界大战结束时,休格依偎在我怀里,我勃起了,可她却机智地不加理会,我也尽量不引起她注意。虽说我因欲望得不到发泄而难受得弓起了腰,但仍不停地吻她。我怎能在这种时刻让痛苦妨碍我呢?就这样,战后的岁月开始了,而我和女孩子们的冒险故事也就从十二岁开始了。

在丹·伊根出差芝加哥期间,我一直潜居在外。我的律师在等伊根回来,要绝对确定他以行凶及蓄意谋杀罪向法院起诉,或者试图说服他不要这样做。在这期间,我尽量让苏珊过得开心。我们住在海边木板道上的旅馆,在床上用早餐。我花十块钱请人为她画了一幅彩色蜡笔肖像。我们品尝了油炸大扇贝,参观了钢铁码头。我给她讲了对日作战胜利纪念日晚上的情景:休格、我和我堂兄及其朋友们,在木板道上来来回回跳康茄舞(当然是在征得我婶婶的同意后),以庆祝日本战败。我真是兴高采烈啊!挥金如土!那是我自己的钱,不是吗?不是她的——是我的!我仍不能较为严肃地考虑我的粗暴行为可能会带来的严重法律后果,对自己的残酷无情也没有丝毫悔意。然而,我从小受到的教诲,是应该让我鄙视这一切的。男人打女人?除了男人打小孩儿之外,还有什么比这更恶劣的呢?

第一个晚上,我在平时约定到他诊所就诊的时间打电话给施皮尔福格尔医生。"我感觉就像一个黑道人物带着他的情妇藏匿在外。"

我对他说。"听来这倒适合于你。"他说,"大体而言,这是一次有益处的经历。你早该给我讲讲有关野蛮行为的事了。""看来你还挺喜欢这种事的。"

第二天下午稍晚的时候,我的律师打来电话——没有,伊根没有从芝加哥回来,但他的妻子打来电话说,莫琳在她的公寓被发现不省人事,由救护车送进了罗斯福医院。她昏迷了两天,一度面临生命危险。

而且遍体鳞伤,我寻思。是我亲手造成的。

"她离开我后,回到家就企图自杀。"

"听来是这么回事儿。"

"那么我最好还是回去。"

"为什么?"我的律师问道。

"在那儿比不在那儿强。"连我自己也不明白我这是什么意思。

"警察可能会来。"他告诉我。

瓦尔杜奇也可能会来,我想。

"你确定要赶回来吗?"

"最好这样做吧。"

"好吧。可若有警察在那儿,打电话告诉我。我一整夜都呆在家里。别跟任何人说任何事。只要给我打电话,我马上就来。"

我告诉苏珊发生了什么,我们得回纽约。她也问我为什么。"彼得,她不再是你的责任了。她不用你操心。她就是想把你逼疯,你却放任她这么做。"

"瞧,如果她死了,我最好还是在她身边。"

"为什么?"

"我该在那儿,仅此而已。""可这是为什么啊?因为你是她的'丈夫'?彼得,如果警察在那儿怎么办?如果他们逮捕你——送你进监狱怎么办?啊,亲爱的,在监狱里你连一个钟头也忍受不了。"

"他们不会送我进监牢。"我说,心怦怦直跳。

"你打了她,这已经够蠢的了,可现在你还要赶去,这就更蠢了。你想做男子汉该做的事,可你的所作所为完全像个小孩子。"

"哦,我是这样的吗?"

"跟她有什么男子汉可讲的,你难道还没有认识到这一点?跟她只有疯狂的事儿,越来越疯狂!可你却像个穿着超人服装的小男孩,满脑子小男孩的幻想,想变得伟大、强壮。每次她扔下手套,你就马上捡起来!她打电话,你就接!她若写信来,你就抓狂。她若消停了,你就回家写关于她的小说!你就像——像是她的牵线木偶!她使劲拉——你就跳!这有多悲哀啊!"

"哦,是这样吗?"

"哎,"苏珊心碎地说,"你干吗一定要打她呢?你干吗要干这种事?"

"我以为这么做会让你高兴。"

"你真这么想?让我高兴?我痛恨你这么做。我之所以没有过多地向你表明我的感受,只是因为你对此一直乐不可支。可你究竟为什么偏要这样做?那个女人是个精神失常者,你自己对我这样说的。你殴打一个连对自己说的话都不能负责的人又有什么用?会有什么好处呢?"

"我再也不用忍气吞声了,这就是好处!她可能是个精神失常者,可我是这个精神失常者的丈夫,我不能再忍受下去了。"

"可你的意志力呢?是你一直劝我运用我的意志力。是你鼓励我意志坚定,让我重返学校——可你,憎恨暴力的你,温文尔雅的你,却一反常态做出那种完全失控的事来。你为什么又让她去你的公寓?"

"为了能离婚。"

"可这是你律师的事啊!"

"可她不跟我的律师合作。"

"她能跟谁合作呢？跟你？"

"你看，我只是设法跳出陷阱。我在二十五岁时掉进了这个陷阱，现在我三十三岁了，仍陷在里头……"

"可这个陷阱就是你。你是陷阱。她打电话给你，你为什么不马上挂掉？她说不去阿尔冈昆，你为什么没有意识到……"

"因为我以为我看见了一条出路！因为这抚养费会榨干我！因为进进出出法院、让别人调查我的收入、审核我的支票存根，这一切逼我发疯！因为我还欠我哥哥四千块！因为支付给我的两万块稿费已经见底，可我的书还没开始写呢！因为小老头罗森茨魏希法官听说我一星期只教两堂课，就准备送我进新新监狱！他整天屁股不离凳地坐着挣他的薪水，而像我这种'引诱'女学生的人却随时随地抛弃他们的妻子——只教两堂课！他们要我吃尽苦头，苏珊！他们不在乎我是不是郁郁寡欢！我抛弃了她？她日日夜夜纠缠着我！一个甩不掉的女人！"

"你甩不掉。"

"不是我，而是他们！"

"彼得，你会发疯的。"

"我已经发疯了！我早就疯了！"

"可亲爱的，"她恳求说，"我有钱。你可以用我的钱。"

"我不能。"

"可这钱甚至不是我的。是雅梅的，是我祖父的，他们都已经死了，这大笔大笔的钱，为何不用？你可以还清欠你哥哥的债，付给出版社，忘掉那本小说，重新写本新的。法院让你付多少抚养费给她，你就照给，然后就把她忘掉——啊，真的忘掉她，在你毁掉一切之前，把她忘得干干净净。如果你还没有把一切搞砸的话！"

哦，我寻思，倒是有点意思。把钱也付得干干净净，来个清清白白的开始。清白！回罗马去，重新开始……跟苏珊生活在一起，还有我们的天竺葵花盆，我们的弗拉斯卡蒂白葡萄酒，我们的在加尼科洛山上的白色公寓房里的书墙……买一辆新的大众汽车作旧地重游，开一辆车不用抓住方向盘就能穿山越岭……在纳沃纳广场上放心吃冰淇淋……在鲜花广场上放心买东西……在特拉斯提弗列区与朋友们共进晚餐，平和安逸，没有喧嚷之声，没有胡言乱语，没有痛哭流涕……写写跟莫琳无关的文章……哦，只想想这世界上除莫琳之外还有那么多的东西可写……啊，何等奢华！

"我们可以安排一家银行，"苏珊说道，"每月给她寄一张支票。你甚至不必去想这件事，亲爱的。就这样，你可一笔抹掉所有的新仇旧恨。"

"事情并非这么简单，我不能就这样抹掉一切。情况就是这样。另外，不管怎样，她就要死了。"

"她不会的。"苏珊苦涩地说。

"你收拾一下。我们就走。"

"可你为什么要让她用钱来折磨你呢？实际上不必这样。"

"苏珊，向我哥哥借钱已经够难了。"

"可我不是你的哥哥。我是你的——我是我。"

"让我们走吧。"

"不！"我从未想到她会发这么大的火，她快步走进与我们卧室相连的洗澡间。

我坐在床边，闭着眼睛，尽力想想清楚。一想到莫琳我就四肢发软。她身上青一块紫一块。他们会不会说我杀害了她？他们会不会指控我把安眠药塞进她嘴里，丢下她在那里让她死掉？他们会在她的皮肤上发现指纹吗？如果找得到，他们就会发现那是我的指纹！

想到这里，我感到有冷东西冲击我的头顶。

苏珊站在我前面，刚把一杯取自水龙头的水浇在我头上。常言道，暴力孕育暴力，对苏珊而言，这便是她一生中所敢采取的最暴力的行动了。

"我恨你。"她跺着脚说。

说完，我们就打点行李，还打包了一盒我买给施皮尔福格尔的盐水太妃糖。然后租了一辆车离开了我多年前初次坠入爱河的海滨度假地——塔诺波尔要回到纽约去承担后果了。

幸运的是，医院里没有瓦尔杜奇，没有警察，没有手铐，没有警察巡逻车，没有闪光灯，没有电视摄像机嘎吱嘎吱响着对准那个获小说奖的谋杀犯……这全是偏执狂的妄想，驾车在林荫道上浮想联翩，一个大写的自恋狂！基于其特殊性的负罪感和矛盾情绪？哦，施皮尔福格尔，或许在一些你甚至不知道的方面你是对的，或许我的这位莫琳正是自恋者梦寐以求的美国小姐。我想弄明白：我看上这个母狼般的女人是不是因为，如你所说，我是一个高康大般的自恋者？因为我悄悄怜悯这个可怜女孩的境遇，以为她说谎、欺骗、冒生命危险追求我这样的人都是对的？因为她处心积虑、声嘶力竭地说过："彼得·塔诺波尔，你是个嘴硬心软的家伙。"这就是为什么我不能放弃她，因为我受到如此恭维？

不，不，不，不要再自我剖析自己是如何被毁的了。我可以堂堂正正地退出——只要放我走！

我乘电梯上了加护病房，向柜台旁的年轻护士报了自己的名字。"情况怎样，"我温和地问道，"我的妻子？"她叫我找个座位，等着跟医生说话，医生刚去看望塔诺波尔夫人。"她还活着？"我说。"啊，是的。"护士答道，体贴地碰了碰我的肘部。"好啊，好极了，"我回应说，"有没有可能她会……"护士说："你得问医生，塔诺波尔先生。"

好啊，好极了。她尚有可能会死。我终于要自由了！

可进了监狱!

有人轻轻拍我的肩膀。

"你是彼得吗?"

一个矮胖女人,灰白头发,一张布满皱纹却看起来很精神的脸,穿戴整洁,身着一条深蓝色连衣裙,脚蹬一双便鞋,正颇为羞涩地望着我。后来我得知,她只比我大几岁,在曼哈顿一所教区附属学校教五年级(令人惊异的是,她正因酗酒问题而在接受治疗)。她看上去就像我小时候那位乐于助人的图书馆管理员一样,和蔼可亲。可在医院的候诊室,我见到的所有盯着我看的都是我的敌人,都是莫琳的复仇者。我不禁后退了一步。

"你是作家彼得·塔诺波尔吧?"

那个体贴我的护士说了谎话。莫琳已经死了。我因犯了一级谋杀罪而被逮捕了,被这位女警察捉拿归案。"是的,"我说,"是的,我写小说。"

"我是弗洛茜。"

"谁?"

"弗洛茜·柯纳。和莫琳一个治疗小组。有关你的事,我听过很多。"

我勉强地笑了笑。

"我很高兴你来到这里,"她说,"她一苏醒过来就会急着要见你的……她会醒过来的,彼得,一定会醒过来的!"

"是的,是的,现在你别担心……"

"她多么热爱生活啊。"弗洛茜·柯纳抓住我的一只手说。我见其眼镜后面的眼睛因哭泣而红肿。她叹了口气,面带真诚、甜美、亲切的笑容说道:"她是那样爱你。"

"是啊,嗯……我们现在就得去见……"

我们并肩坐下等候医生。

"我感到实际上我很了解你。"弗洛茜·柯纳说道。

"哦,是吗?"

"我听莫琳谈起你们在意大利游览过的所有地方,说得都那么生动,让我有身临其境的感觉。那天你们俩一起在锡耶纳用午餐——还记得你在佛罗伦萨住过的膳宿小旅馆吗?"

"在佛罗伦萨?"

"在波波里花园对面。是那个可爱的小老太太开的小旅馆,她长得像伊萨克·迪内森①。"

"哦,是的。"

"还有那只脸上沾了意面酱汁的小猫。"

"我不记得了……"

"在特莱维喷泉附近。在罗马。"

"不记得了……"

"啊,她多为你骄傲,彼得。她像个小女孩一样夸你。你应该听一听当有人胆敢吹毛求疵,批评你书中的瑕疵时,啊,她就像一只雌狮保护她的幼崽一样。"

"她真是这样的?"

"啊,那完全是莫琳的特征,难道不是吗?如果我得用一个词来概括她,那就是:忠诚。"

"忠诚到极致。"我说。

"对,这么极致,这么果敢,充满信心和感情。对她而言,每一件事都如此重要。啊,彼得,你真该看看她在埃尔迈拉她父亲葬礼上的表现。她当然希望你陪她一起去,可她害怕你误会她,跟你在一起总使她对自己的家人感到羞耻,所以一直不敢给你打电话。我就代你陪她去。她说:'弗洛茜,我不能独自去那儿,但我又必须到

---

① Isak Dinesen(1885—1962),丹麦女作家,代表作《走出非洲》。

场，必须……'她必须到场，彼得，去宽恕他……宽恕他所做过的一切。"

"我一点也不知道这件事。她的父亲死了？"

"两个月之前。他心肌梗死，就死在公交车上。"

"他干了什么事她得宽恕他？"

"我不该说啊。"

"他是那里某个地方的守夜人……不是吗？在埃尔迈拉哪个工厂……"

她又抓住我的手，"莫琳十一岁的时候……"

"发生了什么？"

"这件事不该由我来讲，不该对你讲。"

"究竟发生了什么？"

"她父亲……强迫她……但在坟墓边，彼得，她宽恕了他。我亲耳听她低声说了这件事。你真无法想象当时是怎样的一种场面——直击我的灵魂。'我宽恕你了，爸爸。'她说。"

"你难道不觉得奇怪吗，她从没有告诉过我这件事？"

你难道不觉得，这可能是她偶然从《夜色温柔》中读来的情节？或者是从克拉夫特–埃宾[①]的书中？或者从周日版《时代》圣诞特刊里的《一百名最需帮助者实情》中？你难道不觉得或许她只是想超过小组里的其他女人？弗洛茜，在我听来，这就像你们围在治疗师营火旁烤棉花糖时讲的一个心理惊悚故事。"告诉你？"弗洛茜说，"告诉任何人她都会觉得太丢脸，她这辈子是不会对任何人讲的，直到她参加了治疗小组。她一生都很惊恐，就怕人发现这个秘密，她感到这是一种亵渎。甚至连她母亲也不知晓。"

"你见过她母亲吗？"

[①] Richard Freihervon Krafft-Ebing（1840—1902），奥地利精神病学家，性学研究创始人。

"我们在她家里呆过一夜。莫琳回来看过她两次。她们谈过去的事儿能谈一整天。哦,她也尽力宽恕她。宽恕,忘却。"

"忘却什么?宽恕什么?"

"彼得,约翰逊夫人并不是个多称职的母亲……"

弗洛茜无意透露那些可怕的细节,我也没有多问。

"对莫琳来说,最重要的是无论如何不能让你知道这件事。我们竭力劝告她说,这不是她的过错。我指的是,在理智上她自然是明白的……可在感情上,这种耻辱感从小就在她心里打上了烙印。这是一个经典的案例。"

"听起来是这样的。"

"哦,我告诉她你会理解的。"

"我相信我是这样的。"

"她怎么能死呢?这样一个靠自己的意志生活、与往昔抗争,以自己的方式为生存、为未来而奋斗的人,她怎么能死呢?上一次她从埃尔迈拉回来时,她是那么灰心丧气,我们都觉得波多黎各可能会振作她的精神。她舞跳得那么出色。"

"哦?"

"可舞蹈也好,阳光也好,一切都黯然失色,她颓丧潦倒,一蹶不振,干出这样的事。她是很骄傲的。我觉得,她有时太骄傲了。这就是为什么她把很多事情放在心里。尤其是对你。哦,你知道你是她的一切。你瞧,理智上她现在知道你有多后悔。她晓得那个女子只是个荡妇,男人们的玩物。伊根先生有部分责任——我不该这样讲,但事情确是他一把抓的。每次你恳求她回到你身边,他都说不行,声称你是不可信任的。或许我是在背后讲坏话,但我们在讲的是有关莫琳的生活。可你瞧,伊根先生是个那么虔诚的天主教徒,伊根夫人甚至更虔诚。彼得,你是犹太人,可能并不理解一个丈夫做了你做过的事情,这对他们而言意味着什么。我的父母也会有同样的反应。我在那种气氛中长大,知道那种传统有多牢固。他们不知道这世界变了,不了解卡伦这样的女孩子,也不想了解。可我了解今天的那些女大学生,她们有什么样的道德观念,她们不尊重一切。我知道她们有什么本事。她们会一窝蜂地去追求一个年纪跟她们的父亲一般大的富有魅力的男子……"

医生出来了。

告诉我她死了。我将坐穿牢底。就让那个精神变态的说谎者去死。这世界将变得好些。

但新消息是"好消息"。塔诺波尔先生现在可以去探望他的妻子了。她已脱离生命危险,她活过来了。医生还叫她说了几句话,尽管她还很虚弱,或许并不清楚医生跟她说了些什么。幸运的是,医生解释说,她吞安眠药后喝的威士忌酒使她恶心,结果她把大部分"有毒物质"吐了出来,否则的话,她就没命了。医生提醒我说,她的脸上有瘀伤——"真的,这是?"——这显然是由于她的嘴和鼻子捂在褥垫上,长时间在呕吐物中趴着的缘故。更为幸运的是,她呕吐时身体是趴着的,否则她会窒息而死。她臀部和大腿上也有瘀青。"是吗?"是的,这明示,这两天里,她有一部分时间是平躺着的。医生说,正是这些翻身动作才使她得以保住性命。

我清白了。

可莫琳也一样。

"他们怎么发现她的?"我向医生问道。

"是我发现她的。"弗洛茜说。

"这我们还得感谢柯纳小姐。"医生说。

"我连着几天往她家打电话,"柯纳说,"可一直无人接听。昨天晚上她没到小组来,我就起疑,虽说她有时也会因为忙着练笛子或别的什么而缺席——可我还是很怀疑,因为我知道她从波多黎各回来后便忧心忡忡。今天下午,我再也按捺不住,便向玛丽·罗斯修女告了假。算术课上了一半,我就乘出租车到了莫琳的住处,敲她的门。我连续敲了好几下,听到了德利拉的声音,确信出了什么事。"

"听见谁的声音?"

"猫的,它在里面喵喵地叫。可仍然没人应声。我于是趴在那儿的走廊上,因为门关不紧,所以门底下有条缝隙。我经常提醒莫琳,这条缝隙很危险。我透过缝隙呼唤猫咪,看见莫琳的一只手垂在床边。我可以看到她的指尖几乎触及地毯。于是我跑到邻居家,打电话给警察。他们破门而入,发现她只穿着内衣裤躺在那里……一团糟,就像这位医生说的那样。"

我想从柯纳那里知道有没有发现什么绝命书,但医生仍跟我们在一起,我便只能问一句:"我现在可以去看她吗?"

"我想可以,"他说,"只能见几分钟。"

在昏暗的病房内,放着六张窄小的有护栏的病床,其中一张床上躺着双眼紧闭的莫琳,身上盖着被单,由管子和金属线把她跟瓶瓶罐罐和机械装置连在一起。她的鼻子肿得厉害,就像是被卷进了一场街头斗殴。她也确实有此经历。

我默默地低头看她,大约有一分钟吧,然后惊觉到我忘了打电话给施皮尔福格尔。我想立刻同他商量,问他我究竟应不应该在这儿。我要问他的意见。我也要明确自己的想法。我在这儿干什么?狂妄的自恋者——或如苏珊所言,我又变成了一个小男孩,我的女主人莫琳一叫便应声而来?啊,若是如此,告诉我怎样止步?我怎样能成为一个文学中所描绘的那样一个男子汉大丈夫?我是多想也当个真正的男人,可为何总是望尘莫及?或者——这有可能吗?——这种男孩式的生活就是一个男人的生活?会是这样吗?哦,可能的,我想,完全可能,这是我对"成熟"期望过甚的结果。所谓成年人的生活,那只是一个陷阱!

285

莫琳睁开了眼睛。她得费劲才能看清我。我给她时间。然后我在她床边的护栏上方俯下身子,我的脸逼近她的脸,说道:"这里是地狱,莫琳。你在地狱之中。你已经永远置身地狱了。"

我意在让她相信我说的每一个字。

可她开始笑了。这是对她丈夫的嘲笑,甚至在她濒临死亡之际。她声音微弱地说:"啊,太好了,只要你也在这里。"

"这是地狱,我将永远俯视你,告诉你,你是怎样一个说谎的臭婆娘。"

"就像重获新生一样。"

我晃着一个拳头说:"要是你已经死了呢?"

她很长时间不作答。然后舔了一下嘴唇说:"那么,你将在水深火热中受煎熬。"

"但你本就该死的。"

这句话使她勃然大怒,彻底清醒。啊,她真的活了。"请别糟践我。别跟我说'生命是神圣的'。如果一个人总是痛苦地活着,那他的生命就不是神圣的。"她饮泣着说,"我就在痛苦地活着。"

你说谎,你这个臭婆娘。你对我撒谎,就像你对弗洛茜撒谎一样,就像你对你的小组撒谎一样,就像你对所有人撒谎一样。哭吧,我是不会跟着你哭的!

那个立志做一个男子汉的他如是起誓,但那个不肯死去的小男孩开始垮掉。

"莫琳,你的痛苦,"眼泪从我脸上流到了盖在她身上的褥单上,"你的痛苦源自你说谎成性,说谎是你痛苦的表现形式。要是你努力去做,要是你戒除……"

"哦,你怎么能这样说?哦,你,带着你的鳄鱼眼泪给我滚出去。医生,"她微弱地哭着,"来人啊。"

她的脑袋开始在枕头上扭动起来。"行了,"我说,"别激动,镇静下来。别这样。"我抓住她的手。

她抓住我的手指,紧握着,不放开。我们有好长时间没有握过手了。

"你怎么……"她抽噎着说,"怎么……"

"好了,别激动。"

"你见到我成了这个样子,怎么还可以这样冷漠无情呢?"

"对不起。"

"我醒来只有两分钟……你就说我是个骗子。哎,男孩啊。"她说道,就像某人的小姐姐。

"我只是试图告诉你怎样减轻痛苦。我只是想对你说……"啊,说下去,继续往下说,"说谎是你自怨自艾的根源。"

"胡说八道,"她哭着说,把手从我的手里抽了出来,"你就是企图赖掉抚养费。我看透了你,彼得。啊,感谢上帝,我没有死,"她呻吟着,"我把抚养费这事儿全给忘了。你就是那样让我感到屈辱和可怜的!"

"哦,莫琳,这里就是他妈的地狱。"

"谁说不是?"她说,此刻她已筋疲力尽,闭上了眼睛,不过不是偃旗息鼓,还不完全是。只是小憩片刻,还会有最后一次狂怒。

我回到候诊室时,看见弗洛茜·柯纳跟一个魁梧的金发男子在一起,他穿着一双发亮的方头皮靴,一套款式时髦、做工精细的西装。他风度翩翩,一表人才——用现下时髦的说法就是"魅力四射"——以至于我没能立刻分辨出他那发光的存在是拜日光浴所赐。我一度猜测,他大概是个侦探,不过像他这种模样的侦探只会在电影里出现。

我明白了:他肯定是刚从波多黎各度假回来的。

他伸出一只古铜色的宽大的手跟我握手。柔软宽阔的法式袖口,袖口的金链扣铸成小麦克风的样子,指关节上长着动物般的奇怪的金色毛发……只是从袖口到手指甲来看,他就如同某种梦幻般的存在,而她究竟是怎样找上他的?当然,要弄清楚这一点,只能去调查某个怀孕的伯爵夫人的小便了。"我是比尔·沃尔克,"他说,"我一知道消息就马上飞过来了。她怎么样啊?能说话吗?"

原来他就是在我之前同莫琳结婚的那个人,是沃尔克,他曾"保证"在婚后放弃那些男孩,后来却又食言了。啊,他真是光彩夺目!虽然我这个犹太人瘦人瘦相,但并不难看,可他这个人绝对称得上俊美。

"她已脱离危险,"我告诉沃尔克,"哦,是的,她能说话了。别担心,她还是老样子。"

他露出热情而开朗的笑容,不能硬说他的笑容是一种嘲讽,我认为他并不觉得有嘲讽的必要。他就是明显地为她还活着而感到高兴。

弗洛茜也如在"七重天"①,指着我们两个赞赏道:"可不能说她不知道怎么就看上了他们俩。"

我过了一会儿才反应过来,我只是被当作英俊的六尺男儿而同沃尔克相提并论。我的脸红了,不仅因为她既看上了沃尔克,又看上了我,而且因为沃尔克和我竟然都看上了她。

沃尔克建议说:"看来我们或许该去喝一杯,聊聊天。"

"我得溜了。"我答道,用了施皮尔福格尔大夫爱说的一句口头禅。

这时,沃尔克从收腰松肩、两侧开叉的夹克衫里掏出一个皮夹子,递给我一张名片。"你如果上波士顿,"他说,"或者因为莫琳想联系我的话。"

这是在向我故作姿态吗?还是他真的关心莫琳?"多谢。"我说。

---

① the seventh heaven,喻极乐之境。

我从他的名片上知道,他在波士顿一家电视台工作。

"沃尔克先生,"弗洛茜说,他正向护士柜台走去,她仍然因事情处理妥善而心花怒放,"沃尔克先生,你可否——"她递给他一张仓促从她钱包里取出来的便签,"这不是为我,是为我的小侄子。他收集签名。"

"他叫什么名字?"

"哦,您真是太好了。他叫博比。"

沃尔克在纸上签了名,笑眯眯地递还给她。

"彼得,彼得,"她显得很羞愧、尴尬,用手指碰了碰我的手,"你可否——?我不能早点问,不能在莫琳还在危险中时问……您明白的……是吗?可现在好了,我满心欢悦……心里轻松多了。"说着她递给我一张便签。我只好为难地在上面签了名。我寻思:现在她就只差梅奇克的大名了,这样博比就凑齐一套了。这种签名把戏里到底藏有什么名堂?一个圈套?弗洛茜、沃尔克在跟人同谋,可是跟谁呢?我的签名有何用处?哦,算了吧,别纠结了。那是妄想,更是自恋。

谁说的。

"顺便一说,"沃尔克对我说,"我非常欣赏《一个犹太父亲》。这是一部力作。我认为您真正把握住了美国当代犹太人的道德困境。我们什么时候才能看到您的下一部著作呢?"

"在我把那个臭婆娘甩出我的生活的时候。"

弗洛茜不能(也不愿)相信自己的耳朵。

"你知道,她不是那么坏的女孩,"沃尔克义正辞严道,声音因克制而显得异常动人,"事实上,她碰巧是我所认识的极有胆识的人之一。那女孩经过很多磨难,总算排除万难熬过来了。"

"老兄,我也是历经磨难过来的,她一手制造的磨难!"我的额头上和鼻子下渗出一层汗珠,对莫琳的胆量的称赞惹得我怒火中烧,尤其是由这个家伙说出来的。

"哦,"他冷冷地说,一边稍微提高了嗓门,"我理解你知道怎样保护自己,而且据我所知,你也不是没有手。"他咧起一边嘴角,露出轻蔑的笑容……稍带一点(除非我在想象)讨好的挑逗。"常言道,如果你受不了高温①……"

"那敢情好,敢情好,"我打断他的话说,"你这就进去让她把厨房门打开吧!"

弗洛茜把手搭在我们二人身上,插话进来:"沃尔克先生,他只是为所发生的一切而感到心烦意乱。"

"我想也是。"沃尔克说。他朝护士柜台迈了三大步,大声说道:"我是比尔·沃尔克。我跟马斯医生有约在先。"

"噢,是的。你现在就可以见她。但只能几分钟。"

"谢谢你。"

"沃尔克先生?"这个长得结实、标致的二十岁护士,之前一直显得机智外向,这会儿忽然变得羞怯、局促起来。她涨红了脸,对他说:"你是否介意?我就要下班了。能不能请你——"说着也拿出一张纸请他签名。

"当然可以。"沃尔克隔着柜台朝那个护士俯身下去。"你叫什么名字?"他问道。

"啊,这无关紧要,"她说,脸却涨得更红了,"就写'杰基',这就行了。"

沃尔克缓缓地、聚精会神地在纸上签了名,然后前往加护病房。

"他究竟是谁?"我问弗洛茜。

我问得她满脸困惑。"怎么啦,莫琳的丈夫啊,在你与那个梅奇克先生之间的那位。"

---

① 语出杜鲁门,完整的句子为:如果你受不了高温,那你就远离厨房。

"为什么全世界的人都在求他的亲笔签名?"我醋意十足地问道。

"难道——难道你真不知道?"

"知道什么?"

"他是波士顿的亨特利-布林克利[1]。他是那里六点新闻节目的主播,也是新一期《电视节目指南》的封面人物。他过去是一位莎剧演员。"

"原来如此。"

"彼得,莫琳现在不愿提到他,是不想你嫉妒。他一直在帮助她渡过难关,这就是全部实情。"

"他就是带她到波多黎各去的那个人。"

弗洛茜耸耸肩,略显畏缩,根本就不知道该说什么来调解这种三角关系,而她与这三个人的命运紧密相关。我意识到,我们是她的个人肥皂剧中的角色,她是我们这出戏、我们这个合唱团的观众,是为我深切的严肃所召唤出来的福丁布拉斯[2]。我想,这真是恰到好处——这场闹剧也有它的福丁布拉斯!

弗洛茜说:"这个——"

"这个什么?"

"这个,我想是的,他们俩确实一起在波多黎各,是的。可是,请相信我,他只是她可以求助的那类人……在您……在您……跟卡伦干了那种事以后。"

"我明白了。"我边说边穿上大衣。

"哦,请别妒忌。他们之间不过是一种兄妹关系——一个亲人向她伸出援助之手。我向你保证,他受她支配。她很早以前就明白他是一个终身以事业为重的人。他只管一直向她求婚,她是永远不会

---

[1] Huntley-Brinkley,美国 1960 代初全国广播公司新闻联合播报员。
[2] Fortinbras,莎士比亚剧作《哈姆莱特》中的挪威王子。

回到一个视事业和个人才能为一切的男人身边去的。真是这样。请别因他而轻率下结论,这样不公平。彼得,你应该有信心,她会和你重归于好的,这一点我深信不疑。"

穿越医院大厅时经过一个电话亭,我没有停下来打电话给任何人问一问我是否又做错了事,或终于做对了事——我看到了一条出路(我以为是),于是跑了出去。这次是朝西七十八街莫琳的公寓跑去。离医院只有几个街段,几个小时前救护车才把她送到这个医院。公寓某处应该有对她不利的证据——在她记的日记里,一些关于她如何设陷阱使我至今仍不能逃脱的记述,她亲笔写下的对购买尿样的忏悔——我们可以把它作为证据呈交法庭,交给米尔顿·罗森茨魏希法官,而他的使命就是保护纽约州纽约县那些被抛弃的、无依无靠的女性,让她们免受男性的淫威。哦,身穿法衣的小老头罗森茨魏希,他赋予原始游牧部落以秩序!他是多么竭尽全力克制他对自己性别方的偏爱……在我自己的离婚听证会之前,有个克里格尔诉克里格尔案子,在我和我的律师到中心街法院时,该案还正在审理中。"阁下,"克里格尔,一个体格魁梧的五十岁商人,正在直接对着法官自我辩护(我们进法庭时),他的辩护律师站在他旁边,不时提醒他的委托人要镇静,但从克里格尔的态度和语气来看,很明显他已经决定自己要挺身而出,不能任由法庭摆布。"阁下,"他说,"我清楚她住在一个无电梯的公寓楼里。可我并没有要她住在那种房子里。那是她的选择。我向你保证,我每周支付给她的钱是够她找个有电梯的公寓的。但是,阁下,我不能给她我没有的东西。"罗森茨魏希法官,完全是凭借自己力量从曼哈顿西区一直混到纽约大学的法律系毕业的,虽说已有六十多岁,但仍然是个结实的小个子斗士。在听辩时,他不停用食指拨弄一只耳垂——仿佛在这几十年里,他发现这是阻挡那些胡言乱语传入耳咽管来毒害自己机体的最有效的方法。他那幽默谑弄的一面,以及严肃傲慢的一面,完全由这种姿态体现了出来。虽说穿着法官的袍子,但其举止(及其皮肤)却像一个为保卫家园而终身征战海疆的海军老将。"阁下,"克里格尔说,"如法庭所知,我做羽毛生意。也就是说,先生,我买卖羽毛。我并不是像她所说的百万富翁。"罗森茨魏希法官显然很高兴,见克里格尔给他提供了可以开玩笑的机会,说道:"可你身上这套衣服还挺不错的。这是一套希基-弗里曼。如果我没看错的话,这可是两百块一套啊。""阁下,"克里格尔说,双手毕恭毕敬地在法官面前一摊,似乎每个手掌上有三四根他白天卖枕头时粘上的羽毛:"抱歉,阁下,但我到法院来总不能穿得破破烂烂的吧。""谢谢你。""我说的是实话,阁下。""啊哈,克里格尔,我知道你。你在哈莱姆拥有大量的有色资产。""我?不,不是我。阁下,恕我不敢苟同。那是路易斯·克里格尔,我是尤利乌斯。""你跟你兄弟没有关系吗?你能确定这是你想对法庭说的话吗,克里格尔先生?""跟他的关系?""跟他的关系。""这个,即使有关系,也只是一般关系,阁下。"接下去就是我了。我不会像克里格尔那样犹豫不决那么久。不,罗森茨魏希法官没有必要通过反复盘问一个干我这种职业的人——托马斯·曼、托尔斯泰的职业——以求获得实情!"塔诺波尔先生,'一个声名狼藉的引诱女大学生的人',这该怎么理解啊?""阁下,我想那是夸大其词。""你的意思是你并不因此而声名狼藉,还是你不是女大学生引诱者?""我不是任何人的引诱者。""那你想,他们在这儿指的是什么呢?""我不知道,先生。"我的律师从辩护席上向我点头示意,我只是遵照了他在我们来法院的出租车里作的指示:"……就说你不知道,你不清楚……不要做任何指控……别说她是说谎者……只称她为塔诺波尔夫人……罗森茨魏希对被抛弃的女人极为同情……他不允许在他的法庭上咒骂被抛弃的女人……只需冷淡处理,彼得,什么也别承认——因为即使我们处于最大优势,他也依然是个秩序顶端的无赖,何况老师干他的学生也算不上最大优势。""我没有干我的学生。""行。好。你就这样对他说。这位法官有个孙女在上巴纳德女子学院。彼得,她的照片挂满了他的办公室。朋友啊,这位老绅士在婚姻问题上秉承'各尽所能,各取所需'。而且非常严苛。所以,彼得,你要小心啊,懂吗?"很遗憾我在证人席上把这些给忘了。"那么你是要对我说,"罗森兹魏希说,"在为塔诺波尔夫人准备的宣誓口供里,伊根先生向法庭说了谎?这些全是谎言,是或不是?""如您所说,是的,是谎言。""嗯,你如何证明这真是谎言?塔诺波尔先生,我在问你问题。请你回答,这样我们才能进行下去!""瞧,我不做任何隐瞒——我也一点不感到有罪……""阁下,"我的律师打断我说,这时我正对法官说"我有一段婚外情"。"是吗?"罗森茨魏希法官微笑着说,那根拨弄耳垂的手指此刻正停在他脑袋的一侧,"真不错啊。跟谁?""我班上的一个女孩,阁下,我爱她,一个年轻女孩。"这番话当然对对方极为有利。

"不过现在我们都可以看出谁是有罪方,是谁对谁犯了罪!罗森茨魏希法官,你大概记得上次我在你面前没有对塔诺波尔夫人提出控诉。我的律师告诫我——他说得对——不要讲任何有关我妻子对我犯下的欺诈罪行,因为在当时,阁下,我们尚无任何证据来证实这样一个有罪的指控。而且我们意识到,也很理解,阁下是不会乐意对一个'被抛弃的'女人进行没有确凿证据的指控的,她在此处只是为了寻求法律可以提供给她的保护。可现在,阁下,我们有证据,那就是这个'被抛弃的'女人亲笔写下的供词:一九五九年三月一日,她花了两美元二十五美分向一个怀孕的黑人妇女买了几盎司尿液,她们是在曼哈顿下东城汤普金斯广场公园接触的。我们有证据表明,她把上述尿液拿到第二大道和第九街交界处的一家药房,以'彼得·塔诺波尔夫人'的名义,交给药剂师作怀孕测试。我们还有进一步的证据……"尽管我的律师已告诉我说,哪怕有证据证实她的欺诈行为,对我来说也已为时过晚,于事无补了。可我得拿出有关她的证据!找到证据来约束她,迫使她撤回诉讼,滚得远远的!因为我再也不愿扮演魔鬼撒旦的角色,扮演恶棍流氓-离婚丈夫的角色,扮演社会体制中的蛀虫以及家长州的家庭破坏者的角色!

运气(我寻思)跟着我!那天下午晚些时候被警察闯破的门尚未修理,门(正如我所希望和祈祷的)半开着,自由只有一步之遥!感谢这个大都市的管理不善!

公寓的灯亮着。我轻轻敲门。我不想惊动楼上另外两家邻居。但是并没有哪家邻居出来查看一下他们那住进医院的邻居的门,也要感谢这个城市的无比冷漠!我唯一闹醒的是一只毛茸茸的黑猫,我悄悄进入这空房时,它默默走上来迎接我。这个莫琳新近获得的宠物叫德利拉。屋里没有什么精致的玩意,莫琳啊。我从未说过自己有多精致,我随手关上门时她反驳道。你想要精明,那就读一读《金碗》①。这是生活,笨蛋,不是高深的艺术。

更多的运气!那儿,就在餐桌上,放着那本有三只圆环的读书笔记,莫琳经常用本子记下她的"思想"——通常就是争吵之后的所思所想。有一次她警告我说,保存"一份记录",记上谁是"引发"争吵的人,即可证明我是怎样一个"疯子"。我们一起住在罗马的艺术学会以及后来住在威斯康星时,她一直小心翼翼地把日记藏起来,对我说这是她的"私人财产",如果我试图"窃取",她会毫不犹豫地向当地警方报警,不论是向意大利还是向美国中西部的警察机构。可她自己却在我不在家时私自拆阅寄给我的信件。"我是你的妻子,难道不是吗?为什么我不能看?你有什么想瞒住你自己的妻子吗?"我当时预料,一旦她的日记落到我手里,我会发现其中有

---

① *The Golden Bowl*,亨利·詹姆斯以美国人在欧洲为题材的三部曲之一,另两部为《鸽翼》和《专使》。

很多她企图隐瞒她丈夫的东西。我快步走到餐桌边,期待着会发现金矿。

我翻到一九八五年八月十五日写的一则,写于我们"相爱"的最初几个星期。"确实很难概述我自己的个性,因为个性必然包含一个人对他人所具有的影响力,而真要了解那种影响力有多大却又非易事。不过,我想我可准确猜出一些这种影响力的。我有恰到好处的迷人个性。"接着她就依次开始描述她"恰到好处的迷人个性",像她在埃尔迈拉念中学一年级那样。"在心情最好的时候,我可以说是相当机智和聪明的,而且我觉得,在处于最佳精神状况时,我可以成为一个胜利者……"

另一则是"一九五九年十月九日,星期四"。那时我们已经结婚,租住在新米尔福德郊区一间小屋里。"快一年了——"其实是一年多了,除非她撕掉了一页,那也就是我在寻找的一页,记述她买尿液的那一页!

——自从我在这里记日记以来,我生活的方方面面都已不同。这真是奇迹,环境的变化竟真能改变人的本质。我仍非常忧郁,但我确实对前景比较乐观了,只在最黯淡的时刻才感到毫无希望。尽管很奇怪,但我确是更多地想到自杀,这个可能性看来在增多,但可以肯定,我现在确实不会干这事儿。我觉得彼得现在比以前更需要我,尽管他当然是从不承认的。要不是有我,他会依然藏在他的福楼拜背后,在生活中跌倒时仍不知道真正的生活是什么样的。他只知道从书中了解到以及相信的事情,除此之外,他还能写些什么呢?噢,他竟是这样一个自负的人和傻瓜!我可以成为他的缪斯,如果他肯让我这么做的话。但他对待我却像对待敌人。我所期望的一切就是让他成为世界上最好的作家。这是多么残忍的讽刺啊。

失去的那一页究竟在哪里？为何没有提及她究竟干了什么迫使彼得需要她！

"麦迪逊，一九六二年五月二十四日。"这是她发现我在电话亭里给卡伦打电话的一个月以后，也是她服下安眠药和威士忌、用剃刀割破手腕然后承认买尿样一事的一个月以后的日记。它在我读时引起我一阵恶心。我之前一直是靠着桌子站着读的，现在我坐了下来，把这篇日记读了三遍："不晓得为什么"——"不晓得为什么"——

不晓得为什么彼得对我怀有敌意，现在当我们面对着面，我感到的更是深仇大恨。不晓得为什么我到头来对一切都感到失望，感到绝望，多半时间感到全然没有快乐。我爱彼得和我们的共同生活，只要他不过于神经质，我们的生活本是可以的，但看来这是不可能的。乐趣全无。他感情上的冷漠突飞猛进。他对爱的无能为力实在令人惊吓。他就是不碰我，不吻我，不对我笑，更不用说做爱，对我来说，这是一种最令人失意的状况。今天早上我对一切都感到厌倦了，并且准备坦承一切。但我仍知不能失去信心。生活不易，彼得天真的期望却与此相反。然而，我有时会觉得，试图治疗彼得的神经质是徒劳的，确切地说，即使他去接受精神分析，像他这种病也要花费好几年的治疗时间。毫无疑问，在这过程中我会被抛弃，尽管他最终可能会明白，他是怎样一个疯子。他唯一感到庆幸的是，我知道得极为清楚，他一旦抛弃我，就必定会跟另一个有自己的才能和自负的人结婚，这个人所关心的只是才能和自负，而不是他。到那时，他会有多吃惊！我几乎祈祷他会，虽说我并不希望自己会。可他扼杀我的感情，如果他的冷漠延续下去，最终我的冷漠将冉冉升起，我的心将像他现在的心一样冷若冰霜。如果真这样，那该有多遗憾啊。

"西七十八街，一九六六年三月二十二日。"这是倒数第二篇日记，写于三周以前，也就是我们在罗森茨魏希法官面前对簿公堂那天，在跟法院指定的仲裁人进行两次激烈的争辩之后，在瓦尔杜奇、伊根之后，在抚养费裁定之后，在我离开她四年、尿样事件七年之后。日记全文如下：

我当时是怎么想的？我当时为什么没有想到？彼得根本就不关心我。他从来就没有关心过！他跟我结婚只是因为他认为他不得不那么做。我的上帝！现在看来这很清楚，可当时我为什么就看不清？这是因为参加了治疗小组的结果吗？我真希望我能离开。这有辱人格。我不知道，我是否还会有幸跟一个爱我的人相爱，他爱的是真正的我，而不是他眼中的我，不是这世上的梅奇克们、沃尔克们和塔诺波尔们眼中的我。现在看来，那几乎就是我想要的一切，虽然我现在明白自己有多务实，或者说，为了生存，得多么讲究实际。

最后一则。她写过一封自杀的绝命书，但看来没有人想到从她的笔记本中找一找。从日记中的文字和行文可以看出来，她在开始给自己写下这最后的信息时已受到安眠药或威士忌的影响：

玛丽莲·梦露玛丽莲·梦露玛丽莲·梦露玛丽莲·梦露他们为什么做这些事玛丽莲·梦露为什么利用玛丽莲为什么利用我们玛丽莲

就这些。她当时竟能从餐桌旁走回到床上，几乎死在那儿，就像那位著名的电影明星一样。几乎就是这样！

一个警察在门口一直注视着我，也不知观察了多长时间。他拔出一把手枪。

"不要开枪！"我喊道。

"为什么不？"他问道，"站起身来，你！"

"好的，警官。"我说。我的腿都软了，在恍惚中站了起来。甚至未被要求，我便把双手举到头上。上一次举手投降是在我八岁的时候。当时我的十六英寸腰身上系着一条挂枪皮带，一支类似骑警配枪的手枪戳着我的肋骨，这是我家邻居小伙伴巴里·艾德尔森的武器，造于日本，中空如巧克力小兔。巴里穿着护腿皮裤，戴着墨西哥宽边帽，走上前来，用希斯科·基德①的口音对我说："举起手来，朋友。"大体上，这是为我现在过的危险生活所做的准备。

"我是彼得·塔诺波尔，"我急匆匆地解释说，"是莫琳·塔诺波尔的丈夫。她住在这里。我们分居了。合法分居，合法的。我刚从医院来。我来拿我妻子的牙刷和别的一些东西。你瞧，她仍是我的妻子，她现在医院……"

"我知道谁在医院。"

"是，好的，我是她丈夫。门是开着的。我想我最好留在这儿把门修好，不然谁都可以随便进来。我刚才就坐这儿，在看书。我打算去叫一个锁匠来的。"

那个警察就站在那里，用枪对着我。我真不应该告诉他我们分居了。我真不应该告诉罗森茨魏希我跟一个学生有染。我真不应该跟莫琳搅在一起。是的，那是我最大的错误。

我又说了几句关于锁匠的话。

---

① The Cisco Kid，1950 年代美国同名剧集中的主人公。

"他在来的路上。"警察告诉我。

"是吗?他来了?好啊。太好了。瞧,如果你还不相信我,我有驾驶执照。"

"你带着吗?"

"是的,是的,在我钱包里。要我把钱包拿出来吗?"

"好了,别介意,行了……就是要小心。"他喃喃说道,垂下了他的枪,一步跨进房内,"我出来买可乐。我知道她这儿有,但我不想拿,那不好。"

"哦,"他把枪插进枪套时我说,"你该拿的。"

"这该死的锁匠。"他看了看他的手表。

等他走进屋,我才发现他好年轻:一个从地铁站出来的小伙子,狮子鼻,身穿蓝色制服,佩有手枪和徽章。他拿枪指着我的脑袋时,我觉得他跟我少年时代的伙伴巴里·艾德尔森没什么两样。现在他不敢直视我的眼睛,似乎为模仿电影里那样拔出枪来而感到窘迫,或者是因为对一个无辜者说了粗话,也许更可能是因为被我发现了他擅离岗位,此外,作为男性的一员,他因为暴露出不能称职而感到窘迫。

"好了,"我说,合上日记本,夹在臂下,"我这就取那些东西,然后离开——"

"嘿,"他说,往卧房指了指,"别担心那里的褥垫。我没法把那臭味弄干净,就用清洁剂加水洗了一下,所以那么湿。别担心,晾干后不会留痕迹的。"

"好,谢谢你。你真好。"

他耸耸肩。"我把所有东西都放回厨房了,就在洗涤槽下面。"

"好的。"

"清洁剂是好东西。"

"我知道。我听他们说起过。我拿些东西就走。"

我们现在是朋友了。他问道:"那个小姐是干啥的?演员?"

"嗯……是的。"

"电视上的?"

"不,不,差不多吧。"

"那是百老汇的?"

"不,还不是。"

"哦,这要花些时日,不是吗?她不该气馁。"

我进了莫琳的卧房,那儿小得只能放一张床,一个搁灯的床头柜。打开壁柜的门会砰的一声碰到床腿,所以我就只能开一半,然后往里面瞎摸,终于摸到一件挂在钩子上的睡衣。"啊,"我高兴地大声说,"在这儿呢,对……她说过的……就在这儿!"为了演完这出骗局,我决定大声地拉开然后关上小床头柜的抽屉。

一把开罐器。抽屉里有一把开罐器。我并未马上猜出它的用途。我想,那应该是用来开罐头的。

让我来描述一下这个工具。这个开罐器拧在一个光滑而似有纹理的木制手柄上,手柄上宽下细,末端不尖。它的组成部分:一个打火机大小的铝套,套底有个金属小牙和脊状小齿,一个一英寸长的轴突出在铝套顶端,一个约三英寸长的短手柄插在轴内。用法:把开罐器平放在罐头边上,把金属尖牙往下压在边缘,开罐就是一手拿着较长的手柄,另一只手拧动铝套上方较短的手柄,使金属齿绕罐边转圈,直至切开罐头盖子。这种开罐器其实在任何五金店都可买到,在一元和一元两毛五之间。我一直用这个价钱买它们。它们由佛蒙特州波尔灵顿的爱格伦德有限公司制造,属于小五号型。

"你怎么样啊?"小警察问道。

"哦,没事。"

我砰的一声关上抽屉,但先把小五号塞进了我的口袋。

"就这些了。"我说,在起居室里来回转了转,德利拉贴在我的裤脚边。

"褥垫你看行吗?"

"好极了。完美。再次感谢。我要走了,你知道的——那我就把锁匠交给你了,好吗?"

我飞快下楼,小警察出现在我的头上方,喊道:"嘿!"

"什么?"

"牙刷!"

"啊!"

"这里!"

我接住了,继续下楼。

我招来搭乘的出租车穿越市区送我到苏珊那儿。世上不少出租车有如危险罪犯的单人牢房,或如青春期男孩的个人房间,这辆车便是其中之一:家庭照片镜框排放在挡风玻璃上,一只圆形大闹钟用带子挂在计时器上,大约有十支或十五支削好的艾波尔哈德牌铅笔插在一个白色塑料杯里,杯子给用几根有弹性的粗带子绑在隔开后座乘客与前面司机的格子窗上。窗上饰有蓝白两色流苏,司机头部上方的车顶钉有几个用作装饰的黄铜大头钉,饰钉排列出"伽利、蒂娜和罗兹"的字样——很有可能就是婚礼和男孩成人仪式照片上那几个孩子的名字,他们穿着入时,笑得很开心。司机看上去有点岁数,应该是他们的祖父。

一般情况下,我想我会像其他乘客一样,称赞一下这车内的精致布置,可当时我唯一能够看到和想到的就是爱格伦德小五号开罐器。我左手拿住铝套尾部,大的把手放在我的右手大拇指和食指组成的圈内,另三个手指松弛地搭在上面,我缓缓地把手柄移至其凹槽。

接着,我把开罐器的手柄放在我的大腿之间,把一条腿搭在另一条腿上,夹住手柄,只有那个四方金属刀极其锋利的小齿朝上,从我的两腿之间戳出来。

出租车突然转向路缘停下。

"下去。"司机说。

"什么?"

他通过格子窗对我怒目而视。他是个小个子,眼睛下面有两块深色的眼泡,两道浓密的灰白眉毛,上装里面穿一件厚实的毛衣。他说话时的声音因愤怒而颤抖:"滚出去!在我的车里绝对不能有那东西!"

"什么东西?我并没有干什么啊。"

"我叫你滚出去!出去,要不我就用撬轮胎的铁棒砸烂你的脑袋!"

"看在上帝的分上,你以为我在干什么啊!"

但此时我已在人行道上了。

"你这个狗娘养的下流坯!"他大骂道,把车开走了。

我把开罐器紧揣在口袋里,日记本抱在怀里,终于到了苏珊家——虽说并非没再遇上麻烦。我在第二辆出租车的后座刚一坐下,那位司机,这次是个年轻小伙,留着一小绺黄胡须,从后镜盯着我说:"嘿,彼得·塔诺波尔。""你说什么?""你是彼得·塔诺波尔,是不是?""不是。""你很像他。""从没听说过他。""得了吧,别糊弄我,老兄。你是他。你就是他。哇,老兄,多巧啊。昨夜我刚载过吉米·鲍德温[1]。""那是谁?""他是个作家,老兄。你在糊弄我。你知道我还载过谁吗?"我没有回答。"梅勒[2]。你们这帮家伙我都见过。上次我还送过另一个家伙,我敢打赌,他肯定只有八十二磅。又高又瘦,像一条长豇豆,留了个小平头。我送他去肯尼迪机场。你知

---

[1] 即美国黑人作家詹姆斯·鲍德温(James Baldwin, 1924—1987)。
[2] 即美国犹太作家诺曼·梅勒(Norman Mailer, 1923—2007)。

道他是谁吗?""谁?""他妈的贝克特。你知道我怎么知道那是他的?我对他说:'老兄,你是萨缪尔·贝克特。'你知道他怎么说?他说:'不,我是弗拉基米尔·纳博科夫。'你怎么想?""或许他真是弗拉基米尔·纳博科夫。""不,不,我从没送过纳博科夫。暂时还没有。这些日子你在写什么呢,塔诺波尔?""写支票。"我们到了苏珊的公寓楼前。"就停在这儿,"我对他说,"那个凉棚下面。""嘿,你住得不错啊,塔诺波尔。你们这些家伙混得都不赖,你知道吧?"我付钱给他,他惊异地摇了摇头。我刚要下车,他说:"瞧着吧,我去街角接他妈的马拉默德[①],我不会让他错过我的。"

"晚上好,先生。"苏珊楼里那个开电梯的男人不知从哪里钻出来说道,吓我一大跳。当时我刚心神不定地从守门人旁经过,正要把开罐器从我口袋里拿出来……等一进苏珊房内,我掏出开罐器,大声说道:"你看我找到了什么?"

"她还活着?"苏珊问道。

"活得好好的。"

"——那警察呢?"

"不在那儿。瞧,瞧这个!"

"到底从哪儿——"

"从她的床头柜里!"

"一把开罐器。"

"这是她用来自慰的!瞧!瞧这精致尖锐的金属齿。她肯定非常喜欢这玩意儿从她身子里伸出来,喜欢低头往下瞧呢!"

"啊,彼得,你是从哪儿——"

"我说了,是从她的房间里——就在床边。"

她的眼泪夺眶而出。

---

① Bernard Malamud(1914—1986),美国犹太作家。

"你有什么可哭的？这不好极了，你看？这就是她假想的男人——一个折磨人的东西。一件手术器具！"

"你是从她的公寓偷的？"

"是的！"

接着我向她具体描述了我在医院及其后的冒险故事。

我讲完后，她转身去厨房，我跟着去，在炉子旁站定，她开始给她自己泡一杯阿华田。

"瞧，是你自己告诉我，要对她提防着点。"

她不跟我说话。

"我只是做了我该做的事，苏珊，跳出这个陷阱。"

没有回应。

"你瞧，我都听厌烦了，那些伪君子、神经病认为我犯有性犯罪的说辞……"

"唯一认为你犯有某种罪孽的恰恰就是你自己。"

"是吗？难道这就是他们判我下半辈子供养一个同我结婚三年的女人的理由？一个还没有为我生下孩子的女人？难道这就是他们不同意让我离婚的理由，让我受到如此惩罚的理由吗，苏珊？因为我自己认为我有罪？我认为我是无辜的！"

"既然认为无罪，那又为什么要偷那种东西？"

"因为没有一个人相信我！"

"我相信你。"

"可你不是此案的法官！你不是拥有纽约州至尊权力的人！我要把她的毒牙从我的颈项上拔掉！要不然我真会气死的！"

"可一把开罐器又有何用？你又怎么知道它被当作那种用途？你并不知道！或许，彼得，她就是把它当开罐器来用的。"

"在她的卧室里？"

"是的！人们可以在卧房里开罐头。"

"他们可以在厨房里用作他用。这是假阳具,苏珊,不管你喜欢不喜欢这样说。莫琳自己的私密代用品!"

"如果是又怎样?这与你又有何干?这不是你该关心的事!"

"哦,不是我的事?那为什么我生活中的一切都是她要管的事?都是罗森茨魏希法官的事,是她小组的事,是她在新学校班里的事!我跟卡伦谈恋爱,法官把我视为恶魔而对我有偏见,而她却以家庭用具来干……"

"可你不能带这东西上法院,他们会以为你疯了。这真是疯了。你难道没有察觉吗?你想过在法官面前挥舞这东西能实现什么?实现什么啊?"

"可我还有她的日记!"

"可你对我说你读了,你说里头没写什么。"

"我还没全部读完。"

"可即使你读完了,那也只会使你变得比现在更疯癫。"

"我不是一个疯子!"

苏珊说道:"你们俩都是疯子。我再也受不了了。因为我自己也要疯了。我不能再这样耗下去!啊,彼得,我不能再这样跟你耗下去。我不能忍受你这种做法。瞧瞧你手里拿着那个东西的模样。啊,扔掉它吧!"

"不!不!你忍受不了的只是我现在的样子!可我还要这个样子下去,直到我赢!"

"赢什么?"

"赢回我的鸡巴,苏珊!"

"唉,你怎么可以用那种下流的词语?唉,亲爱的,你是个明智的、温和的、有教养的可爱男人。我喜欢这样的你!"

"可我不喜欢。"

"但你应该喜欢。那些东西可能有什么用……"

"我还不知道！或许毫无用处！或许有点用！我要去弄个明白。如果你不喜欢，我就离开。你怎么想？"

她耸耸肩说道："……假如你非要这样下去的话——"

"我就是要这样下去！必须这样！苏珊，这世道可不允许我当个可爱的男人！"

"……那我想，你最好——"

"离开？"

"……是的。"

"好！好极了！"我说，惊愕不已，"那我就走！"

对此，她没有任何反应。

于是我离开了，带着莫琳的开罐器和日记本离开了。

那天夜里剩下的时间我是在我自己的公寓卧室里——起居室仍有莫琳留下的淡淡的臭味——读她的日记，都只是些无聊的记录，像迪克西·杜根①那样记着关于一个女人生活的"趣事"。写得零零碎碎，东拉西扯，毫无重点，有时在单词或句子写到一半就停住了，完全是那种"亲爱的日记"的风格，纯属自欺欺人和不知所云的表述。对于一个如此心机的人来说，这是多么奇怪的事啊！但读者常因作者其人与其文相异而失望，却并不因文字不像作者那样令人信服而失望。我稍微有点——只是有点——惊讶的是，莫琳一直默怀从事写作的想法，或者至少在我们婚后三年内潜意识里一直为这个意愿而备尝可望而不可即之苦。有几篇日记中这样写道："这一次我不会因没写日记而感到抱歉，因为我现在知道，连弗·伍尔夫也会一下子有好几个月不记日记。"还有："今早我必须记下我在新米尔福德的奇怪经历，我相信只要能用正确的方法去写，这些经历是可以写成一篇好作品的。"还有："我今天第一次意识到——我真优

---

① Dixie Dugan，即美国连载漫画《金发女郎》的女主角。

质——如果我写一篇短篇小说或一部长篇小说,并且出版的话,P.便会强烈地感觉到我在和他竞争。我能这样对他吗?难怪我这么迟迟不开始写作生涯,完全是为了维护他的自负。"

一路读下去见有十多条剪报用订书机订在活页纸上,或用透明胶贴在上面,多半是关于我和我的作品的,日期从我们结婚第一年出版的我的小说开始。有一页纸上整整齐齐地贴着一篇从《纽约时报》上剪下的文章,那是为悼念福克纳去世而刊出的他的诺贝尔奖致辞。莫琳用笔画出了最后那段浮夸的话:"诗人的声音不应仅仅是人类的记录,而且应该成为一种支柱,一种基石,帮助人类忍耐并取得胜利。"她用铅笔作了令人茫然的旁注:"P. 和我?"

这其中最吸引我的一则记的是她两年前拜访施皮尔福尔格的经历。她去那儿是跟他探讨"如何让彼得回心转意"的,施皮尔福尔格在她来访后这样告诉我。她是晚上去的,事先没有通知人家。据施皮尔福尔格说,他告诉她不可能让我回心转意了,对此,据他对我说,她这样答道:"但我愿意干任何事。我会软硬兼施,怎么有效就怎么做。"

莫琳的版本:

一九六四年四月二十九日

我必须记下昨天与施皮尔福尔格谈话的内容,因我不想忘记不可避免会忘记的东西。他说我犯了一个严重错误,即向彼得招认,我也意识到了。如果我不因听说他和他的年轻学生的关系而痛苦,我就根本不会犯这个不可原谅的错误。如果我永远不告诉他那件事,我们仍会在一起。那件事正好给他提供了攻击我的借口。施皮尔福尔格表示同意。施皮尔福尔格说,他认为他知道如果我们重归于好,维持婚姻,彼得会采取什么态度。我明白他的意思,他会一直对我不忠，同一个又一个学生发生关系。S. 对于艺术家的精神以及神经质有一套相当固定的理论，所以很难知道，他说的究竟正确与否。他直接劝我"放弃"对彼得的感情，另找一个男人。我对他说我年纪太大了，可他说不要从实际的年纪去考虑，而应从我的容貌去考虑。他认为我"可爱、有魅力"，而且"活泼"。S. 的感觉是，跟一个演员或作家结婚是不可能幸福的，换言之，"他们是一路货色"。他举了拜伦勋爵和马龙·白兰度的例子。可彼得真像他们那样吗？今天，我脑子里一直想着这些，简直啥事也干不了。他强调说，我面对的并不是这位作家过分的自恋情绪，不是他把大量的注意力集中在自己身上。我告诉他我自己在小组治疗时悟出的理论：P. 对我不忠是因为我太强势，所以他觉得有必要在他的年轻学生身上进行"练习"。只有和那些毫无威胁的人在一起，他才会觉得自己是个强有力的男性。S. 对我的理论甚感兴趣。他说，彼得一再提起我那次坦白，为了说明他无法爱我，或无法爱任何人。S. 指出，爱无能是自恋型人格的表现。我不知道 S. 是不是先入为主地把彼得归入这个模式中，但这颇能说明为什么我觉得他从一开始就对我有所排斥。

读到日记的结尾时我想："多么荒唐啊——除了我之外这世上任何人都可以用婚姻来编故事！啊，莫琳，你真不该为了我的自负而放弃你的写作生涯——真应该是把你脑子里的东西全写下来，好让我摆脱这个现实！写在印好的纸页上，而不是写在我的皮肤上！啊，我的唯一的、仅有的、永恒的妻子，这难道真是你所想的吗？是你所相信的吗？这些词句能说明你是谁、干了些什么吗？这几乎足以让人对你表示同情了。某个人，在某地，表示对你的同情。"

那晚我在读莫琳日记时多次停下来读福克纳："我相信人类不仅

能忍耐,并且能取得胜利。人是不朽的,这不是因为在万物中唯有他具有永不衰竭的声音,而是因为他有灵魂,有同情、牺牲和忍耐的精神。"我把他在诺贝尔文学奖颁奖典礼上的致辞从头到尾读了一遍,我寻思:"你究竟在说些什么呀?你怎么会写出《喧哗与骚动》的?你怎么会写出《村子》的?你怎么样会写出谭波尔·德拉克和'金鱼眼'①的?"

阅读时,我还时不时看一眼小五号开罐器,莫琳的代用阳具,再看一眼自己的。忍耐?取胜?我们是幸运的,先生,我们早晨起来还能穿上自己的鞋子。这是我要对那些瑞典人说的话(如果他们要我说的话)。

哦,那一夜我满心苦楚,极度愤恨。可我又能做什么呢?开罐器又有什么用呢?这本承认"坦白"不当的日记本又有什么用呢?我应该怎么做才能取胜?不是作为"男人",而是作为塔诺波尔!

没有答案。"忍耐。"施皮尔福格尔说。"忘了它吧,亲爱的。"苏珊说。"正视现实,"我的律师说,"你是男人,她是女人。""你还相信这点吗?""你是男人,因为你站着撒尿。""那我就坐下。""太迟了。"他对我说。

六个月之后,一个周日上午,我在苏珊那里用了早餐、读了《纽约时报》后回来,在书桌旁坐下开始工作——装我小说书稿的酒箱刚从壁柜里拖出来,我正在那一大堆令人沮丧的写有互不连贯的开头、中间和结尾的稿子里翻找时——弗洛茜·柯纳打电话到我的住处,告诉我莫琳死了。

我不信她的话。我想,这是莫琳琢磨出来的又一个诡计,让我在电话上说些话,好录下音来,拿到法庭上指控我。我寻思:"她又

---

① Temple Drake and Popeye,福克纳小说《圣殿》(*Sanctuary*)中的两个人物。

要来索取更多的抚养费,这又是一个诡计。"我能说的只是:"莫琳死了?好极了!"而我如果说出哪怕只是稍微近似在罗森茨魏希法官或他哪个助手看来我仍然是社会秩序下一个不思悔改的敌对者的话,我那种不受约束的野蛮的男性本能就需要接受更强有力的惩戒了。

"死了?"

"是的。她死在马萨诸塞州的坎布里奇。在今天早上五点钟。"

"谁杀了她?"

"汽车撞上一棵树。开车的是比尔·沃尔克。啊,彼得,"弗洛茜尖声抽噎着说,"她多爱生活啊。"

"她真死了……?"我不禁颤抖起来。

"当场就死了。至少没有受苦……唉,她为什么不系上安全带呢?"

"沃尔克怎么样?"

"还好。皮外伤。可他的保时捷车全毁了。她的头……她的头……"

"嗯,怎么啦?"

"撞上了挡风玻璃。唉,我知道她不该去那儿。小组成员试图阻止她,但她伤透了心。"

"为什么?被什么?"

"为了那件衬衫。"

"什么衬衫?"

"唉……我真不愿提起它……如果他是……我不是指责他……"

"到底怎么回事,弗洛茜?"

"彼得,比尔·沃尔克是个双性恋者。莫琳自己甚至都不知道。她……"她忍不住呜呜哭泣。与此同时,我也紧紧地把嘴合拢,以制止牙齿打战。"她……"弗洛茜又开始说,"她给了他一件又漂亮又昂贵的棉衬衫,要知道那是作为礼物送给他的。大小不合适——事后或许他是这样说的——但他没有去换一件更大尺寸的，而是把它送给了他认识的一个男人。她就是要去告诉他，她是怎么看待他的这种行为的，想跟他当面说清楚……后来他们也许喝酒了，或者还有别的什么事。他们去了一个派对……"

"是吗？"

"我不是在怪谁，"弗洛茜说，"我相信这不是哪个人有意犯的过错。"

那事实呢？死了？真死了？不存在了？成了死人？亡故了？就是死人再也不能说谎了？莫琳死了吗？完完全全死了？从世上消失了？这条可怜的母狗，离世了？

"尸体在哪里？"我问道。

"在波士顿。在陈尸所。我猜想……我想……你得去认领她，彼得。送她回老家埃尔迈拉。通知她的母亲……哦，彼得，你得联系一下约翰逊夫人——我不行。"

彼得去认领她？彼得送她回埃尔迈拉？彼得联系她母亲？为什么呢，假如真是这样，这不就成了由莫琳自导自演的最为精彩的骗局，你不就成了有关心理变态者的广播剧的最佳配角吗？那么彼得就不该去认领她。彼得为何要为她的事烦恼？彼得就让她躺在那里腐烂吧！

我仍不敢肯定我们的谈话是否在被偷录下来，供罗森茨魏希法官参考，于是我说："当然，弗洛茜，我会去认领的。你愿意跟我一起吗？"

"我愿意做任何事。我很爱她。她爱你，比你知道的更爱……"说到这里，弗洛茜发出了一种怪声，在我听来，这种声音就像是一头动物见到了它配偶的尸体。

这时我才明白，我没有被骗，或者说多半没有。

我在电话上跟弗洛茜又说了五分钟，等她一挂断电话——我答应她在一小时之内到她那儿做进一步安排——我就给我那位正在他的乡下住处度周末的律师打了过去。

"我认为我现在已经不能再算已婚人士了,对不对?请告诉我,是不是这样?"

"你现在是个鳏夫了,朋友。"

"不会再有别的可能性了,是吧?一切都结束了。"

"一切都结束了。死了就是死了。"

"在纽约州也一样?"

"在纽约州也一样。"

接着我打电话给苏珊,半小时前我才离开她。

"你要我到你那儿去吗?"她问道,她本该问些别的什么的。

"不,不,就呆在你的地方。我还得打几个电话,然后再打给你。我得去弗洛茜·柯纳那儿。我得跟她一起去趟波士顿。"

"去干吗?"

"去认领莫琳。"

"为什么?"

"晚点吧,我会再打电话给你的。"

"你真不要我来吗?"

"不,不,你别来。我很好,就是有点儿发抖,除此之外,所有事情都在控制之中。我没什么事的。"可我的牙齿仍在咯咯作响,而且似乎怎么也止不住。

下一个是施皮尔福格尔。电话打到一半,苏珊来了。她是从七十九街飞来的吗?还是我刚在书桌旁呆愣了十分钟?"我还是来了,"她低声说,手贴着我的面颊,"我就坐在这儿。"

"……施皮尔福格尔大夫,抱歉你在家时打扰你。但出了件事。至少我认为出了件事,因为有人告诉我说出事了。这不是凭空臆造出来的,至少不是我想出来的。是莫琳治疗小组的成员弗洛茜·柯纳告诉我的。莫琳死了。今早五点在波士顿遇难。是一场车祸。她死了。"

施皮尔福格尔的声音洪亮而清晰地传来："天哪。"

"跟沃尔克一起。她撞上了挡风玻璃。当场就死了。你记得我跟你讲过吧,在意大利她怎样习惯在车里乱来?她怎样爱抢方向盘?我说她真想把我们俩害死,她说了很多这种话,可你以为我是夸大其词。我没有夸张!天啊,天啊!她会像老虎一样发狂,在那辆大众车里!我告诉过你,在我们开车前往索伦托的路上,她是怎样几乎把我们害死在山上,你记得吗?唉,她终于做成了。只是这次我不在那里。"

"不过,"施皮尔福格尔提醒我说,"你并不清楚所有的细节。"

"是的,不错。只知道她死了。除非他们在撒谎。"

"谁会撒谎呢?"

"我并不十分清楚。可像这种事是不会发生的。这件事就像我出车祸一样不大可能,没有任何道理可言。"

"一个暴力的女人,她死于暴力。"

"啊,瞧,很多并不暴力的人也死于暴力,而很多暴力的人却长命百岁。你难道不觉得这可能是个骗局,是她新杜撰出来的故事……"

"为了什么呢?"

"为了抚养费。为了麻痹我,再一次抓住我!"

"不,我不这样认为。不是抓住你。'解脱'才是你要找的那个字眼。你解脱了。"

"自由了。"我说。

"那个我还不清楚,"施皮尔福格尔说,"但肯定是解脱了。"

然后我又拨了我哥哥的号码。苏珊还没有脱掉她的大衣。她坐在靠墙的直背椅子上,两手叠放在膝上,像一个幼儿园的小朋友。

从她这个姿势看来，似乎预示了什么，可要处理的事情实在太多了，所以对此姿势的含义我就没有再多作考虑。

"莫里斯吗？"

"是的。"

"莫琳死了。"

"好极了。"我哥哥说。

啊，他们会为此收拾我们的——可是谁，谁会收拾我们呢？

我解脱了。

接着，我从埃尔迈拉问询处问到了她母亲的电话号码。

"请问是查尔斯·约翰逊夫人？"

"是的。"

"我是彼得·塔诺波尔。我恐怕有个不幸的消息要告诉您。莫琳死了。她死于一场车祸。"

"哦，这往往都是因为不节制的玩乐造成的。我可以预料得到。什么时候出事的？"

"今天清早。"

"她带走了几个人？"

"没有。一个也没有。就她自己。"

"你说你的名字是？"

"彼得·塔诺波尔。她的丈夫。"

"啊，是这样吗？你是第几个？第一、二、三、四，还是五？"

"第三个。只有三个。"

"哦，一般一个就够了。谢谢你打电话来，塔诺波尔先生。"

"……关于葬礼的事？"

可她把电话挂了。

最后我把电话打到扬克斯。父亲接了电话，他情绪激动，开始哽咽，你会以为他曾经关心过她。"多么不幸的结局啊，"他说，"唉，这个小姑娘竟落了这么个结局啊。"

我母亲在旁边默默地听着。她的第一句话是："你还好吧？"

"我还好，没错。我想是的。"

"葬礼是什么时候？"父亲问道，他平静下来，又恢复了他的专长，即从事具体的安排，"你要我们来吗？"

"葬礼——你听我说，我还没来得及考虑。我记得她一直想火化。我还不知道在哪儿……"

"也许他自己都不去。"母亲对父亲说。

"你不去？"父亲问我，"你认为不去是个好主意吗？"我可以想象他举起另一只手，按压他的太阳穴，因为他突然又犯头疼了。

"爸，我还没有完全想好。可不可以一次只做一件事？"

"做个聪明人，"父亲说，"听我的，你得去。穿一套黑色西服，装出一副哀悼的样子，这就行了。"

"让他自己决定。"母亲对他说。

"他不听我忠告就决定跟她结婚，如果他现在听我跟他讲怎样把她埋到地里，也不见得会害了他！"

"他说，她反正想火化。他们把骨灰撒在地上就行了，彼得？"

"会撒的，会撒的，我不知道他们是怎么个弄法。我也是第一次接触这种事，你们知道的。"

"这就是为什么我现在要告诉你，"父亲说，"听着，对你来说一切都是新的。我七十二岁了，我有经验。你要去参加葬礼，彼得。你去了，就没有人骂你幸灾乐祸了。"

"我想，不管怎样他们都会骂我幸灾乐祸的，那些有意这么想的人。"

"可他们就不能说你没有去啊。听我的，彼得，我求你了，我已经把话说到头了。不要再一意孤行了。你从四岁半开始就不听任何人的话，一进幼儿园就想征服世界。你四岁半时就以为自己是通用汽车公司的总裁。记得那次可怕的雷雨天吗?四岁半……"

"瞧,爸,不要现在……"

"告诉他,"他对母亲说,"告诉他,他从小到大一直是这个样子。"

"啊,不要现在。"母亲说着说着便哭了起来。

可他怒火中烧,我的无动于衷让他感到不可思议,所以他最终只能让我知道他曾十分气恼,因为我背弃了我们家庭勤勉忍耐和讲究实际的传统——每逢周六我在我家店里从他那里学到的。我为何把这些都抛在脑后了?"不,不,"他站在储藏室梯子上,在我把一箱箱毛织袜举起来递给他时对我说,"不,不,不是这样,佩皮,你这样做是在给自己制造障碍嘛。要像这样!要做对!凡事都要往对处做。做得不对,儿子啊,就全无意义啦!"所有这些做生意的诀窍,所有在管理和秩序方面的训练,我为什么看不出来其中的智慧和学问呢?一家男子服装店为什么就不能成为神圣知识的源泉呢?佩皮,为什么?难道这对你来说不够深奥吗?一切都太陈腐、太微末了吗?哦,可不是吗,弗拉格兄弟牌皮鞋,希科牌皮带以及斯旺克牌领带夹,又怎么能和你那不同凡响的艺术精神相提并论呢?

"……那是一次可怕的雷雨天,"他说,"狂风暴雨,你在学校里,彼得,在幼儿园。只有四岁半,第一个星期过后,你就不要任何人去接你,连琼妮也不要。你不让,你要自己回家。你不记得你干了什么吗,哈?"

"不记得了。"

"好啊,我告诉你。当时正下着雨,所以你母亲就拿着你的小雨衣、雨帽和橡胶套鞋在你放学时赶到你的学校,免得你回家时成了落汤鸡。你不记得你当时干了什么?"

啊,我也终于哭了。"不,不,我恐怕不记得了。"

"你拒绝了。你给了她一个几乎要了她老命的眼色。'你回去!'

你对她说。四岁半！甚至连雨帽都不肯戴。气呼呼地从她身边走过去，冒着暴雨回家，你妈在后面追你。四岁半就什么事情都要自己干，要显示你自己多了不起——可你瞧，佩皮，你瞧这有什么好结果。你现在至少听一次家里人的话吧。"

"好的，我听。"我说着挂了电话。

此时，我的眼睛在流泪，牙齿在打战，全然不是一个摆脱了惩罚、重又成为自己的主人和权威的人的模样。我转向苏珊，她仍坐在那里，蜷缩在她的大衣里，看起来就像我第一次见到她时那样孤立无援。这使我感到羞愧。坐在那儿等着。啊，我的上帝啊，我在想——现在轮到你了。你是你！我是我！这个我就是我，是我自己，而不是别的什么人！

Philip Roth
MY LIFE AS A MAN
Copyright © 1986, Philip Roth
Simplified Chinese Edition Copyright © 2024
SHANGHAI TRANSLATION PUBLISHING HOUSE (STPH)
All Rights Reserved

图字：09-2018-727号

图书在版编目（CIP）数据

我作为男人的一生 /（美）菲利普·罗斯（Philip Roth）著；陈安译. — 上海：上海译文出版社，2024.4
（菲利普·罗斯全集）
书名原文：My Life as a Man
ISBN 978-7-5327-9485-0

Ⅰ. ①我… Ⅱ. ①菲… ②陈… Ⅲ. ①长篇小说-美国-现代 Ⅳ. ①I712.45

中国国家版本馆CIP数据核字（2024）第051242号

我作为男人的一生
[美]菲利普·罗斯　著　陈　安　译
出版统筹/赵武平　责任编辑/王源　装帧设计/COMPUS·汐和

上海译文出版社有限公司出版、发行
网址：www.yiwen.com.cn
201101　上海市闵行区号景路159弄B座
杭州宏雅印刷有限公司印刷

开本890×1240　1/32　印张10.25　插页5　字数217,000
2024年4月第1版　2024年4月第1次印刷
印数：0,001—5,000册

ISBN 978-7-5327-9485-0/I·5934
定价：78.00元

本书中文简体字专有出版权归本社独家所有，非经本社同意不得转载、摘编或复制
如有质量问题，请与承印厂质量科联系。T：0571-88855633